PIERRE BUJON

PETITE

HISTOIRE

DE

PARIS

ORNÉE DE SOIXANTE-HUIT GRAVURES

PARIS

C. MARPON ET E. FLAMMARION

ÉDITEURS

26, RUE RACINE, PRÈS L'ODÉON

PETITE

HISTOIRE DE PARIS

PETITE

HISTOIRE DE PARIS

PAR

PIERRE BUJON

ORNÉE DE SOIXANTE-HUIT GRAVURES

PARIS

C. MARPON ET E. FLAMMARION

ÉDITEURS

26, RUE RACINE, PRÈS L'ODÉON

Je dédie ce Livre

à la Jeunesse de toutes les Écoles

de Paris,

l'espoir de la France républicaine

et progressive.

Pierre BUJON

PETITE
HISTOIRE DE PARIS

CHAPITRE PRÉLIMINAIRE

Sommaire. — Lutèce. — Étymologies. — Étendue et population. — Paris sous la domination romaine. — Invasion des Barbares.

Lutèce. — Les premiers historiens n'ont désigné Paris que par le nom de *Lutèce*. Cette ville embryonnaire perdit ensuite cette dénomination pour s'approprier celle du peuple qui l'habitait, mélange de Gaulois et de Belges. Ce changement de nom, survenu avant la chute de l'empire romain, fut le résultat d'un changement d'administration et de condition politique, que Julien opéra dans les Gaules entre les années 358 et 360.

Étymologies. — Lutèce vient, dit-on, de deux mots celtiques, *lut*, corbeau; et *etia*, île, île des corbeaux. Cette étymologie a été controversée. Certains savants prétendent qu'en langue celtique le mot Lutèce signifie « au milieu des eaux[1] ». Quant à Paris, des historiens ayant re-

---

1. On a même poussé la fantaisie jusqu'à faire dériver le mot celtique Lutèce du mot latin *latum*, boue, village en terre, en torchis.

1

marqué que toutes les positions géographiques, dont les
noms renfermaient le radical *par* ou *bar*, se trouvaient
sur des frontières, en ont conclu qu'il ne fallait voir dans
le mot Parisii, Parisiens, que l'indication de leur établissement sur la frontière des Sénonais.

Étendue et population. — Jules César est le
premier qui ait parlé de Lutèce. Il découvrit cette bour-
gade environ cinquante-quatre ans avant notre ère et nous
apprend que c'était une forteresse des Parisiens, située
dans une île de la Seine. Cette île est celle qu'on nomme
aujourd'hui la Cité; seulement, elle n'était pas alors aussi
étendue. La Seine formait un groupe de sept îles. De la
réunion de trois îlots sortit l'île Saint-Louis; l'île Notre-
Dame, l'île du Passeur-aux-Vaches et l'île de Treilles ont
composé la Cité actuelle. A l'est, était l'île Louvier.

Après la retraite de César, les Parisiens se soulevèrent
sous les ordres du vieux brenn Camulogène. Attaqués par
Labiénus, ils détruisirent les deux ponts de bois par où
l'on arrivait à leur forteresse. Mais après la chute de Ver-
cingétorix, Lutèce se soumit et devint la résidence d'un
magistrat romain.

Relativement au territoire occupé par les Parisiens, César dit « qu'ils étaient sur les confins des Sénonais, avec
lesquels, du souvenir des plus anciens, ils avaient fait
alliance ». Il serait difficile, sur ces simples notions, de
déterminer rigoureusement les limites de ce territoire. Cependant on peut se faire une idée de son étendue par l'état
de la population. En effet, les fréquentes émigrations des
Gaulois avant la conquête et les nombreuses armées qui
se levaient chaque année pour combattre les légions de
César, prouvent que la population était au moins en rapport avec l'étendue territoriale. Or, nous voyons dans César
que le contingent des Parisiens pour l'armée qui devait
aller délivrer Alise n'excédait pas deux mille hommes.
On peut donc par ce chiffre apprécier celui de la popula-

tion, et par la population l'étendue du territoire, qui ne devait pas être considérable.

Ainsi s'explique le silence de l'historien des Gaules sur la participation des Parisiens à la résistance des Gaulois. Le rôle de ce petit peuple fut trop secondaire pour faire époque dans l'histoire de l'indépendance. Si César a parlé de Lutèce, c'est qu'il y avait convoqué les États de la Gaule et qu'elle devint un théâtre accidentel de guerre. A partir de là, il ne fut plus question de Lutèce ni des Parisiens. Sous Auguste, Lutèce se trouva comprise dans la province Lyonnaise.

Paris sous la domination romaine. — Sous la domination des Romains, la Gaule s'enrichit de ces beaux monuments dont la République embellissait l'Italie. Des empereurs s'appliquèrent à élever et agrandir des cités et Lutèce ne fut point oubliée dans les faveurs impériales. Constantin le Grand, Constantin II et Constance II visitèrent ou habitèrent Lutèce. On sait l'affection que lui portait le césar Julien. Il fit dans cette ville un séjour de trois ans (356-360), qui valut non seulement à Paris, mais à la Gaule entière, la délivrance des Barbares et une organisation meilleure et régulière. Julien ne quitta « sa chère Lutèce » qu'à la suite de sa proclamation comme empereur[1]. Valentinien et Gratien y résidèrent également. Si l'histoire garde le silence sur l'état de Paris pendant la domination romaine, les monuments et les ruines sont là du moins pour nous rappeler le passé.

Même au temps de Julien, l'île de la Cité n'était défendue que par le cours de la Seine et quelques tours de bois. Deux ponts permettaient d'y aborder : l'un appelé *Petit-Pont*, situé sur la rive gauche, et l'autre, le *Grand-Pont*, à peu près où se trouve aujourd'hui le pont Notre-Dame.

1. Julien fut malgré lui proclamé auguste dans le palais même des Thermes par des troupes mécontentes revenues du Rhin et que Constance destinait à une expédition en Orient.

Nulle muraille ne protégeait la ville. Ce n'est que vers le
Ve siècle que les besoins de se mettre à l'abri des Barbares
donnèrent lieu à l'érection d'une première enceinte rudi-
mentaire.

Des pierres trouvées en 1711 dans l'église Notre-Dame
prouvent que, sous le règne de Tibère, il existait déjà chez
les Parisiens une corporation de bateliers : *nautæ*. Lutèce
était un point important pour la navigation; car, vers la
fin du IVe siècle, il y avait à Andresy une flottille sous la
direction d'un préfet maritime résidant à Paris.

En août 1784, en reconstruisant le Palais de justice, on
découvrit un cippe dont l'une des faces était celle d'un
jeune homme qui, aux attributs d'Apollon, joignait ceux
d'un dieu présidant à la navigation des rivières. C'est au
collège des nautonniers que paraît remonter l'origine de
l'administration de la ville de Paris. Cette société de marchands finit par attirer à elle l'administration communale,
et les chefs de ce collège de mariniers ne tardèrent pas à
devenir les chefs de la commune de Paris. Ils étaient connus sous le nom de *pairs bourgeois* et avaient à leur tête
le maître de la *marchandise de l'eau*. Aussi voyons-nous
figurer dans les armes de la ville, à côté des fleurs de lis
de l'ancienne monarchie, le vaisseau des nautonniers avec
cette devise : *Fluctuat nec mergitur.* Un vieil historien
prétend pourtant que le choix du vaisseau a été déterminé
par la forme de l'île de la Cité, qui « ressemblait à un
navire échoué au fil du fleuve. ».

La prison dont parle Grégoire de Tours et qui, dans les
Gestes de Dagobert, est appelée prison de Glaucus ou Glau-
cinus, était de construction romaine. Elle se trouvait, selon toute vraisemblance, sur le quai aux Fleurs.

Au commencement de la domination romaine, la partie
septentrionale de Paris était couverte de forêts et de ma-
récages. Mais dès le IVe siècle commencèrent à s'y élever
des édifices. Du Grand-Pont partait une voie romaine qui,
à l'emplacement du square des Innocents, se divisait en

Fig. 2. — Les Thermes de Julien.
(Square de Cluny, boulevard Saint-Michel.)

1.

deux branches, l'une dans la direction de Clichy, l'autre dans celle de Saint-Denis.

Des restes de maçonnerie découverts à Chaillot, qui présentaient des parties d'aqueduc, des tuyaux de conduite, trouvés en 1763, lors des travaux de l'ancienne place Louis XV (la Concorde), et la découverte, en 1784, d'un bassin de construction romaine, à l'extrémité méridionale du jardin du Palais-Royal, avec des médailles d'Aurélien, de Dioclétien, etc., prouvent l'existence d'un aqueduc qui partait de Chaillot (Passy), à la source des eaux minérales et qui aboutissait dans un bassin situé là où est le Palais-Royal.

Sur l'emplacement occupé par la rue Vivienne, existait également un lieu de sépulture réservé aux gens opulents, ainsi que semblent l'indiquer plusieurs riches tombeaux découverts en 1751.

Quant à Montmartre, c'était le lieu destiné à l'exécution des criminels. *Martre* est le nom qu'ont conservé plusieurs pierres druidiques et celui de *Martrais* a été fréquemment donné en France à des places d'exécution. Ce nom est aussi attribué soit à un temple de Mars qui exista sur cette montagne, soit à la légende du martyre de saint Denis et de ses deux compagnons Rustique et Éleuthère.

La partie méridionale avait aussi son cimetière. Il était situé dans les environs de la place Saint-Michel. Un peu plus haut, sur le penchant du mont Leucotetius (montagne Sainte-Geneviève), s'éleva le fameux palais des *Thermes* (au musée de Cluny), dont la construction est attribuée à Constance-Chlore (292). Il nous reste des traces de ce palais assez bien conservées (voir la gravure). Le mot *therme* désignait d'abord à Rome des édifices contenant des bains chauds ; puis il est devenu la dénomination des palais des empereurs. L'aqueduc d'Arcueil alimentait d'eau le palais des Thermes. Près de là existaient des arènes (rue Monge) réservées aux distractions populaires, et où trop souvent coulait le sang. Enfin, là où se trouve actuellement le jardin du Luxembourg, était un camp romain.

Ces palais, ces aqueducs, ces bassins, destinés aux lavations et aux ablutions, ces camps, ces arènes découverts à Paris, se rencontraient dans toute la Gaule. On ne retrouve pas un souvenir gaulois, tandis que partout se présente la trace de la domination romaine. C'est ainsi que s'affirme l'existence de la civilisation d'un peuple.

Jusqu'à Clovis, il y eut peu, à Paris, de monuments religieux. Le culte catholique, introduit par saint Denis vers 250, ne semble pas y avoir encore pris une grande extension. Cependant le concile qui y fut tenu en 360 prouve qu'il devait s'y rencontrer des établissements consacrés à cette religion. Sainte-Foix rapporte, dans ses *Essais historiques*, que la première église qui ait existé à Paris a été bâtie sous l'empereur Valentinien, vers 375. Elle s'appelait Saint-Étienne, à qui elle était dédiée, et se trouvait dans la Cité.

Mais à peine Clovis a-t-il conquis la Gaule, qu'elle apparaît tout à coup couverte d'églises, de chapelles et autres fondations pieuses. Tout atteste qu'il s'est fait alors une révolution au profit du christianisme. Il obtint sous les Francs un empire qu'il n'avait jamais eu sous la domination romaine. Nous verrons bientôt que ce fut une conquête pour l'Église que celle de la Gaule par des rois barbares et convertis, et que là commença pour le christianisme une seconde ère qui profita moins à sa gloire qu'à sa puissance. Là s'arrête, en effet, la poursuite de son programme d'émancipation démocratique. En s'alliant au pouvoir, l'Église fit de la religion des humbles une religion aristocratique et sacerdotale, un moyen d'asservissement par la superstition et par l'ignorance. Elle acquit de grands biens, échangea l'absolution contre des donations, fabriqua des reliques, inventa des miracles pour battre monnaie.

Invasion des Barbares. — Au commencement

du Ve siècle, la Gaule fut envahie par des hordes étrangères. Elle demanda vainement des secours à Rome; car
Rome n'avait plus de Marius pour la défendre. Vandales,
Visigoths, Bourguignons, Francs, ravagent la Gaule; Attila
même, roi des Huns, la terreur des pays qu'il menaçait,
vint échouer devant Paris, dont la superstition attribue la
délivrance aux prières d'une jeune bergère de Nanterre,
sainte Geneviève. C'est pourquoi Paris prit plus tard cette
sainte pour patronne. La fuite d'Attila permit à Childéric,
père de Clovis et fils de Mérovée, de reculer les bornes de
son petit royaume. La chute de l'Empire livrait la Gaule
désagrégée à qui saurait la recueillir. En l'an 509, la paix
faite entre les Bourguignons, les Francs et les Visigoths,
était une reconnaissance réciproque de leurs conquêtes.
C'est de cette époque que date l'existence du royaume de
Clovis et celle de Paris comme capitale de cette monarchie naissante. Jusqu'ici Paris n'avait été qu'une simple
cité de la Gaule, mais alors il en devient la métropole et
joue un rôle qui mérite une histoire. Cette histoire se
confondra souvent avec celle du progrès humain.

PREMIÈRE PARTIE

PARIS SOUS LES MÉROVINGIENS

Paris capitale du royaume. — Jusqu'à l'an 509, Clovis n'avait eu qu'un camp et des soldats. A partir de cette date, il eut un royaume et une capitale, dont il fit sa résidence. Cette unité monarchique ne dura que deux ans. Les partages de l'autorité se firent en 511. Cependant deux successeurs de Clovis, appelés Clotaire, survécurent à tous les princes copartageants, et la monarchie se reforma deux fois dans son unité. Sous Clotaire II commença la puissance des *Maires du Palais* qui, après le règne de Dagobert, se contentèrent bien quelque temps d'exercer l'autorité souveraine sous des rois enfants ou incapables, mais qui bientôt se lassèrent de ne pas joindre le titre à l'exercice de la souveraineté. Après un échec de Grimoald, fils de Pépin le Vieux, maire d'Austrasie, qui avait essayé de placer sur le trône son propre fils, Pépin le Bref usurpa la couronne de Chilpéric III, qui fut condamné à être déposé, rasé et renfermé dans un monastère.

Ainsi finit la race des Mérovingiens, en 752.

A l'époque de l'invasion des barbares, la Gaule offrait le spectacle d'une société en état complet de dissolution. Il n'y existait plus d'unité nationale, provinciale, munici-

pale. Elle expirait de langueur, tandis que les envahis-
seurs étaient pleins de force, de vie et d'avenir. Ils réunissaient tous les éléments constitutifs d'une rénovation
énergique. Ce qui leur manquait, c'était l'esprit d'organisation pour utiliser ces éléments et les rendre immédiatement profitables. L'assimilation romaine fut plus
rapide, ses fruits plus précoces, parce que les conquérants
apportaient avec eux le plan d'une société réelle et régulière.

La royauté de ces temps n'était qu'un commandement
militaire. Le mot *rex*, roi, n'avait pas encore la significa-
tion qu'on lui a attribuée dans la suite. Grégoire de Tours
appelle Siagrius roi des Romains, tandis qu'il n'en était
que le chef. Rex devait être un titre donné à tous ceux
qui se trouvaient à la tête d'une expédition militaire.
Mais, à partir de l'époque où se fit la distribution territoriale des pays conquis, se joignit au commandement militaire la puissance territoriale. Clovis, malgré son ambition criminelle, puisqu'il se défit par le sang de tous les
rois, ses parents, n'eut pas le temps de devenir un roi territorial. A sa mort même, en 511, le partage de ses pos-
sessions ne fut qu'un partage des troupes qui se trouvaient concentrées aux environs de Paris, d'Orléans et de
Soissons.

L'établissement territorial ne s'opéra donc que sous les
descendants de Clovis, et la puissance royale devint tellement attachée à la propriété du sol, que nous verrons
cette puissance décroître dès que les rois n'eurent plus de
terres à distribuer à leurs leudes, et qu'elle passa au contraire entre les mains de ceux de ces derniers qui avaient
su le plus s'enrichir. Quand le fils de Charles Martel, Pépin
le Bref, adressa cette question au pape Zacharie : « Faut-il
que le titre de roi appartienne à un individu incapable de
régner lorsque le pouvoir royal est entre les mains d'un
homme qui l'exerce bien ? » le pape lui répondit de prendre
le titre.

Cette sanction papale donnée à l'usurpation et acceptée sans conteste prouve la puissance du clergé et le degré d'abêtissement dans lequel se trouvait plongé le peuple par le régime barbare d'alors.

A cette époque les rois faisaient assez peu de cas de la personnalité humaine. Esclaves et hommes libres leur appartenaient entièrement. Grégoire de Tours raconte qu'en août 584, des ambassadeurs d'Espagne ayant demandé en mariage pour leur maître la fille de Chilpéric, Rigonthe, celui-ci ordonna qu'un certain nombre de familles parisiennes servissent d'escorte à la jeune princesse; et, sans leur consentement, les malheureux désolés furent arrachés de leurs demeures et placés dans des chariots.

Organisation administrative. — Les municipes romains eurent bientôt cessé. Les décurions et les sénateurs furent remplacés par des *scabins*, nom qui dans la suite forma celui des *échevins*. Ils assistaient le comte pour rendre la justice, justice cruelle et arbitraire dénuée de principes et de règles. Cependant, au point de vue fiscal, les Mérovingiens conservèrent aux Romains les fonctions de percepteur. A cet égard, nous citerons un ordre de Chilpéric qui traduit bien la férocité du temps : « Si quelqu'un, dit-il, s'écarte de mes ordonnances, qu'on lui arrache les yeux. » Sous de pareils tyrans la condition du peuple était vraiment précaire et douloureuse.

Quant aux *leudes*, les fidèles des princes francs, leur emploi, en temps de paix, devint une véritable domesticité. Il y avait le comte de l'étable (connétable), le maréchal primitivement n'était occupé qu'à ferrer les chevaux du roi. C'est de ces valets que sont sorties ces nobles familles qui s'enorgueillissent tant de leur origine et même les rois usurpateurs des deux autres races. Cette échelle hiérarchique de servilité franque, s'expliquait au temps de l'invasion où les vainqueurs pouvaient ne pas avoir grande confiance dans le dévouement du vaincu. Mais ce qui est plus curieux, c'est que cette noblesse d'origine teutonne pure se soit plu dans cet état de domesticité jusqu'à la Révolution. Les nobles de second ordre aimaient envoyer leurs enfants dans les cours royales ou princières comme pages ou suivantes, dans des conditions d'humiliante infériorité.

Mœurs et criminalité. — Ce qui dominait dans la criminalité de ces temps barbares, c'étaient la brutalité et l'astuce. Tout paraît avoir été le fruit du calcul et de la dissimulation. Si Clovis, par exemple, regrette de n'avoir pas épargné un seul de ses parents, c'est qu'il veut bien s'assurer qu'il n'en reste plus à égorger. Mille traits semblables reproduisent cet esprit de ruse.

A partir de la conversion de Clovis[1], les évêques gaulois prennent un grand ascendant sur les rois francs. Cette révolution morale s'est manifestée par un nombre considérable de monuments religieux. Cependant, il ne faudrait pas croire que toutes ces fondations ont été seulement inspirées par une piété fervente. Les disciples de Jésus-Christ songeaient moins déjà à enseigner qu'à exploiter la religion. A une époque où les forfaits étaient nombreux, ils élargirent les voies de l'expiation et échangèrent l'absolution du crime contre des libéralités. Ce moyen de s'enrichir était ingénieux et par lui il devenait commode à ces têtes couronnées d'échapper aux tortures de l'enfer.

L'homme lève la tête pour chercher ses sujets d'imitation, et cette dépravation royale et cléricale exerça sur les leudes et sur le peuple les plus funestes effets. Les rois

---

1. Clovis avait été converti par Clotilde, sa femme. En mémoire de cet événement, il construisit, à côté du tombeau de sainte Geneviève, l'église Saint-Pierre et Saint-Paul, dont les ruines se voyaient encore sous la Restauration et que le Panthéon était destiné à remplacer. De l'abbaye Sainte-Geneviève il reste encore la tour carrée, dite de *Clovis*, comprise dans les bâtiments du lycée Henri IV.

et les seigneurs se trouvaient les plus grands criminels et le clergé ne valait guère mieux. L'apostolat avait disparu pour faire place à la paresse et à la dépravation. Saffaracus, évêque de Paris, fut déposé, vers 549, pour crimes capitaux. Ragnemode se rendit complice des scélératesses de Frédégonde. On donna un évêché au marchand syrien Eusèbe à cause de son argent. Dans la *Vie de sainte Baltide*, Sigoberaudus est traité de « misérable évêque ». Au milieu de cet état général nous rencontrons, cependant, d'honorables exceptions. Saint Germain se distingua par sa charité, et saint Landri, dans une famine, vendit les meubles de sa maison pour secourir les malheureux.

Monuments et institutions. — Il ne saurait entrer dans notre cadre de présenter ici la liste complète de tous les monuments religieux qui, à Paris, durent leur édification à l'expiation de grands crimes. Nous nous bornerons à l'énumération des plus connus :

Les abbayes Sainte-Geneviève et Saint-Germain-des-Prés, les églises Saint-Julien-le-Pauvre, Saint-Étienne-des-Grès, Saint-Benoît, Saint-Denis-de-la-Chartre, Saint-Symphorien ; la cathédrale Saint-Étienne, dans la Cité, l'abbaye Saint-Marcel, fondée par saint Éloi, orfèvre de Dagobert, qui y plaça trois cents filles, sous la direction d'une abbesse. Cinq siècles plus tard, l'évêque Galon les remplaça par des moines, à la suite de scandales. Enfin, vinrent les églises Saint-Germain-l'Auxerrois, Saint-Gervais, Saint-Paul, Saint-Laurent, Saint-Martin-des-Champs, etc.

A l'avènement de la seconde race, Paris avait déjà, selon le moine Abbon, des murs, deux portes et quatre tours.

Sur l'emplacement du quai aux Fleurs, s'élevait, ainsi que nous l'avons dit page 4, la prison de *Glaucus*, à laquelle appartenait la tour de Roland depuis longtemps disparue.

Dans la Cité, là où se trouve le palais de Justice, s'élevait une fortification appelée *tour*, qu'on croit avoir été la demeure des rois.

A l'extrémité de la rue Galande, existait la place du Commerce, aujourd'hui, à peu près, entre la place Maubert et la place Saint-Michel [1]. Non loin de là, à l'est, s'étendait l'hospice des pauvres qui est devenu l'Hôtel-Dieu. Cette fondation d'un refuge pour les malheureux a été inspirée à l'évêque Landri, à la suite d'une épouvantable famine qui régnait vers 651.

Commerce. — Nous avons déjà parlé de l'existence à Paris d'une corporation de marchands connue sous le nom de *mercatores aquæ Parisiaci*. D'après Grégoire de Tours, ces marchands habitaient autour de la place du Commerce. Leurs maisons, toutes en bois, furent incendiées en 586, par un marchand qui accidentellement enflamma une barrique d'huile dans son cellier. La Cité, à deux reprises différentes, fut presque détruite entièrement par les flammes.

On cite un capitulaire de Dagobert, de 630, concernant l'organisation des boulangers, en application de la ghilde germanique [2].

Le goût naturel des barbares pour la parure attira à Paris nombre de négociants juifs dont quelques-uns devinrent célèbres. Le juif Salomon fut élevé à la dignité de receveur général du fisc sous Dagobert, le syrien Eusèbe, déjà cité, arriva à l'épiscopat. L'orfèvre Éloi, ayant consacré ses richesses à des fondations pieuses, fut canonisé. Un négociant français, Samon, devenu roi des Esclavons-Vinides, vainquit Dagobert. Mais si les récits de la magnificence de Dagobert nous donnent une idée de ce que

1. Quelques écrivains prétendent que la place du Commerce se trouvait dans la Cité même, rue de la Calandre, entre la cathédrale et le palais. L'île offrait, en effet, plus de sécurité aux marchands qu'une place au delà de la Seine.

2. La vieille ghilde scandinave était une association de secours mutuels, n'obéissant qu'à ses propres statuts, nommant elle-même ses chefs et levant sur chacun de ses membres une cotisation périodique.

pouvaient être les arts industriels à cette époque, ils montrent aussi que ces richesses provenaient de la rapine. Les trésors des églises et des abbayes nous fournissent la mesure de cette perversité, puisqu'ils étaient le produit d'offrandes expiatoires du crime.

Toutefois, en créant une foire à Paris, Dagobert favorisa le commerce. Cette foire était très fréquentée, malgré les entraves qu'opposaient à son développement le brigandage des seigneurs et une foule de droits de péages. Les principaux objets qu'on y négociait consistaient surtout en objets de luxe, tels que bijoux, baudriers, ceintures. On y trouvait aussi des denrées utiles : vins, huiles, miel, garance, etc.

Quant aux étoffes propres aux vêtements, chaque roi, chaque homme puissant avait sa manufacture ou gynécée, où les femmes filaient et tissaient le lin.

Fig. 3. — Le donjon du Temple.

Fig. 4. — La Tour de Nesle.

DEUXIÈME PARTIE

PARIS SOUS LES CARLOVINGIENS

Origine de la féodalité. — Sous les rois fainéants, que les maires du palais montraient à Pâques pour prouver qu'ils vivaient encore, l'esprit germanique reparaît. Sous le nom de ducs, Pépin d'Héristal et Charles Martel gouvernent. Ce dernier bat ses ennemis au dedans et ceux de l'église au dehors ; puis il distribue les dépouilles des vaincus à ses leudes en récompense de leur courage, mais avec serment de foi et hommage et de service militaire. Telle est l'origine de la féodalité.

Charles Martel s'était élevé avec son épée, Pépin le Bref s'appuya sur l'Église, et Charlemagne fit usage de ces deux éléments dans l'intérêt de sa gloire. Il l'aurait beaucoup mieux méritée s'il l'avait tirée de la seule reconnaissance du peuple. L'histoire ne s'est cependant pas montrée ingrate à son égard, parce qu'à côté de grands maux il réussit à faire du bien.

Paris perd sa qualité de capitale. — Sous le règne de ce dernier roi, Paris ne fut plus qu'une cité d'un vaste empire. C'était Aix-la-Chapelle la capitale. Mais

2.

sous Charles le Chauve, Paris devint le rempart de la France contre l'invasion des Normands, et c'est ici que commence son rôle sous cette seconde race.

Invasion des Normands. — Dès 808, ces barbares infestèrent les côtes; en 820, ayant voulu remonter la Seine, ils furent chassés de la Neustrie et, en 845, revenus en nombre, sous la direction de Ragener, ils s'avancèrent, la veille de Pâques, jusqu'à Paris. Abandonnée de ses habitants pris de panique, la ville fut livrée au pillage. Charles le Chauve paya lâchement 7,000 livres la retraite des Danois. Ce procédé était bien fait pour les encourager à revenir. Aussi, à deux autres reprises, Paris fut-il pillé et même incendié par les Normands qui, rompant le Grand-Pont pour passer leurs barques, portèrent leurs ravages bien au delà, de 855 à 861.

Cette fois le patriotisme national, soutenu par la superstition, résista. Les Parisiens construisirent un grand pont flanqué de tours et de forteresses, un peu au-dessus du pont Neuf actuel, et, en 877, réparèrent les fortifications. Gozlin, évêque de Paris, ajouta de nouvelles fortifications, en 885, et c'est alors que ces pirates, dont les barques couvraient la Seine dans l'espace d'un myriamètre, arrêtés par les ponts et les fortifications de Paris, l'assiégèrent au nombre de quarante mille durant treize mois. Pendant ce siège, la Seine, dans un débordement, emporta le Petit Pont; la tour construite au sud de ce pont, isolée par la crue, fut brûlée par les Normands, qui passèrent au fil de l'épée ses douze défenseurs. La misère, parmi les assiégés, était extrême; le typhus et la dyssenterie firent de grands ravages et emportèrent deux des plus héroïques défenseurs de la ville, Hugues, comte d'Anjou, et l'évêque Gozlin. Quant à Eudes, fils aîné de Robert le Fort, il fut assez heureux de survivre pour arriver au trône.

Ainsi que l'avait déjà fait Charles le Chauve, l'empereur Charles le Gros, pressé par Eudes, était venu sur les hauleurs de Montmartre à la tête d'une armée ; mais ce fut pour acheter honteusement la retraite de l'ennemi. Puis il retourna en Germanie pour se faire détrôner à la diète de Tribur (888). Charlemagne, qui avait montré une si énergique cruauté à l'égard de ses ennemis pour l'accroissement de son empire, ne sut léguer que la lâcheté à ses descendants pour le défendre. Héroïques jusqu'au bout, les Parisiens, même après le traité, refusèrent de laisser passer les Normands, qui se proposaient d'hiverner en Bourgogne. Ils durent démonter leurs barques et les traîner à terre sur une longueur de deux milles, jusqu'au-dessus des ponts de Paris. A partir de là, non seulement les Parisiens ne furent plus inquiétés par les Normands, mais devinrent même leurs agresseurs et leurs vainqueurs, dans le Beauvoisis et l'Amiénois. Quelque temps après, ces pirates saxons s'établirent dans cette partie de la Neustrie qui a pris d'eux le nom de Normandie ; Rollon, leur chef, s'étant fait chrétien, épousa la fille d'un roi de France, Charles le Simple (911).

Expédition d'Othon II. — Soixante-sept ans après, en 978, Paris eut un autre ennemi à combattre, l'empereur Othon II, en guerre contre Lothaire, qui s'avança sous ses murs à la tête de soixante mille soldats. Triomphant d'avoir ravagé les environs et d'avoir frappé un grand coup de lance dans l'une des portes de la capitale, il entonna l'*alléluia* sur la cime de Montmartre, et, bientôt poursuivi par les forces de Hugues-Capet et de Henri, duc de Bourgogne, il ne trouva son salut que dans la fuite.

Puissance du clergé. — Ce qui doit surtout fixer notre attention sous cette race, c'est le rôle du clergé. Charlemagne s'en était servi comme moyen politique. Son fils Louis en subit la puissance. L'un enrichit les papes pour mieux s'assurer la soumission des peuples, l'autre en fit des princes temporels. Telle est la source des prétentions insolentes de la tiare sur les couronnes, de ce despotisme théocratique qui devint si terrible pour les États et pour les sujets. Les évêques se disaient les seules puissances légitimes. Ils possédaient des richesses immenses, affichaient un luxe scandaleux. Ils portaient l'armure et avaient des serfs.

Les évêques et le clergé de Paris, pillés, ruinés, trouvèrent un singulier moyen pour se dédommager de leurs pertes. Ils faisaient croire à la fin du monde pour l'an mil, et alors on prodiguait aux églises et aux monastères des biens regardés comme inutiles; ou bien, ils extorquaient l'argent en menaçant les uns des supplices de l'enfer, ou en promettant aux autres les béatitudes célestes. Enfin, la grande richesse de Paris en reliques et en châsses des saints provenait de dépôts que le clergé s'appropriait injustement. En effet, au moment où les Normands menaçaient d'inonder la France, Paris, bien fortifié, était devenu une arche sainte à laquelle les fidèles d'alentour confiaient les objets de leur vénération. De pareils procédés ne se commentent ni ne se justifient.

Une fois en possession de ces pieuses reliques, le clergé éprouva le besoin d'élever des monuments dignes de les abriter. Telle est la cause de ces nombreux établissements religieux fondés sous la seconde race. Elle n'était pas plus morale que sous la première.

Monuments religieux. — Parmi ces établissements et monuments religieux, citons les églises Saint-Germain-le-Vieux, située dans la Cité et démolie en 1802; Saint-Magloire, rue Saint-Denis; Saint-Barthélemy, rue de la Barillerie, en face du Palais de Justice, reconstruite en 1772, puis démolie; Saint-Landri, dans la Cité, supprimée pendant la Révolution, et où l'on voyait l'épitaphe de Broussel, surnommé le patriarche de la Fronde et le père du peuple; Saint-Merri, qui prenait à cette époque

Fig. 5. — Le Palais de justice.

le nom de chapelle Saint-Pierre, et qui éprouva depuis divers changements. On sait que la tour, fortement endommagée, vient d'être récemment restaurée et couverte.

Toutes ces églises tiraient leur nom des reliques du saint qu'elles possédaient ; mais, au point de vue philosophique, il est très remarquable de constater que les établissements du christianisme à Paris se soient élevés sous l'influence des deux grandes irruptions des Francs et des Normands, c'est-à-dire du crime et du brigandage, de la morale relâchée et de la mauvaise foi du clergé. Nous ne parlerons pas de la métamorphose qui s'opérait dans le calendrier des saints. Les nouveaux étaient toujours plus honorés que les anciens, ou bien on ne les honorait plus sous le même nom quand leur crédit commençait à péricliter.

Enceinte fortifiée. — Le siège des Normands accrut l'enceinte des fortifications de Paris, qui se limitait antérieurement à l'île de la Cité. Les nouvelles murailles partaient du Grand-Pont, suivaient la direction de la rue Saint-Denis jusqu'à la rue des Lombards, où se trouvait une porte ; de là, elles continuaient par la rue Trousse-Vache, jusqu'au cloître Saint-Méderic (Saint-Merri), où existait une seconde porte ; puis l'enceinte se prolongeait par la rue de la Verrerie, la rue des Deux-Portes, traversait la rue de la Tixeranderie et le cloître Saint-Jean, où était une troisième porte, et enfin descendait à la Seine. Le côté sud de la Cité n'était point encore entouré de murs.

La Cité se trouvait partagée en deux parties par un chemin qui, partant du Petit-Pont, aboutissait au Grand-Pont. Dans la partie occidentale, là où se trouve actuellement le Palais de Justice, résidait le comte (voir la gravure du palais actuel) ; dans la partie orientale, habitait l'évêque, près de son église. Mais au delà de la Cité et des fortifications nouvelles, au nord et au sud, s'étendaient déjà des faubourgs formés de groupes de chaumières, que dominaient les édifices religieux, églises ou monastères. Ainsi se voyaient les bourgs Saint-Marcel, Sainte-Geneviève, Saint-Germain-des-Prés, Saint-Germain-l'Auxerrois et Saint-Martin-des-Champs.

A l'exception de la cathédrale, du palais, des chapelles et des églises, toutes les constructions étaient en bois. De là de fréquents et désastreux incendies.

Organisation civile de Paris. — Charlemagne avait choisi Aix-la-Chapelle pour sa résidence royale. Sous ses descendants, ce fut Laon qui devint la capitale de la France, et Paris ne restait que le chef-lieu d'un comté. Mais les comtes de Paris s'arrogèrent bientôt le titre de rois de France, tandis que les rois de Laon ne furent que des ducs de Lorraine. Toutefois, avant de devenir la famille régnante de la France, les comtes de Paris s'en trouvaient les personnages les plus illustres et les plus puissants. Ils habitaient, comme nous l'avons déjà dit, un palais qui existait sur l'emplacement du Palais de Justice actuel.

Jusqu'à Charles le Chauve, les comtes de Paris furent successivement Gérard, sous le règne de Pépin ; Étienne, sous celui de Charlemagne ; Bigon, sous Louis le Débonnaire. Dès le début, les comtes, sortes d'administrateurs, étaient placés sous la surveillance d'envoyés royaux, appelés *missi dominici*, institués par Charlemagne. Mais ces offices temporaires devinrent héréditaires sous Charles le Chauve, et alors la puissance des comtes en général s'accrut, surtout celle des comtes de Paris. Vers le IXe siècle, le royaume se divisait en sept grands duchés. Le duché de France, l'un d'entre eux, composé d'une partie de la Neustrie, devint la propriété des comtes de Paris. Ils ne laissèrent aux descendants de Charlemagne que Laon et le titre de roi. Encore, Eudes et son frère Robert le partagèrent-ils avant que Hugues Capet l'eût usurpé tout entier.

L'organisation civile de Paris nous est révélée par un capitulaire de Charlemagne. Les lois étaient votées par une assemblée publique composée des comtes, évêques et abbés et des échevins ou assesseurs du comte, ses auxiliaires dans l'administration de la justice.

Mais la plus grande institution de Charlemagne est assurément la fondation des écoles attachées aux églises et aux monastères. Ces écoles ne pouvaient exister que dans les cloîtres et palais épiscopaux, les prêtres étant seuls un peu lettrés. A Paris, les écoles furent nombreuses. La plus célèbre est celle de Saint-Germain-des-Prés, bien que ce qui nous est resté de cet enseignement ne donne pas une haute idée de sa valeur. Ces écoles, gratuites, étaient fréquentées surtout par les fils du peuple, les seigneurs se faisant une gloire de leur ignorance. Malgré son imperfection, cette institution était bonne et elle a plus fait pour la gloire de Charlemagne que le massacre des Saxons.

Commerce. — Les relations commerciales, que nous avons signalées sous la première race, prirent un plus grand développement sous le règne de Charlemagne, grâce à de sages dispositions sur les péages et surtout à la création d'un système monétaire qui facilitait les échanges. Malheureusement ce cours de prospérité fut détruit sous les autres rois par les guerres civiles et les diverses invasions des Normands. Pendant plusieurs siècles la navigation sur la Seine fut interrompue. Les négociants syriens s'enfuirent; seuls les juifs restèrent parce que la France était encore le pays où ils rencontraient le plus de tolérance. L'industrie agricole se trouvait dans la même léthargie. On compta quatorze ans de famine sur vingt-trois. Il en résulta des faits d'une véritable anthropophagie qui font horreur à signaler et des maladies appelées *feu sacré, mal des ardents* et *mal d'enfer* heureusement disparues avec leurs tristes causes.

Mœurs. — Les mœurs de tous les gens titrés ne

furent pas meilleures que sous la première race. La ru-
desse teutonne ne s'était pas policée au contact des
vaincus. Au contraire, l'ignorance et la brutalité des
Francs effacèrent peu à peu les traces de la civilisation
romaine, et la masse redevint barbare sous ces régimes
d'oppression stupide. La seule industrie des seigneurs consistait dans le brigandage et la spoliation des ressources
des classes laborieuses. Ce fut, dit-on, pour réprimer de
tels actes que se fonda la chevalerie, aussi stérile en résultats que louable en intentions.

Justice. — Dans ces temps de barbarie grossière, il
n'existait aucune notion de justice. Croyant que Dieu ne
saurait laisser succomber un innocent, on s'en rappor-
tait à son jugement. Pour se justifier, l'accusé devait se
plonger le bras dans l'eau bouillante ou empoigner un fer
chaud. S'il sortait sain et sauf de ces épreuves, il était
acquitté. C'est dire que tous les accusés restaient condamnés, et c'est sans doute à l'exemple de cette justice
divine que la justice humaine oppose tant de difficultés à
reconnaître l'innocence d'un accusé, au lieu de toujours
le considérer comme non coupable avant que la preuve
du crime soit formellement fournie.

Les différends se jugeaient aussi par le duel. L'épée et
le bâton remplaçaient les avocats. Les parties combattaient publiquement. Cependant les femmes et les vieillards gardaient la faculté de se choisir des champions. Le
vaincu avait le poing coupé. Mais le clergé préférait les
épreuves ou *ordalies*. Charlemagne fit substituer dans
les duels le bâton au glaive; néanmoins longtemps les
serfs seuls se soumirent à l'usage du bâton. Ces jugements, qu'on appelait *jugements de Dieu*, étaient précé-
dés de cérémonies religieuses, coutumes venues des Hin-
dous et des Grecs et introduites en France par les Bourguignons, d'origine germanique.

A Paris, les combats judiciaires avaient lieu près du

3

Pré-aux-Clercs dans un vaste clos, disposé à cet effet.

Langage. — Le langage de cette époque, appelé *roman*, était un latin corrompu mélangé de celtique, de tudesque et de gothique. Poli par huit siècles, ce mélange est devenu la langue française.

Misère. — Il est inutile de s'appesantir sur la misère des Parisiens. Cette longue suite de déprédations commises par les Normands, de sièges, d'occupations par les troupes impériales, d'inondations, d'incendies et de stérilités, faute de culture, causa les famines atroces dont nous avons déjà parlé plus haut, et dont n'eut raison que l'énergie de ce peuple industrieux.

Fig. 6. — Le Louvre au XVe siècle.

TROISIÈME PARTIE

PARIS SOUS LES PREMIERS CAPÉTIENS

Xᵉ, XIᵉ, XIIᵉ ET XIIIᵉ SIÈCLES

SOMMAIRE. — Division des asservis. — Origine de la municipalité parisienne. — Enceinte de Philippe Auguste. — Établissements religieux. — Monuments. — Établissements hospitaliers — Fondation de l'Université. — Justice. — Mœurs. — Corps de métiers. — Commerce. — Impôts. — Développement physique de Paris.

Division des asservis. — L'autorité royale, limitée par celle des seigneurs laïques et ecclésiastiques — car les uns et les autres avaient leurs droits et leurs troupes — chercha sous Louis le Gros un appui à sa faiblesse dans ce qui n'était ni baron ni évêque, c'est-à-dire dans le peuple. Le peuple formait trois classes, toutes esclaves, mais cependant différant chacune par un degré de moins d'asservissement. L'empire du privilège existait jusque dans la servitude.

Ainsi on distinguait : 1° les *serfs*, sur lesquels le seigneur avait le droit de vie et de mort; ils formaient la dernière classe; 2° les *vilains*, attachés à la glèbe et ne pouvant se marier, ni changer de demeure ou de profession, ni rien acquérir sans la permission du seigneur : c'était la seconde classe; 3° enfin, les *ingénus*, qui n'étaient assujettis qu'à des corvées, composaient la première. Les bourgeois étaient les habitants des villes.

Voilà donc les diverses classes d'esclaves dont se composait le peuple et auxquelles Louis le Gros, assurément moins par justice ou sympathie que par intérêt, conçut le projet de vendre la liberté. Les croisades, en précipitant l'Occident sur l'Orient, arrachèrent les seigneurs à leurs manoirs, suspendirent leurs brigandages et les forcèrent à vendre au roi leurs domaines et au peuple des chartes de liberté. En même temps que les communes recouvraient de l'indépendance, elles s'unissaient au trône et fournissaient au roi des secours en hommes et en argent pour combattre leurs communs ennemis. Philippe le Bel, en se faisant le bourreau des Templiers, se montra le protecteur des droits du peuple et lui donna le premier une existence politique en l'appelant à la tenue des États. Tous les soins de la royauté tendirent un moment à élever le peuple et à abaisser les seigneurs. Philippe le Hardi viola encore les prérogatives de la noblesse féodale en créant des lettres d'anoblissement. Une ordonnance de son fils instituait les notables bourgeois. A Paris, pour être notable, il fallait posséder une maison d'au moins 60 sols parisis, être présenté par trois bourgeois au cinquantenier, et agréé par le prévôt. Le Parlement, qui était un tribunal ambulant, devint sédentaire. Philippe le Bel et, avant lui, son aïeul, en y introduisant des légistes, portaient un coup fatal aux seigneurs qui le composaient et qui, pour la plupart, ne savaient pas signer. Ainsi débuta la noblesse de robe. Ce parlement de légistes ne tarda pas à faire acte d'indépendance. Sous Charles IV, dit le Bel, le seigneur de Casaubon, Jourdain de Lisle, neveu du pape Jean XXII, dont les crimes, par considération pour ce pape, étaient restés impunis, fut condamné à être pendu, et l'arrêt reçut à Paris même son exécution.

Origine de la municipalité parisienne. — Nous voyons donc unis le peuple et le roi; et, soit par intérêt, soit par reconnaissance, soit même qu'il y fût contraint, celui-ci accorder aux communes des chartes de franchise dont l'une des plus anciennes est celle de Laon. Paris n'eut pas la sienne [1]. Mais Louis le Gros en 1121, Philippe Auguste en 1190, et ses successeurs, accordèrent aux nautes parisiens une série de droits qui prirent bientôt la forme d'une organisation libérale et puissante. Tout d'abord les marchands hansés de la Seine et les différentes corporations de métiers, jurandes, maîtrises, etc., présentaient assez de cohésion pour se protéger contre le brigandage des comtes, la tyrannie des abbés, et contre les marchands des environs qui cherchaient à introduire dans Paris leurs marchandises sans en acquitter les droits de péages.

Le président de la hanse et le corps des marchands de l'eau possédaient donc déjà au XIIᵉ siècle une partie du pouvoir municipal. Le siège de leur juridiction se trouvait établi dans une vaste masure flanquée de tours, située dans le quartier Saint-Jacques (près la rue Soufflot et la rue Victor Cousin). Une plaque commémorative en indique l'endroit précis. Cette maison était désignée sous le nom de *Parloir aux Bourgeois*. Plus tard, ils se transportèrent dans une maison du même nom, attenante au Châtelet, en même temps qu'ils achetaient sur le pont et le quai de la Mégisserie un hôtel dit *maison de la marchandise du sel*. Une ordonnance d'Étienne, prévôt de Paris, de 1258, donne officiellement au chef de la hanse le titre de *prévôt des marchands*. Mais le parlement s'obstina longtemps à l'appeler *maître des échevins de Paris*.

La municipalité de Paris, après la grande ordonnance

---

1. L'amour de la liberté qu'ils provoquaient sur les terres des seigneurs ne pénétra jamais assez les rois pour les porter à se dépouiller du gouvernement de leur capitale. Une pareille grandeur d'âme ne s'est jamais rencontrée chez un gouvernant. Mais les Parisiens n'en parvinrent pas moins à ce résultat, en retour de sacrifices pécuniaires, quand le trésor royal, devenu vide, faisait appel aux économies des bourgeois de la « bonne ville de Paris ».

3.

du roi Jean de 1355, se composait d'un bureau permanent nommé le Bureau de la Ville, et d'un corps délibérant désigné sous le nom de Conseil de Ville.

Le Bureau comprenait le prévôt des marchands et quatre échevins.

Le Conseil de Ville était formé du Bureau et de vingt-quatre conseillers.

Le prévôt des marchands présidait à tout ce qui concernait la défense, le commerce, la police des rivières et des ports. Il avait aussi certaines attributions judiciaires. A cet effet, il était assisté d'un procureur, d'un greffier et de deux lieutenants, qui rendaient la justice en son nom.

Les quatre échevins se partageaient les différentes branches de l'administration sous leur responsabilité, et assuraient l'exécution des décisions du Conseil de ville. Dans cette tâche, dix sergents les secondaient.

Le prévôt des marchands était élu pour deux ans. Il ne pouvait être élu plus de trois fois successives. Il devait être né à Paris, être notable bourgeois et membre d'une confrérie. Les électeurs se composaient du prévôt sortant, des échevins, des conseillers de ville, des quartiniers, et, par quartier, de deux délégués des notables bourgeois. Le collège électoral se réunissait sous la présidence d'un officier du roi. Le vote se faisait par bulletins secrets. Il y avait quatre scrutateurs. Telle était la forme de procéder. Mais toutes les élections n'eurent pas lieu avec cette régularité. Le roi, voulant assurer le succès d'une de ses créatures, fit quelquefois procéder par le vote à haute voix. Cependant ce moyen d'intimidation ne réussit pas toujours. On vit même des prorogations de pouvoirs, des nominations directes par le roi, et l'illégalité poussée jusqu'à suspendre l'élection par ordonnance et pourvoir à la place vacante, en permettant au prévôt de Paris de cumuler les attributions du prévôt des marchands.

L'élection des quatre échevins et des vingt-quatre conseillers de ville avait lieu dans les mêmes conditions.

Toutes ces charges étaient rétribuées et le cumul d'autres fonctions interdit.

Il nous est impossible de fixer la date précise à laquelle commença le fonctionnement de ces rouages administratifs. Les documents manquent à cet égard. Mais ce qui est certain, c'est que sous la prévôté d'Étienne Marcel, ce système existait dans son entier, et que c'est à cette unité de pouvoir communal qu'il dut son autorité dans sa lutte contre le dauphin.

Nous compléterons ces notions sommaires sur l'organisation municipale de Paris, en disant un mot de la garde bourgeoise. C'étaient les confréries d'industriels qui faisaient le guet. Cette garde comprenait seize *quartiniers* chargés chacun de la surveillance d'un quartier. Ils possédaient les clefs de la porte du quartier et étaient dépositaires des instruments nécessaires à porter secours, en cas d'incendie ou d'inondation. Leur nomination avait lieu à l'élection par les *cinquanteniers*, commandant à cinquante hommes, et les *dixainiers,* qui comptaient chacun dix hommes sous leurs ordres. Les cinquanteniers, à leur tour, étaient élus par les dixainiers et ceux-ci par leurs subordonnés. En outre, les cinquanteniers et les dixainiers entraient dans la composition du collège qui présentait les notables bourgeois pour l'élection du Bureau et du Conseil de Ville.

Trois compagnies d'archers, arbalétriers et arquebusiers complétaient la force armée. Ces trois compagnies se trouvaient sous les ordres des prévôts des marchands et de Paris. En 1550, elles étaient commandées par un capitaine général et, plus tard, toutes les forces militaires furent placées sous le commandement d'un lieutenant du roi.

Enceinte de Philippe Auguste. — Louis le Gros paraît être le fondateur du Grand-Châtelet, qui, sous Louis VII, devint la demeure du prévôt de Paris. Ce fonctionnaire n'avait rien de commun avec le prévôt des marchands. Celui-ci était un représentant du peuple; l'autre ne représentait que le roi. C'était un préfet de police du temps. A son origine, cette charge fut vénale. Le prévôt de Paris assurait la police urbaine, rendait la justice en première instance, fixait les tarifs de péages, enregistrait les statuts des confréries, autorisait les fêtes, etc. Pour la justice, un lieutenant civil et un lieutenant criminel[1] l'assistaient. Nous verrons plus tard que ces attributions s'accrurent encore. La cour du Châtelet disparut en 1790, et ses bâtiments furent démolis en 1802. (V. p. 60.)

Le Petit-Châtelet, construit à l'extrémité méridionale du Petit-Pont, servait de prison aux écoliers turbulents. Le prévôt de Paris s'y fixa à partir de 1402. Cet édifice fut démoli en 1782. Ces deux Châtelets servaient de défense au Pont-au-Change et au Petit-Pont.

Louis le Gros, qui avait plus de confiance dans le peuple de Paris que dans les seigneurs, ses voisins, fit clore Paris de murailles, du moins en partie. Mais, en 1190, à son départ pour la croisade, Philippe Auguste ordonna aux bourgeois de Paris de faire travailler sans délai à une enceinte de leur ville, composée d'une muraille solide, couronnée de créneaux et fortifiée, à peu près à soixante mètres de distance, de tours rondes engagées dans le mur. La première tour, appelée *tour du coin*, s'élevait sur la rive droite de la Seine, à quelques mètres au-dessus du Pont-des-Arts. Deux autres tours fermaient la porte Saint-Honoré; puis venait la porte Coquillière, près la rue Jean-Jacques Rousseau; celles de Montmartre, Saint-Denis,

---

1. Un édit de mars 1667 créa un magistrat spécial pour la police sous le nom de *lieutenant de police*. Le premier, M. de la Reinie, devait aimer l'antithèse; car tandis qu'il organisait l'espionnage dans l'ombre, il faisait la lumière dans les rues en établissant des lanternes. Il y avait aussi une autre puissance qu'on appelait le *gouverneur de Paris et de l'Ile-de-France*, commandant de la force armée. Parmi ces gouverneurs figurèrent des archevêques et des cardinaux.

Fig. 7. — Le portail de Notre-Dame.

Nicolas Huidelon, Barbette, Baudet, rue Saint-Antoine ; enfin, sur la Seine, se trouvait la tour Barbelle ou Barbette-sur-l'Eau, qui terminait l'enceinte septentrionale.

Les fortifications de la partie méridionale ne furent commencées qu'en 1208. Leur construction dura trois ans.

Sur l'emplacement actuel de l'Institut, s'élevait une tour correspondant à la tour du coin. C'est cette tour qui, dans la suite, fut appelée la tour de Nesle, sur laquelle ont été écrites de si sinistres légendes. Dans la rue Saint-André-des-Arts se trouvait la porte de Buci. Dans la rue de l'École-de-Médecine était située l'ancienne porte des Cordeliers, depuis porte Saint-Germain. Près de la fontaine Saint-Michel, en face de la rue Soufflot, s'élevait la porte de fer, devenue d'Enfer, d'où la rue d'Enfer a tiré son nom. Charles VI l'appela porte Saint-Michel, en mémoire de la naissance de la fille qu'il eut d'Isabeau de Bavière. Entre les rues Soufflot et des Fossés-Saint-Jacques, était la porte Saint-Jacques ; au-dessus de l'Estrapade existait une porte de ce nom. Plus loin, on rencontrait la porte Saint-Victor, qui empruntait son nom à l'abbaye voisine. A partir de là, le mur d'enceinte se prolongeait parallèlement à la rue des Fossés-Saint-Bernard, et aboutissait à la Seine, où s'élevait la porte des Tournelles, en face de la tour Barbette-sur-l'Eau.

Cette muraille, fruit des corvées des Parisiens, n'en fut pas moins appelée muraille du roi, et considérée par lui comme sa propriété. Les murs de cette enceinte, qui comprenait soixante-sept tours, sans compter la tour du Louvre, achevée en 1204, avaient neuf mètres de haut sur trois d'épaisseur. (Voir notre plan, page 181.)

Voilà pour la physionomie extérieure de Paris ; voyons maintenant ce qu'elle était au dedans.

Établissements religieux. — Si les croisades furent ruineuses pour les seigneurs, elles ne nuisirent point au développement des ordres religieux. Le Temple était habité par des moines soldats qui embellirent tellement leur enclos, qu'on l'appelait la *ville neuve du Temple*[1]. C'est dans la tour du Temple que les rois déposèrent longtemps leurs trésors. C'est là aussi que se trouvaient les archives des Templiers. Le 11 août 1792, Louis XVI et sa famille furent enfermés dans cette tour, qui servit de prison d'État jusqu'en 1811, date de sa démolition. (V. p. 15.)

Les Templiers acquirent une telle puissance par leurs privilèges et leurs richesses, qu'ils finirent par porter ombrage à Philippe le Bel, et leur grand-maître, Jacques de Molay, ainsi que Guy, commandeur de Normandie, furent brûlés vifs, le 11 mars 1314, dans l'île aux Juifs, réunie à la Cité, lors de la construction du Pont-Neuf.

A l'endroit où se trouve aujourd'hui le musée de Cluny (ancien palais des Thermes), s'établirent les Mathurins, 1209. Ils rachetaient aux musulmans les esclaves chrétiens et aux chrétiens les esclaves musulmans qu'ils donnaient en échange. L'Université tenait ses assemblées dans ce couvent et y célébrait ses solennités religieuses.

C'est sous saint Louis que se fixèrent à Paris les Jacobins, rue Saint-Jacques, disciples de saint Dominique, surtout célèbre par sa criminelle croisade contre les Albigeois. Ces moines mendiants, où les rois prirent leurs confesseurs, et l'Inquisition d'Espagne son patron, furent toujours les ennemis de l'Université. L'assassin de Henri III, Jacques Clément, était un jacobin. Ce couvent, supprimé en 1790, a servi de prison. Nous verrons plus loin se fonder d'autres couvents de cet ordre.

Sous saint Louis se sont encore établis les Cordeliers,

---

1. Les Templiers possédaient en outre, sur la rive gauche, en face du Collège de France actuel, un enclos fortifié, résidence du Commandeur, dont le dernier vestige, la *tour de la Commanderie* ou tour Bichat, ne disparut qu'en 1855. La tour carrée du Temple avait ses quatre angles munis de tourelles.

là où est l'École de médecine ; le monastère des Grands-Augustins ; celui des Carmes, place Maubert ; celui des Chartreux, avenue de l'Observatoire ; celui des frères de Sainte-Croix-de-la-Bretonnerie et celui des Blancs-Manteaux, ainsi que nombre de couvents de femmes. Tous ces ordres mendiants ruinèrent Paris et une femme le reprocha amèrement à saint Louis, en lui disant : « Tu n'es « que le roi des frères prêcheurs. C'est un grand malheur « que tu sois roi de France. » Fort heureusement, ses successeurs ne suivirent pas son exemple. Nous ne voyons qu'un seul monastère s'élever sous Philippe le Bel, celui des moines hospitaliers de la Charité de Notre-Dame. Un juif nommé Jonathas, ayant profané une hostie, et s'étant vanté d'avoir tué le dieu des catholiques, fut condamné au supplice du bûcher. Jonathas était riche. On s'empara de ses biens, qui servirent à doter l'établissement de ces moines, situé rue des Billettes.

Monuments. — Au commencement de cette période on reconstruisit les églises détruites par les Normands, et on étendit les fortifications aux champs cultivés pour soustraire la ville et ses environs au brigandage des seigneurs. Mais après les croisades, après la triple révolution civile, religieuse et politique, on vit s'élever un autre peuple et surgir une autre ville dans l'enceinte de Philippe Auguste.

Parmi les églises reconstruites en totalité ou en partie, nous mentionnerons Saint-Germain-des-Prés, sous le règne de Robert ; les abbayes Saint-Martin-des-Champs, occupée aujourd'hui par le Conservatoire des Arts-et-Métiers ; Sainte-Geneviève (lycée Henri IV et bibliothèque Sainte-Geneviève) ; les églises Sainte-Marine ; Saint-Denis-du-Pas ; Saint-Jacques-des-Arcis ; Saint-Pierre-aux-Bœufs, disparues ; Saint-Nicolas-des-Champs, rue Saint-Martin ; Saint-Médard, rue Mouffetard ; Saint-Pierre, à Montmartre, église abbatiale qui existe encore.

Fig. 8. — Le chœur de Notre-Dame au XIIIe siècle.

4

Sous le règne de Philippe Auguste, l'architecture, à Paris, prend un nouvel essor. Le style sarrasin avec ses formes sveltes et variées, légères et hardies, donna l'éveil à l'imagination des peuples. Il se prêtait merveilleusement à toutes les licences du goût et à la mobilité de ses caprices.

L'église Notre-Dame fut le premier monument de cette architecture gothique. Elle eut pour fondateur Maurice de Sully. Nous n'entreprendrons pas la description de cette merveille de l'art, qui a été l'objet d'un chef-d'œuvre de Victor Hugo et qu'on trouve dans tous les guides du voyageur dans Paris. Nous dirons seulement que sur la place appelée *Parvis*, devant le portail principal, se trouvait une échelle patibulaire[1], marque de la haute justice qu'exerçait l'évêque. Cette échelle fut remplacée en 1767 par un carcan qui disparut en 1792. C'est de ce poteau que partaient les distances itinéraires de la France. (Voir les gravures, pages 33 et 37[2].)

Autour de Notre-Dame, on voyait groupées plusieurs petites églises qui en dépendaient : Saint-Jean-le-Rond, la chapelle de l'Hôtel-Dieu, Saint-Denis-du-Pas, Sainte-Geneviève-des-Ardents. Sur l'emplacement de la fontaine actuelle des Innocents, existait une église et Philippe Auguste établit un cimetière dans les environs. Le tout a disparu en 1786. L'église Saint-Étienne-du-Mont, près du Panthéon, remonte à cette époque. Elle renferme le tombeau de Pascal. (Voir la gravure, page 41.) Les églises Saint-Côme et Saint-Damien et Saint-Honoré, rue Montesquieu ainsi que Saint-Jacques-de-la-Boucherie dont une tour reste l'un des plus beaux ornements de Paris, termineront cette énumération. (Voir la gravure qui représente cette tour restaurée par Ballu, page 45.)

A côté de ces églises, s'élevèrent encore beaucoup de

1. De *patibulum*, gibet.
2. La statue équestre que représente la dernière de ces gravures, à droite du chœur, était celle de Philippe le Bel.

chapelles. Chaque seigneur voulut avoir la sienne dans son château. Saint Louis construisit, sur les dessins de Pierre de Montreuil, la Sainte-Chapelle actuelle pour y déposer les reliques, livres et objets précieux qu'il avait achetés au poids de l'or. Boileau, dans son *Lutrin*, a décrit la vie voluptueuse des chanoines préposés à la garde de ces trésors. (Voir la gravure représentant la Sainte-Chapelle au XVIIIe siècle, page 35.)

La Sainte-Chapelle fut élevée, dit-on, en moins de cinq ans (1242-1247). La légèreté de cette construction, la magnificence de ses vitraux en font un des plus curieux monuments du XIIIe siècle. La flèche et la toiture furent brûlées en 1630 et, pendant deux siècles, il ne se trouva pas un architecte capable d'entreprendre cette restauration. Ce n'est que de 1839 à 1867 que cette flèche fut rétablie par Lassus, et le reste du monument réparé par Duban, Viollet-le-Duc et Bœswillwald.

Établissements hospitaliers. — Avant les croisades, il y avait eu à Paris des maisons pour héberger les pauvres passants et des établissements connus sous le nom de maladreries ou léproseries, destinés aux malades nombreux qui étaient atteints de la lèpre. La plus ancienne léproserie est la prison actuelle de Saint-Lazare. Sous Philippe Auguste furent fondés deux hôpitaux : la Trinité et Sainte-Catherine. Les frères hospitaliers qui desservaient ces établissements s'emparèrent dans la suite des biens et des revenus des pauvres. Pour cela ces moines usaient du reste d'un ingénieux moyen, celui de faire passer tous leurs malades de vie à trépas. Une telle terreur se répandit parmi les malheureux qu'aucun d'eux ne consentit à recourir aux soins de ces bourreaux. C'est de là, sans doute, que vient cette répulsion qu'a le pauvre pour l'hôpital.

L'hospice des Quinze-Vingts remonte à saint Louis (1254). Il était destiné à recueillir trois cents chevaliers laissés en otage au soudan du Grand-Caire et auxquels les Sarrasins avaient crevé les yeux. Ce nombre s'éleva bientôt à huit cents. Par une ordonnance de 1269, datée de Melun, saint Louis accorda aux Quinze-Vingts trente livres parisis de rente annuelle et perpétuelle à employer en potages le long de l'année. L'établissement fut de plus doté de privilèges particuliers et notamment d'un droit d'hérédité à son profit sur les biens des aveugles admis dans son sein. D'abord situé au coin de la rue Saint-Nicaise et de la rue Saint-Honoré, cet hospice fut transporté en 1779 rue de Charenton, dans l'ancien hôtel des mousquetaires noirs, où il se trouve aujourd'hui.

L'Hôtel-Dieu a la même origine que les hôpitaux voisins des églises. Les églises avaient leurs pauvres qu'on nommait matriculaires, c'est-à-dire inscrits sur les matricules; et ces lieux destinés à la nourriture des pauvres sains devinrent l'asile des pauvres malades. Chaque chanoine de Notre-Dame, en mourant ou en quittant sa prébende, devait donner un lit à l'Hôtel-Dieu. Philippe Auguste lui accorda la paille de ses appartements et, saint Louis, le privilège inique de prendre, ainsi que le faisaient les rois et les évêques, les denrées sur le marché et de les payer le prix qu'il plaisait. C'était ce qu'on appelait le droit de prise, et nous y reviendrons bientôt. (Voir p. 34.)

L'Hôtel-Dieu fut d'abord desservi par des prêtres et des frères. Mais ils y devinrent la cause de tant de désordres, que le Parlement, en 1505, les remplaça par des sœurs.

D'ailleurs cet hôpital, comme les autres, fut plutôt, jusqu'à la Révolution, un séjour de mortalité que de guérison.

Enfin Haudry, panetier de Philippe le Bel, avait fondé l'hôpital des Haudriettes dans la rue de ce nom et destiné aux veuves pauvres. Mais la congrégation qui administrait cet établissement hospitalier s'empara dans la suite des biens qui en composaient la dotation.

Fondation de l'Université. — Charlemagne

Fig. 9. — L'église Saint-Étienne-du-Mont. (Place Sainte-Geneviève.)

4.

avait attaché des écoles aux monastères et aux évêchés. A Paris, dès le XIe siècle, plusieurs de ces écoles étaient déjà célèbres. L'école épiscopale avait pour professeurs Michel de Corbeil et Philippe de Champeaux, et les enfants des rois y allaient apprendre la grammaire. Mais à côté de ces écoles officielles, il y en avait d'indépendantes, fondées par des savants de l'époque. C'était le réveil de l'intelligence humaine, conséquence de l'émancipation politique. Des doctrines nouvelles apparurent, pour lesquelles la persécution développa la ferveur d'un prosélytisme ardent. Telle fut l'école d'Abélard, célèbre par son savoir et par ses malheurs. D'abord fixé à Melun, puis à Corbeil, puis à Paris, partout persécuté, il se retira en Bretagne, à l'abbaye de Saint-Gildas-de-Ruis, où il trouva des moines plus disposés à l'égorger qu'à l'entendre. A Paris, ses savantes leçons sur la théologie et la philosophie attirèrent un nombre extraordinaire d'étudiants nationaux et même étrangers, nombre qui, dit-on, surpassait celui des habitants. C'était dans une maison de la place Notre-Dame qu'il tenait son école, en 1095, et il habitait non loin de là, rue du Chantre, n° 1.

Nous citerons aussi le savant professeur Lombard qui, en 1159, devint évêque de Paris.

Flatté de voir sa nouvelle enceinte se peupler de cette jeunesse studieuse, Philippe Auguste accorda à ces écoles de nombreux et dangereux privilèges. Louis IX eut même le tort, selon nous, d'en faire une sorte de corporation sous le nom d'Université. Dès lors l'enseignement perdit son originalité pour devenir une imitation servile des littératures grecque et latine. De plus, l'Université devint un corps redoutable, sujet de troubles fréquents avec les bourgeois, et, grâce aux privilèges dont elle jouissait, ceux-ci étaient toujours vaincus, passibles de la prison ou du gibet.

La promenade favorite des étudiants était alors le *Pré-aux-Clercs*, qui s'étendait depuis l'abbaye de Saint-Ger-

main-des-Prés jusqu'aux Invalides. Le mot *clerc* est le
nom sous lequel on désignait les élèves de l'Université et
des monastères, parce que tous ambitionnaient les dignités
ecclésiastiques qui, depuis le commencement de la troisième race, ne se conféraient plus exclusivement aux
castes nobilières, devenues trop ignorantes. Ainsi, que le
peuple le retienne bien, c'est par la supériorité intellectuelle que les classes intermédiaires se sont successivement élevées et qu'elles sont arrivées même à se substituer à la noblesse dans la direction des affaires publiques.

Les principaux collèges de cette époque se trouvaient
être : l'école Saint-Victor, dans l'abbaye de ce nom, fondée par Philippe de Champeaux, le maître d'Abélard ; le
collège des Bons-Enfants, près du Palais-Royal ; le collège des Bernardins, près la place du Marché-aux-Veaux ;
celui des Prémontrés, rue Hautefeuille ; celui de Cluny,
place de la Sorbonne ; fondés sous saint Louis. Il y avait
aussi deux collèges étrangers, celui des Danois, rue Sainte-
Geneviève et celui de Constantinople, dans le cul-de-sac
Saint-Amboise, près la place Maubert.

La plupart des écoliers mendiaient leur pain, et Rabelais nous dit que leur existence était pire que celle des
forçats. Ce fut pour faciliter à ces pauvres écoliers les
moyens d'arriver que Robert Sorbon, clerc parvenu,
fonda la Sorbonne avec la protection de saint Louis, dont
il était le chapelain. La Sorbonne s'éleva d'abord sous le
titre de *pauvre maison*, mais bientôt ces pauvres maîtres
formèrent un tribunal devant lequel vinrent échouer les
foudres de Rome et l'autorité des rois.

Primitivement, les études se composaient du *trivium*,
comprenant la grammaire, la logique et la rhétorique, et
du *quadrivium*, ou les éléments de l'arithmétique, de
l'astronomie, de la géométrie et de la musique.

Mais ensuite, pour obtenir le grade de docteur en Sorbonne, il fallait disputer dix ans, et, pour la dernière thèse
qu'il soutenait, le candidat devait, sans boire, sans man-

ger et sans quitter sa place, soutenir et repousser les attaques de vingt ergoteurs, qui le harcelaient de six heures du matin à sept heures du soir. Cet ergotage de la scolastique peut nous sembler puéril aujourd'hui, mais au moins on raisonnait sur quelque chose, tandis qu'auparavant on se bornait à croire.

Les bâtiments de la Sorbonne furent reconstruits de 1635 à 1653 par Richelieu, dont on peut y admirer le tombeau, chef-d'œuvre d'art de Girardon. L'église et le dôme sont dus à l'architecte Jacques Lemercier. L'agrandissement de la Sorbonne est en exécution.

Rue Saint-Antoine existait un établissement destiné aux jeunes gens du diocèse de Langres, qui suivaient les cours de l'Université.

Philippe le Hardi construisit le collège d'Harcourt, dont l'emplacement est occupé par le lycée Saint-Louis, boulevard Saint-Michel.

Jeanne de Navarre, épouse de Philippe le Bel, fonda le collège de Navarre, en 1309, là où se trouve l'École polytechnique.

Plusieurs diocèses, à l'exemple de celui de Langres, fondèrent des établissements spéciaux. Tels furent le collège du cardinal Lemoine, le collège de Laon. Les élèves du collège Montaigu avaient chacun 10 livres par an pour leur entretien. Le collège de Tréguier fut établi en 1325 par testament de Guillaume de Coatmohan, grand chancelier de l'église de Tréguier. Le collège de France actuel en occupe l'emplacement. En 1317, Nicolas Galeran créait le collège de Cornouailles pour cinq pauvres écoliers de ce pays.

L'esprit qui inspirait ces fondations diverses était un esprit de patriotisme local. Dans les pays étrangers, dans chaque province de France, il se trouvait des hommes riches et bienfaisants, qui créaient des établissement de six, huit, douze, vingt bourses pour leurs jeunes compatriotes pauvres, afin qu'ils pussent profiter des cours des savants maîtres de cette époque.

Fig. 10. — La Tour Saint-Jacques. (Rue de Rivoli et boulevard de Sébastopol.)

Telle est l'origine de cet empire que Paris a toujours exercé sur l'enseignement. Là se rencontrèrent les premiers mouvements de la civilisation, qui se communiquèrent plus tard à la province, et Paris est resté le flambeau de la science dont les reflets éclairent le monde entier.

L'exposé de ces fondations collégiales et des principales circonstances qui les accompagnèrent révèle bien la couleur de cette civilisation naissante. Ce n'est point dans les castes privilégiées, mais dans le peuple, qu'apparaît le développement de l'esprit humain. L'ambition avait donné l'éveil aux *vilains;* il ne fallut que deux ou trois de ces vilains, tels que le fameux Maurice Sully, Robert Sorbon, etc., pour entraîner les autres sur les bancs des écoles. Cependant d'autres carrières que la carrière ecclésiastique allaient bientôt s'ouvrir à la jeunesse vilaine. L'établissement du Parlement, sous Philippe le Bel, créait pour le peuple l'ordre des légistes et des avocats.

C'est aussi ce dernier roi qui approuva la confrérie des chirurgiens, organisée par Jean Pitard. Tous les confrères devaient s'assujettir à la manière d'opérer, ainsi qu'aux maximes tracées par le règlement, ce qui était un grand obstacle à tout progrès dans cet art difficile et délicat. Cette confrérie fut agrégée à l'Université en 1437 et, en 1361, elle obtint un bâtiment contigu à l'église de Saint-Côme pour y panser les blessés et les malades. Parmi ces confrères, on distinguait les confrères de longue robe et les chirurgiens de robe courte.

Quant à la médecine, cette science n'était encore, au XIIIe siècle, selon Gautier de Metz, qu'un métier, comme tout ce qui n'était utile qu'au corps. Cet écrivain ne reconnaissait comme arts libéraux que ceux qui servaient l'âme et il regardait la musique comme une combinaison d'arithmétique.

Cette période a été féconde en productions littéraires. On écrivait en vers des histoires, des chroniques, des contes, des légendes, des fables et des chansons, où l'on

remarque que les premiers élans de la pensée sont dirigés
vers les vices des institutions et surtout vers ceux du
clergé. La poésie délassait les laïques de la monotone
rigidité du pouvoir sacerdotal.

Justice. — Dès le règne de Louis le Gros, le combat
judiciaire, qui était la justice et la loi de la féodalité, disparut de Paris, et une autre juridiction commença à s'y
introduire. Les comtes de Paris, devenus rois, furent remplacés par un prévôt. Mais cette charge vénale, puis héréditaire, offrait plutôt des exactions à commettre que des
devoirs à remplir. La prévôté remonte à Philippe Ier et le
premier prévôt paraît être un nommé Étienne, qui con-
seilla à son jeune maître de piller l'église Saint-Germain-des-Prés pour s'approprier l'or, l'argent et les
pierreries des reliquaires. Saint Louis réforma cette magistrature et nomma Étienne Boileau prévôt de Paris. Ce
fut ce prévôt qui établit les confréries d'artisans ou qui
plutôt réglementa ces associations. Ces règlements, dont
les manuscrits sont conservés, portent le titre de *premier
livre des mestiers*. C'est encore sous l'administration d'É-
tienne Boileau que les Parisiens obtinrent du roi, en 1254,
la permission de faire eux-mêmes le guet pendant la nuit.
Cette garde se nommait le *Guet des mestiers ou des bourgeois*. (Voir page 31.)

Nous avons déjà dit les attributions du prévôt de Paris.
En 1302, Philippe le Bel lui adjoignit des juges-auditeurs
chargés d'entendre les témoins avec pouvoir de juger en
première instance. Quatre-vingts sergents à cheval et autant à pied devaient faire exécuter leurs arrêts.

Le Châtelet avait, comme l'Université et les abbayes,
ses clercs, qui travaillaient chez les notaires, les commissaires, les greffiers, etc., et qui formaient une institution appelée *basoche*, consistant en un prévôt et quatre
trésoriers, juges des différends survenus entre eux.

Au-dessus de la juridiction du Châtelet s'étendait celle du

Parlement, que Philippe le Bel avait rendu permanent et sédentaire à Paris. Cette cour tirait de son origine de conseil des rois son droit de remontrance et d'enregistrement des lois. Le Parlement habitait le Palais de Justice qui, jusqu'à Philippe le Bel, avait été le séjour habituel des rois. (Voir notre gravure, page 21.)

Robert avait fait rebâtir ce palais. En 1787, une place s'ouvrit devant la cour et la nouvelle façade par la démolition des demeures mesquines et malsaines qui encombraient ces lieux. Le palais présente des parties empreintes des divers genres d'architecture en faveur aux temps où elles ont été bâties. Les deux grosses tours rondes, voisines l'une de l'autre, sur le quai de l'Horloge, paraissent être du XIIIᵉ siècle; la tour carrée, du XVIᵉ. La lanterne de cette tour contenait une cloche appelée tocsin, qui répéta le signal de la Saint-Barthélemy, donné de l'église Saint-Germain-l'Auxerrois. Cette tour renferme encore cette fameuse horloge fabriquée en 1370 par un Allemand que Charles V avait fait venir tout exprès : c'est la première de cette dimension que l'on ait vue à Paris.

Le Parlement avait aussi sa basoche.

Enfin, la troisième espèce de juridiction était celle des gens de comptes, tribunal ambulant que Philippe le Bel rendit aussi sédentaire. Philippe le Long et Charles le Bel réglèrent les attributions de cette chambre dont les membres portaient de longs ciseaux pendus à la ceinture, emblème du pouvoir qu'ils avaient de retrancher les comptes erronés. Cette chambre fut réorganisée en 1807 sur ses bases actuelles et prit le titre de Cour des comptes.

Les clercs de la Chambre des comptes formèrent aussi une association sous le titre fastueux de haut et souverain empire de Galilée.

On voit que l'établissement de la justice créait pour la classe plébéienne de nouveaux moyens d'élévation[1].

1. « Avant que les légistes entrassent aux affaires, la théologie, la scholastique, dit Michelet, y donnaient accès. Paris fut alors pour l'Eu-

Philippe Auguste construisit pour sa demeure et celle de ses successeurs la forteresse du Louvre vers l'an 1204. Cette enceinte devint la terreur de la féodalité. C'est dans la grosse tour du Louvre que Philippe Auguste, après la bataille de Bouvines, enferma le comte Ferrand, après l'avoir traîné dans les rues de Paris, à la suite de son char de triomphe. C'est là aussi que les hauts barons venaient faire prestation de foi et hommage au roi. (V. p. 26.)

Mœurs. — S'il y avait de la probité et de la moralité quelque part, ce n'était pas dans ces moines dissolus qui mendiaient le pain ou volaient le patrimoine des pauvres, ni dans les étudiants, dont quelques-uns seulement méritaient le titre de *bons enfants*, ni dans les gentilshommes et les évêques, comme nous le verrons tout à l'heure ; mais dans les simples bourgeois et artisans. Cette justice leur fut plus tard rendue par les rois eux-mêmes, revenus de leur aveugle prédilection pour les moines et les nobles. L'ordonnance de Blois, de 1576, porta que l'administration des maladreries et hôpitaux ne serait dorénavant confiée qu'à de simples bourgeois, artisans ou laboureurs, et non à des ecclésiastiques, parce que, dit le savant Rebuffe, « ils ravissaient le bien des pauvres et en prendraient volontiers sur le baril du ladre ».

Quant aux seigneurs et gentilshommes, leurs mœurs,

rope la capitale de la dialectique. Son Université vraiment universelle se partageait en nations. Tout ce qu'il y avait d'illustre au monde venait s'exercer dans cette gymnastique. L'Italien Dante et l'Espagnol Raymond Lulli entouraient la chaire de Duns Scott. Des leçons d'un seul professeur sortirent deux papes et cinquante évêques. Là éclatait, autant qu'aux croisades et aux guerres des Anglais, le génie batailleur de la nation. D'effroyables mêlées de syllogismes avaient lieu sur la limite des deux camps ennemis de l'île et de la montagne, du parvis et de Sainte-Geneviève, de l'Église et de la ville, de l'autorité et de la liberté. De là partaient en expéditions les chevaliers errants de la dialectique, comme ce terrible Abélard qui démonta Guillaume de Champeaux, saint Anselme, et jetait le gant à l'Église en défiant saint Bernard. »

5

au commencement de la troisième race, étaient celles de véritables brigands. C'est ainsi que les dépeint Grégoire VII et que nous les représentent tous les monuments de l'histoire. Les évêques opposèrent en vain au brigandage de ces seigneurs les foudres de l'anathème. Il fallut transiger avec le crime, et la *trêve de Dieu* est le monument qui nous reste de cette singulière transaction. L'an 1041 il fut convenu que, pendant trois jours et deux nuits seulement par semaine, le brigandage serait permis. Mais cette loi même fut restreinte et bientôt anéantie.

Du reste, les évêques manquaient d'autorité pour de pareilles remontrances, car ils pillaient comme les seigneurs; au sortir du concile de 1034, où l'on jura sur les reliques de ne plus exercer le pillage, les évêques, dit Glaber Raoul, s'y livrèrent avec plus d'ardeur qu'auparavant.

Corps de métiers. — C'est du règne de saint Louis que date l'organisation régulière des classes industrielles en jurandes. Mais peut-être s'éloignerait-on de la vérité en n'attachant à ces groupements d'hommes du même métier que la poursuite d'intérêts industriels. Il s'agissait plutôt, à cet essor naissant de liberté, de résister à l'oppression par une agglomération de forces de même nature, et on peut dire qu'au début ces corps de métiers formèrent le principal contingent de l'armée pour la défense de Paris. Ces associations étaient donc autant de forteresses élevées par la classe laborieuse contre les ennemis de tous genres qui pouvaient l'assaillir.

« Le principe d'association au moyen âge, dit M. Émile Laurent, s'il dut, en effet, son premier réveil au besoin de résistance éprouvé par les ouvriers et les bourgeois contre les exactions et les avanies des seigneurs; s'il fut un auxiliaire capital à la lutte glorieuse contre l'aristocratie territoriale, et si, principal avant-coureur de la démocratie, il contribua à l'avènement du Tiers-État et de la société

moderne ; le principe de l'association eut d'autres appli-
cations non moins précieuses, accomplit pendant des siècles un rôle non moins providentiel.

« *Vincit concordia fratrum* : telle était la devise des six
corps marchands de la ville de Paris. »

La fraternité fut donc le sentiment qui présida, dans
l'origine, à la formation des communautés de marchands
et d'artisans.

« On ne connaissait point alors cette fébrile ardeur du
gain qui enfante quelquefois des prodiges, et l'industrie
n'avait pas cet éclat, cette puissance qui aujourd'hui
éblouissent ; mais du moins la vie du travailleur n'était
pas troublée par d'amères jalousies, par le besoin de haïr
son semblable, par l'impitoyable désir de le ruiner en le
dépassant. Quelle union touchante, au contraire, entre les
partisans d'une même industrie ! Loin de se fuir, ils se rapprochaient l'un de l'autre pour se donner des encouragements réciproques et se rendre de mutuels services. Dans
le sombre et déjà vieux Paris du XIIIᵉ siècle, les métiers
formaient comme autant de groupes. Les bouchers étaient
au pied de la tour Saint-Jacques ; la rue de la Mortellerie
rassemblait les maçons ; la corporation des tisserands
donnait son nom à la rue de la Tixeranderie qu'ils habitaient ; les changeurs étaient rangés sur le Pont-au-
Change, et les teinturiers sur les bords du fleuve. Or,
grâce au principe d'association, le voisinage éveillait une
rivalité sans haine. L'exemple des ouvriers diligents et
habiles engendrait le stimulant du point d'honneur. Les
artisans se faisaient en quelque sorte l'un et l'autre une
fraternelle concurrence [1]. »

A côté de cet admirable tableau de l'illustre historien,
nous pourrions dresser ici l'inventaire des abus dont se
rendaient coupables ces associations. Alors la tendance
commune était aux privilèges, et il ne faut pas s'étonner

1. Louis Blanc, *Histoire de la Révolution française.*

outre mesure de trouver dans les jurandes l'esprit d'exclu-
sion et de tyrannie qui caractérisait la noblesse, le clergé,
l'université et même le parlement. Si elles formaient des
associations de travailleurs, elles n'admettaient que ceux
qui « avaient de coi », et non tous ceux qui avaient besoin
de travailler pour vivre. Un pareil exclusivisme avait pour
résultat de développer le paupérisme, de créer une population considérable de mendiants valides, de vagabonds,
de truands, vivant de la pitié ou de la terreur qu'ils inspi-
raient. Les corporations constituaient donc une sorte de
féodalité d'artisans où l'apprenti et le compagnon restaient
attachés à la glèbe. Il fallait quatre ans d'apprentissage et
deux de compagnonnage dans le métier de bouquetier.
Dans celui de boulanger l'apprentissage était de cinq ans
et le garçon devait attendre quatre ans encore avant d'être
admis à faire son chef-d'œuvre, qui consistait en un pain
mollet. Le principe de la liberté ne dominait pas non plus
dans les statuts : ainsi il était défendu de travailler à la
lumière, d'ouvrir les ateliers le matin avant la *guète
cornant* et de les garder ouverts après la nuit tombée [1].

Commerce. — Le commerce eut aussi à cette époque, comme la religion et la science, ses établissements.
Sous la seconde race, l'irruption des Normands en avait
arrêté le développement. Au commencement de la troisième race le vandalisme des seigneurs était peu propre à
le faire renaître. Aussi les relations entre les provinces
étaient-elles très rares. Chacune d'elles formait en quelque
sorte une petite nation isolée. On rapporte qu'un abbé de
Cluny, invité par Bouchard, comte de Paris, à amener
des religieux à Saint-Maur-des-Fossés, s'excusa sur ce qu'il
n'osait faire un aussi long voyage dans un pays étranger
et inconnu.

Les croisades renversèrent ces barrières féodales. Elles

1. Émile Laurent, *Du Paupérisme.*

mirent en contact non seulement les hommes de la France et de l'Europe, mais l'Europe elle-même avec l'Asie. Les affranchissements vinrent seconder ce grand mouvement des croisades, et alors s'élevèrent dans Paris des halles, des marchés, des boucheries, des foires. Tous ces établissements attestent la naissance de l'industrie commerciale dont l'absence avait été signalée sous les trois règnes de Hugues-Capet, de Robert et de Henri Ier, par quarante-sept ans de famine et par mille fléaux, tels que le feu sacré, le mal des ardents, résultats de la misère.

. La plus ancienne et la plus importante foire de cette époque, était celle du Lendit. Elle remontait, dit-on, à Dagobert. Elle se tenait près de Saint-Denis. Philippe Auguste régla les places des marchands. L'abbé de Saint-Denis percevait des droits considérables sur les marchandises ; mais il en était un que lui disputait l'évêque de Paris, celui de bénir la foire. Il se payait dix livres.

L'abbé était juge des différends qui s'élevaient entre les marchands. Les écoliers de Paris se rendaient à cette foire avec leurs professeurs et s'y livraient à toutes sortes d'excès. Plus tard, cet immense bazar se tint à l'extrémité du faubourg Saint-Denis.

Il y avait des marchés quotidiens pour lesquels Philippe Auguste fit bâtir en 1183 deux halles hors de Paris, qui peuvent être considérées comme l'origine de nos halles actuelles. On comptait aussi plusieurs boucheries. Les plus considérables étaient celles de l'abbé de Saint-Germain-des-Prés. Elles se trouvaient situées dans la rue des Boucheries, entre la rue du Four et le carrefour de l'Odéon.

Les marchands par eau, dont nous avons déjà parlé, formèrent sous Philippe Auguste une association nommée la *hanse* parisienne. Ils construisirent à Paris un port destiné au dépôt et débarquement de leurs marchandises. Cette hanse acheta de Philippe Auguste les crieries de Paris, ainsi que le droit de donner les mesures et celui même de petite justice.

5.

Si l'institution des confréries d'industriels et celle des ordres hospitaliers honorent saint Louis, il n'en est pas de même de la création d'une foule d'ordres de moines mendiants qui faisaient métier d'oisifs. L'industrie, qui ne renaît que de l'épargne, vit par eux tarir la source première de sa prospérité naissante.

Saint Louis porta encore un coup fatal au commerce en entassant dans les mains des moines et sur les autels et reliques des monastères, le peu d'or et d'argent qui avait échappé à l'immense et improductive consommation de ses croisades et de ses quatre années de séjour en Palestine. L'histoire rapporte des faits curieux de ces dilapidations. L'empereur Baudoin prétendait avoir la couronne du Christ ; les abbés de Saint-Denis avaient la même prétention. Saint Louis prit la plus chère pour la vraie, et la paya cent cinquante six mille neuf cents livres de notre monnaie. Il faut joindre à ce prix celui de deux cassettes, l'une en argent, l'autre en or, dans lesquelles elle fut recueillie.

Ce commerce de reliques était trop lucratif pour ne pas exciter la cupidité du mécréant Baudoin. Trois mois après il vendait, en effet, fort cher à saint Louis, un morceau de bois et un morceau de fer, dont l'un était, prétendait-il, un morceau de la sainte-croix, et l'autre le fer dont on avait percé le côté de Jésus-Christ. Dans la seule Sainte-Chapelle, les ornements en or et en argent que saint Louis fit mettre autour des reliques, valaient plus de cent mille livres tournois. Avec les richesses qui paraient ces reliques, et le temps qu'on perdait à les prier, observe justement un savant économiste, on se serait procuré en réalité les biens que ces reliques n'avaient garde d'accorder à de stériles prières.

Un autre abus très préjudiciable au commerce était le *droit de prise* que s'arrogeaient les rois, les seigneurs et le haut clergé. Par exemple, chaque fois que les rois entraient à Paris, leurs chevaucheurs couraient çà et là

Fig. 11. — La Sainte-Chapelle au XVIIIe siècle.

dans les maisons des bourgeois et en enlevaient les meubles et denrées qui s'y trouvaient. Parfois les marchés
étaient livrés à de véritables pillages. Ce révoltant droit de
prise ne se maintint que trop longtemps, malgré les justes
réclamations qu'il suscitait.

Impôts. — Les trois espèces d'impôts qui se perce-
vaient sur les personnes, sur les actions et sur les choses,
nuisaient autant à la liberté civile qu'à la liberté commerciale. Saint Louis adoucit les droits de péages dans ses
domaines, mais il ne fut imité, ni des seigneurs, ni du
clergé. Les ecclésiastiques exploitaient tous les actes et
toutes les circonstances de la vie. Ils partageaient les
messes en trois ou quatre parties pour gagner le triple et
le quadruple; ils faisaient de la confession, ordonnée en
1228 et 1229 par deux conciles de Toulouse, une spéculation financière, surtout à Saint-Jean-de-la-Boucherie;
enfin, une autre branche de revenus très exploitée était
celle des bénédictions. On bénissait tout : les nouveaux
mariés, les mets placés sur la table, les champs, les jardins, les récoltes, le bétail et les maisons nouvellement
construites. Il va sans dire qu'aucune de ces bénédictions
ne se donnait gratuitement.

La source de revenu où puisaient les rois, quand leur
trésor était vide, consistait à fabriquer de la fausse monnaie, ou à chasser les juifs.

Ce qui, dans l'histoire des juifs en France, n'étonne
pas moins que l'acharnement des persécutions, c'est la
résignation et la persévérance des persécutés : massacrés
par les chevaliers croisés, brûlés par les rois, pillés et
rançonnés par tous, on ne comprend pas comment le
soin de leur conservation et de leur fortune même n'ait
pas fait fuir aux juifs une existence et une propriété si
précaires. Il est vrai, qu'exploitant sans concurrence tout
le commerce de la France depuis l'irruption des Normands,
ils faisaient d'immenses bénéfices qu'ils avaient trouvé le

moyen de soustraire en partie à leurs spoliateurs. C'est
en effet, à ces persécutions spoliatrices que doit être
attribuée l'invention des lettres de change. Cependant,
les biens qu'ils possédaient en France étaient encore si
considérables, qu'à Paris, disent les chroniques, ils avaient
acheté près de la moitié de la Cité. En 1180, il existait
deux synagogues, l'une dans la rue de la Juiverie, et
l'autre dans celle de la Tacherie.

Ainsi, lentement, par des moyens peu avouables et ne
se mariant qu'entre eux, les juifs sont arrivés à posséder
des fortunes considérables qui pèsent de tout leur poids
sur nos marchés. C'est une cruelle revanche qu'ils prennent des persécutions odieuses dont ils ont été l'objet.
Mais peut-être mériteraient-ils mieux de l'humanité et de
la civilisation en cessant ces pressions désastreuses de
leurs capitaux, formule économique de la force qui prime
le droit.

Développement physique de Paris. —
Paris, devenu le centre d'une organisation universitaire
et judiciaire et le siège définitif du gouvernement, prit la
physionomie d'une capitale au sein de laquelle apparais-
sait une population nouvelle. Guillot de Paris comptait
déjà 309 rues. Auprès des monastères et des abbayes s'é-
levaient les hôpitaux, les collèges, le palais des rois, les
tribunaux et les prisons de justice, les demeures des membres du Parlement, des avocats, des notaires, etc., les
établissements des confréries d'industriels, les boucheries,
les halles, les fontaines publiques et tous ces monuments
qui annoncent une vaste cité. Quant à l'administration,
nous avons vu qu'elle se trouvait partagée entre le prévôt
des marchands, ses échevins et le Corps de Ville, représentants du peuple, d'une part, pour les intérêts municipaux ; et, d'autre part, le prévôt de Paris, représentant du
roi, chargé de la police et de la justice. Ces deux pouvoirs,
d'origines si différentes, ne vécurent pas toujours en par-

faite harmonie, résultat d'attributions mal définies et de tendances réciproques aux empiètements.

Cette brillante métamorphose de Paris, par le bienfait des affranchissements, coûta cher aux Parisiens. C'était, en effet, avec leur argent que les rois élevaient des enceintes et des forteresses, pavaient les rues, donnaient des fêtes, enrichissaient les églises et nourrissaient les moines. Cependant grâce à l'institution de la garde bourgeoise et du guet confié aux confréries d'industriels, Philippe le Bel, dont les prédécesseurs ne pouvaient souvent réunir deux cents hommes sous le régime de la féodalité, put passer en revue, en 1313, selon les chroniques de Saint-Victor, cinquante mille Parisiens en armes. Tel fut le fruit de quelques années d'union entre la nation et le trône.

C'est ici le lieu de parler de l'hôtel de Nesle. Il occupait l'emplacement de l'ancien collège Mazarin, aujourd'hui l'Institut, de l'hôtel de la Monnaie et autres lieux contigus. Ses jardins et ses bâtiments se trouvaient donc à peu près compris entre les rues Mazarine, de Nevers et le quai Conti, qu'on appelait alors quai de Nesle. A l'angle de la Seine et du fossé des fortifications se rencontraient la porte et la tour de Nesle, qu'on nommait primitivement tour et porte de Philippe Hamelin. La porte, sorte de bastille, se composait d'un édifice flanqué de deux tours entre lesquelles était l'entrée. On y arrivait au moyen d'un pont de quatre arches qui surmontait le fossé très large en cet endroit. La tour de Nesle, ronde, très élevée, accouplée à une seconde tour plus haute, mais d'un diamètre moindre, qui contenait un escalier à vis, était située au nord et à quelques mètres seulement de la porte. (V. p. 16.)

La tour de Nesle correspondait à la tour du coin, située en face, sur l'autre rive de la Seine, près du château du Louvre, à l'angle des fortifications. Aux moments de danger, on fermait la Seine au moyen d'une longue chaîne de fer tendue entre ces deux tours et soutenue par des bateaux.

L'hôtel de Nesle avait été vendu en 1308 à Philippe le Bel, pour une somme de 50,000 livres. Il passa ensuite à Jeanne de Bourgogne qui, par testament, en ordonna la vente pour servir à la fondation du collège de Bourgogne. Plus tard, on le vit appartenir au duc de Berry, qui en étendit les dépendances au delà des fortifications. Charles VII le donna, en 1446, à François, duc de Bretagne. Revenu à la Couronne, Henri II le vendit, en 1552, à des particuliers. Sur cette propriété s'élevèrent alors les hôtels de Nevers et de Guénégaud. La tour et ce qui restait de l'hôtel de Nesle disparurent, en 1663, pour faire place au collège Mazarin.

Les aqueducs Saint-Gervais et de Belleville, construits sous Philippe Auguste, alimentèrent plusieurs fontaines de Paris, telles que celle des Innocents, la plus ancienne, alors située au coin des rues Saint-Denis et aux Fers ; celles des Filles-Dieu et Saint-Lazare, dans le faubourg Saint-Denis ; celle de l'abbaye Saint-Martin, etc., etc.

Nous avons vu que le roi Robert avait reconstruit le Palais de justice. Il se fit également bâtir, en dehors de l'enceinte, un château fortifié non loin de l'abbaye Saint-Martin-des-Champs, qu'on appelait le *château du roi Robert* ; puis le château de *Vauvert*, sur les hauteurs du Luxembourg, où Philippe Ier se consolait, en société de sa seconde femme Bertrade, des amertumes d'une absurde excommunication [1].

A partir du XIVe siècle l'art semble avoir des préoccupations profanes. L'architecture abandonne les basiliques. Les rois et les seigneurs, toujours inquiets, s'abritaient derrière leurs forteresses. A côté de la tour du Louvre menaçante et lugubre, qu'il s'était fait construire hors des murs pour en imposer aux Parisiens ou pour mieux

[1]. C'est, assure-t-on, de ce château, que les moines disaient hanté par le diable, que vient la locution *aller au diable Vauvert* et les noms de *voie d'Enfer*, *porte d'Enfer*. Les Chartreux purifièrent le château de Vauvert en se l'appropriant sous saint Louis (1258).

leur échapper, Philippe Auguste avait une maison de
campagne très fortifiée, *le château du Bois*[1], vers le
Palais-Royal et le Théâtre-Français. Les ducs de Bretagne,
eux aussi, possédaient près de là sur la rive de la Seine
leur château-fort. Mais à partir de Charles V nous verrons la tendance générale des rois, des nobles, des évêques et même des bourgeois à se faire construire à Paris
des palais et des hôtels somptueux, qui révélaient une
certaine confiance dans la sécurité publique.

1. Dulaure attribue la construction du *Chastel de Bois* à Charles VI et
fixe la date de sa démolition à 1420.

Fig. 12. — Le Grand Châtelet.

QUATRIÈME PARTIE

PARIS SOUS LA PREMIÈRE BRANCHE DES VALOIS

XIVe ET XVe SIÈCLES

SOMMAIRE. — Le despotisme royal succède au despotisme féodal. — Étienne Marcel. — Les Maillotins et les Cabochiens. — Paris sous la domination anglaise. — Jeanne d'Arc devant Paris. — Monuments et établissements religieux. — Université. — Imprimerie. — Naissance de l'art dramatique. — Beaux-arts. — État économique et commercial. — Mœurs. — Améliorations physiques de Paris.

Le despotisme royal succède au despotisme féodal. — A la fin de la première tige des Capétiens, la féodalité n'existait plus. Il s'agissait de consolider la victoire par des institutions en faveur du peuple. Philippe le Bel l'avait déjà pressenti en travaillant à achever par des lois ce que Philippe Auguste avait commencé par des marchés et par l'épée. Aussi l'affranchissement des paysans et des serfs ne fit-il que s'affermir sous Philippe le Long et Charles le Bel.

Au contraire, les Valois parurent vouloir rester étrangers aux traditions de cette haute politique. Ils poursuivirent lâchement dans les individus la féodalité vaincue dans l'État : Olivier de Clisson, le comte d'Harcourt, le comte d'Eu et une foule de seigneurs furent égorgés sans jugement. C'était trahir la cause du peuple qui, en détruisant l'oppression des seigneurs, n'entendait pas que les rois en devinssent les héritiers privilégiés.

6

Avant la désastreuse journée de Poitiers, le pouvoir absolu avait, dans sa détresse, convoqué les États. Mais ce n'étaient plus les États paisibles et soumis du règne de Philippe le Bel. Malgré la différence de leurs intérêts particuliers, restreindre la puissance royale devenait déjà un intérêt général qui semblait alors rapprocher les trois ordres : la noblesse dépouillée de ses anciens droits et révoltée par les actes récents d'un pouvoir arbitraire; le clergé chassé du Parlement et menacé dans sa juridiction civile; le peuple enfin, irrité de l'augmentation des impôts qui pesaient sur lui seul; tous, quoique par des voies et et pour des causes différentes, marchaient à un but commun. Partout se constataient des éléments de résistance et d'hostilité même contre l'autorité royale et l'insurrection n'attendait que le jour des revers pour éclater. Cette journée fut celle de Poitiers. Avec le roi disparut aussi le pouvoir royal. Pendant son absence momentanée, la liberté avait la facilité d'établir les limites et les garanties sous lesquelles il pouvait reparaître. Mais l'éducation des réformateurs fut au dessous des circonstances, l'anarchie compromit le résultat des idées communes.

Étienne Marcel. — A la nouvelle de la captivité du roi, le dauphin Charles, duc de Normandie, ce lâche fuyard de Poitiers, seulement âgé de vingt ans, prit la régence sous le titre de lieutenant du royaume. Avec l'inexpérience de son âge et les mauvais conseils de ses ministres prévaricateurs, il lui devenait difficile de prendre les mesures nécessaires au salut de l'État. Le besoin d'argent seul le porta à convoquer les États. Leur réunion eut lieu le 15 octobre 1356 dans la chambre du Parlement. Le dauphin semblait ignorer les dispositions que ne pouvait manquer d'avoir une pareille assemblée. Il l'apprit bientôt; car, dès qu'elle fut appelée à délibérer, son premier acte a été de nommer un comité chargé de découvrir et dénoncer les abus. A la première séance, le chancelier de la Forest

s'étendit longuement sur les besoins financiers et implora
les représentants de la nation de sauver la situation par
de nouveaux sacrifices. Après cet exposé, froidement
écouté, les États se retirèrent aux Cordeliers pour discuter, et avant de prendre une décision ils nommèrent une
commission de 80 membres, pour examiner la gestion
scandaleuse des agents du fisc, puis aviser aux mesures
utiles. C'est à la suite du travail de cette commission
que les États votèrent conditionnellement des subsides.
En effet, ils voulurent en contrôler l'emploi et, après
avoir demandé la destitution des officiers du palais, ils
constituèrent un conseil de 34 membres pour en tenir lieu.
C'était mettre la royauté sous la tutelle nationale.

De pareilles exigences effrayèrent le duc. Il n'osa pas
refuser. Il gagna d'abord du temps en reculant la date de
la clôture. En face de ces procédés dilatoires, sur la proposition d'Étienne Marcel et de Robert le Coq, évêque de
Laon, chacun des membres emporta une copie des résolutions prises par les États, afin de leur donner une grande
publicité. Cette action directe du pays dans les affaires publiques rencontra une adhésion unanime.

Pour échapper à une réponse pressante, le dauphin
quitta brusquement Paris et se rendit à Metz, laissant le
pouvoir à son frère le comte d'Anjou. Marcel vint bientôt
adresser à celui-ci d'énergiques représentations au sujet
d'une ordonnance qui tendait à altérer la valeur du marc
d'argent, procédé ruineux pour les particuliers qu'employaient, du reste, assez fréquemment les rois.

Par suite de la captivité du roi et de la place qu'il s'était
aussitôt acquise au sein des États, le prévôt Marcel, l'inspirateur et le rédacteur même, dit-on, de l'ordonnance
de 1355, se trouvait en possession d'une puissance que
nul, parmi ses prédécesseurs, n'avait encore exercée.
Aussi, est-ce à Étienne Marcel que le duc, à son retour
de Lorraine, demande une entrevue, le 19 janvier 1357,
à Saint-Germain-l'Auxerrois, au sortir de laquelle l'inflexi-

ble prévôt se rend au Parlement, exige une nouvelle convocation des États et l'expulsion des ministres. En même temps il formait à Notre-Dame une confrérie dont il devint le chef, et qui servit de centre de direction.

Le 5 février 1357, les États se réunirent donc une seconde fois. Le dauphin n'avait pu résister à l'ascendant de Marcel. A la séance du 3 mars, Robert Le Coq, chef du parti du clergé, lut un éloquent réquisitoire qui produisit un effet immense. Les États maintinrent leurs précédentes revendications auxquelles le régent finit par souscrire en publiant la *Grande Ordonnance*, œuvre encore de Marcel, et si libérale que nous ne la récuserions pas aujourd'hui. Cette ordonnance, en effet, composée de soixante articles, reconnaît les droits du peuple dans sa représentation en matière d'impôts, et admet son contrôle permanent de tous les actes du pouvoir exécutif. Mais le dauphin et ses conseillers s'étudièrent à éluder plutôt qu'à satisfaire à ces sages résolutions. Il est vrai que par une bulle du pape Clément VI, il pouvait se croire autorisé à tout promettre et à ne rien tenir. Cette évidente répugnance à faire droit aux doléances si légitimes des États précipita les événements. Les chefs des trois ordres, Robert le Coq, pour le clergé; Jean de Pecquigny, pour la noblesse; Étienne Marcel, pour la bourgeoisie, marchaient d'accord, et ce dernier inspirait et dirigeait les deux autres. Ils appelèrent de concert à Paris Charles le Mauvais, roi de Navarre, emprisonné par Jean au château d'Arleux, et favorisèrent son évasion (novembre 1357).

Marcel et l'évêque de Paris vont au devant de lui jusqu'à Saint-Denis. Paris était devenu une petite république où le roi de Navarre parut en tribun. Un vaste clos situé près du Pré-aux-Clercs, et consacré aux combats judiciaires, lui servit de *forum*. L'estrade sur laquelle siégeaient les juges fut la tribune aux harangues. Le 1er décembre, Charles le Mauvais y monte, et prononce devant dix mille assistants un discours pathétique. Il y parla beaucoup de ses maux personnels, et un peu aussi de ceux de l'État. Mais plus sensible aux premiers, il quitta Paris en traître dès qu'il eut la promesse du dauphin, sur l'insistance de Marcel, que ses biens confisqués lui seraient rendus.

Pendant ce temps les Anglais avançaient sur Paris, et Marcel avec une activité prodigieuse et héroïque, était parvenu, en étendant l'enceinte de la ville[1], à la fortifier suffisamment, à la pourvoir d'armes et de vivres, à organiser la milice, en un mot, à la mettre en bon état de défense.

Après le départ du roi de Navarre, le dauphin, dont la sincérité était douteuse, leva des troupes sous prétexte de protéger Paris contre les brigands. Alors Marcel imagina les barricades comme moyen de défense au dedans, en faisant traverser les rues par une lourde chaîne attachée aux maisons de chaque extrémité. Le prévôt fit également adopter par ses partisans un signe de ralliement (janvier 1358).

Le dauphin, à qui ces symptômes de fermentation populaire n'échappaient pas, joua aussi au tribun. Il assembla les Parisiens aux halles et les harangua avec succès. Mais Marcel eut recours le lendemain au même procédé dans l'église Saint-Jacques-de-l'Hôpital, et détruisit l'effet du discours de la veille. A cette réunion, l'échevin Toussac usa d'un langage violent contre la mauvaise foi des gouvernants. L'Université, de son côté, envoyait des députés au régent pour lui rappeler ses promesses au roi de Navarre. Ainsi le dauphin avait contre lui le peuple, le clergé et l'Université, c'est-à-dire tout Paris.

Aux discours de tribune succédèrent les manifestations

---

1. Cette enceinte d'Étienne Marcel partait de la tour du Bois, près le pont des Saints-Pères, traversait la place du Carrousel, avait des portes rues Saint-Honoré, Montmartre, Saint-Denis, Saint-Martin (un peu au-dessous des boulevards), du Temple (place de la République), Saint-Antoine (Bastille) et aboutissait à la tour de Billy (extrémité du canal Saint-Martin); puis descendait parallèlement à la Seine jusqu'à la tour Barbette-sur-l'Eau.

de la foule : le 22 février, trois mille Parisiens pénétrè-
rent dans le palais. Les maréchaux de Champagne et de
Normandie, Jean de Conflans et Robert de Clermont[1],
très détestés, sont poignardés sous les yeux du régent
tremblant pour sa vie, et à qui Marcel conseille de prendre
son chaperon, mi-partie rouge et bleu, comme signe de
alliement. Puis il le conduit au Parlement, où il le
somme de faire droit aux réclamations des États et d'ad-
mettre quelques bourgeois dans son conseil. Marcel et ses
échevins en firent partie. Maître du dauphin, le prévôt con-
sulte les villes de province. Soixante répondirent bien à
son appel, mais ce n'était qu'une approbation purement
platonique, tandis qu'il eût fallu un contingent de forces
effectives. Elles manquaient d'hommes pour exciter leur
courage, leur prouver la nécessité d'une action commune.
Au lieu de cela, elles restèrent dans l'expectative, gémis-
sant sur leurs maux, la haine au cœur contre leurs députés, qui venaient de voter de nouveaux impôts pour
payer les frais d'une guerre désolante et la rançon d'un
roi auquel elles tenaient si peu !

Le régent était captif, la monarchie allait abdiquer devant la représentation et les vœux du pays. Mais dans la
nuit du 25 mars 1358, le dauphin, grâce à la complicité
du maître des eaux, parvint à s'échapper et réunit à lui le
clergé et la noblesse pour tirer vengeance contre la bourgeoisie, et surtout contre Marcel. On s'arrêta à soulever
une sédition dans Paris par la famine. L'armée royale se
montra impitoyable; elle pilla et incendia tout dans les
environs. Marcel ayant tenté plusieurs sorties malheureuses se retourna vers Charles le Mauvais pour vaincre
le régent. Mais les Parisiens ne crurent qu'à un change-

1. Robert de Clermont venait de se rendre particulièrement odieux
en violant l'église Saint-Jacques-de-la-Boucherie, jusque-là considérée
comme un asile sacré, pour en retirer le bourgeois Perrin Macé, assassin
du trésorier du dauphin. C'était, pour l'époque, un grave attentat aux immunités de l'Église.

ment de dynastie, et les troupes navarraises s'étaient ren-
dues si odieuses, sous les murs de Paris, que ce secours
déplut au peuple et porta un grand coup au crédit du
prévôt : pur prétexte! On était las de ces luttes stériles et
la misère avait encore une fois raison du droit.

Le dauphin profitant habilement de cette disposition des
esprits travaillés par ses partisans, promit une amnistie
générale si on lui livrait Marcel et douze bourgeois. Trahi
par l'échevin Maillard, son ami, le prévôt périt à la porte
Saint-Antoine, de la main de Jean de Charny, le 31 juillet 1358.

Alors la cour rentra dans Paris. Ce fut plutôt le jour
de la vengeance que celui du pardon promis. Les vainqueurs massacrèrent tous ceux qu'on leur dénonça comme
ayant partagé la cause de Marcel, exposèrent à titre
d'intimidation les corps nus des décapités dans la cour de
l'église Sainte-Catherine-des-Écoliers, puis les jetèrent dans
la Seine.

Pendant que ces supplices, la famine et les maladies
désolaient Paris au dedans, les rois de Navarre et d'Angleterre ravageaient et incendiaient tout au dehors. Le
dauphin dut son salut à l'enceinte que Marcel venait de
fortifier un peu contre lui. Enfin, la paix honteuse de
Brétigny fut signée le 8 mars 1360. Jean sortit de sa captivité, et le 13 décembre les Parisiens, ces républicains qui
avaient lâchement abandonné leur premier magistrat et
le plus solide défenseur de leurs intérêts, saluèrent avec
acclamation le retour de leur oppresseur. Ainsi s'éclipsè-
rent les premières espérances d'un gouvernement démocratique en France.

L'histoire ne doit pas juger les hommes par les résultats
de leurs entreprises, mais par le but qu'ils ont poursuivi ;
autrement elle ne serait qu'une éternelle apologie de la
violence, de la force ou de la ruse. La postérité en a toujours ainsi décidé.

Étienne Marcel reste assurément la plus belle figure

que nous puissions rencontrer dans l'histoire de Paris. La
France était près de l'abîme. A l'intérieur, livrée à la fri-
volité et à l'inexpérience d'un jeune homme mal conseillé ;
trahie par la noblesse, ruinée par le clergé, elle allait
devenir tout entière la proie de l'étranger, lorsque du sein
du conseil des trente-quatre choisis par les États, surgit
un homme, un patriote, le prévôt des marchands, investi
d'un double mandat électif, et dont l'énergique activité
fit face à tout. Son dernier rêve fut l'un des plus beaux
qu'il soit donné à l'homme de concevoir, celui de remettre
le pouvoir entre les mains de ceux qui en subissaient les
charges ; de soustraire le peuple à la tyrannie séculaire
des privilégiés, qui se ruaient tour à tour ou simultané-
ment sur lui pour le dépouiller. En face de cette impuissance royale, de cette anarchie féodale et cléricale, de l'a-
peurement général que causait l'envahissement du territoire par l'étranger, Marcel crut le moment propice pour
tenter d'introduire le seul gouvernement fondé sur la
raison, la justice et le droit.

Les grandes convictions seules peuvent inspirer une si
sublime audace. Aussi, malgré tous ses efforts, la réaction victorieuse et parjure ne put réussir à flétrir le nom
de ce fier patriote, qui montra à la fois toutes les qualités
de l'ingénieur, du général, de l'orateur, de l'homme
d'État ; qui fortifia Paris pour sauver des Anglais le cœur
de la France, qui les battit en maints endroits ; qui compromit son existence en voulant arracher le dauphin à de
vils conseillers, puis l'écarter, et qui, abandonné de tous,
de ses amis mêmes, devenus traîtres par jalousie, succomba assassiné au moment où il allait peut-être atteindre
la réalisation de son plan grandiose !

Marcel était de beaucoup trop en avant sur son époque.
Ses contemporains, ceux pour lesquels il sut si généreu-
sement se sacrifier, le méconnurent, parce que leur esprit
n'était pas encore ouvert à de pareilles perceptions ; parce
que défiants, dans ce milieu de mauvaise foi, ils ne

croyaient pas au désintéressement individuel au profit de l'intérêt général. Mais nous, qui jouissons aujourd'hui des bienfaits du gouvernement qu'il avait entrevu, saluons ce grand Parisien, ce grand Français, à qui notre municipalité a donné la préséance sur cette place de Grève qu'il a illustrée [1].

Les Maillotins et les Cabochiens. — Charles V, devenu roi, songea plus à affermir son autorité qu'à adoucir les maux du peuple. Il avait surtout la manie de thésauriser : fatales et cruelles économies que celles qui sont prélevées sur les premiers besoins du peuple et toujours ravies à une utile production ! Charles V amassa un trésor considérable, qui lui servit à satisfaire l'avidité des princes, à payer les bassesses de ses courtisans et aussi à faire la guerre.

La démocratie avait un instant régné sous Jean le Bon ; le pouvoir absolu fut celui qu'exerça Charles V et, sous Charles VI tombé en démence, c'est l'oligarchie qui domina. Cependant, au début de ce dernier règne, la démocratie tenta de reparaître en se révoltant. Le peuple déclara illégaux les impôts non consentis par lui et massacra avec les armes en dépôt à l'Hôtel de Ville les fonctionnaires chargés de les percevoir. C'est ce qu'on appelle généralement l'insurrection des *Maillotins* [2]. Charles VI, qui revenait de châtier l'indomptable et turbulente démocratie des Flandres, que soutenaient les Parisiens, parla en vandale et se vengea en tyran. Il menaça Paris du

1. La statue équestre en bronze d'Étienne Marcel, conçue et commencée par M. Idrac, puis achevée par M. Marquest, se trouve dans le jardin réservé de l'Hôtel de Ville, en face de la Seine.
2. Aubriot, prévôt de Paris, qui s'était peu à peu emparé des principales attributions du prévôt des marchands, avait, en 1369, armé les métiers de maillets de plomb. C'est de ces maillets, qu'enleva la foule à l'Hôtel de Ville et dont elle se servit pour assommer les percepteurs, qu'est venue la dénomination de Maillotins.

pillage s'il ne payait, puis il abolit la prévôté des marchands, dont la juridiction passa au prévôt de Paris ; l'échevinage, les maîtrises et communautés de métiers ; disposant des biens et des existences, sans même épargner celle du vertueux Desmarets, magistrat vénérable et septuagénaire qui, dans ces troubles, avait joué le rôle noble et périlleux de conciliateur. Cependant plus tard, en 1411, obéissant à la pression de l'opinion publique, il dut rétablir la prévôté, telle qu'elle était antérieurement avec ses anciens attributs[1].

Nous n'entreprendrons pas l'analyse des événements regrettables qui signalèrent ce règne désastreux pour notre pays. Nous résumerons seulement ce qui a spécialement trait à Paris.

Pendant la démence de Charles VI, le duc d'Orléans son frère, le duc de Berry et le duc de Bourgogne, ses oncles, se disputaient l'autorité souveraine. Pour s'assurer la victoire, le fils de ce dernier, Jean sans Peur, ne recula pas devant l'assassinat du duc d'Orléans (23 novembre 1407), au moment où il sortait de l'hôtel Barbette[2]. De là la lutte sanglante entre les Armagnacs et les Bourguignons[3]. Les Parisiens, comme s'ils n'avaient eu d'autres meurtres à venger ou à justifier que celui du duc d'Orléans, se mirent à la solde de leurs bourreaux de la veille. Alors le duc

---

1. Jean sans Peur, qui domina dans la capitale de 1411 à 1413, avait rendu aux bourgeois leurs anciennes franchises pour augmenter sa popularité. Déjà, sur les instances de Culdoë, Charles VI avait rétabli la prévôté et l'échevinage par lettres de 1405 et 1409. Mais l'élection ne fut consentie qu'en 1411. Encore rien ne prouve qu'elle se soit faite régulièrement en ces temps de tourmente lamentable.

2. Cet hôtel, situé rue des Francs-Bourgeois, à l'angle de la rue Vieille-du-Temple, a disparu. Il n'en reste qu'une tourelle qui est remarquable. (Voir la gravure, p. 73.)

3. Le comte d'Armagnac avait marié sa fille à un fils du duc d'Orléans. Il devint le chef du parti de la vengeance et souleva la noblesse du Midi. En principe, il y avait une rivalité de maisons qui dégénéra en lutte de la bourgeoisie contre la noblesse.

de Bourgogne organisa une prétendue milice royale com-
mandée par trois bouchers appelés les *Goys*. Plus tard, à
la suite d'une insurrection dont il était l'auteur, ce même
duc leva une compagnie de bouchers et d'écorcheurs de
bêtes, qui répandirent dans Paris le sang et la terreur.
Pierre Desessart, gouverneur de la Bastille, qui rendit
cette forteresse au duc de Bourgogne pour avoir la vie
sauve, fut saisi et décapité. Le succès des intrigues de
Jean sans Peur se trouvait facilité par les excès des Armagnacs dans les environs de Paris. Un moment la vie du
dauphin lui-même fut en danger. Le futur roi Charles VII
ne dut son salut qu'à Tanneguy du Châtel, prévôt de Paris,
qui le cacha d'abord à la Bastille-Saint-Antoine, puis le
transporta à Melun. Dans la nuit du 29 au 30 juin 1418,
où Perrinet le Clerc, dixainier, ouvrit la porte Saint-
Germain à 800 Bourguignons, eurent lieu des massacres
épouvantables. Après la défaite des Armagnacs, on compta
522 cadavres dans les rues. Le 12 juin et jours suivants,
les égorgeurs assassinèrent tous les détenus qui se trouvaient dans les diverses prisons. Ces luttes factieuses coûtèrent la vie à plus de dix mille personnes[1].

Ne quittons pas ce dégoûtant tableau de crimes et de
désorganisation sociale sans en tirer des réflexions salu-
taires.

Les princes du sang, ces bourreaux du peuple, se disputaient l'autorité royale surtout à cause du trésor de la
nation. Rien ne démoralise une démocratie comme ces
compétitions princières : elle sacrifie sottement ses intérêts au service des passions qu'on lui fait partager. La

---

1. C'est sous la domination terroriste des Cabochiens que fut élaborée
et publiée la grande ordonnance de 1413, dite *cabochienne*, et que Michelet appelle « le Code administratif de la vieille France ». Elle contient
258 articles. Cette ordonnance, qui témoigne d'une éducation politique
libérale, ne présentait cependant pas le caractère élevé de celle qu'avait
imposée Marcel au dauphin. Mais elle répondait bien aux besoins du
temps en protégeant les petits et en leur permettant de tuer les pillards.

préoccupation de réaliser le progrès, qui doit seule inspirer l'humanité, s'échappe pour céder la place aux instincts
de la brute. Quand la vengeance essaie d'immoler la justice, il n'y a que les criminels qui puissent profiter de ces
barbares sacrifices ; les honnêtes gens sont dupes ou victimes ; la masse est toujours exploitée par le vainqueur
du jour. Telle est l'éternelle philosophie de la guerre en
général, des guerres civiles en particulier. Le sabre ré-
pugne à la civilisation dont les seuls instruments sont la
plume et l'outil. Si les Parisiens, plus sages, plus réfléchis,
avaient laissé ces ducs et leurs valets vider leurs querelles
entre eux, ils n'auraient eu qu'à profiter de la défaite des
uns et de l'affaiblissement des autres.

Paris sous la domination anglaise. — Par
le traité de Troyes, du 21 mai 1420, Charles VI consentait
à donner sa fille Catherine en mariage à Henri V, roi
d'Angleterre, avec la France pour dot, au préjudice de son
fils. Pour régulariser cet acte, qui violait les droits même
de la nation et de la nature, l'infâme Isabeau de Bavière
fit déclarer le dauphin banni et déchu de tout droit à la
couronne par un parlement composé des créatures du duc
de Bourgogne, car tous les anciens magistrats avaient
péri dans les massacres ou suivi le dauphin.

Charles VI mourut le 22 octobre 1422, suivant de près
son gendre. Henri V avait eu de Catherine un fils qui fut
proclamé roi de France à l'âge de dix mois. Le duc de Bedford devint régent du royaume et le duc de Clarence gouverneur de Paris. Pendant près de quinze ans, de 1422 à
1436, Paris et plusieurs provinces furent soumis à la domination anglaise. Tous les corps de l'État avaient prêté
au duc de Bedford serment de fidélité. De son côté,
Charles VII perdait de gaîté de cœur sa couronne au milieu des débauches et des voluptés. C'est ainsi que le
royaume oubliait son roi et le roi son royaume.

Jeanne d'Arc devant Paris. — Deux femmes

Fig. 13. — L'hôtel Barbette.
(Rue des Francs-Bourgeois, à l'angle de la rue Vieille-du-Temple.)

7

se rencontrèrent pour le salut de la France : Agnès Sorel secoua la torpeur de Charles VII et Jeanne d'Arc réveilla son pays. On sait tout ce que fit Jeanne d'Arc devant Orléans et ce que valut à la France le prestige attaché aux armes de cette jeune paysanne qui, dans un accès de patriotisme, joua le rôle d'un grand homme de guerre. L'alliance de Richemont, duc de Bretagne, et la valeur des Lahire, des Dunois, des Xaintrailles achevèrent de relever la gloire des armées françaises. Le 8 septembre 1429, les soldats de Charles, — car alors il combattait pour son trône, — attaquèrent Paris. Vers onze heures du matin, douze mille hommes assaillirent la muraille entre les portes Saint-Honoré et Saint-Denis. Jeanne y fit d'inutiles prodiges de valeur. Un trait lui traversa la jambe, et son porte-étendard fut atteint mortellement[1].

Les Parisiens eurent l'honneur de chasser l'étranger de leur ville avec le secours de Dunois et du duc de Richemont. Le 13 avril 1436, pris à l'improviste, les Anglais périrent par le fer. Le capitaine Wilbi, qui s'était réfugié dans la Bastille, ne tarda pas à se rendre. Mais Charles VII ne rentra triomphalement à Paris que le 12 novembre 1437, après avoir pris Montereau.

Délivré des Anglais, Charles VII eut ses défenseurs et son propre fils pour ennemis. Cette longue suite de guerres avait détruit l'ouvrage de Charles V et réveillé l'esprit de brigandage parmi les seigneurs. Le désordre était partout : dans l'Université, dans les tribunaux, comme dans l'armée.

Charles VII fit des règlements pour l'Université, renouvela ceux de Charles V pour l'armée, et ordonna le recueil des coutumes pour éclairer la justice des tribunaux. Le mécontentement fut général surtout parmi les gens de

---

1. C'est en mémoire de ce fait que la ville de Paris a élevé, place de Rivoli, la statue équestre de Jeanne d'Arc, œuvre de Frémiet, non loin de la bastille où elle fut blessée.

guerre. Les seigneurs étaient irrités non seulement de cette répression de leurs vieilles habitudes de brigandage, mais encore de la création de l'infanterie, qui ruinait toute leur influence. La conjuration dite *Praguerie* fut le prélude de ces ligues formidables qui allaient éclater sous les règnes suivants. On voyait parmi ces ligueurs Dunois, La Trémouille, Lahire, et jusqu'au dauphin lui-même, alors leur complice et bientôt leur bourreau.

Louis XI, qui mit en usage les cages de fer et qui institua l'*Angelus*, mourut avec le titre de roi très chrétien, loin de Paris, dans son château de Plessis-les-Tours. Il s'y trouvait protégé au dehors contre ses ennemis par des fossés, des trappes, des grilles de fer et des gibets, et au dedans contre ses remords par des reliques et des images de la Vierge. Louis XI n'aimait point Paris et n'y fit que d'assez courts séjours. Dans sa pusillanimité cruelle, il ne s'y serait pas trouvé assez en sûreté. Cependant en plusieurs circonstances, il fit preuve à l'égard des Parisiens de cette bonhomie caressante qui constituait sa diplomatie. Il alla demander à dîner à son cher prévôt des marchands pour l'entretenir de son bon peuple de Paris. Il accorda plusieurs privilèges à la ville, et sachant combien la foule était friande de grandes exécutions capitales, il voulut la flatter et peut-être aussi la terrifier en lui fournissant le spectacle en place de Grève de l'écartèlement de Jean Hardy, accusé d'avoir voulu empoisonner le roi[1].

Le règne de Charles VIII ne mérite d'être mentionné que parce qu'il fut la source de cette seconde rivalité, qui succéda à celle d'Angleterre et qui n'eut pas pour la France de moins déplorables résultats. L'Italie devint le théâtre de guerres qui se continuèrent sous la dynastie suivante :

1. Louis XI organisa plus tard la bourgeoisie en 72 compagnies de milice d'un effectif de 30,000 hommes et, par l'ordonnance de 1461, récapitula les lettres patentes accordées à la Ville de Paris depuis Louis le Gros jusqu'à Charles VII en les confirmant.

guerres ruineuses qui firent prendre de stériles bravoures
pour du patriotisme. Charles VIII fut le premier roi qui
eut l'idée d'organiser le conseil du roi en cour souveraine
et permanente présidée par un grand chancelier. C'est à
l'image de ce grand conseil administratif que le premier
consul érigea le Conseil d'État.

Depuis l'occupation anglaise jusqu'à la fin de cette période, le rôle de la municipalité parisienne se borna aux
affaires civiles de la cité.

Monuments et établissements religieux.
— Sous cette période, les monuments religieux furent peu
nombreux. Il faut en chercher la cause dans le réveil des
intelligences aux premières lueurs de la civilisation naissante. La foi dépérissait de langueur quand les attaques de
la Réforme vinrent sous la période suivante la ranimer
subitement.

Les églises construites sont Saint-Julien-des-Ménétriers,
rue Saint-Martin ; Saint-Sépulcre, rue Saint-Denis. Saint-
Gervais fut reconstruite dans le style gothique et Saint-
Germain-l'Auxerrois dans sa forme actuelle. (Voir la gravure, page 77.)

Le seul ordre monastique dont nous ayons à enregistrer la fondation date de Charles V : c'est celui des Célestins, quai Morland, dont les bâtiments sont devenus une
caserne. La sottise de cet ordre de moines était devenue
proverbiale, ce qui ne les empêchait pas de jouir dans la
paresse de nombreux bénéfices.

C'est du milieu du XIV° siècle que date l'hôtel de Cluny,
un des monuments les plus remarquables du moyen âge.
Cet hôtel servait de résidence aux abbés de Cluny quand
leurs affaires les appelaient à Paris. Il fut construit par
Pierre de Chalus et achevé sous Louis XII par Jacques
d'Amboise. (Voir la gravure, page 84.)

Université. — Sous cette période, les lumières firent

Fig. 14. — L'église Saint-Germain-l'Auxerrois. (Place du Louvre.)

7.

de grands progrès. Les collèges se multiplièrent, l'imprimerie fut inventée et l'art théâtral prit naissance.

Dix-huit collèges furent fondés sous les Valois. Beaucoup de ces collèges disparurent, suite de l'imprévoyance de leurs fondateurs. Ceux qui avaient affecté à leurs fondations des revenus de biens-fonds n'eurent point à souffrir du temps. Mais il n'en fut pas de même de ceux qui étaient dotés en numéraire. Leur ruine arriva par suite de la dépréciation monétaire. C'est à cette époque que remonte l'établissement des *petites écoles* réparties dans divers quartiers de Paris et relevant du chantre de Notre-Dame, auquel se payait une rétribution annuelle. En 1380, ces écoles comptaient 63 maîtres et 22 maîtresses.

Jusqu'en 1472, la médecine n'avait point encore d'école spéciale. Alors se construisit rue de la Bûcherie un bâtiment à cet effet. Les professeurs devaient être prêtres.

Imprimerie. — L'imprimerie, l'agent le plus actif de la civilisation, fut inventée en 1430 à Harlem (Hollande) par Laurent Coster et perfectionnée par Gutenberg à Mayence. Le premier établissement de ce genre à Paris apparut en 1470. Il se trouvait à la Sorbonne sous la direction des imprimeurs Ulrich Géring, de Constance, Michel Friburger, de Colmar, Berthold de Rembolt, des environs de Strasbourg, et Martin Crantz. Des abrégés de Tite-Live, de Florus et de Salluste sortirent de ces presses. Le succès de cet établissement en fit naître d'autres fondés par Jean Stoll (1473), Marc Reinhardi (1482), Jean Maurand, rue Saint-Victor, Thilman Kerver et surtout Étienne. Toutes ces imprimeries, dues aux royales protections de Louis XI et de Louis XII, mirent cette importante industrie à l'abri des persécutions de François Ier, qui, comme nous le verrons plus loin, s'acharna contre les imprimeurs.

Naissance de l'art dramatique. — L'art

théâtral prit aussi naissance sous cette période. Jusqu'à
Charles VI, on n'avait vu que des jongleurs jouer, dans les
rues de Paris ou sur la place de Grève, quelques farces
accompagnées d'airs de violon. Sous Charles VI s'établit
le premier théâtre permanent dans les bâtiments de l'hôpital de la Trinité, rue Saint-Denis, au coin de la rue Gre-
neta. Les confrères de la Passion, ainsi appelés parce
qu'ils jouaient la passion de Jésus-Christ, les actes des
apôtres et la vie des saints, en étaient les acteurs ordinaires. Mais il arrivait souvent aux magistrats, aux hommes de lettres et même aux ecclésiastiques de remplir
des rôles qui leur plaisaient. A cette époque, tout le monde
se faisait acteur et tout se mettait en scène, depuis le mys-
tère de la Conception jusqu'aux sept péchés capitaux qui
furent représentés, à l'entrée de Charles VII, combattant
les trois vertus théologales et les quatre cardinales.

De semblables farces et mascarades religieuses étaient
jouées à la première entrée des rois dans leur capitale.
Quelquefois on poussait même trop loin l'imitation dans
les rôles des personnages qu'on voulait représenter. Le
premier acteur, chargé du rôle de Jésus-Christ, se voyait
souvent obligé de le céder à un second, le second à un
troisième, pour ne pas succomber sous les coups. Pour
les choses profanes se reproduisait la même exactitude.

Beaux-arts. — D'autres arts étaient plus avancés :
l'architecture innova ; les voûtes prirent une forme plus
élégante et plus élancée et des ornements de meilleur
goût décorèrent les monuments. L'hôtel de Cluny est un
produit de cette époque. Pinaigrier, dans la peinture sur
verre, parvenait à une perfection qu'attestent les vitraux
de Saint-Gervais, et le fameux Ponce allait honorer la
sculpture par son beau talent.

État économique et commercial. — Ce n'est
point un exposé d'établissements commerciaux, mais un

tableau des famines et autres maux qu'on doit attendre, après tant d'années de guerres civiles et étrangères. Une seule de ces famines enleva un tiers de la population de Paris. L'anarchie, qui avait épuisé les ressources et laissé subsister les besoins, réduisit les hommes à se faire brigands pour vivre. De grandes compagnies, sous le nom de routiers, d'écorcheurs, parcoururent la France, pillant et égorgeant tout sur leur passage. La noblesse en formait l'élite. Olivier de la Marche, ce grand admirateur de la noblesse, nous a transmis la liste des seigneurs qui commandaient ces troupes de brigands. Il n'est pas un gentilhomme renommé, depuis les Dammartin et les Chabane jusqu'aux Xaintrailles et aux Lahire, dont le nom ne s'y trouve compris.

Cependant sous Louis XI le commerce sembla renaître. Des manufactures de soierie furent fondées à Tours. Ce prince y avait appelé des ouvriers étrangers qu'il combla de privilèges. Nous espérons pourtant que ces privilèges n'étaient pas de même nature que ceux qu'il accorda aux gens de tous pays qui voudraient se fixer à Paris dans les quartiers dépeuplés : ils devaient jouir, en effet, « de « tous cas par eux commis, tels que meurtres, vols, lar- « cins, etc., etc., sauf le crime de lèse-majesté. »

Les archers, les arquebusiers et les arbalétriers avaient été institués à Paris pour prévenir de pareils crimes. Les premiers, au nombre de cent vingt, possédaient un roi et un connétable. Charles VI accorda une solde et plusieurs privilèges à leurs confréries.

Les arbalétriers et les arquebusiers, plus anciens que les archers, étaient plus nombreux et mieux payés. Leur effectif s'élevait à deux cents et leur solde à 3 sols par jour. Malgré l'usage des armes à feu, ces institutions se maintinrent jusqu'à Louis XIV.

L'établissement des postes, qui rend de nos jours de si grands services, remonte au règne de Louis XI. Mais ne lui en sachons pas un trop grand gré, car il ne le fit que

Fig 15. — Hôtel de Cluny. (Musée, rue du Sommerard, 24.)

dans le but despotique d'exercer un nouveau moyen d'inquisition sur les secrets de ses sujets.

Mœurs. — Quant aux mœurs, le prédicateur Maillard s'exprime ainsi sur l'immoralité de toutes les classes sans épargner la sienne : « Il existe en enfer quarante mille prêtres, autant de marchands, autant de riches oppresseurs des pauvres, qui n'ont pas autant que vous, dit-il à son auditoire, mérité d'y être. »

On a toujours reproché aux Français leur tendance à la vanité. La noblesse en donnait l'exemple déjà au temps des croisades. Les seigneurs vendirent leurs terres, leurs maisons, des chartes de liberté pour aller briller dans ces expéditions.

Plus tard, les tournois remplacèrent le théâtre de la Palestine. Sous les Valois, cet esprit de vanité s'infiltra partout. Jamais on ne vit pareille fièvre de titres et de distinctions. Le mot seigneur date de cette époque. Chaque confrérie avait son roi. La mendicité avait même ses *trôniers* à la porte des églises. Les armoiries étant le privilège des nobles, les métiers voulurent tous en avoir. Ils les peignent sur leurs bannières, où l'on voit les instruments de travail ressortir en or ou en argent sur des écus de gueules ou d'azur.

Déjà le luxe du vêtement était une des grandes préoccupations de la société parisienne, et il y prit de grandes proportions, malgré les anathèmes des prédicateurs, qui voyaient en lui le plus redoutable concurrent à leurs profits.

Établissements de bienfaisance. — La bienfaisance s'est montrée bien stérile. Pendant ces calamités de guerre intérieure fut fondé, en 1362, d'abord rue Geoffroy-Lasnier, puis place de Grève, l'orphelinat du Saint-Esprit. Cette maison, dont l'administration passa, en 1679, à celle de l'Hôpital général, recevait soixante garçons et soixante filles, nés de légitime mariage, baptisés à Paris et dont les parents étaient morts à l'Hôtel-Dieu. Ces enfants, à qui on apprenait à lire, à écrire et à compter, se trouvaient à leur sortie placés en apprentissage. Cet établissement avait une église contiguë à l'Hôtel de Ville, qui exista jusqu'à 1798. En 1810, on contruisit sur son emplacement divers bâtiments, notamment ceux qui servirent d'habitation au préfet de la Seine. Nous ajouterons la création d'un hôpital pour huit femmes pauvres, situé rue de Grenelle-Saint-Honoré, et celle de l'hôpital du Roule, destiné aux ouvriers de la Monnaie, incapables de travailler par maladie, par infirmités ou par vieillesse.

Améliorations physiques de Paris. — Sous cette première branche des Valois, Paris subit l'influence des événements et prit l'aspect d'une place de guerre fortifiée à la fois contre les dangers du dehors et ceux du dedans. Les rois, qui craignaient autant les révoltes des Parisiens que les attaques des Anglais, firent élever à chaque porte des bastilles avec cette double destination. La Bastille-Saint-Antoine, fameuse dans nos annales, était déjà sous Charles V la plus considérable[1]. Les remparts de Paris reçurent même des canons qui servirent à repousser l'armée de Charles VII. Autour de l'enceinte de Paris, on creusa des fossés. Toutes ces fortifications furent l'ouvrage d'Étienne Marcel, prévôt des marchands sous Jean le Bon. Hugues Aubriot, prévôt de Paris sous Charles V, les accrut et travailla à assainir la ville. Le grand égout se creusa, plusieurs rues se pavèrent. L'enceinte de Philippe Auguste se trouva donc agrandie du côté du nord, en 1357 et 1367, par la réunion de quelques faubourgs. Des hôtels s'élevè-

---

1. C'est sous la prévôté d'Aubriot, le 22 avril 1370, que ut posée la première pierre de la Bastille, cette redoutable forteresse qui devait jouer dans l'histoire de Paris, en 1789, un rôle si considérable et où pendant si longtemps le pouvoir absolu enterra ses victimes. Un tracé en granit figure sur le sol l'emplacement de la Bastille, à l'entrée de la rue Saint-Antoine.

rent, tels que l'hôtel Saint-Paul ou Saint-Pol, sous Charles V, qui l'habitait de préférence au vieux donjon du Louvre. C'est là qu'il établit sa bibliothèque, composée alors de 900 volumes, et qu'il transféra au Louvre dans la tour de la librairie. Cet hôtel s'étendait depuis la rue Saint-Paul jusqu'aux fossés de la Bastille-Saint-Antoine. En face, fut édifié l'hôtel des Tournelles, que le duc de Bedford occupait pendant la domination anglaise et dont la démolition fut ordonnée par Catherine de Médicis après l'accident de Henri II dans un tournoi. Sur son emplacement on établit le Marché-aux-Chevaux, puis la Place-Royale, devenue place des Vosges.

Il nous reste, rue Étienne Marcel, la tour de *Jean sans Peur* du XVe siècle, ayant appartenu à l'ancien hôtel de Bourgogne.

En 1357, Étienne Marcel acheta de Jean d'Auxerre l'*Hostel aux dauphins*, appelé aussi la *maison aux piliers*, situé sur la place de Grève, pour y établir les services de la municipalité. Jusqu'en 1532, la maison aux piliers fut le lieu où se réunirent le Conseil de ville, les échevins et où demeura le prévôt des marchands. Cette maison très simple fut l'objet de nombreuses réparations. En 1358, le prévôt Culdœ l'agrandit en y adjoignant la maison de Dimanche de Châtillon, fit niveler les cours et y établit un dépôt d'armes. On a même trouvé dans un compte rendu de 1368 que Jean de Blois avait été chargé de l'orner de peintures. Nous parlerons dans la partie suivante de la construction du véritable Hôtel de Ville.

C'était sur la place de Grève que se concentraient les affaires commerciales et l'activité parisienne. Les marchands de l'eau y avaient déjà un entrepôt aux vins qu'ils appelaient *boîte au vin*. Les charrons bordaient le côté ouest de la Grève. Sur les bords de la Seine s'étendaient les tanneurs et les teinturiers. C'était là que les ribauds faisaient leurs tours, que défilaient les processions qui allaient, bannière déployée, à l'église Saint-Jehan-en-

BOETZEL.

Fig. 16. — Armure de François Ier, au musée d'artillerie.

8

Grève adorer l'hostie miraculeusement échappée à la profanation d'un juif. C'est à la place de Grève que se trouvait la sinistre lanterne qui servait aux pendaisons de grands criminels; que pendant la captivité du roi Jean, qui avait laissé le pouvoir aux mains des bourgeois de Paris, ceux-ci venaient discuter les ordres du dauphin et arborer la cocarde de Marcel[1].

1. C'est sur la place de Grève également qu'avait lieu le *feu de la Saint-Jean*. Le 23 juin, les magistrats faisaient entasser des fagots et le lendemain soir le roi y venait mettre le feu. Les archers et les arbalétriers contenaient le peuple en fête. Puis, quand le bûcher était éteint, la foule se jetait sur les tisons qui, croyait-on, portaient bonheur. Cette fête, dont l'origine est inconnue, s'est continuée jusqu'à la Révolution. Un banquet réunissait les autorités à l'Hôtel de Ville.

Nous parlerons d'une autre coutume. Le 3 juillet, on brûlait, rue aux Ours, un énorme mannequin tenant un poignard, en mémoire de l'exécution d'un soldat qui avait frappé d'un coup de couteau une image de la Vierge.

Fig. 17. — Le Pilori des Halles.

CINQUIÈME PARTIE

PARIS SOUS LA DEUXIÈME BRANCHE DES VALOIS

XVIᵉ SIÈCLE

La Réforme et la Saint-Barthélemy. — L'intérêt de cette période est moins, comme on s'est efforcé de l'enseigner jusqu'ici, dans les guerres avec l'Italie[1] que dans la réforme religieuse. Les scandales des chefs de l'Église avaient trouvé des imitateurs naturels dans le bas clergé. Dès le XVᵉ siècle, les proverbes populaires avaient fait justice de cette dégradation ecclésiastique. A Paris et en France, rapporte un bénédictin historien du Langue-

---

1. On sait où nous conduisit la regrettable prétention de Charles VIII à la possession de Naples. François Iᵉʳ, surnommé le roi des gentilshommes, ne manqua pas de promener son armure en Italie, d'où les chevaliers rapportèrent les ridicules coutumes des souliers à la poulaine et des vêtements de crevés qui reviennent à la mode. Prisonnier à Pavie, malheureux dans une seconde expédition, François Iᵉʳ signa la paix de Cambrai, et sa rançon se chiffra par deux millions d'écus d'or, dont les Parisiens payèrent une large part. Notre gravure représente l'armure que François Iᵉʳ portait vers 1533.

doc, on disait : « J'aimerais mieux être prêtre que d'avoir
fait telle chose. » Ces proverbes démontrent que l'esprit
de réforme existait dans le peuple.

Au XVIᵉ siècle, comme les rois de l'Europe étaient devenus
très puissants, et qu'il n'y avait plus de royaumes de la terre
à vendre, Léon X s'avisa de mettre à l'encan le royaume
des cieux pour bâtir Saint-Pierre-de-Rome. La vente
fut divisée en petites et grandes actions appelées indulgences simples, indulgences plénières, toutes d'une valeur
échangeable contre une certaine somme d'or ou d'argent.
Les Dominicains furent chargés d'être les agents de change
dans toute l'Europe de ces nouvelles valeurs spirituelles.
Du reste, ils s'en acquittèrent avec un zèle qui surmonta
tous les scrupules : la vente du paradis se faisait à bureaux ouverts jusque dans les cabarets. Frustrés de cette
immense commission, les Augustins éclatèrent en invec-
tives contre cette conduite scandaleuse de la cour de
Rome. Luther, en Allemagne, et Calvin, en Suisse, furent
d'abord accueillis par tous les hommes de bonne foi,
ecclésiastiques et magistrats. De ce nombre étaient Jean de
Belloy, évêque de Paris et d'autres évêques, des abbés, des
abbesses, les membres du Parlement et jusqu'aux docteurs
en Sorbonne. A la cour même, Louise de Savoie, mère de
François Iᵉʳ, et Marguerite de Navarre, sa sœur, embras-
sèrent la nouvelle doctrine.

Mais bientôt l'intérêt personnel et l'esprit de secte in-
tervinrent et firent d'une affaire de conscience une affaire de parti. Cet affranchissement de l'esprit du joug de
l'autorité parut dangereux. Le clergé, qui était attaqué
par les réformateurs dans ses richesses si frauduleusement
acquises, fut le premier à traiter la réforme d'hérésie ; le
gouvernement absolu, intéressé par sa nature à combattre
tout ce qui tend à contrôler les droits et à limiter les pouvoirs, prit parti pour le clergé, c'est-à-dire pour le maintien des abus. Ainsi se refit l'alliance entre le trône et
l'autel.

Le drame eut son exposition à Paris dans la salle de l'évêché. L'Université, les magistrats, le clergé étaient assemblés. François I⁰ parla des malversants en matière de religion et déclara que si un de ses enfants se trouvait du nombre, il serait le premier à l'immoler. C'était assez dire de ne pas épargner ses sujets et il fut obéi. Une espèce de tribunal se forma dans le clergé, une chambre ardente fut créée dans le Parlement, et le premier acte commença sous ce règne même : à Paris, par les bûchers qui s'élevèrent de toutes parts; hors de Paris, par les massacres de Mérindol et de Cabrières.

Sous Henri II, les bûchers ne s'éteignirent point et la chambre ardente continuait à faire plus de protestants qu'elle n'en brûlait. Cependant, parmi tant d'arrêts de sang, il faut citer l'honorable résistance du Parlement contre l'introduction en France de l'inquisition d'Espagne.

Pendant que la persécution se poursuivait ainsi sans relâche, les factions s'organisaient à la cour. Là tout avait son parti, excepté la religion qui les colorait tous. Les princes de la maison de Lorraine prirent la religion catholique, ceux de la maison de Bourbon eurent la religion réformée pour drapeau. C'était une oligarchie comme sous Charles VI, où Catherine de Médicis jouait le rôle d'Isabeau de Bavière. Il n'y eut qu'un rôle nouveau de créé, celui du vertueux chancelier de l'Hôpital, à une époque où la religion ne se montrait plus que sous le masque. Ainsi les protestants eurent pour appui la vertu de l'Hôpital et l'ambition des princes de Bourbon. Alors ils obtinrent deux temples : l'un rue Popincourt, l'autre faubourg Saint-Marcel. Comme ils s'y étaient rendus en armes pour se préserver des atteintes d'une multitude soudoyée, aussitôt le parti des Guise se prévalut de cette circonstance pour faire incendier leurs temples. Le conseiller au Parlement Anne du Bourg fut pendu, puis brûlé, pour avoir osé défendre les réformés et attaquer le catholicisme dans une séance même du Parlement où

8.

Henri II était venu en personne réclamer des mesures de rigueur contre les calvinistes. Après avoir conspiré à Amboise et s'être battus à Dreux, à la suite du colloque de Poissy, les protestants jouirent d'une courte paix. La retraite de l'Hôpital et l'assassinat du duc de Guise devant Orléans acheminèrent à la Saint-Barthélemy.

Catherine de Médicis ne resta pas longtemps irrésolue. Coligny, seul des anciens chefs, existait encore. Condé avait été assassiné à Jarnac, Montmorency avait péri à Saint-Denis; le duc d'Anjou, depuis Henri III, vainqueur à Jarnac et à Moncontour, était le chef des catholiques, tandis que Henri de Navarre devenait celui du parti protestant. Catherine, qui avait décidé avec le duc d'Albe, ambassadeur d'Espagne, un massacre général des dissidents, attira leurs chefs à la cour et leur donna une fausse sécurité. Henri de Navarre venait d'épouser la sœur du roi Charles IX. Il serait trop long de raconter tous les moyens de perfidie qui préparèrent cette horrible imitation des Vêpres siciliennes. La conduite de Charles IX qui avait précédé le massacre était plus infâme peut-être que celle qui l'accompagna. Le lendemain du jour où il avait chargé Maurevert d'assassiner Coligny et la veille de celui où il devait en faire la première et la plus illustre victime de la Saint-Barthélemy, il disait à l'amiral sur son lit de souffrance : « Mon père, la blessure est pour vous, la douleur est pour moi. » En même temps, sous prétexte de veiller à la sûreté de Coligny, il plaçait à son logis des satellites, commandés par Cosseins, chargés de ne point laisser échapper la proie; et il envoyait, sous le même prétexte, chez tous les protestants, des quartiniers pour écrire le nom des victimes et les signaler au fer des assassins.

A deux heures du matin, le dimanche 24 août 1572, jour où les catholiques célébraient la fête de la Saint-Barthélemy, Catherine de Médicis fait donner par son fils l'ordre de sonner le tocsin à l'église Saint-Germain-l'Auxerrois.

Aussitôt le duc de Guise, chef d'exécution, se rend chez Coligny. Besme, un Allemand, monte jusqu'à la chambre de l'illustre victime dont le traître Cosseins lui livre l'entrée. « Es-tu l'amiral? s'écrie Besme. — C'est moi, répond Coligny avec une noble assurance. Jeune homme, ajouta-t-il, tu devrais respecter ma vieillesse et mes infirmités; mais fais ce que tu voudras, tu ne m'abrégeras la vie que de quelques jours. » Besme enfonce l'épée, la retire et en frappe encore Coligny au visage. Le duc de Guise impatient lui crie de la cour : « Besme, as-tu achevé? — C'est fait, répond celui-ci. » Et il jette le cadavre par la fenêtre. Guise essuie avec un mouchoir le visage de la victime et, reconnaissant Coligny : « C'est bien lui », dit-il avec joie; puis il le foule aux pieds et se met à crier : « Courage, soldats, nous avons heureusement commencé. » Et c'est ainsi qu'ils continuèrent dans les autres quartiers au son de la cloche de la tour de l'horloge du Palais de Justice.

Ce fut après cet horrible massacre, qui dura trois jours, qu'on demanda à Condé et au roi de Navarre l'abjuration de leur hérésie et une conversion à la religion des papistes.

De Thou évalue à deux mille le nombre des Français égorgés à Paris le premier jour seulement; d'autres historiens le portent à dix mille pour les trois journées.

Les mêmes horreurs se répétèrent en province; et, au milieu de ce vertige d'atrocités, on est tout étonné d'avoir à admirer des gouverneurs officiers du roi : Longueville, Charni, Saint-Hérem, le vicomte d'Orte, à Bayonne, qui refusent de lui servir de bourreaux.

La Saint-Barthélemy inspira aux protestants l'énergie du désespoir. Sancerre et la Rochelle résistent. Le roi de Navarre, à la tête des protestants armés, dicte, en 1576, à Catherine de Médicis, prise de frayeur, l'édit de pacification, la force à se déclarer criminelle et à reconnaître comme crime le massacre de la Saint-Barthélemy.

La Ligue. — Les catholiques s'indignaient à la pensée

qu'un prince protestant pût monter sur le trône. Alors se forma la Sainte-Ligue, qui avait pour but de préparer les voies à Guise le Balafré pour la succession de Henri III. Celui-ci fit assassiner Guise aux États de Blois et s'unit au roi de Navarre. A la nouvelle de cet assassinat, les armoiries de Henri III sont foulées aux pieds. Paris qui déjà, à la journée des *Barricades*, n'avait pas ménagé son aversion pour le roi, devint une république comme sous le roi Jean, mais à laquelle il manquait une tête comme Étienne Marcel. Les Seize, dont le pouvoir dominait, représentaient, comme en 1792, les seize quartiers de Paris. Dans chaque quartier, un conseil de neuf personnes était, en outre, créé pour veiller à la tranquillité publique. Ce fut le conseil des Seize qui nomma le duc d'Aumale gouverneur, et qui institua le conseil de l'Union ou des quarante, composé de quarante personnes prises dans les trois ordres et toutes nommées par la voie de l'élection. En 1589, le conseil de l'Union élut Mayenne lieutenant général.

Au milieu de ce peuple fanatisé, il y avait un parti désigné sous le nom de parti des politiques ou mécontents, qui ne voyait dans ces affaires de religion qu'une affaire de gouvernement et qui semblait le vouloir républicain. Si l'on en croit le dialogue du *Maheustre* et du *Manant*, les Seize eux-mêmes travaillaient dans le sens de ces tendances démocratiques, ce qui effraya Mayenne. Il envoya quatre d'entre eux à la potence et fit en même temps dissoudre le Conseil de l'Union. Cet acte arbitraire fut le motif de la défection du parti des politiques qui s'unit aux protestants.

Le foyer du fanatisme n'était donc pas dans ces assemblées des Seize et des Quarante, mais au collège de Clermont, aujourd'hui Louis-le-Grand. C'est là que se réunissaient tous les dimanches, sous l'influence des Jésuites, l'ambassadeur d'Espagne, le légat du pape, les confrères du Chapelet et quelques-uns des Seize. C'est de là que partait la direction des affaires ou plutôt des crimes ; c'est de

Fig. 18. — L'Hôtel de Ville.

là que Jacques Clément fut envoyé assassiner Henri III, mort à Saint-Cloud, maison Gondi (disparue), entre les bras de Henri IV, son nouvel allié.

Henri III n'était pas très satisfait de la conduite des Parisiens. Il s'en vengea par un édit de révocation de mai 1589, qui dépossédait la ville de tous ses droits et privilèges.

A peine la mort de Henri III [1] fut-elle connue à Paris, que les Jésuites se hâtèrent de faire de Clément un saint martyr et du cardinal Charles de Bourbon un roi, un Charles X. C'est le 5 août 1589, deux siècles avant l'immortelle déclaration des Droits de l'homme et du citoyen, qu'a été proclamée la royauté de cet incapable, qui ne se recommandait que par son dévouement aux Jésuites. Il mourut le 8 mai 1590 dans sa prison de Fontenay, où il était détenu depuis l'époque de son arrestation à Blois. A sa mort, Mayenne n'ayant plus de fantôme de roi pour combattre la légitimité de Henri IV et n'ayant à opposer à ce prince qu'une différence de religion qui, du jour au lendemain, pouvait disparaître au moyen d'une conversion opportune, se hâta de faire excommunier Henri par la Sorbonne « quand même il serait absous par le pape en devenant catholique. »

Siège de Paris par Henri IV.— Vainqueur à Arques et à Ivry, Henri IV mit le blocus devant Paris en proie à toutes les horreurs de la famine. La désolation était à son comble. En vain l'ambassadeur d'Espagne et

1. La satisfaction des Parisiens se manifesta par des feux de joie. L'aversion des bourgeois de Paris pour une personnalité aussi méprisable que celle de Henri III se justifie. Mais ce qu'il nous est difficile d'expliquer, c'est l'engouement parisien pour ces autres monstres qu'on appelait les ligueurs, sinistres marionnettes dont les Jésuites tenaient tous les fils. Après la fuite de Henri III, il n'y eut plus de municipalité à Paris. L'autorité fut exercée par les Seize et le conseil de l'Union.

le légat du pape jetaient-ils des pièces d'argent à ce peuple affamé. « C'est du pain qu'il nous faut », s'écriait-on de toutes parts. Ce malheureux peuple mangeait tous les animaux domestiques : chiens, chats, chevaux, etc. Les Jésuites, qui ne manquaient de rien, s'indignaient qu'on ne pût prendre patience. Dans les temples, ils ordonnaient et dictaient ces sermons où des prédicateurs furibonds vomissaient contre Henri IV l'anathème et l'exécration. Hors des temples, ils se répandaient dans tous les quartiers en processions, ou bien ils assemblaient et passaient en revue leurs cohortes monacales, ridiculement affublées de cuirasses bosselées sur des robes crasseuses ; et ainsi, le mousquet d'une main, le crucifix de l'autre, ils cherchaient à rallumer le fanatisme dans ces malheureux où s'éteignait la vie.

La sensibilité de Henri IV ajourna son triomphe. Il ne put refuser à 3,000 pauvres la faculté de sortir, et à tout Paris une trève de dix jours qui permit au duc de Parme de secourir les assiégés.

Cette généreuse conduite compromit l'influence des Jésuites. Le parti politique releva la tête. Il ne restait plus que des scrupules de religion que Henri IV vainquit avec le canon de la messe et 1,495,400 francs, qu'il servit au comte de Brissac, gouverneur de Paris. Son entrée, le 22 mars 1594, fut l'heureux dénouement de ce long et terrible drame et le commencement du règne de la maison de Bourbon. 30,000 habitants étaient morts de faim pendant ce siège. La vieille enceinte d'Étienne Marcel, élevée d'après un système que l'artillerie rendait sans valeur, avait été fortifiée d'ouvrages avancés qui furent construits de 1536 à Henri III.

Établissements et monuments religieux. — Sous cette période désastreuse, peu d'établissements s'élevèrent dans Paris.

Dans l'ordre religieux, nous ne voyons à mentionner

que l'ordre des *Minimes*, à Chaillot, dans un manoir que leur céda la reine Anne de Bretagne.

Sous François 1er, fut reconstruite l'église Sainte-Marie et relevée l'abbaye Saint-Victor, qu'avaient illustrée Guillaume de Champeaux et Abélard. L'église Saint-Eustache fut commencée. Il nous reste aussi de cette époque le palais abbatial de Saint-Germain-des-Prés, 3, rue de l'Abbaye, construit en 1586 pour le cardinal de Bourbon.

Jusqu'ici Paris avait eu à se plaindre beaucoup, sans doute, de ces congrégations de moines ou abbés qui nuisaient tant au bien-être matériel de la société, parce que leur paresse diminuait les sources de production sans ralentir l'absorption des produits. Mais ils étaient restés trop ignorants pour exercer dans l'ordre social une haute influence politique.

Les Jésuites. — Cependant, les progrès que faisaient la civilisation et la réforme alarmaient la cour de Rome. Le clergé chercha à reprendre son ascendant en s'emparant de l'enseignement des hommes. Le besoin d'une milice *préchante*, *enseignante* et *confessante* se fit donc sentir et deux ordres nouveaux furent créés, les *Jésuites* et les *Capucins*.

Il s'agissait d'exploiter les consciences à la cour comme dans le bas peuple, afin d'envahir la société tout entière. Les Jésuites se chargèrent du premier rôle, et toutes les hautes classes de la société furent comprises dans leur ressort. Aux Capucins fut abandonnée la direction du petit peuple. L'envahissement des Jésuites devint un fléau pour l'Europe ; et il y aurait lieu ici de s'en plaindre amèrement, s'ils n'avaient servi à stimuler la philosophie critique du XVIIIe siècle.

Approuvés par deux bulles, l'une de 1540 et l'autre de 1539, les Jésuites vinrent à Paris, en 1541, sur l'appel du fameux cardinal de Lorraine, qui connaissait le but de leur institution. Ce ne fut qu'après dix années d'intrigues et de refus, qu'ils obtinrent au colloque de Poissy, par l'entremise du duc de Guise, la faculté de s'établir à Paris. Il n'y avait là qu'un faible succès ; ils convoitaient la direction de l'enseignement de la jeunesse et, malgré l'Université et le Parlement, ils parvinrent à obtenir du Conseil du roi une autorisation qu'il ne pouvait qu'illégalement accorder. Alors les Jésuites établirent en 1564, dans la rue Saint-Jacques le collège de Clermont, aujourd'hui lycée Louis-le-Grand. Ils ne tardèrent pas à élever une autre maison professe dans la rue Saint-Antoine, qu'ils durent aux libéralités du cardinal de Bourbon et du roi Henri III lui-même, que, quelques années après, ils firent assassiner.

Voici, d'après de Thou, les moyens qu'ils employaient pour remplir leur office : « Par une mission jusqu'alors inconnue, ils étaient venus à bout, en interrogeant leurs pénitents, de les éloigner de leurs paroisses, d'attirer à eux le peuple et de fouiller dans le secret des familles. »

Grâce aux libéralités de Louis XIII et du cardinal de Richelieu, ils élevèrent plus tard l'église Saint-Paul dans leur maison professe, qui est aujourd'hui occupée par le lycée Charlemagne.

Les Capucins. — Sous Henri III s'établirent les Capucins, qu'on nomme ainsi à cause de leurs capuchons. Cette capucinière existait rue Saint-Honoré. C'est de là que sortit ce fameux père Joseph qui vengea Louis XIII de l'ascendant qu'exerçait Richelieu sur lui, par celui qu'il prit lui-même sur l'esprit du cardinal.

En 1764, à la suite de désordres graves, des mémoires au Parlement mirent à jour toute la dissolution de ces capucins. Lorsqu'en 1790, l'Assemblée nationale fit évacuer cette capucinière, on trouva des cachots, des oubliettes, des in pace et toutes ces traces effrayantes du despotisme monacal.

Sur l'emplacement de ce couvent s'élevèrent depuis les rues de Rivoli, de Castiglione et du Mont-Thabor.

9

Établissements de bienfaisance. — La bienfaisance, qui n'avait été jusque-là que la manifestation de sentiments individuels, devint un impôt sous François 1er. Par lettre patente du 6 novembre 1544, ce roi avait institué, à Paris, un bureau général des pauvres, composé de trois bourgeois nommés par le prévôt des marchands, et de quatre conseillers au Parlement.

Cependant l'Hôtel-Dieu, l'hôpital des Petits-Ménages, celui de la Trinité affecté aux enfants trouvés restèrent régis par des administrateurs particuliers. Et pour subvenir à ces charges de charité publique, le bureau avait le droit de lever chaque année sur les princes, les seigneurs, les ecclésiastiques et les propriétaires une taxe d'aumône pour les pauvres. Il eût été plus juste d'exiger des prêtres et des religieux la restitution des biens des pauvres, dont ils étaient les coupables détenteurs. Les communautés religieuses chargées de soigner les malades, ainsi que nous l'avons déjà dit, les dépouillaient, les accablaient de mauvais traitements pour les chasser des asiles qui les recueillaient. On trouve l'exposé de ces spoliations et de ces violences dans le préambule de l'édit de 1543, rendu en vue de les réprimer.

Parmi les établissements charitables dont la fondation est comprise dans cette période, nous citerons l'hospice des *Enfants-Rouges*, refuge pour les enfants dont les parents étaient morts à l'Hôtel-Dieu; l'hospice des *Petits-Ménages*, rue de la Chaise, transféré à Issy; l'hôpital de Lourcine, faubourg Saint-Marcel; enfin, la maison de charité de Nicolas Houel, épicier, bourgeois de Paris, un des hommes les plus recommandables de son siècle.

Lettres, sciences et arts. — L'essor des lettres et des sciences, que nous avons signalé sous la période précédente, ne se ralentit pas sous celle-ci, malgré le désastre des temps. François 1er, bien à tort surnommé le père des lettres, fut l'ennemi de l'imprimerie et le fondateur de la

censure. Il persécuta les professeurs du Collége de France
qu'il avait fondé en 1529. Il brûla les livres et quelquefois
même les auteurs et imprimeurs[1] ; il ne toléra que les
poètes qui le louaient, et les architectes et sculpteurs qui
décoraient ses châteaux de Fontainebleau et de Madrid.
Telle est la marche du progrès dans le mal de la royauté
et du clergé. Il ne leur suffisait plus de s'emparer des
biens, il leur fallait encore la pensée du peuple.

Avec Villon, qui illustra Paris au XVe siècle, la poésie
française sortit de l'enfance, et Marot, qui devint chef
d'école, excita plus d'une jalousie. La *pléiade* se forme :
trouvant la langue de Marot trop aride, trop raide, elle
veut l'orner, l'élargir en lui adjoignant les figures puis-
santes et les termes abondants des langues anciennes et de
la langue italienne, dont les fréquentes guerres de François Ier et de Louis XII avaient fait connaître les écrivains.
Cet envahissement jeta la confusion dans la langue française et retarda d'un demi-siècle l'essor de sa clarté et de
sa précision. Les efforts des Ronsard et des du Bellay n'a-
boutirent qu'à altérer la pureté du langage par l'introduction de néologismes barbares.

Le Collége de France, dont nous venons de parler,
comprit bientôt dix chaires, quatre pour les mathématiques, deux pour la philosophie, deux pour l'éloquence et
deux pour la médecine, Charles IX ajouta une chaire de
chirurgie ; Henri IV, une chaire de botanique et une autre
d'anatomie ; Louis XIII, une chaire d'arabe et une de droit
canon ; Louis XIV, une autre de droit canon et une de

---

1. *Louis de Berquin*, ayant publié un ouvrage qui déplut à la Sorbonne,
fut brûlé en place de Grève. *Etienne Dolet*, imprimeur-littérateur, fut condamné au feu et brûlé vif, le 2 août 1546, avec ses livres, sur la place
Maubert, où la municipalité lui a élevé une statue. Par lettre patente du
13 janvier 1535, portant l'abolition de l'imprimerie, François Ier défend
toute impression de livres dans le royaume, sous peine du hart. Le 26 février suivant, le roi suspendait l'abolition de l'imprimerie, mais créait un
conseil de censure de 24 membres.

langue syriaque. Ces cours se firent dans les salles des collèges de Cambrai et de Tréguier. Henri IV fit démolir ces collèges (1610) et l'on construisit le Collège de France actuel, qui ne fut achevé qu'en 1774.

Nous mentionnerons aussi la fondation du *collège de Sainte-Barbe*, par Jean Hubert, docteur en droit canon. Sous Henri II, cet établissement comptait déjà quatorze professeurs. Quant au collège de Clermont, nous aurons l'occasion d'en parler dans la partie suivante.

L'*art théâtral* s'améliora aussi. Bien que les sujets continuassent à être pris dans l'Écriture sainte, on commençait cependant à s'évertuer sur les ridicules de l'époque et de la cour. Ces tendances nouvelles ne plurent pas à Charles VIII, qui les réprima. Louis XII au contraire les favorisa : « Je veux que les jeunes gens, disait-il, déclarent les abus qui se font à ma cour, puisque les confesseurs et autres, qui font les sages, n'en veulent rien dire ».

Henri III ayant empêché de mettre en scène les écritures saintes, l'art théâtral prit une route nouvelle. On exploita les vieux romans de la chevalerie et en même temps on joua des moralités telles que celle-ci : « Moralité « d'une jeune fille qui aima mieux avoir la tête coupée « par son père, que d'être séduite par son seigneur ».

En 1577, une troupe d'Italiens, appelée par Henri III, s'établit dans l'hôtel de Bourgogne. Quoique le prix des places fût de moitié plus élevé à ce théâtre qu'aux autres, il y avait une telle affluence que les quatre meilleurs prédicateurs de Paris n'en avaient pas autant tous ensemble quand ils prêchaient. Ce fait, rapporté par l'Étoile, est très remarquable à une époque où l'on assassinait les rois qui n'allaient pas à la messe.

Outre les moralités, on jouait quelques tragédies et comédies. Le poète Jodelle fit représenter, à l'hôtel de Reims et au collège de Boncourt, ses tragédies de *Cléopâtre* et de *Didon*, et une comédie intitulée *Eugène*.

Pendant que la littérature abandonnait les vieilles routes,

Fig. 19. — L'hôtel Carnavalet. (Rues des Francs Bourgeois et Sévigné.)

6

le commerce s'en ouvrait de nouvelles par la découverte d'un autre monde. Cette période contient en germe toutes les révolutions politique, religieuse, littéraire et commerciale, qui éclatèrent dans les âges suivants.

C'est pendant cette période que Bernard de Palissy poussa si loin l'art de la poterie. Il mourut victime de l'intolérance religieuse dans un cachot de la Bastille.

Tribunal de commerce. — A Paris, où les abbayes et les monastères étaient devenus autant de forteresses; à Paris, où régnaient la famine et les Jésuites, rien de bon ne pouvait encore éclore. Cependant une institution grande et populaire avait pris naissance au plus fort de l'anarchie et du fanatisme. Sous Charles IX, l'Hôpital avait établi une juridiction composée de cinq marchands français, dont un remplissait les fonctions de juge et les quatre autres celles de consuls. Ce tribunal tenait ses séances près de l'église Saint-Merri dans un bâtiment acquis par les corps de marchands. Telle est l'origine du tribunal de commerce.

Les six corps séparés étaient les drapiers, les épiciers, les merciers, les pelletiers, les bonnetiers, et les orfèvres. Chaque corps avait un saint pour patron, des maîtres et des syndics pour directeurs, et de plus des règlements et des privilèges, qui entravaient au dedans et au dehors de la confrérie la liberté et les progrès même de l'industrie commerciale.

Justice. — Prisons. — Instruments de supplice. — C'est sous François Ier que furent établis le tribunal de l'*Inquisition* et la *Chambre ardente* du Parlement. L'un avait pour but de rechercher et l'autre de condamner au feu les hérétiques, c'est-à-dire les réformés. L'un des plus célèbres chefs de l'inquisition était un nommé Mouchy, docteur en Sorbonne, d'où l'on a tiré la qualification flétrissante de mouchard.

Six à sept mille voleurs, huit à neuf mille pauvres attes-

taient l'état moral de Paris à cette époque et offraient des
éléments de trouble que les factions ne manquaient pas
d'exploiter.

L'antique tour du Louvre, prison privilégiée des hauts
seigneurs, cessa d'exister en 1558[1]. La Bastille-Saint-
Antoine lui avait succédé. C'est dans cette bastille que
Louis XI avait construit en 1475 sa fameuse cage, pour
y renfermer l'évêque de Verdun. L'infortuné Anne Du-
bourg, conseiller au Parlement, y fut également enfermé
sous François II, avant son exécution en place de Grève.
Le grand et le petit Châtelet avaient aussi leurs prisons
divisées, selon Sauval, en sept parties, au nombre desquelles se trouvaient les cachots obscurs et humides, les
basses-fosses, les oubliettes, où on laissait le prisonnier
mourir de faim. Dans le palais de la Cité était la prison
de la Conciergerie. Le concierge, personnage important,
avait le titre de bailli et exerçait le bailliage du palais.
Philippe de Comines subit une détention dans la tour
carrée de la Conciergerie ainsi que plusieurs hommes
marquants. L'hôtel de Nesle servit aussi de prison.

Mais outre ces prisons royales, le prévôt des marchands
avait la sienne rue de la Tannerie; l'évêque en avait deux :
l'une, celle de *Fort-l'Évêque*, rue Saint-Germain-l'Auxerrois, et l'autre dite de l'*Officialité*, destinée seulement aux
ecclésiastiques, située près de la grande sacristie de Notre-
Dame. Chaque abbaye, chaque monastère où se trouvait
un haut justicier avait aussi sa prison. On en comptait
vingt-cinq qui étaient reconnues légales, et plusieurs autres qu'on tolérait[2].

L'arbitraire et la confusion, en cette matière délicate, ne
pouvaient être plus complets. La justice d'alors, ne repo-

1. L'emplacement du vieux donjon est figuré sur le sol de la cour du
Louvre.
2. La tour du *Vert-Bois*, restaurée par M. Ancelet, était une des deux prisons de l'abbaye de Saint-Martin-des-Champs (rue du Vert-Bois et rue
Saint-Martin).

sant que sur la vengeance, les prisons étaient toujours remplies; et comme les détenus devaient payer un droit de gîte ou de geôlage, les pauvres, quoique acquittés, restaient en prison. De plus, les malheureux prisonniers périssaient souvent dans les cachots avant même d'avoir été interrogés. Le Parlement ordonna, en 1364, qu'on lui présentât quatre fois l'an le nombre des prisonniers en prévention. Il voyait le mal; mais il fallait un autre ordre de choses pour pouvoir y remédier. Une mesure même telle que celle-ci devenait inexécutable, au milieu de ce déluge de justices privilégiées qui inondaient Paris.

Après avoir parlé de la justice et des prisons au XVIᵉ siècle, il nous reste à citer quelques-uns des instruments d'exécution. Il y avait d'abord les *piloris*, constructions destinées à exposer les condamnés aux yeux du public (V. p. 86.) Le plus connu était situé aux Halles. Il se composait d'un bloc octogone en maçonnerie surmonté d'une vaste lanterne en bois qui tournait sur un pivot et exposait ainsi à tous les regards du public les condamnés qui s'y trouvaient. Les piloris ne disparurent qu'en 1789.

Les fourches patibulaires caractérisent mieux la justice du temps[1]. Sur l'éminence de Montfaucon, entre les faubourgs Saint-Martin et du Temple, s'élevait un massif de maçonnerie sur la surface duquel reposaient seize piliers de dix mètres de hauteur chacun, qui supportaient de grosses pièces de bois auxquelles pendaient des chaînes de fer. A ces chaînes étaient attachés les cadavres des exécutés. On y voyait toujours de cinquante à soixante corps desséchés, mutilés, corrompus, agités par le vent; et l'intimidation produite par un spectacle aussi horrible était si peu puissante que les environs se trouvaient emplis de lieux de débauches très fréquentés.

Mais quittons cette lugubre description pour les monuments qui servirent à l'embellissement de Paris.

---

1. Les gibets s'appelaient aussi *arbres secs*. De là la rue de l'Arbre-S.c.

Monuments divers. — Hôtel de Ville. —
Pendant les règnes de Charles VI, de Charles VII et de
Louis XI, le rôle politique de la municipalité parisienne
était resté effacé. Il se bornait, comme nous l'avons déjà
dit, à l'administration civile de la cité. Mais bientôt les
événements lui rendirent toute son importance. François Ier était captif à Madrid, et il s'agissait de se procurer
les sommes stipulées dans le traité que la reine allait signer avec Henri VIII et Charles-Quint. Le corps municipal
profita de l'appel qu'on lui fit pour siéger en permanence
à l'Hôtel de Ville; il mit Paris en état de défense, et s'engagea à participer au paiement de la rançon du roi. Dans
ce traité, les édiles osèrent pour la première fois s'intitu-
ler « représentants du pouvoir politique et communal
de la cité. » Personne n'osa, dit M. Lombard, leur contester ce titre; on se contenta de le leur faire payer
cher.

L'importance de l'administration s'était peu à peu ac-
crue. A ses anciennes attributions, elle avait réuni les
droits de criage, les poids et mesures, la construction et
la garde des défenses de la ville, le pavage des rues et des
quais, la surveillance des fontaines publiques, l'arbitrage
des loyers et des propriétés foncières, les différends commerciaux et le droit de contrôle sur toutes les denrées et
les entrepositaires, la fixation de la taille, les octrois, etc.
La maison des Piliers, qui d'ailleurs menaçait ruine, était
trop exiguë pour d'aussi nombreux services.

Puis, en face de tous les monuments religieux et des
palais royaux, la municipalité voulut avoir le sien. En
1530, la construction d'un nouvel Hôtel de Ville fut donc
décidée et, le 15 juillet 1533, Pierre de Viole, prévôt des
marchands, en posa la première pierre. Mais après une
longue interruption, causée par les événements politiques
et des hésitations sur l'exécution du plan primitif, de nouveaux dessins présentés à Henri II, en 1549, par l'architecte italien Dominique Boccardo ou Boccador, surnommé

Cortone [1], permirent de continuer cette construction. Ce plan, adopté dans son ensemble, subit d'assez notables changements de la part d'un autre architecte, André du Cerceau. L'édifice ne fut terminé que sous le règne de Henri IV (1605) et l'administration de François Miron, qui avait consacré ses émoluments à l'achèvement de la façade. Cette façade marquait l'état transitoire de l'architecture à une époque où l'on abandonnait le genre gothique pour le genre grec. Ce monument se trouvait circonscrit, au nord, par la chapelle de l'orphelinat du Saint-Esprit et, à l'est, par l'église Saint-Jean, sur l'emplacement de laquelle on construisit, sous la Restauration, la salle Saint-Jean et celle des Fêtes (1823).

Au-dessus de la porte d'entrée, on remarquait un grand bas-relief en bronze, représentant Henri IV à cheval, œuvre de Pierre Biard. Nous n'entreprendrons pas la description de ce monument, qui fut l'objet de nombreuses transformations. En 1871, époque où il fut détruit par les flammes, il eût été difficile, en effet, de reconnaître l'œuvre de Boccardo. Nous aurons souvent, dans la suite, l'occasion de revenir à l'Hôtel de Ville, à l'occasion des événements politiques dont il a été le théâtre. (Voir la gravure qui représente ce monument avant 1870, page 93.)

Tuileries. — Hors de Paris, près d'une fabrique de tuiles, était une maison appelée *Tuilerie*, que François Ier acheta de François de Neuville, seigneur de Villeroi, pour la donner à sa mère. Sous Charles IX, Catherine de Médicis, qui voulait avoir son palais, acheta plusieurs bâtiments voisins des Tuileries, et jeta en mai 1564, sur les plans de Philibert Delorme, les fondements de cette royale demeure, qui ne fut achevée que sous Louis XIV. La su-

---

1. Quelques auteurs revendiquent l'honneur de cette première construction en faveur d'un architecte français, Pierre Chambiges.

M. Lalanne

Yon. Perrichou. Sc.

Fig. 20. — Fontaine des Innocents.

perstitieuse reine n'habita pas longtemps ce palais. Elle lui préféra l'*hôtel de Soissons* qu'elle s'était fait construire entre le Louvre et les Halles.

François Ier fit aussi élever le vieux Louvre, terminé sous Henri II, d'après les dessins de Pierre Lescot. Il fonda également un arsenal à l'extrémité du quai Morland. Une horrible explosion ayant détruit cet arsenal, il fut reconstruit sous Charles IX. C'est près de là que Sully fixa sa demeure[1]. Pendant la construction de ces palais, la cour résidait à Chambord, à Fontainebleau, à Saint-Paul ou aux Tournelles.

Parmi les hôtels privés qui remontent à cette époque et qui font encore l'ornement du vieux Paris, nous citerons : L'*hôtel de Sens*, achevé en 1519, rue du Figuier, 1, ancienne résidence de l'archevêque de Sens, dont l'évêque de Paris se trouvait le suffragant. L'*hôtel Lamoignon*, 24, rue Pavée, construit pour Diane de France. L'*hôtel Carnavalet*, rue des Francs-Bourgeois, complété par du Cerceau et Mansart, qu'habita Mme de Sévigné, et qui sert aujourd'hui de Musée historique de la ville de Paris. (Voir la gravure, page 101.)

Sous cette période, le Pont-Neuf fut commencé et plusieurs rues se pavèrent. Diverses fontaines ont été élevées. notamment celle qui est située à l'angle des rues de l'Arbre-Sec et Saint-Honoré, sous François Ier. En 1550, la fontaine des Innocents fut reconstruite par Pierre Lescot, et plusieurs des riches bas-reliefs dont elle est ornée sont dus au ciseau du célèbre Jean Goujon, le premier sculpteur de ce temps et, comme on sait, une des malheureuses victimes de la Saint-Barthélemy. Cette fontaine, placée à l'origine au coin de la rue Saint-Denis et de la rue aux Fers, fut transportée en 1785, lors de la démolition de l'église et du charnier des Innocents, au milieu de la place où elle se trouve actuellement. (Voir la gravure, page 107.)

1. Rue Saint-Antoine, 143, existe encore l'hôtel de Béthune, bâti pour Sully par du Cerceau.

SIXIÈME PARTIE

PARIS SOUS LES BOURBONS

CHAPITRE I. — XVIIᵉ SIÈCLE

PARIS SOUS HENRI IV, LOUIS XIII ET LOUIS XIV

SOMMAIRE. — Entrée de Henri IV à Paris. — La Fronde. — Massacre de
l'Hôtel de Ville. — Louis XIV. — Enceinte de Paris et immunités communales. — Institutions religieuses. — Jansénisme et Port-Royal. —
Monuments religieux. — Établissements de bienfaisance. — Industrie
et commerce. — Octroi. — Lettres, sciences et arts. — Hôtel de
Rambouillet. — L'Académie. — Art dramatique. — Enseignement. —
Mœurs. — Justice. — Tableau physique de Paris.

Entrée de Henri IV à Paris. — Henri IV fit
son abjuration à Saint-Denis, en disant : « Paris vaut bien
une messe. » Mais Mayenne, les ligueurs, les Jésuites et la
Sorbonne jurèrent, sur la croix et sur l'hostie, qu'on ne
reconnaîtrait jamais Henri IV pour souverain, et procla-
mèrent hautement qu'on pouvait assassiner les rois. Barrière, Châtel, Ravaillac, etc., prouvèrent que les Jésuites
étaient attachés à leurs principes. Heureusement, les seigneurs tinrent moins fidèlement leurs serments. Le comte
de Brissac, comme nous l'avons déjà dit, livra Paris. Grâce
à cette trahison et à l'entremise de quelques hommes politiques dont le dévouement semblait plus désintéressé,
Henri IV pénétra dans Paris, en mars 1594, par la Porte-
Neuve, celle par où était sorti Henri III, lorsqu'il s'évada
de cette ville après la *Journée des Barricades* (1588.)

10

Henri IV se rendit au Louvre, au milieu de ses gardes et d'une nombreuse cavalerie; puis, du Louvre, à l'église Notre-Dame. Le soir même, il ordonna à l'ambassadeur espagnol de sortir sur-le-champ avec ses troupes, qui défilèrent par la porte Saint-Denis. Placé à une fenêtre d'une maison voisine, Henri IV dit à l'ambassadeur : « Monsieur, recommandez-moi à votre maître, mais n'y revenez plus. »

Henri IV ne sut, dans ces circonstances critiques, satisfaire personne. Il ne fut ni juste envers les protestants, ni ferme à l'égard des Jésuites. L'édit de Nantes avec ses restrictions fit des uns des républicains, et une expulsion, suivie d'un rappel, fit des autres des régicides.

Henri III avait dépouillé la ville de ses nombreux privilèges. Le premier soin de Henri IV fut de les lui restituer, en y en ajoutant d'autres, tels que l'affranchissement de loger des militaires, dans une région de sept lieues. Il fit également abandon à la ville de la moitié des amendes qui lui étaient dues depuis six ans. Mais la municipalité avait perdu toute énergie dans ses revendications démocratiques. Sous le règne suivant, aux États de 1614, le prévôt des marchands Robert Miron sut néanmoins dignement réclamer des réformes populaires.

Sa franchise, sa bonté et sa *poule au pot*, ont rendu le nom de Henri IV populaire. Toutefois, la peine des galères pour avoir tué un lapin, l'assemblée de Rouen, où il parla plutôt en gentilhomme qu'en père du peuple, ses lits de justice, la juridiction de la pairie méconnue dans le jugement de Biron, tout cela compromet la popularité du bon Henri aux yeux de l'histoire.

Henri IV, secondé de Sully, rêvait à la fois un projet de guerre contre l'Autriche et une alliance entre tous les États de l'Europe, qui devait amener la paix universelle, quand il fut assassiné, le 14 mai 1610, à quatre heures du soir. Ce prince avait déjà dix-sept fois échappé au fer des assassins. Il périt par le poignard de François Ravaillac, qui lui en porta impunément trois coups, sous les yeux du duc d'Épernon et des autres seigneurs assis dans le carrosse, arrêté rue de la Ferronnerie par un embarras de voitures. (Voir la gravure, représentant cette rue ancienne.)

L'empressement que montra d'Épernon à faire proclamer régente par le Parlement Marie de Médicis, l'acharnement que Médicis mit elle-même à détruire tout ce qu'avait fait son royal époux, laissèrent soupçonner une haine contre Henri IV, qui ne s'était point bornée à sacrifier son ouvrage. Sully quitta la cour, où les courtisans faisaient leur risée de sa personne et leur proie de ses économies. Médicis s'opposa à toute espèce d'enquête sur les complices de Ravaillac[1], qui firent, dit-on, l'essai, heureusement infructueux, d'une seconde Saint-Barthélemy.

Sous le gouvernement d'une femme qui avait pour favori l'étranger Concini, la noblesse avait relevé la tête. Mais vint Richelieu, avec le père Joseph pour conseil et Laubardemont pour instrument. Le cardinal régna en maître, abaissa la féodalité et vainquit la Réforme à La Rochelle, dont il dirigea le siège en personne. C'est un de ces hommes auxquels il serait aussi injuste d'accorder son estime que de refuser son admiration. Louis XIII, qui le subissait, apprit sa mort (4 décembre 1642) avec indifférence et le suivit de près dans la tombe, le 14 mars 1643.

Mazarin, qui avait la même patrie que Machiavel, eut la même politique. Quoiqu'il fût élève de Richelieu, il n'était point homme à faucher tout pour arriver à son but. Au lieu de cette fière et cruelle raideur, son génie avait toute la flexibilité et l'adresse qu'il faut pour vaincre un péril sans l'affronter jamais.

1. Ravaillac fut le premier régicide exécuté en place de Grève. Après avoir eu le poing coupé, les membres tenaillés et arrosés de plomb, il fut écartelé par quatre forts chevaux. Puis la foule se rua sur le bourreau pour se partager les débris du supplicié.

La Fronde. — C'est sous ce ministre également cardinal qu'éclata la *Fronde*, guerre qui fut à la fois ministérielle, aristocratique, parlementaire, tout, excepté populaire. La noblesse de robe, humiliée sous Richelieu et qui cherchait à se venger sur l'élève des superbes dédains du maître ; une noblesse d'épée et de cour, désœuvrée depuis la paix de Westphalie, et qui rencontrait dans ces troubles un aliment à son ambition ; un ministre qui trouvait plus naturel de défendre sa place que de la céder : telles étaient les puissances belligérantes de la Fronde. Quant au peuple, sa cause ne servit pas même de prétexte : c'était pour ou contre Mazarin qu'on prenait les armes, et on ne le dissimulait pas. Si cette guerre civile a le singulier privilège d'avoir amusé un peuple et de divertir encore aujourd'hui la postérité qui en entend le récit, ce n'est pas qu'elle n'ait fait que des dupes : dans Paris, où l'on s'assassinait, au faubourg Saint-Antoine, où Turenne et Condé combattaient, il ne manquait pas de victimes. Mais, quelque sanglants que fussent les actes de ce drame, rien n'égalait le comique des entr'actes. On oubliait l'emprisonnement arbitraire du conseiller Broussel, quand on voyait le conseiller Joly jouer le rôle d'assassiné pour usurper le même intérêt. On riait des périls que le cardinal de Retz, ce nouveau Catilina, avait encourus la veille au Parlement, quand on le voyait s'en venger le lendemain dans la rue du Paon par la bénédiction qu'il donnait à ce superbe prince de Condé, forcé de s'agenouiller devant lui. Les fréquentes retraites de Mazarin, qui paraissait et disparaissait, selon qu'il se sentait plus ou moins de courage ou plutôt plus ou moins de frayeur, tout cela était vraiment bouffon.

Du reste, ce n'est point au caractère léger des Parisiens que la Fronde, cette plaisante guerre civile, doit son originalité de caractère et d'intérêt. Un but sérieux manquait à la Fronde. Dans les révolutions nationales, il ne se passe que de grandes choses. Le crime, comme la vertu,

Fig. 21. — Rue de la Ferronnerie (près des Halles centrales).

10.

est dans une sphère qui l'agrandit, et le sang ne coule alors qu'avec enthousiasme ou avec horreur. Mais ce n'est point à une révolution ministérielle que s'attache un semblable intérêt, tout s'y ressent de la petitesse de la cause ; et on honore si peu même le sang répandu, qu'on est toujours prêt à saisir plutôt le côté ridicule que le côté généreux du sacrifice.

Massacre de l'Hôtel de Ville. — C'est ici le lieu de parler du massacre de l'Hôtel de Ville. Les bourgeois se montraient très tièdes à l'égard des Frondeurs et manifestaient même des velléités de retraite.

Le 4 juillet 1652, il se tint à l'Hôtel de Ville une grande réunion, où se rendirent les ducs d'Orléans et de Beaufort. Les bourgeois ayant montré de la résistance, les princes se retirèrent, non sans avoir exprimé leur mécontentement et sans traiter de mazarins les bourgeois de Paris.

Aussitôt des coups de mousquets partirent, on mit le feu aux portes du pavillon Saint-Jean et du pavillon Saint-Esprit. L'incendie de la porte principale fit éclater la statue de Henri IV. Alors la foule fit irruption dans l'intérieur, pillant et brisant tout : tapisseries, tableaux et autres objets d'art. Plusieurs centaines de notables habitants de Paris périrent, notamment l'échevin Yon, le colonel Miron, le curé de Saint-Jean et le greffier. Le prévôt des marchands Lefèvre donna sa démission et fut remplacé par Broussel. A partir de ce jour, la Fronde devint la plus cruelle ennemie de la bourgeoisie et, dépourvue du concours des Parisiens, elle ne tarda pas à capituler.

Tout ce libertinage d'esprit séditieux, devenu lugubre, ne servit qu'à donner l'éveil au pouvoir absolu, et Louis XIV profita de l'avertissement. Mazarin avait recommandé aux précepteurs de ce prince qu'on ne lui parlât de rien autre chose que de sa puissance. Aussi, quand, après la mort du cardinal, un magistrat vint entretenir Louis XIV de l'État :

« *L'État*, répondit Louis, qui ne connaissait que lui, c'est moi. » Ce mot révéla Louis XIV et tout ce qu'allait être son règne.

Louis XIV. — L'unité du long drame qui allait se développer s'annonça. L'État disparut avec les corps municipaux, les assemblées provinciales et avec toutes les assemblées populaires ; et, pour qu'on n'en prononçât plus même le nom au Parlement, Louis XIV s'y était déjà rendu en habit de chasse, en bottes et le fouet à la main, pour le défendre. Dès lors il n'y eut que Louis XIV dans les maisons de ville, dans les intendances, dans l'armée, et jusque dans l'Académie. Son malheur fut de vouloir agrandir la scène et de se donner en spectacle à l'Europe entière. Sur ce nouveau théâtre, il lui fallut bientôt déchoir, et les victoires de Villars et de Vendôme ne servirent qu'à ralentir sa chute.

Humiliée par les revers, on vit la fière et impérieuse volonté de Louis XIV s'éteindre avec sa gloire. La veuve Scarron et le jésuite Letellier partageaient sa puissance. Louis avait déjà oublié que l'État *c'était lui-même*, et il fallut à Letellier, pour calmer quelques scrupules, lui rappeler « que les biens de ses sujets étaient à lui en propre, et que, quand il les prenait, il ne faisait que prendre ce qui lui appartenait. »

Louis XIV dépensa à la fois les capitaux et les générations de la France en guerres, en fêtes et en palais. La guerre qu'il déclara par vengeance à la Hollande, et les autres qu'il fit par vanité, coûtèrent plus d'un million d'hommes. Louis XIV, qui dans les bas-reliefs de ses statues et de ses palais se faisait représenter sous le modeste emblème du soleil, avait de la dignité dans son extérieur et dans ses goûts ; mais, sous le nom d'*étiquette*, il poussa le cérémonial à un point où il devint souvent ridicule et toujours minutieux.

Quand on juge ce prince hors de cette région de flatteries et de bassesses qu'on appelle cour, on ne peut lui faire honneur de tout ce qui s'est passé de grand sous son règne, dans un siècle qu'il remplit presque tout entier. Nous ne saurions mettre le dix-septième siècle dans Louis XIV, comme Louis XIV y avait déjà mis l'État. Nous reconnaissons au contraire, dans cette protection trop vantée qu'il accorda aux lettres et aux arts, cet égoïsme des rois absolus, qui veulent des victoires pour renommée, de vastes palais pour séjour, des poëmes pour éloges, des sculptures et des tableaux pour ornements. On ne trouve, en effet, autour du trône de Louis XIV que les Turenne, les Villars, les Boileau, les Molière, les Quinault, les Perrault, les Poussin, les Lesueur, etc., etc. Loin de là vivaient le vieux Corneille dans la retraite, et Fénelon, La Bruyère, Pascal et Lafontaine dans la persécution. Mais il suffisait à Louis XIV d'apparaître au milieu de ce cortége de grands capitaines et de grands hommes dans les lettres et les arts, pour avoir, comme le dit Montesquieu, l'*air d'un grand roi* quand il n'était que roi dans un grand siècle. A nos yeux, la magnificence d'un pareil cadre ne fait que mieux ressortir l'infériorité de la toile.

Le long règne de Louis XIV a quelque chose de monotone, au milieu de tous ces coups d'État au dedans et de ces guerres au dehors. On sent qu'il n'y a là que le mouvement d'un homme et non celui d'un peuple.

Louis XIV ne manifesta jamais beaucoup de sympathie pour sa capitale. La cour, qui l'accompagnait à Versailles, ne rentra à Paris qu'après sa mort.

Après cet aperçu général des choses, nous allons commencer l'exposé des principaux établissements fondés à Paris, des monuments élevés, et tracer l'état de l'industrie, du commerce, des lettres et des arts.

Enceinte de Paris et immunités communales. — Sous Henri IV, l'enceinte de Paris s'était un peu agrandie. Une muraille joignait la porte Saint-

Fig. 22. — La porte Saint-Martin.

Denis au bastion du jardin des Tuileries. Alors il y avait
seize portes d'entrée à Paris [1]. Sous Louis XIII, les limites
de Paris suivirent à peu près la ligne de nos grands boulevards. Sous Louis XIV, les fortifications furent rasées et
remplacées par des avenues plantées. En 1703, Paris fut
divisé en vingt quartiers. (Voir plus loin le tableau physique de Paris pendant cette période.)

En 1669, Louis XIV confirma par lettres patentes les pri-
viléges dont jouissaient les Parisiens; mais il maintint la
cérémonie humiliante de l'installation de leurs magistrats. Chaque fois que de nouveaux échevins étaient élus,
le prévôt des marchands venait les présenter à la cour,
adressait au roi un discours qui faisait l'éloge de Sa
Majesté, et, pendant cette harangue, prévôt et échevins se
tenaient à genoux! Ainsi en agissait le roi soleil à l'égard
des premiers magistrats élus de la grande cité.

Institutions religieuses. — Pendant ce siècle,
comme pendant les précédents, c'est l'Église qui compte le
plus grand nombre de fondations. Nées à Paris au milieu
des crimes des princes francs, les congrégations se multiplièrent devant les brigandages des Normands, se développèrent sous les croisades et prirent une nouvelle physionomie. Sous la première branche des Valois seulement,
l'Église s'est arrêtée, ne recevant plus d'impulsion des
événements, et alors elle s'est mise impudemment, en

1. Sous Louis XIV s'élevèrent les portes Saint-Martin et Saint-Denis.
Cette dernière fut commencée en 1672 sur les dessins de Blondel. Elle
a 24 mètres de haut y compris l'attique et autant de largeur. Les sculptures sont dues au ciseau du célèbre Girardon. Au-dessus de l'arche principale, Louis XIV est représenté à cheval, traversant le Rhin à la nage, et
sur la frise est gravée l'inscription suivante : *Ludovico Magno*.
La porte Saint-Martin ne fut érigée qu'en 1674, en mémoire de la défaite des Allemands. L'architecte fut un nommé Bullet, élève de Blondel.
La hauteur de cet arc de triomphe est de 18 mètres sur autant de largeur (voir la gravure, p. 117). En 1848, ces deux monuments furent le
théâtre de sanglants conflits et eurent beaucoup à en souffrir.

face d'une civilisation naissante, à jouir de ses biens et
de ses pouvoirs usurpés, avec toute l'immoralité qui en
avait accompagné l'usurpation. Sous la seconde branche
des Valois, la civilisation a été aussitôt aux prises avec le
clergé. Du sein des abus est sorti l'esprit de réforme.
Cette période a été celle de la lutte ; maintenant, sous les
Bourbons, nous arrivons à l'époque où s'élèvent les monuments qui en consacrent le dénouement. Le catholicisme
a été victorieux : dès lors nous devons nous attendre à voir
se tripler ces monastères, couvents et autres semblables
établissements inutiles. C'est une réaction inévitable :
tout essai de réforme qui ne triomphera pas des abus
n'aboutira jamais qu'à les multiplier et à les répandre.

Nous ferons une distinction entre les institutions vouées
au culte et ces congrégations de moines fainéants, qui ne
se livraient qu'à l'oisiveté contemplative.

Il est une observation qui frappe tout d'abord en repor-
tant ses regards sur le passé de toutes ces congrégations.
Formés sous saint Louis, développés sous ses successeurs,
ces couvents étaient en grande partie attribués aux hommes. Mais au XVIIᵉ siècle nous voyons les couvents d'hommes perdre la supériorité du nombre, et les couvents
de femmes se multiplier avec une étonnante progression.
Ce fait indique un changement dans l'état social que nous
ne pouvons passer sous silence.

Sous saint Louis, les aînés de noblesse avaient les titres,
le patrimoine et le manoir. Les cadets pouvaient se faire
aventuriers ou prêtres, chanoines, etc. ; c'était à eux que
se trouvaient réservés les bénéfices et les prébendes. Dans
les basses classes, les hommes restaient attachés à la
glèbe ; dans les classes intermédiaires, ils se jetaient dans
les ordres monastiques et mendiants, car pour eux le
cloître était à peu près la seule carrière en ces temps.

Pour les femmes, les aînées de noblesse étaient admises
à succéder, même dans les grands fiefs où ne s'appliquai
point la loi salique. Les cadettes entraient dans des

abbayes qui leur étaient réservées. Parmi les basses classes rurales, l'esclavage n'avait pas détruit l'esprit de famille, et le mariage n'était point entravé par le droit du seigneur. Mais dans les classes intermédiaires, qu'envahissait le célibat monastique, la débauche était devenue pour la femme une profession, la seule à peu près qu'elle exerçât dans les villes. Aussi voyons-nous Foulques de Neuilly et tous les premiers prédicateurs du temps toujours occupés à convertir les femmes déréglées, à les rassembler dans des cloîtres, d'où elles s'échappaient bientôt.

Cet état social se trouvait bien changé à l'arrivée de la maison de Bourbon. Ce n'était ni dans la noblesse ni dans les autres classes que la réaction pouvait recruter beaucoup d'hommes pour le clergé et pour le cloître. Les cadets de noblesse avaient alors les places de l'armée et les faveurs de la cour. Les roturiers pouvaient parcourir toutes les nouvelles carrières ouvertes par l'industrie et la civilisation. Quant aux paysans, c'était une masse inerte qui attendait la Révolution pour remuer. Ce fut donc parmi les femmes que la réaction se fit sentir. Dans les classes intermédiaires, la claustration remplaça la prostitution. Pour la noblesse, les couvents étaient de nécessité sociale; les cadettes n'ayant rien à espérer ni à prétendre. Mais rémarquons bien quel ordre de couvents convenait à la noblesse. Ce n'étaient pas les établissements voués à la bienfaisance; on sent combien la vanité de la noblesse eût été blessée de tenir des écoles et de distribuer des remèdes. Ce furent donc les maisons d'oisiveté contemplative que la noblesse peupla du superflu de ses générations. Ainsi se conçoit et s'explique l'utilité de ces fondations, bonnes seulement à servir l'orgueil héréditaire de ces pères dénaturés qui s'estimaient heureux de trouver pour leurs filles des cloîtres où l'on ne s'occupât que du patrimoine des cieux, puisqu'ils leur en refusaient un sur la terre.

Les établissements d'*Augustins* se triplèrent. On en voyait un, en 1619, dans la rue des Petits-Augustins; les

Fig. 23. — Le Val-de-Grâce (rue Saint-Jacques).

Augustins déchaussés ou Petits-Pères s'établirent à l'angle du passage des Petits-Pères. Leur église, Notre-Dame-des-Victoires, fut érigée en l'honneur des triomphes de Louis XIII sur des protestants français. L'église actuelle a été élevée, en 1740, sur les dessins de Cartaud. Le frère *Fiacre* [1], qui donna son nom aux voitures de place, était un de ces augustins. Les moines de cette congrégation ne restèrent pas longtemps déchaussés. Ils devinrent bientôt les plus élégants du quartier.

Les *Récollets* étaient établis dans la rue de ce nom. Leur couvent a été converti, depuis la Révolution, en hospice d'incurables.

Les *Carmes*, établis place Maubert sous Louis XIII, instituèrent de nouveaux établissements, rue des Billettes et rue de Vaugirard. Ils se sont enrichis en faisant commerce de leur *eau* célèbre *des Carmes* et d'un blanc de leur composition dont faisaient usage les petites-maîtresses du temps.

Les *Minimes* se trouvaient à Chaillot, à Vincennes et au Marais, rue de la Chaussée-des-Minimes, n° 6. Les restes de ces bâtiments sont affectés à une caserne.

Les *Jacobins* fondèrent un établissement là où est le marché Saint-Honoré, et rue du Bac, près la rue Saint-Dominique. C'est dans la bibliothèque du premier de ces couvents que se réunissaient les membres de la Société des amis de la Constitution. De là leur nom de *Jacobins*. Saint-Thomas-d'Aquin était l'église du deuxième de ces établissements. Elle fut commencée, en 1682, sur les dessins de Pierre Bullet. Quant aux bâtiments du monastère, ils devinrent, sous la Convention, un musée d'artillerie.

Les *Feuillants* de la rue Saint-Honoré ouvrirent, en 1653, un second couvent, rue d'Enfer, 45, devenu depuis propriété particulière.

---

1. Frère Fiacre se trouvait si révéré après sa mort que son portrait était collé sur toutes les voitures de place : de là leur nom de fiacres.

Les couvents de femmes furent beaucoup plus nombreux.

Les *Carmélites* s'établirent rue Chapon et rue d'Enfer. C'est dans ce dernier couvent que la duchesse de la Vallière vint expier quelques moments de faiblesse par trente-six ans d'une courageuse résignation.

Les religieuses de la *Visitation de Sainte-Marie* résidaient rue Saint-Antoine, à Chaillot (Trocadéro), rue Saint-Jacques et rue du Bac.

En face de la place Vendôme, sur l'emplacement de la rue de la Paix, s'étaient établies les *Capucines*. C'est dans les bâtiments de ce couvent que furent fabriqués les assignats.

Les *Ursulines* avaient leur couvent rue Saint-Jacques. Primitivement destinées à l'enseignement, ce qu'elles restèrent en province, ces sœurs renoncèrent bientôt à Paris à être utiles à la société.

Le célèbre père Joseph, ce capucin homme d'État, fonda deux couvents de *Filles du Calvaire*.

Il existait cinq communautés d'*Annonciades*. Les *Haudriettes*, qui s'étaient approprié le bien de pauvres femmes qu'elles devaient secourir, se retirèrent dans le couvent de l'Assomption, rue Saint-Honoré. L'église de l'Assomption, aujourd'hui désaffectée de tout culte, a le défaut d'être trop élevée pour son diamètre, ce qui donne à son intérieur l'apparence d'un puits profond, plutôt que la grâce d'une coupole bien proportionnée.

Le couvent du *Val-de-Grâce* était occupé par les *Bénédictines*. L'église de ce couvent, due aux libéralités d'Anne d'Autriche, en reconnaissance de la fin d'une longue stérilité, fut construite sur les dessins du célèbre François Mansart et de Lemercier. Le dôme, de 41 mètres, est le plus élevé de Paris, après ceux du Panthéon et des Invalides. (Voir la gravure, p. 121.) La reine fondatrice combla cet établissement de privilèges, entre autres de celui de réclamer la première chaussure de chaque fils et fille de la famille royale. Ce couvent aujourd'hui est transformé en hôpital militaire. D'autres bénédictines s'établirent rue de Sèvres. Supprimé en 1778, cet établissement, sur la fondation de Mme Necker, devint l'hôpital de ce nom, dont nous parlerons plus loin.

Les *Filles de Saint-Thomas-d'Aquin* avaient leurs couvents sur l'emplacement de la Bourse et rue Saint-Dominique.

Ajoutons les *Filles de la Conception*, rue Saint-Honoré, rue du Bac, rue Moreau, et rue de Bellechasse; les *Filles de la congrégation Notre-Dame*, rue Saint-Étienne; les *Filles du Saint-Sacrement*, rue Cassette et rue Saint-Louis-au-Marais; les *Religieuses de Notre-Dame-au-Bois*, rue de Sèvres, 16; celles de la *Présentation de Notre-Dame*, rue des Postes; celles de la *Madeleine du Trainel*, rue de Charonne, et, tout près de là, le couvent de *Notre-Dame-de-Bon-Secours*, cloître où se retiraient les femmes séparées de leurs maris.

Ces couvents furent plus d'une fois le théâtre de scènes galantes. La plupart subvenaient à leur entretien au moyen d'une loterie. Plus tard, sous le régent, ces loteries devinrent des faveurs ministérielles dont la pudeur du cloître fit souvent les frais.

Dans cette énumération, nous n'avons compris que les principaux établissements; leur liste complète serait effrayante. Le Parlement fut obligé d'en fermer plusieurs, parce qu'ils étaient criblés de dettes. Nous allons nous occuper maintenant des établissements religieux consacrés à l'instruction.

Les *Jésuites* établirent rue du Pot-de-Fer un noviciat qui prit rapidement une grande extension. Cette maison et son enclos furent vendus en 1763, à l'époque de l'expulsion de ces bons pères.

Les *Capucins* s'étaient fixés faubourg Saint-Jacques, près de l'Observatoire (hôpital du Midi), et au Marais, rues du Perche et d'Orléans.

L'institution des séminaires date du règne de Louis XIII.

Trois furent fondés sous ce prince : le séminaire Saint-
Nicolas-du-Chardonnet, rue Saint-Victor, le séminaire des
Trente-Trois, rue de la Montagne-Sainte-Geneviève, et celui
des Oratoriens, rue Saint-Jacques, où se trouve l'établissement des Sourds-Muets. Les Oratoriens eurent un autre
établissement rue d'Enfer; il est occupé par l'hospice des
Enfants-Assistés. Le séminaire des Missions-Étrangères,
rue du Bac, a été construit un peu plus tard, sous
Louis XIV; il fut institué pour l'instruction des jeunes
missionnaires qui devaient prêcher l'évangile dans les
pays où il était inconnu, surtout en Perse. Le séminaire
Saint-Sulpice occupait à cette époque la place en face de
l'église; il fut réédifié, sous la Restauration, sur son emplacement actuel. Le séminaire de Saint-Pierre et Saint-
Louis s'établit rue d'Enfer. Tous ces établissements avaient
surtout pour but de former des aspirants au sacerdoce. Le
professorat de ces séminaires était alimenté par la congrégation des *Prêtres de la doctrine chrétienne*. La
maison mère se trouvait rue Saint-Victor, nº 37. Le comte
de Joigny et son frère, l'évêque de Paris, créèrent les *Prêtres de la mission*, destinés à prêcher la morale évangéli-
que dans les villages du diocèse. Cette maison n'était autre
que la prison actuelle Saint-Lazare, rue du Faubourg-
Saint-Denis. Elle avait un quartier où on enfermait les jeunes gens débauchés, sur la demande de leurs parents; on y
recevait aussi les prêtres malades. Les *Frères de la charité*, établis rue des Saints-Pères, sous Henri IV, devaient,
d'après leurs règlements, être chirurgiens et pharmaciens,
et soigner eux-mêmes les pauvres. Les *Cordeliers de la
Terre-Sainte* se fixèrent rue de la Ville-Lévêque, en 1636,
pour soigner les malades.

Parmi les établissements de femmes destinés à l'instruction, nous citerons les *Filles de la Croix*, qui avaient trois
couvents à Paris; les *Filles de Saint-Joseph*, établies rue
Saint-Dominique-Saint-Germain (bâtiments occupés par le
ministère de la guerre); les *Filles de la Providence*, rue

11.

de l'Arbalète; les *Filles de l'instruction chrétienne*, rue du Pot-de-Fer. Plusieurs couvents avaient pour but d'opérer par l'instruction la conversion des jeunes filles protestantes au catholicisme. Louis XIV faisait enlever dès le bas âge les enfants des protestants à leurs pères et mères. Ces couvents ne devenaient plus que de criminels asiles, où le despote plongeait ces jeunes victimes, pour les façonner de bonne heure au joug de sa croyance et de sa volonté absolue. Tels étaient les couvents des *Filles Saint-Chaumont* et du *Petit-Saint-Chaumont*, rue Saint-Denis et rue de la Lune.

Les *Miramionnes* ou *Filles de Sainte-Geneviève*, rue de la Tournelle, instruisaient les enfants et pansaient les malades. C'était une transition pour arriver aux *Sœurs de la charité*, fondées par le bienfaisant Vincent de Paul, et établies rue du Faubourg-Saint-Denis, 112.

Jansénisme et Port-Royal. — Nous ne terminerons pas cet exposé sommaire des congrégations religieuses au XVIIe siècle, sans dire quelques mots sur le jansénisme et Port-Royal.

Le jansénisme, pure querelle de mots à laquelle n'entendait rien le peuple, ne troubla que trop longtemps Paris. Jansénius lui-même, en écrivant son livre où il reprenait pour son propre compte la doctrine de Baïus sur la grâce et la prédestination, ne se doutait guère sans doute des perturbations qu'il allait jeter dans le monde orthodoxe. D'ailleurs cette thèse de théologie ne fut jamais qu'un prétexte; ce que poursuivaient les jansénistes, c'était surtout de jeter la déconsidération, par l'exemple de leurs vertus, sur les Jésuites. Ces discussions dogmatiques dégénérèrent rapidement en guerres de personnes, ainsi qu'il n'arrive que trop souvent, nous pourrions dire toujours, quand les apôtres de la vérité viennent se heurter à des articles de foi. Le combat dut surtout son importance à la valeur des combattants. Les Jésuites avaient pour eux

Fig. 26. — L'église Saint-Sulpice.

le pape et le roi ; mais ils comptaient parmi leurs nombreux adversaires le célèbre Arnauld et l'immortel Pascal.

Ces troubles religieux intéresseraient fort peu la postérité, s'ils n'avaient été suivis de persécutions odieuses, s'ils n'avaient rempli d'innocents les prisons de Paris, et prouvé une fois de plus l'intolérance cléricale et monarchique. On jugera de l'esprit de vengeance qui animait les vainqueurs, par leurs actes de vandalisme à l'égard de Port-Royal.

Une ancienne abbaye de l'ordre de Cîteaux, fondée en 1204, près de Chevreuse, et nommée *Porrais* ou *Porrois*, dont par corruption on a fait Port-Royal, fut réformée en 1609 par Angélique Arnauld. En 1625, ses religieuses vinrent s'établir rue de la Bourbe (aujourd'hui boulevard Port-Royal, 123). En 1648, l'église s'éleva sur les dessins de Lepautre. Tel était le Port-Royal de Paris.

Pendant qu'à Port-Royal de Paris, Mme Arnauld montrait dans sa conduite la réforme qu'elle prêchait dans ses discours, le lieu champêtre qu'elle avait quitté, assaini par des canaux, se peuplait de nouvelles religieuses et d'illustres proscrits, qui fuyaient Louis XIV et les Jésuites. Le Port-Royal de Paris fut le premier théâtre des vengeances jésuitiques. En 1664, l'archevêque de Paris, à la tête de deux cents gardes, attaqua ces pauvres religieuses à l'improviste, et traita comme prisonnières de guerre toutes celles qui ne parvinrent point à s'enfuir. L'année suivante, on envoya une garnison dans le couvent de Port-Royal-des-Champs. Les religieuses ne pouvaient communiquer entre elles et étaient chaque jour exposées aux insultes d'une grossière soldatesque. Pendant quatre ans, ces soldats prirent leurs quartiers dans le couvent. Cependant, fortes de la supériorité de leurs doctrines, les religieuses de Port-Royal n'avaient point encore fléchi devant les baïonnettes. Tout à coup, le 29 octobre 1709, le lieutenant de police d'Argenson et sa troupe assiégèrent le couvent et s'emparèrent de ces religieuses, qu'on séquestra à Paris dans diverses communautés. Port-Royal fut démoli. C'est ainsi que les Jésuites eurent raison. Depuis 1814, l'abbaye de Port-Royal de Paris est devenue une école d'accouchement (la *Maternité*) pour les élèves sages-femmes.

Monuments religieux. — Les monuments religieux destinés au culte, qui furent édifiés durant ce siècle, sont :

1° La chapelle *Saint-Joseph*, rue Montmartre, où ont été inhumés Molière et Lafontaine. Ces deux tombeaux sont au Père-Lachaise depuis 1818.

2° L'église *Saint-Roch*, commencée en 1653 et achevée en 1740. Robert de Cotte, sur les dessins de son père, fit exécuter le portail. La chapelle du Calvaire, conçue par M. Falconnet, est la plus remarquable. Un médaillon et une inscription indiquent que Corneille a été enterré à Saint-Roch en 1684. Cette église rappelle aussi le souvenir du 13 vendémaire.

3° *Sainte-Marguerite*, 28, rue Saint-Bernard. Cette église, bâtie par Antoine Fayet, curé de Saint-Paul, pour servir de sépulture à sa famille, n'était d'abord qu'une chapelle. Elle fut successivement agrandie en 1634 et 1765. Son intérieur offre un caractère sombre et lugubre.

4° *Saint-Louis-en-l'Isle*, rue Saint-Louis. Construite en 1622, érigée en paroisse en 1623, rebâtie en 1653, elle ne fut terminée qu'en 1725. Son clocher en pierre a la forme d'un obélisque percé à jour.

5° *Saint-Sulpice*. Cette église, qui remonte au XIII° siècle, fut reconstruite, en 1655, sur les dessins de Louis Leveau, modifiés ensuite par l'architecte Guitard. Le portail est de Servandoni. Ce monument ne dut son achèvement, en 1745, qu'à la loterie qu'obtint le curé Longuet. (Voir la gravure, p. 127.)

6° Le sanctuaire de l'*église de Chaillot* date de Louis XIV.

7° *La Madeleine* remonte à la même époque. La première pierre fut posée par Mlle de Montpensier, en 1659. Elle n'a été achevée qu'en 1843. Il est vrai qu'elle eut contre elle et les architectes et les événements.

8° L'église *Saint-Eustache* fut terminée, moins le portail.

Jusqu'alors l'évêque de Paris n'avait été qu'un suffragant de l'archevêque de Sens. Sous Louis XIII, en 1622, Paris devint archevêché à son tour.

Établissements de bienfaisance. — Nous ne ferons que les énumérer.

1° L'hôpital *Saint-Louis* a été fondé, en 1607, par Henri IV, et bâti sur les dessins de Claude Villefaux, qui remplit fort bien le but de cette fondation. Cet hôpital a conservé sa destination primitive au traitement des maladies contagieuses et chroniques.

2° L'hôpital *Sainte-Anne* ou *de la Santé*, également fondé par Henri IV.

3° L'hôpital *Notre-Dame-de-la-Miséricorde*, 11, rue Censier, fondé par Antoine Séguier, président au Parlement, pour cent orphelins pauvres. On leur apprenait un métier et leur accordait une dot.

4° L'hôpital *des Incurables*, rue de Sèvres, 42, fondé, en 1657, par les dons de la bienfaisance publique. D'abord consacré aux incurables des deux sexes, puis aux femmes seulement, il existe aujourd'hui sous le nom *d'hôpital Laënnec*.

5° L'hospice fondé par saint Vincent de Paul, en faveur de quarante vieillards des deux sexes, devint l'emplacement où fut construit, en 1802, l'hospice des *Incurables* hommes.

6° L'hôpital *de la Pitié*, rue Copeau, 1 (aujourd'hui rue Lacépède), construit en 1657, reçut les orphelins des deux sexes, qui furent transférés, en 1809, au faubourg Saint-Antoine.

7° *La maison de Scipion*. Un gentilhomme italien, Scipion Sardini, fonda cet établissement dans un hôtel qu'il s'était fait construire sous Henri III. Il fut destiné, en 1622, à recevoir des vieillards pauvres et infirmes. Il servit plus

Fig. 25. — Un invalide.

lard de boulangerie générale pour tous les hôpitaux de Paris.

8° *L'hôpital de la Salpêtrière*, 47, boulevard de l'Hôpital (alors 7, rue Poliveau), fut fondé, sur les vives instances du Parlement, pour y renfermer et y occuper une partie des quarante mille pauvres, triste résultat des guerres civiles, et dangereux éléments de nouveaux troubles. La plupart demandaient l'aumône l'épée au côté. Ce vaste établissement comptait, en 1662, de neuf à dix mille indigents. Le centre de cet hôpital comprenait une maison de force, à l'usage des femmes dissolues ou flétries par la justice. L'église, bâtie sur les dessins de Libéral Bruant, remonte à 1670. Aujourd'hui, cette maison hospitalière compte près de quatre mille femmes indigentes ou aliénées.

9° *Bicêtre*, situé à quelques kilomètres de la barrière d'Italie, à l'ouest de la grande route de Fontainebleau. C'était primitivement un château que se fit construire l'évêque *Vichestre*, nom dont on a fait *Bicestre*. Cet hôpital était plutôt un lieu de souffrance que de soulagement pour les malades, qui couchaient jusqu'à huit dans le même lit. Aujourd'hui, Bicêtre est une prison militaire et un hospice pour la vieillesse. La ville de Paris vient d'y construire un bel établissement d'aliénés.

10° *L'hôpital du faubourg Saint-Antoine*, fondé par saint Vincent de Paul et entretenu par une rente annuelle de 15,000 livres servie, sur ordre du Parlement, par les seigneurs hauts-justiciers. Cet établissement recevait les enfants trouvés. Aujourd'hui, sa destination est changée.

11° *L'hôtel des Invalides*, asile créé par Henri IV à l'usage des vieux serviteurs de la nation. Cet établissement existait dans l'ancienne Maison de la Charité, rue de Lourcine, où Nicolas Houel avait transféré son hôpital. Puis Louis XIII transporta les invalides au château de Bicêtre. L'hôtel actuel fut construit sur les dessins de Libéral Bruant, et terminé après trente ans de travaux. Pour des conquérants, les milliers d'êtres humains qui périssent sont la partie la moins embarrassante du métier ; mais, dans ces boucheries d'hommes, il en est toujours qui n'y laissent que bras et jambes, et qui en rapportent quelques restes de vie. Le spectacle de ces troncs mutilés a quelque chose de bien propre à faire évanouir le prestige de la victoire. C'est ici qu'il en coûte cher aux conquérants pour draper leurs victimes. Il faut toute la majesté d'un dôme de plus de cent mètres de hauteur, il faut tout l'éclat de l'or pour présenter aux regards d'un peuple ébloui ces échappés du sacrifice. Loin de nous la pensée d'attaquer cette philanthropique idée. Henri IV n'obéissait qu'à la générosité habituelle de ses sentiments en créant cet asile ; mais ce beau projet demandait-il une si fastueuse exécution ? Des bâtiments commodément distribués, solides et simples, acquittaient suffisamment la dette de la patrie. Le dôme et l'or ne sont là que pour Louis XIV et Napoléon. L'invalide est un type parisien qui disparaît, mais malheureusement sans les causes qui le produisent. Notre gravure en rappellera du moins le costume.

Louis XIV, qui créait la misère par son luxe effréné, ses munificences exagérées et ses guerres ruineuses, n'aimait pas en avoir le spectacle sous les yeux. Aussi ne trouva-t-il rien de mieux, pour faire disparaître les mendiants de Paris, que de leur appliquer les peines du fouet, des galères et même de la potence. Cette sévérité n'était pas une solution, et les pauvres, bravant les édits, continuèrent à mendier. Henri IV avait montré plus d'humanité que le roi soleil.

Nous ne ferons que mentionner la fondation particulière de la *Couche* à l'égard des enfants trouvés. Cet établissement donna lieu à de déplorables abus. On faisait de ces enfants, dit Tenon, un commerce scandaleux ; on les vendait, à raison de vingt sous pièce, pour servir à de prétendues opérations de magie. L'établissement fut fermé et les enfants transportés dans un asile insuffisant, près de Saint-Victor. Le nombre des enfants étant devenu trop

12

grand, on tirait au sort ceux qui seraient élevés ; les autres restaient abandonnés. On voit combien l'assistance accordée à ces petits malheureux se trouvait incomplète, et les progrès accomplis depuis à cet égard.

Industrie et commerce. — Henri IV, inspiré par son bon cœur et son sage ministre Sully, s'efforça de réveiller l'industrie. Il protégea les manufactures, en établit dans les galeries du Louvre. Il créa la place Royale dans le dessein de multiplier ces établissements. Sous sa protection s'éleva, quai de Billy, la *Savonnerie*, manufacture de tapis, façon de Perse, où l'art arrivait à une grande perfection.

Henri IV fit beaucoup pour le commerce en achevant le Pont-Neuf, commencé sous Henri III. Charles Marchand en fournit les dessins et en surveilla les travaux. A l'extrémité méridionale de ce remarquable pont, s'élevait un château, dit château Gaillard, démoli sous Louis XIV. Cette construction du Pont-Neuf entraîna la réunion de deux îles à celle de la Cité : l'une dite l'île aux Juifs, qui avoisinait le couvent des Augustins, l'autre dite l'île de Buci, dont on forma la place Dauphine. A la même extrémité méridionale de ce pont se présentait une masse de bâtiments à travers lesquels on perça la rue Dauphine. La rue et la place Dauphine reçurent ce nom à l'occasion de la naissance du fils de Henri IV.

La foire Saint-Germain, instituée en 1482 et fermée pendant l'anarchie des derniers temps du XVIᵉ siècle, fut rouverte par Henri IV. Les écoliers, les laquais et les seigneurs s'y rendaient, les uns pour s'y battre, les autres pour y jouer. Henri IV lui-même fréquentait ces académies de jeu, où il lui arrivait souvent de perdre des sommes considérables.

Les acteurs des Variétés, de l'Ambigu-Comique, etc., quittaient leurs salles des boulevards pour venir donner des représentations à la foire Saint-Germain, qui s'ouvrait le

3 février et se fermait la veille du dimanche des Rameaux.

Les communications entre la partie méridionale et la partie septentrionale de Paris étaient sans cesse interrompues par la destruction des ponts, qu'on avait l'habitude de surcharger de maisons en bordures. En sorte que tôt ou tard ils s'affaissaient sous cet énorme poids. En 1639, sous Louis XIII, fut construit le Pont-au-Change, l'un des plus larges de Paris depuis qu'on a démoli sous Louis XVI les deux rangs de maisons qu'il supportait.

Le pont *Saint-Michel* fut reconstruit sous le même règne. Les maisons qui existaient sur ce pont n'ont été démolies qu'en 1808. Quatre autres ponts s'élevèrent sous Louis XIII : le pont *Marie*, qui tira son nom de celui de l'entrepreneur Marie; le pont *de la Tournelle;* le pont *Rouge* et le pont *Barbier*, qui remplaça le bac entre les Tuileries et le Pré-aux-Clercs.

Le pont de la Tournelle a été reconstruit en 1656 ; le pont Rouge a été remplacé par le pont de la Cité en 1804, et le pont Barbier par le Pont-Royal, édifié sous Louis XIV, sur les dessins de Mansart et de Gabriel. Le pont *Grammont*, qui communiquait du quai des Célestins avec l'île Louvier, a également été établi sous Louis XIV. Les marchands de bois de l'île le reconstruisirent en 1823. L'île Louvier fut ainsi appelée au XVe siècle, parce qu'elle appartenait à une famille de ce nom. La ville de Paris en fit l'acquisition en 1671.

On voit que la Seine, si utile à Paris pour le commerce du dehors, n'était plus un obstacle au commerce du dedans.

Le Marché-aux-Chevaux, situé à cette époque sur une partie de l'emplacement de l'ancien hôtel des Tournelles, est le dernier établissement commercial du règne de Louis XIII, plus fécond en congrégations inutiles. Le royal pénitent des pères Lachaise et Letellier ne fut pas non plus avare de ces sortes de fondations. Mais comme il eut Colbert pour ministre, le commerce obtint quelque protection. Sully avait surtout favorisé l'industrie agri-

cole. Colbert se prononça surtout en faveur de l'industrie
manufacturière. Ces spécialités tenaient à des vues étroites
en économie politique. Adam Smith n'avait pas encore
enseigné aux gouvernants que toutes les industries sont
sœurs et qu'il est contraire à la prospérité sociale de faire
intervenir la faveur dans l'égalité des rapports et dans la
fraternité des liens qui les unissent. Ce fut sous Colbert
que s'élevèrent les fameuses manufactures des Gobelins
pour les tapisseries et de la rue de Reuilly pour les glaces.

Dès le XIVᵉ siècle, il existait des drapiers et des teinturiers en laine sur la rivière de Bièvre. Une de ces familles
industrieuses acquit de la fortune et de la considération.
Son nom devint celui de cette rivière et du quartier. Depuis longtemps cette famille des Gobelins s'enorgueillissait
de cette belle et vieille célébrité populaire, quand un jour
un de ses membres s'avisa d'envier les honneurs du mar-
quisat. L'usine fut vendue. Alors un Hollandais nommé
Gluck y perfectionna l'art de la teinture ; Colbert fut ravi
de la beauté de ses produits. Il acheta les Gobelins pour
en faire une manufacture royale. De nombreux ouvriers y
furent d'abord employés ; mais bientôt les dépenses de
Louis XIV forcèrent le ministre à les congédier.

Colbert fit construire les vastes bâtiments de la manufacture des glaces également érigée en manufacture royale.
La France cessa d'être tributaire de Venise. En 1688, Lucas
de Néhon inventa la manière de couler les grandes glaces.
Leur coulage s'exécute à Saint-Gobain, d'où on les envoie
brutes à Paris.

Telles sont les manufactures établies à Paris sous le
règne de Louis XIV. Des glaces, des tapisseries de la Couronne : on reconnaît Louis XIV jusque dans ce qu'il fit
pour l'industrie. Voyons maintenant ce qu'il fit contre
elle.

Depuis le commencement de la monarchie, les étrangers avaient exploité tout le commerce de France. Parmi
les trois ordres de l'État, deux ne pouvaient exercer

Fig. 36. — La place Royale (place des Vosges).

12.

d'industrie : la noblesse par vanité, le clergé par dogme;
et ces deux ordres formèrent longtemps toute la nation.
Quand le Tiers-État commença à s'élever sous les Valois, les guerres sanglantes de la rivalité de l'Angleterre et de la Réforme éclatèrent successivement, et ne
permirent à aucune industrie de naître ; de sorte que ce
furent des marchands syriens et les juifs, jusqu'à l'irruption des Normands, puis les juifs seuls qui firent tout le
commerce de la France. Au retour de la paix, sous la
maison de Bourbon, une religion favorable à l'industrie,
en ce qu'elle ne prêchait point l'oisiveté des cloîtres, permit à ses nombreux sectateurs d'utiliser leurs bras et leur
génie. Dès lors, les protestants élevèrent des temples, des
hôpitaux, des académies et surtout des manufactures, et
contribuèrent ainsi à créer une industrie nationale dans
leur pays. Mais l'édit de Nantes de 1598 a été révoqué par
Louis XIV (1685). Les protestants furent à la fois attaqués
dans leurs affections et dans leurs biens. Un arrêt con-
damna aux galères ceux de leurs malheureux enfants qui
ne consentiraient pas à devenir de lâches transfuges de la
foi de leurs pères. Un autre arrêt retira à tous ces industrieux coreligionnaires leurs lettres de maîtrises, leur
ferma toutes les carrières et déclara leurs débiteurs libé-
rés. Enfin, le roi organisa une caisse dans laquelle on ver-
sait le tiers des *économats* pour acheter les conversions.
Le prix s'élevait à 6 livres par tête. Le célèbre converti
Pellisson se trouvait à la tête de cette entreprise. On ne
parlait que des miracles de cet homme, dont l'éloquence
dorée était beaucoup plus persuasive que celle de Bossuet.

Un autre moyen de débarras fut organisé par les Jésuites; il avait le mérite d'être plus expéditif et moins
coûteux : nous voulons parler des *Dragonnades* dans les
provinces méridionales, de 1680 à 1688.

Ce qu'il y eut de plus barbare, ce fut la défense aux protestants de suivre dans l'exil les ministres de leur culte.
Mais l'émigration sut devancer cet ordre ou le braver. Les

protestants portèrent leur industrie à l'étranger. C'est alors
que la reine Christine de Suède, en parlant de la révocation de l'édit de Nantes, dit que Louis XIV s'était coupé le
bras gauche avec le bras droit. D'un autre côté, le roi de
Prusse, dans son Histoire de Brandebourg, s'extasie sur
la brillante métamorphose qu'opéra dans ce pays l'établissement de ces industrieux émigrés.

Après avoir ainsi ruiné la France par ses guerres et ses
palais, favorisé l'oisiveté des moines et proscrit l'industrie
des protestants, Louis XIV, n'ayant plus de quoi payer ni
ses courtisans, ni ses plaisirs, ni les ouvriers des manufactures, ni les pensions des hommes de lettres, ni même
les archers de Paris, créa et vendit des charges plus ridicules les unes que les autres : on fit des conseillers du roi
contrôleurs aux empilements, barbiers-perruquiers,
essayeurs de beurre salé, etc., etc. Il épuisa jusqu'au
bout toutes les ressources de son beau royaume.

Octroi. — L'édit de 1663 et l'ordonnance de 1681 modifièrent la perception des octrois. Cet impôt, d'origine
très ancienne, tire son nom de ce qu'autrefois la part qui
revenait aux communes était octroyée par le roi. En effet,
cette contribution indirecte ou aide consistait en une
somme d'argent que les communes payaient à l'État et
sur laquelle le roi daignait leur accorder une remise.
Sous Louis XIV, Paris percevait l'octroi à son profit, mais
l'État en prélevait la moitié.

Lettres, sciences et arts. — Ce tableau est assurément le plus intéressant de cette période. Nous sommes arrivés à une époque où la civilisation va prendre son
essor.

Au commencement du XVIIᵉ siècle, la conciliation s'établit peu à peu dans les lettres. Le génie national se dégage
des éléments hétérogènes qui l'avaient envahi et qui ten-
daient à l'altérer. A l'influence italienne s'était jointe, il

est vrai, l'influence espagnole, et l'hôtel de Rambouillet fut le foyer où convergèrent un moment ces rayons étrangers.

Hôtel de Rambouillet. — Situé rue Saint-Thomas-du-Louvre, l'hôtel de Rambouillet servait de résidence au marquis de Pizzani, Jean de Vivonne, qui avait épousé une Italienne très spirituelle, Julie Savelli. Vers 1600, Catherine de Vivonne, leur fille, mariée au marquis de Rambouillet, que Malherbe et Racan surnommèrent la Belle Arthénice (anagramme de Catherine), voulut réagir contre les dérèglements de la cour en faisant de son salon un sanctuaire de bonnes mœurs et une académie de beau langage. L'hôtel de Rambouillet ne tarda pas à être le rendez-vous des beaux esprits, gens de lettres, grands seigneurs, diplomates, et des femmes les plus distinguées par leurs talents et leur vertu. Parmi les habitués, on remarquait surtout le cardinal de Richelieu, le duc de la Rochefoucauld, Malherbe, Voiture, Balzac, Vaugelas, Ménage, Racan, Benserade, Cotin, Scudéry, l'abbé de la Pure, Tallemant des Réaux, la Calprenède, d'Urfé, Sarrazin, Desmaretz, le duc de Montausier, qui épousa Julie, fille de Catherine, après quatorze ans d'attente, l'Espagnol Antoine Perez et l'Italien Marino. Du côté des femmes, qu'on qualifiait du nom de *précieuses*, on remarquait Mmes de Sablé, de Longueville, de Sévigné, Deshoulières, Mlle de Scudéry, un des oracles de l'assemblée, etc., etc. Le rôle de cette célèbre réunion, surtout en honneur de 1630 à 1665, époque où mourut la marquise de Rambouillet, était, au point de vue littéraire, de continuer l'épuration de notre langue, poursuivie par Malherbe. Malheureusement l'esprit d'affectation s'y introduisit et, à force de vouloir éviter les mots vulgaires, on arriva à se servir de périphrases de mauvais goût qui formaient en quelque sorte une langue de convention seulement accessible aux initiés. Malgré ces ridicules, l'hôtel de Rambouillet a rendu

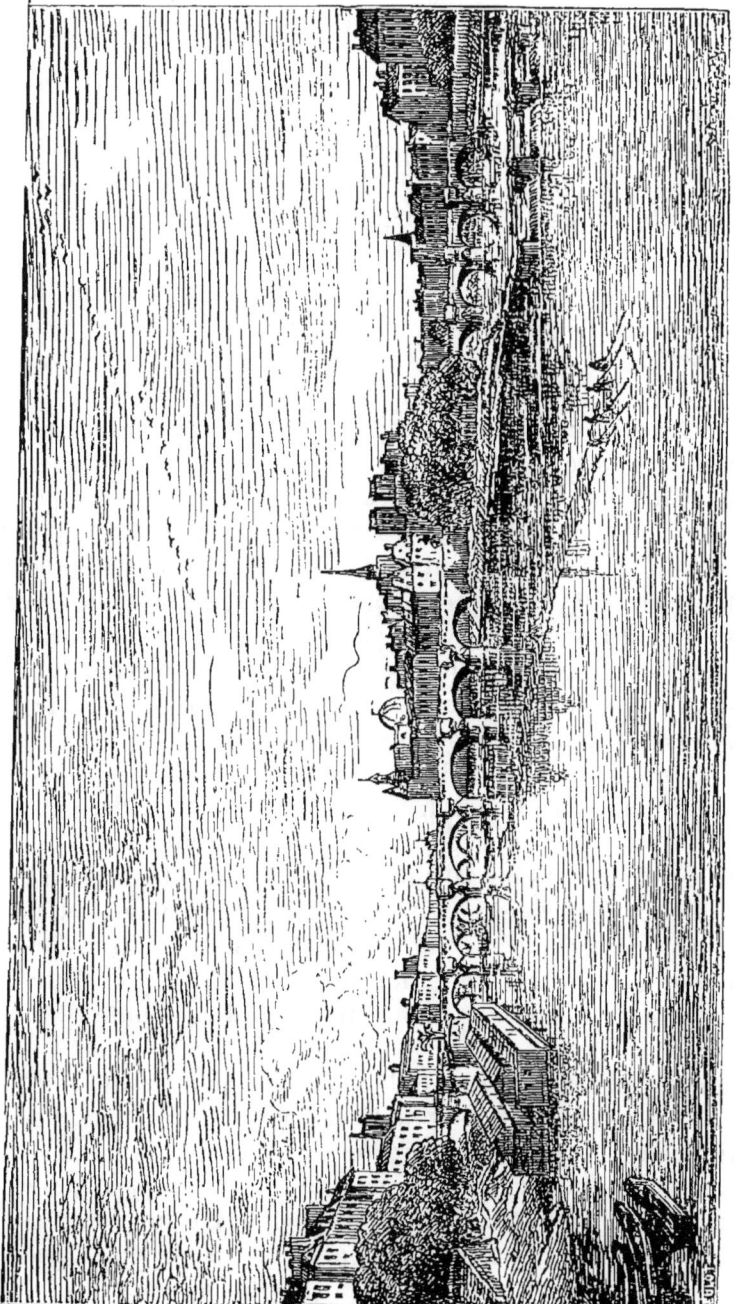

Fig. 27. — La Cité et le Pont-Neu..

d'incontestables services en protestant contre les tendances de la pléiade, en prenant les écrivains sous sa tutelle, en les forçant à compter avec ses critiques et en leur
servant de public à une époque illettrée. Les précieuses,
ridiculisées par Desmaretz, dans sa comédie du *Vision-
naire*, furent mortellement atteintes par Molière. Mais
celles que visaient Desmaretz et Molière étaient moins les
habituées de l'hôtel de Rambouillet que leurs imita-
trices.

L'Académie. — L'esprit de cette savante compagnie remonte à Malherbe, chez qui se réunissaient quelques fervents disciples, le secondant dans sa mission épu-
rative et combattant à ses côtés dans la guerre qu'il
soutint si énergiquement contre les ronsardiens. Malherbe,
mort en 1628, les jeunes apôtres de la nouvelle école continuèrent à se voir une fois par semaine rue Saint-Martin
chez Conrart, protestant fort érudit. On s'y entretenait de
littérature, contrôlant les pensées, les sujets, les tour-
nures, les mots d'après la raison.

Ce noyau, composé d'abord de neuf personnes : Chapelain, Gombauld, Conrart, Habert, Cerisy, Malleville, Giry,
Serisay et Godeau, se grossit bientôt de Desmaretz et Boisrobert, familiers du cardinal de Richelieu. Celui-ci se présenta lui-même à eux comme un confrère et un ami et en
reçut le titre de *protecteur*, qu'il justifia en transfor-
mant leur société en académie. Louis XIII, par lettre
patente de janvier 1635, institua ainsi l'*Académie française*.

Dès le principe, cette Académie décida qu'il fallait régler
les termes et les phrases de la langue par un ample dic-
tionnaire et une grammaire fort exacte. Sur la proposition du grammairien Vaugelas, qui en faisait partie, elle
se mit à l'œuvre en bannissant du langage une foule de
mots naïfs et pittoresques dont Rabelais et Montaigne
avaient fait un fréquent emploi. Bientôt après, Pellisson

écrivit l'histoire des premiers travaux de l'Académie avec
la simplicité et son élégance de prosateur, et c'est à ce
livre qu'il faut toujours recourir pour s'édifier sur les dé-
buts de notre sénat littéraire.

Jusqu'alors les écrivains et surtout les poètes n'avaient
guère été que des domestiques ou traités comme tels, aux
gages de quelque comte, duc ou marquis pour leur faire
des vers ou des dédicaces, fabriquer leurs mots ou leur
dire les jugements qu'ils devaient porter sur les choses
courantes; car les grands seigneurs, non seulement ne
cachaient pas leur ignorance, mais s'en targuaient comme
d'une qualité de race. Du reste, cette domesticité était
fort bien acceptée par les écrivains, qui en revendiquaient
jusqu'aux avantages les plus humiliants.

Si les poètes étaient traités avec mépris par leurs pro-
tecteurs, souvent bernés et quelquefois roués de coups de
bâton, il faut avouer que beaucoup, joueurs, débauchés,
quelquefois pis encore, se trouvaient ainsi peu respecta-
bles. Les cabarets leur servaient d'académies, la bouteille
devenait leur muse inspiratrice, et c'est sur la nappe rou-
gie de vin qu'ils écrivaient leurs chansons, leurs satires
ou leurs épigrammes. Au point de vue de la moralité
comme au point de vue de l'indépendance, la vie de l'écrivain laissait donc à désirer vers le commencement du
XVIIᵉ siècle. Mais à partir de la fondation de l'Académie,
on le voit tout à coup s'émanciper et passer de la maison
du grand seigneur à celle du roi qui le pensionne en lui
laissant son indépendance matérielle. Dès lors, il ne relève plus pour ainsi dire que du public dont il ne tar-
dera pas à devenir une sorte de souverain. L'honneur de
ce résultat revient incontestablement au prestige de l'hôtel
de Rambouillet et à l'Académie. La première de ces sociétés donna le ton de la considération littéraire, l'autre la
consacra et l'histoire, dans son impartial jugement, ne
saurait omettre de le mentionner.

Ainsi, sous Louis XIV, la France eut donc une littérature vraiment nationale quoique moins originale que sous Rabelais, Montaigne et Clément Marot.

Sous Louis XIV, il y eut deux expositions artistiques dans la grande galerie du Louvre ; la première en 1673, l'autre en 1704, pour ranimer l'émulation et le goût parmi les artistes.

Saint Louis et le roi Jean avaient eu quelques livres d'église et d'astrologie ; Charles V réunit une collection plus nombreuse et un peu mieux composée ; mais ses neuf cents volumes disparurent sous la domination anglaise. Les Français, à leur tour, firent en Italie ce qu'avaient fait les Anglais en France ; ils s'emparèrent des livres des rois de Naples et des ducs de Milan. On en forma une bibliothèque dans la tour du Louvre, dite de *la Librairie*. Cette bibliothèque fut transportée à Blois par Louis XII et à Fontainebleau par François Iᵉʳ. Henri IV en ordonna le retour à Paris au collège de Clermont, aujourd'hui Louis-le-Grand. Mais, sous Louis XIII, les livres durent faire place aux Jésuites et la bibliothèque alla au couvent des Cordeliers où elle s'enrichit de celle de la Rochelle, dont Richelieu s'était rendu maître. Colbert et Louvois chargèrent les ministres français d'acheter des manuscrits et des imprimés. Les missionnaires eux-mêmes rapportèrent des livres jusque de la Chine. Il fallut alors un plus vaste local à la bibliothèque qui, chaque jour, s'enrichissait de nouveaux dons. Sous Louis XIV, en 1666, sa translation eut lieu rue Vivienne, près de l'hôtel Colbert ; et sous le régent en 1724 rue de Richelieu, dans l'ancien hôtel de Nevers, l'une des parties du palais du cardinal de Mazarin, construit par les architectes Lemuet et Mansart. Telle est l'origine de la *Bibliothèque nationale*.

La *Bibliothèque des avocats*, située dans l'une des salles de l'Archevêché, s'enrichissait, moyennant une somme de 20 livres que lui payait chaque avocat à sa réception. On y donnait des consultations gratuites aux pauvres un jour de chaque semaine. Tous les quinze jours des conférences

Fig. 28. — L'Observatoire.

13

y avaient lieu. Pendant la Révolution, cette bibliothèque fut réunie à celle de la ville.

L'*Imprimerie nationale* a été créée en 1642 par le cardinal de Richelieu. Les premiers frais de son établissement furent considérables. Depuis elle a pris un grand développement. On y possède des poinçons et caractères de presque toutes les langues de la terre. Ce côté scientifique nous semble être sa plus grande utilité; car cet établissement est onéreux à l'État. D'abord établie dans les galeries du Louvre, qui était devenu le palais des sciences et des arts, depuis qu'il avait cessé d'être celui des rois, l'Imprimerie nationale fut transférée, en 1809, dans l'ancien hôtel de Strasbourg, rue Vieille-du-Temple, 87.

Sous Henri IV, la *presse* avait joui de quelque liberté dont elle perdit l'usage sous Richelieu. Le *Mercure français* était le seul journal d'alors. Il en paraissait un volume chaque année, qui contenait le récit des principaux événements et le bulletin des actes du gouvernement. Les rédacteurs établirent d'abord une feuille d'annonces. A ces annonces ils joignirent bientôt des nouvelles politiques. En 1631, parut pour la première fois un journal périodique sous le nom de *gazette*, fondé par Théophraste Renaudot dans la Cité. D'abord il ne se publia que par semaine et finit par se publier chaque jour. Telle est l'origine de la *Gazette de France*, qui, quoique rédigée sous la dictée de Richelieu, servit toujours à attirer vers les affaires publiques les regards de la nation. Dès lors s'éveilla en elle cette curiosité salutaire qui s'habitue insensiblement à commenter et à juger les faits qu'on lui abandonne et qui fait ainsi sourdement éclore parmi les peuples ce qu'on appelle l'opinion publique.

Le *Journal des Savants*, sous Colbert, facilita entre les hommes de science de l'Europe un utile moyen de communication de leurs observations et de leurs découvertes.

Deux académies de sculpture et de peinture avaient été fondées, l'une à Paris par le chancelier Séguier, en 1648, l'autre à Rome par Colbert, en 1655. L'académie de Rome fut, en 1676, placée sous la dépendance de celle de Paris.

Colbert réunissait rue Vivienne, dans la bibliothèque, quelques hommes de lettres chargés de composer les inscriptions des monuments et des statues qui s'élevaient, ainsi que les légendes des médailles et les sujets des tapisseries des Gobelins. Ce petit conseil, dit aussi Petite Académie, devint l'Académie des inscriptions et belles-lettres.

Mais la plus utile de ces académies fut celle des sciences, fondée également par Colbert. Elle tint d'abord ses séances dans la bibliothèque, puis au Louvre. On avait construit pour les chimistes de l'Académie des sciences un laboratoire près de la bibliothèque du roi ; en face du Luxembourg, on éleva un observatoire pour les astronomes. Le plan qu'avait d'abord fourni Perrault, quoique déjà mis à exécution, fut ensuite changé par Dominique de Cassini, célèbre astronome italien. La ligne de la façade méridionale de l'Observatoire se confond avec celle de la latitude de Paris qui traverse la France de l'Est à l'Ouest, du Rhin aux côtes de la Bretagne. (Voir la gravure, page 145.)

La flatterie a beaucoup exagéré la protection qu'accorda Louis XIV aux hommes de lettres, et il est très remarquable d'observer que l'époque où les libéralités royales cessèrent d'être servies, lorsque Louis XIV tomba dans la détresse et la décrépitude, fut précisément celle où la raison humaine se releva. La raison n'a pas besoin d'interprètes salariés et quand la cour, au lieu de faveurs, vint à distribuer des persécutions, elle ne fit qu'épaissir davantage les rangs des sectateurs de la vérité. Alors le XVIIIe siècle apparut.

Art dramatique. — Il nous reste à parler des théâtres, où nous n'avons encore vu représenter que des farces, des bouffonneries ou des mystères.

Le théâtre de l'hôtel de Bourgogne est le berceau de l'art

dramatique en France. Sous Henri IV, les confrères de la Passion mettaient encore en scène le Purgatoire et le Paradis. Sous Louis XIII, les divinités du paganisme commencèrent à figurer sur ce théâtre, qui se composait d'un parterre et de quelques rangs de loges où tout le monde était debout. Lorsque la cour s'y rendait, on y faisait porter des sièges. Louis XIV supprima ces confrères de la Passion. Ils furent remplacés par des comédiens italiens appelés en France par Mazarin. Mais le roi les sacrifia plus tard aux ombrages de Mme de Maintenon, qui crut s'apercevoir qu'elle était visée dans une pièce intitulée *La Fausse Prude*. Le régent fit venir dans la suite une nouvelle troupe d'Italiens. Ces Italiens et les comédiens français jouaient alternativement sur le théâtre de l'hôtel de Bourgogne.

Le théâtre du Marais, fondé sous Louis XIII, rue Vieille-du-Temple, avait une troupe de comédiens italiens pensionnés du roi. Là brillait le fameux Tiberio Fiorilli, dit Scaramouche. Plusieurs autres acteurs se distinguèrent par un autre genre de talent. Ils y représentèrent les premières pièces de Corneille. La salle disparut en 1673 et la troupe se réunit aux comédiens français de l'hôtel de Bourgogne.

Le ridicule rival de Corneille, Richelieu, fit bâtir du côté de la rue des Bons-Enfants le théâtre du Palais-Royal, pour la représentation de sa tragédie *Mirame*. Ce fut sur ce théâtre, spécialement consacré aux représentations des comédies et tragédies, que parut, en 1636, *Le Cid*, bientôt suivi des *Horaces* et de *Cinna*. On y jouait aussi les pièces de Rotrou et de Boisrobert. Montfleury, le plus célèbre acteur de ce théâtre, périt, dit-on, par suite des efforts qu'il fit en remplissant le rôle d'Oreste; car alors les acteurs qui criaient le plus étaient certains des suffrages de la ville et de la cour. Louis XIV accorda cette salle à Molière et à sa troupe. Il vint y assister à la représentation de *Tartufe*. Au sortir du spectacle, il témoigna sa sur-

Fig 29. -- Le Jardin des Plantes

13.

prise qu'un tel ouvrage trouvât tant de détracteurs, tandis qu'on n'était pas blessé des farces scandaleuses jouées par les Italiens. — Sire, dit le prince de Condé, c'est que les comédiens italiens n'offensent que Dieu et que les comédiens français offensent les dévots.

Mazarin avait fait venir à Paris plusieurs troupes d'acteurs italiens. L'une d'elles, composée de musiciens, débuta sur le théâtre du Petit-Bourbon, près du Louvre, en représentant *Orphée et Eurydice*. Suspendu pendant les troubles de la Fronde, ce spectacle reparut avec un nouveau succès. L'abbé Perrin d'abord, Lulli ensuite, obtinrent le privilège de fonder une Académie royale de musique. Lulli établit son académie au jeu de paume du Bel-Air ou des Mestayers, rue Mazarine. Il fit l'ouverture de ce théâtre par la représentation de *Bacchus et l'Amour*, spectacle où l'on vit danser et figurer plusieurs seigneurs de la cour. — « Il nous plaît, dit Louis XIV que tous gentilshommes et damoiselles puissent chanter aux dites pièces, sans déroger aux titres de noblesse. »

Au mois de février 1673, la troupe de Lulli vint représenter les opéras de Quinault sur le théâtre du Palais-Royal. Cette salle fut occupée par l'Académie royale de musique jusqu'à son deuxième incendie en 1781.

Les comédiens français, exilés du Palais-Royal après la mort de Molière, vinrent occuper le jeu de paume du Bel-Air, où l'opéra prit naissance. Louis XIV ajouta à cette troupe de Molière les comédiens français de l'hôtel de Bourgogne. Ces deux troupes réunies cherchèrent un plus vaste local, d'abord dans le jeu de paume de l'Étoile, rue des Fossés-Saint-Germain, où ils jouèrent sous le nom de « comédiens français ordinaires du roi ».

Le théâtre de Shakespeare était à ciel ouvert. Celui de Molière pour être plus confortable se trouvait loin du luxe de nos scènes modernes. Jusqu'en 1671, au Palais-Royal, la salle n'eut pour plafond qu'un grande toile blanche tenue par des cordages. C'est dans ces misérables salles, dit Deschanel, que ces maîtres souverains de l'art, aussi grands comédiens que grands poètes, créaient deux fois leurs œuvres immortelles.

Autrefois les femmes ne jouaient pas sur le théâtre : tout personnage de ce sexe était représenté par un homme déguisé. Ce n'est que sous Molière que nous voyons figurer les Béjard, Madeleine, Geneviève et Armande qu'il eut le tort d'épouser. En 1681, on vit pour la première fois des danseuses, dans le ballet du *Triomphe de l'Amour*. Chaque place au parterre ne coûtait que 10 sous. Sous Charles VI et Louis XII, ces places ne se payaient que 2 et 3 sous.

Enseignement. — Henri IV s'était bien gardé d'accorder aux sollicitations des jésuites l'autorisation d'enseigner la jeunesse. Après l'assassinat de ce roi populaire les jésuites obtinrent cette faveur du fils de leur victime. En 1628, ils reconstruisirent leur collège de Clermont ; et pour en augmenter les vastes bâtiments, ils achetèrent les maisons de tous les collèges voisins. L'ensemble ne fut pas très remarquable, mais considérable, car les jésuites visaient plutôt au nombre des élèves qu'au luxe des bâtiments. Louis XIV, à qui ces bons pères avaient déjà donné la comédie, en faisant à un marchand étranger jouer devant lui le rôle d'ambassadeur de Perse, fut invité par les jésuites à la représentation d'une pièce qu'interprétèrent les élèves de leur collège. Louis XIV charmé de cette solennité, dit au recteur : « Faut-il s'en étonner, c'est mon collège. » A peine le roi fut-il sorti, que le recteur fit rayer de la façade du collège le nom de l'évêque de Clermont, son fondateur, et inscrire en grandes lettres d'or celui de Louis le Grand. Ainsi des deux fondateurs de leurs maisons d'enseignement à Paris, les jésuites firent assassiner l'un (Henri III) et renièrent l'autre. On voit que la reconnaissance n'était pas la vertu principale de cette congrégation. Un de leurs écoliers s'avisa de signaler dans un distique cet acte d'ingratitude. Ce pauvre jeune homme, âgé de seize ans, fut puni de ces deux vers par trente et un ans d'emprisonnement à la Bastille.

Mazarin fournit les fonds et Leveau les dessins du *collège Mazarin*, quai Conti. Cet établissement s'éleva sur l'emplacement de l'hôtel de Nesle. Construit pour avoir des écoliers, ce palais ne parut point indigne de recevoir les maîtres de la littérature, de la science et de l'art. Il devint, en effet, en 1806, le palais de l'Institut et son église, surmontée d'un dôme, fut transformée en salle pour les séances publiques. Mazarin avait légué sa bibliothèque à ce collège. Dès 1688, elle y était publique comme aujourd'hui.

Il nous reste à parler de la création du *Jardin des Plantes*. Le sieur Hérouard, premier médecin de Louis XIII, obtint de ce monarque qu'un jardin serait établi pour cultiver les plantes médicinales. L'exécution de ce projet ne commença qu'en 1633. En 1635, on construisit des salles pour les cours de botanique, de chimie et d'histoire naturelle. Depuis, ce jardin reçut des accroissements. Un amphithéâtre s'est élevé; de nouveaux cours se sont ouverts; une bibliothèque et des galeries renfermant les productions les plus rares des trois règnes de la nature ont formé ce précieux *Muséum d'histoire naturelle* que l'Europe admire. C'est une sorte de république universelle de la science, où des hommes d'un grand savoir viennent étudier les plantes et les animaux arrachés aux climats les plus divers. (Voir notre gravure, page 149.)

Mœurs. — Les amours de Henri IV ne ressemblèrent ni aux orgies de Henri III, ni aux faiblesses de Louis XIV, ni au libertinage de Louis XV. Henri IV dans sa passion fut toujours homme et toujours roi. Les seigneurs ne faisaient pas une pareille distinction. Cependant la Réforme opéra d'heureux changements. Plusieurs gentilshommes

Fig. 30. — Le Jardin du Luxembourg.

protestants observèrent les préceptes de cette religion nouvelle jusqu'à la rigidité. De ce nombre était Sully. Des femmes même soutinrent l'honneur de leur sexe. Telle fut la comtesse de la Roche-Guyon, qui répondit à Henri IV : « Je suis trop pauvre pour être votre femme et de trop bonne maison pour être votre maîtresse. » Mais au commencement du règne de Louis XIII, parmi les personnages éminents qui figurent sur la scène, il n'en est pas un qui mérite le nom d'homme probe. Cependant le despotisme de Richelieu développa quelques caractères. De Thou mourut avec son secret et Montmorency ne marchanda pas sa vie. La régence d'Anne d'Autriche ressemble à celle de Marie de Médicis ; mais Mazarin ne ressembla pas à Richelieu. Le premier contint la noblesse avec des échafauds, le second avec des emplois, des dignités, des bénéfices et tout cet arsenal de corruption qu'il avait fabriqué pour faire de ses ennemis ses créatures. La plupart de ceux qu'il nomma ducs, comtes, etc., avaient porté les armes contre lui. « Je ferai tant de ducs, disait-il, qu'il sera honteux de l'être et honteux de ne l'être pas. » Fouquet donnait des pensions. La dignité n'avait pas retenu la plupart des grands seigneurs d'être à ses gages. Sous Louis XIV, la politesse de la langue amena celle des mœurs. Il y eut même des hommes vertueux : Montausier à la cour, les Jansénistes dans la nation rappelaient l'austérité des temps anciens. La vertu troublait déjà la paix de quelques consciences en attendant qu'elle y régnât.

Justice. — Les justices, sous Louis XIV, se trouvaient au nombre de trente : huit royales, le Parlement, la Chambre des comptes, la cour des Monnaies, le Châtelet, la cour des Aides, la Trésorerie, l'Élection et la Connétablie ou Maréchaussée. Les six justices particulières étaient : le Bailliage du palais, les Juges-Consuls, la juridiction du grand-maître de l'Artillerie, à l'Arsenal ; celle du prévôt de l'hôtel du Louvre ; celle du prévôt de l'Ile-de-France et celle du prévôt des marchands. Les seize justices féodales étaient : celle de l'archevêque de Paris, de l'Officialité ; des abbayes Sainte-Geneviève, Saint-Germain-des-Prés, Saint-Victor, Saint-Magloire, Saint-Antoine-des-Champs ; des prieurés Saint-Martin-des-Champs, du Temple, Saint-Denis, Saint-Éloi, Saint-Lazare ; des chapitres de Notre-Dame, Saint-Marcel, Saint-Benoît et Saint-Merri. Par un édit de 1674, Louis XIV réunit au Châtelet toutes les justices seigneuriales de Paris et de sa banlieue et établit un nouveau siège présidial qui, avec le Châtelet, partagea leur territoire. Mais l'abbé de Saint-Germain se fit bientôt réintégrer dans ses juridictions, et ce ne fut qu'à force de rentes et de dédommagements que Louis XIV étouffa les réclamations des autres abbayes.

Des pauvres, valides et mendiants, des gens sans aveu et aux gages de tous ceux qui avaient des crimes à commettre, après avoir joué pendant la journée le rôle d'assassins, de filous, de boiteux, d'aveugles, etc., etc., se retiraient pendant la nuit dans des repaires appelés *Cours des miracles*, parce qu'en y entrant ils déposaient le masque : les boiteux marchaient, les aveugles voyaient, etc. Ces cours étaient nombreuses à Paris. Il y en avait deux rues Saint-Denis, une rue du Bac, une rue de Reuilly, une au Marais, rue des Tournelles ; mais la plus fameuse, située entre le cul-de-sac de l'Étoile et les rues Damiette et des Forges, avait son entrée dans la rue Neuve-Saint-Sauveur. Là de mauvais pauvres étaient entassés dans des logis bas, obscurs, faits de terre et de boue. Les hommes vivaient de brigandage et les femmes de prostitution. Ni les huissiers, dit Sauval, ni les commissaires de police ne pouvaient y pénétrer sans danger. Ces sociétés de voleurs avaient leurs chefs, leur langage et leurs lois. Le chef suprême s'appelait comme celui des Bohémiens *Coesre* et le langage *argot*. Les *Cajoux*, ou archi-suppôts, principaux officiers, initiaient les nouveaux venus à tous les secrets de l'art, tels que le moyen d'obtenir des plaies factices, de couper adroitement les bourses; car on avait encore sous Louis XIV la vanité de porter sa bourse pendue à sa ceinture. La population des cours des miracles s'élevait, dit-on, à quarante mille quand on songea à bâtir la Salpêtrière. Les bons pauvres se rendirent à cet hospice, mais on ne trouva d'autre moyen de se débarrasser des mauvais qu'en les enrégimentant dans la police. En 1667, la fonction de lieutenant général de police ayant été créée, le sieur La Reinie, qui en fut le premier revêtu, organisa l'espionnage et prit ainsi à sa solde toute cette multitude de voleurs et de brigands. En même temps, il fit placer dans chaque rue une lanterne à l'extrémité et au milieu. L'éclairage donna ainsi quelque sécurité aux habitants de Paris. D'Argenson donna à l'espionnage un funeste développement; mais on lui doit l'organisation du corps des pompiers et l'usage des pompes pour les incendies.

Par ordonnance de 1703, Paris fut divisé en vingt quartiers, division qui s'est maintenue assez longtemps. On commençait à tenir des registres assez exacts des mariages, naissances et décès. La population s'élevait déjà à près de 500,000 habitants.

Nous allons maintenant passer rapidement en revue les améliorations physiques de Paris.

Tableau physique de Paris. — Depuis Philippe Auguste, la population de Paris s'était entassée dans les diverses enceintes fortifiées et n'en avait point franchi les murs. Au retour de la paix, sous Henri IV, Paris commença à sortir de son antique enceinte et couvrit d'habitations modernes les ruines de ses vieux remparts. Mais le pouvoir absolu imposa au développement physique de la capitale de nouvelles entraves. Une pénalité barbare[1]

1. Les bourgeois ne pouvaient bâtir au delà de l'enceinte sous peine de démolition. Quand Louis XIV construisit le Louvre, les bourgeois durent congédier leurs maçons et ouvriers sous peine de galères. Voilà comment on respectait à cette époque la liberté civile.

Fig. 31. — Le Pavillon de l'Horloge du Louvre.

refoulait dans une nouvelle enceinte une population toujours prête à déborder.

Sous Henri IV, on entrait à Paris par seize portes fortifiées de tours. Au delà de ces seize portes existaient autant de faubourgs dont plusieurs furent réunis pendant le siège de Paris. Six ponts servaient de communication d'une rive de la Seine à l'autre : le pont Notre-Dame, le Petit-Pont, le pont au Change, le pont Saint-Michel, le pont Marchand et le Pont-Neuf. Sur la rive droite étaient les quais des Célestins, du port au Foin et de l'École; sur la rive gauche, un quai s'étendait depuis le pont Saint-Michel jusqu'au pont des Arts. Ces quais se composaient de maçonnerie irrégulière et d'ouvrages en bois. La construction du Pont-Neuf entraîna celle des deux quais de l'Horloge et des Orfèvres qui viennent y aboutir.

Avant Henri IV, il n'y avait à Paris que des carrefours, dont les potences, les échelles et les croix faisaient tout l'ornement. De là viennent les noms de rue de l'Échelle, Croix-des-Petits-Champs. Sous Henri IV s'élevèrent la place Dauphine et la place Royale; les bâtiments de cette dernière, construits sur l'emplacement de l'ancien hôtel des Tournelles, ne furent achevés qu'en 1612. Le cardinal de Richelieu fit ériger au milieu la statue de Louis XIII. (Voir la gravure, page 137.)

Plusieurs rues n'étaient point encore pavées. En général elles se trouvaient fort étroites, surtout au centre de Paris; on n'y pouvait guère pénétrer en voiture. Telle était encore la physionomie de Paris sous Henri IV. Il s'accrut et s'embellit sous Louis XIII. L'église et le quartier Bonne-Nouvelle s'élevèrent en 1624, et en même temps, dans les clos du Marais, s'ouvraient les rues de Beauce, de Bourgogne, de Bretagne, du Perche, de la Marche, etc., etc. Henri IV avait conçu le projet d'établir en cet endroit une vaste place appelée place de France, à laquelle auraient abouti huit larges rues désignées par le nom des huit grandes provinces. A la fin du règne de Louis XIII, l'île

Saint-Louis offrit à Paris le premier exemple d'un quartier construit sur un plan régulier. L'architecte Marie en avait tracé le plan. Enfin, sur le petit et le grand Pré-aux-Clercs, commençaient à s'élever les rues des Petits-Augustins, de Bourbon, de Verneuil, Saint-Dominique, etc.

Des palais vinrent dominer ces nouvelles habitations. En 1615, Marie de Médicis jeta les premiers fondements du Luxembourg, bâti sur le modèle du palais Pitti, de Florence, par Jacques Debrosse. Ce palais fut d'abord habité par Gaston, duc d'Orléans, et par des princes de sa famille. Le jardin avait été également dessiné par Jacques Debrosse. Depuis, ce jardin s'est accru d'une partie de l'enclos des Chartreux et s'est embelli de l'avenue de l'Observatoire. La fontaine de Médicis, existant dans le jardin du Luxembourg et qui s'en trouve le principal ornement, est du même architecte. (Voir la gravure, page 153.)

Le petit Luxembourg, contigu à ce palais et situé comme lui rue de Vaugirard, fut commencé en 1629 par ordre de Richelieu, qui l'habita pendant la construction du Palais-Royal, alors appelé Palais-Cardinal.

Le Palais-Cardinal occupa l'emplacement des hôtels de Rambouillet et de Mercœur. Mercier en fournit les plans. Richelieu ayant légué ce palais à Louis XIII, le Palais-Cardinal devint ainsi le Palais-Royal. Louis XIV donna le Palais-Royal au duc d'Orléans, son frère unique : le régent y forma des collections précieuses. En face de ce palais existait l'hôtel Sillery. Richelieu fit démolir cet hôtel et en forma une place. Les galeries du jardin ne furent érigées que sous le règne suivant.

Les hôtels de *Beauvais*, rue François-Miron, 68, dû à Lepautre ; de *Béthune*, rue Saint-Antoine, 143, construit pour Sully, par du Cerceau ; *Lambert*, rue Saint-Louis-en-l'Ile, bâti pour le président Lambert de Thorigny, par Levar ; de *Hollande*, rue Vieille-du-Temple, par Pierre Cottard ; *La Valette*, quai des Célestins, 2 ; de *Luynes*, boulevard Saint-Germain, 203, édifié par Lemuet, pour la duchesse de Chevreuse; de *Ninon de Lenclos*, 28, rue des Tournelles; d'*Ormesson*, élevé par du Cerceau pour le duc de Mayenne, rue Saint-Antoine, 212; de *Saint-Aignan*, rue du Temple, 71, construit par Lemuet; l'hôtel *Duchatelet*, rue de Grenelle, occupé par l'archevêché, sont autant de monuments du XVIIᵉ siècle qui excitent la curiosité des Parisiens studieux et des étrangers.

Ce fut sous Louis XIV que disparut l'ancien aspect féodal de Paris et que la ceinture de ses boulevards lui donna une physionomie moderne. Ces boulevards s'étendirent au nord depuis la porte Saint-Denis jusqu'à la porte Saint-Honoré. Ils étaient plantés et bordés de murs dans toute leur longueur. De semblables boulevards furent créés au midi. De nouvelles rues s'ouvrirent, des buttes factices, telles que la butte de Saint-Roch, s'aplanirent et firent place à des quartiers nouveaux.

La superbe place Vendôme s'éleva sous Louis XIV, sur l'emplacement de l'hôtel de Vendôme et du couvent des Capucines. Mansart en dressa les plans. Elle ne fut terminée qu'en 1701. Le centre était occupé par une statue du grand roi à une époque (16 août 1699) où son prestige avait subi de rudes épreuves et où la France était complètement ruinée. La place Vendôme s'appelait alors place des Conquêtes. Il fallut au monarque une place pour célébrer sa gloire militaire. De là la place des Victoires, au milieu de laquelle figurait la statue en pied de Louis XIV, couronné par la Victoire. Cette statue a été depuis remplacée par une statue équestre, œuvre de Bosio.

Une troisième place commença à s'élever sous Louis XIV, ce fut celle du Carrousel. Sur l'emplacement du jardin de Mademoiselle, ainsi nommé parce que Mˡˡᵉ de Montpensier habitait les Tuileries, Louis XIV donna une fête qui coûta un million deux cent mille livres. Cette fête nommée Carrousel laissa son nom à la place. La place du Carrousel était moins vaste qu'aujourd'hui. Ce n'est que sous Bona-

Fig. 32. — Le Jardin des Tuileries.

14.

parte qu'elle n'eut pour limite que les palais du Louvre et des Tuileries et les galeries qui les rejoignirent.

On voit que sous ce règne, Paris prit un aspect nouveau, mais un peu monotone. C'était partout Louis XIV à pied et à cheval, en buste, en bas-relief, etc. Au milieu de tous ces monuments nouveaux, le Louvre ne pouvait plus longtemps conserver son caractère féodal. Fondé par Philippe Auguste, restauré par Charles V, le Louvre avait été en partie reconstruit sous François Ier, sur un autre plan. Henri II fit continuer cette reconstruction. Louis XIV rasa complètement les vieilles parties du Louvre. La façade du côté de Saint-Germain-l'Auxerrois, composée de tourelles féodales, fut remplacée par la belle colonnade de Perrault. Ce fut Perrault qui éleva également la façade du côté de la Seine et celle opposée. Mais à l'exception de la façade méridionale, les autres ne furent achevées que sous Napoléon. (Voir la gravure qui représente le pavillon de l'Horloge, page 157, et celle qui est intitulée : l'Institut, le pont des Arts, le Louvre, page 211. Voir aussi le Louvre au XVe siècle, page 26.)

Sous Louis XIV, les Champs-Élysées et le jardin des Tuileries furent destinés à remplacer les anciennes promenades du Pré-aux-Clercs, qui se couvraient de rues et d'habitations.

Avant Louis XIV, le jardin des Tuileries, séparé du château par la rue des Tuileries, renfermait une vaste volière, un étang, une ménagerie, une orangerie et une garenne. Ce jardin était défendu du côté de la place Louis XV par une forte muraille, un fossé et un bastion qui embrassait toute sa largeur. Près de ce bastion et sur le quai se trouvait la porte de la Conférence, construite sous Louis XIII. En 1665, Le Nôtre dessina un nouveau plan de ce jardin. Il l'environna de deux terrasses, l'une donnant sur la Seine et dite *Terrasse de l'Eau* et l'autre dite *Terrasse des Feuillants*, à cause du voisinage du couvent des Feuillants. De ce côté étaient situés les manèges des Tuileries, sur l'emplacement desquels fut élevée, en 1790, la salle où l'Assemblée constituante termina sa session et où l'Assemblée législative tint la sienne, ainsi que la Convention jusqu'en 1793. A cette époque, la Convention alla occuper une salle dans le château des Tuileries. Le Conseil des Cinq-Cents revint siéger dans la salle du jardin jusqu'en 1798, date à laquelle fut construit le palais de la Chambre des députés. (Voir la gravure représentant le jardin des Tuileries, page 161.)

C'est aussi sous Louis XIV qu'ont été commencées les plantations des Champs-Élysées, vaste emplacement, alors en culture et qui ne présentait que quelques habitations isolées. Marie de Médicis avait seulement planté le *Cours-la-Reine*. Les plantations des Champs-Élysées furent renouvelées en 1770.

Le palais du Petit-Bourbon, près du Louvre, où avait dansé publiquement Louis XIV et où avait joué Molière, servit d'abord de garde-meuble, puis fut démoli (1660).

Rue Visconti, 21, une plaque de marbre indique la maison où moururent Racine, Adrienne Lecouvreur et la Champmeslé.

A l'angle des rues Rémusat et du Point-du-Jour, à Auteuil, une sorte de temple, désigné sous le nom de *Pavillon-Molière*, a été élevé sur l'emplacement d'une maison qu'a habitée l'illustre poète.

CHAPITRE II. — XVIIIe SIÈCLE

§ 1

PARIS SOUS LOUIS XV

SOMMAIRE. — La Régence. — Système de Law. — Suite des jansénistes. — Institutions religieuses. — Établissements de bienfaisance. — Industrie et commerce. — Lettres, sciences et arts. — Art dramatique. — Embellissements de Paris. — Mœurs.

Louis XIV mourut à soixante-dix-sept ans. Le peuple insulta son cercueil et le Parlement cassa son testament. C'était une lâche vengeance que ne peuvent même pas justifier soixante-douze années de coercition et de méprisable passivité. La régence du spirituel et débauché duc d'Orléans et le ministère du vil cardinal Dubois permirent au peuple de s'évertuer; mais malheureusement l'intolérance sous Louis XIV n'avait guère été plus déplacée dans la religion que ne le fut alors la tolérance dans l'immoralité.

On ne peut cependant méconnaître le bienfait des premiers actes de la régence. Les jansénistes virent s'ouvrir les portes de leurs prisons et les jésuites perdirent leur crédit. Ces derniers tentèrent d'abord de renouveler leurs prédications fanatiques; mais bientôt ils jugèrent plus prudent de fermer les yeux sur tous les scandales de la cour et d'appliquer les principes de leur complaisante morale à ces désordres.

Un autre fléau qui ne fut pas moins funeste au royaume que ce débordement d'immoralité a été ce qu'on appelle le système de Law ou ce qu'on devrait plutôt appeler la

Fig. 33. — Le Panthéon.

vicieuse et déloyale application qu'en fit le gouvernement.
Voici l'exposé de cette grande révolution financière dont
Paris a été le théâtre et l'une des principales victimes.

Système de Law. — Louis XIV n'avait laissé en
mourant, au trésor royal, que 7 à 800,000 francs. Il était
dû 710 millions par l'État en billets au porteur. La dette
constituée en rente sur l'État s'élevait à 86 millions en
intérêts. Nous avons vu que chasser les juifs et faire
de la fausse monnaie c'était toute la science financière
connue des anciens rois pour payer leurs dettes. Depuis
que la découverte du nouveau monde et les premiers
progrès de la civilisation avaient réveillé l'industrie en
Europe dans toutes les classes, excepté dans la noblesse,
chasser les juifs n'aurait paru qu'un acte de révoltant
arbitraire. La mesure financière du jour fit preuve de plus
de circonspection : on rançonna les traitants. C'est ainsi
qu'en avaient agi Sully en 1604 et Colbert en 1664. Ce fut
donc ce que fit tout d'abord le régent. Mais ce procédé
procura à peine 15 millions. On avait commencé par trop
élever les taxes; il fallut les diminuer; chaque traitant
acheta alors la protection d'un courtisan dans l'espoir
d'obtenir une diminution plus avantageuse, et la noblesse
recueillit ainsi par cet immense courtage tous les avantages de la mesure. La refonte des monnaies fut le second
moyen auquel eut recours le régent. Il en retira 72 millions de bénéfices illégitimes. Enfin le troisième a été la
réduction de la dette par le *visa*. On rejeta, sous divers
prétextes, un grand nombre de créances et on diminua
ainsi la dette de 307 millions.

Si peu réguliers que fussent ces procédés, ils permirent
de faire face aux besoins du présent. Arriva ensuite un
financier écossais qui releva le crédit. Law avait publié
en Écosse, pour engager son gouvernement à créer une
banque de circulation, un écrit dans lequel il faisait
preuve de connaissances sur la matière. Ce fut d'après

ces principes qu'il fonda à Paris une banque où chacun pouvait venir déposer des fonds en échange de billets ainsi conçus : « La Banque promet de payer à vue ..... livres, en monnaie de même poids et de même titre que la monnaie de ce jour, valeur reçue, etc. ». Elle escomptait aussi les effets de commerce à un taux modéré, ce qui délivrait des usuriers.

La banque était établie rue Vivienne dans une partie de l'ancien palais Mazarin. La rue Quincampoix, puis la place Vendôme furent les lieux où s'opérèrent les échanges. Il y avait foule et tout allait bien. Le crédit se trouvait fondé. L'intérêt de l'argent baissa, le commerce extérieur et les manufactures se relevèrent. Mais le 4 décembre 1718, le régent ayant érigé la banque en banque royale, tout changea. Une compagnie commerciale qui absorba les autres compagnies sous le titre de *Compagnie générale des Indes*, et qui devait réaliser d'immenses bénéfices, s'adjoignit à la banque. D'abord les billets ne stipulèrent plus une quantité fixe et connue de métal. Law s'opposa, dit-on, avec force à ces modifications apportées à son œuvre, mais inutilement. Ensuite le Conseil défendit de faire des paiements au-dessus de 100 francs autrement qu'en billets. En 1719 il prohiba même tout échange en monnaie métallique. La valeur du papier émis dépassa 3 milliards alors que le numéraire en France n'allait pas à 700 millions. Enfin l'agiot ne tarda pas à jeter la défiance et à déprécier la valeur de ce papier. Les étrangers s'emparèrent de notre numéraire par le remboursement à vue de billets qu'ils avaient achetés à vil prix. C'est ainsi que le métal monnayé disparut pour ainsi dire de France.

Ces coups d'autorité d'un côté, de l'autre des intrigues qu'il serait trop long de raconter, eurent pour résultat inévitable la ruine de la banque et celle d'une foule de familles. Après une réduction violente, la dette excéda encore 1,700 millions.

Le terme de sa régence fut pour le duc d'Orléans celui de sa vie. Il mourut en 1723. Louis XV avait atteint sa majorité; mais ce n'était plus comme Louis XIV pour régner par lui-même. Quatre ministres et trois maîtresses régnèrent pour lui. Le ministère du duc de Bourbon ne fut signalé que par un commencement de persécutions religieuses; sous celui du cardinal Fleury, il n'y eut que l'expulsion de Pologne du roi Stanislas qui troubla la paix extérieure; mais au dedans la bulle *Unigenitus* remplit Paris du double scandale des convulsions du cimetière Saint-Médard et des billets de confession de l'archevêché.

Suite du jansénisme. — Le diacre François Pàris, homme simple et paisible qui, pendant sa vie, n'était guère connu que des pauvres, fut tout à coup changé après sa mort en un saint grand faiseur de miracles. Ces phénomènes devaient prouver l'excellence de la doctrine des jansénistes. Il parut un ouvrage en 1728 où les actions du diacre Pàris étaient racontées avec cette simplicité qui éloigne toute défiance. Tout Paris accourut dans le cimetière Saint-Médard visiter le tombeau du saint et les esprits prévenus y virent ce qu'ils s'étaient promis d'y voir. L'imbécillité populaire seconda les inventions du plus grossier charlatanisme. Pendant les quatre premiers mois, il ne se passa que des scènes ridicules; mais bientôt survinrent les *grands secours*, les *secours meurtriers*, et le cimetière Saint-Médard fut ensanglanté par le fanatisme. C'est alors que le gouvernement se décida à le fermer.

En même temps qu'on prohibait les miracles des jansénistes, on interdisait aux Jésuites le monopole des billets de confession. Le roi lui-même exila Christophe de Beaumont, archevêque de Paris, qui exerçait une nouvelle inquisition sur les vivants et sur les morts. Le clergé refusait les sacrements et la sépulture même à tout fidèle en faveur duquel on ne présentait pas un billet de confession des Jésuites. Toutes ces scènes scandaleuses provoquèrent

Fig. 34. — L'École Militaire.

un esprit de secte étroit et exclusif étrangement éloigné du premier programme des apôtres.

Ces troubles et ceux qu'occasionnèrent les résistances, dont le Parlement aimait à faire parade, donnèrent quelque inquiétude à la paisible administration d'un vieillard plus que septuagénaire. Quant aux maîtresses du roi, elles compromettaient plutôt l'honneur du cardinal que l'autorité du ministre. Fleury avait d'ailleurs la précaution de les choisir. Ce fut d'abord la duchesse de Châteauroux, puis la fille du boucher Poisson, connue sous le nom de marquise de Pompadour, et enfin l'infâme Dubarry. Nous ne nous appesantirons pas davantage sur ce monarque dont la vie ne fut qu'une suite de débauches. Nous mentionnerons seulement l'édit de septembre 1762, qui expulsait les Jésuites. Ils avaient déjà été chassés de Russie en 1717, ils venaient d'être bannis du Portugal (1759). L'Espagne et Naples en 1767, Parme en 1768, suivirent le même exemple. Le pape Clément XIV lui-même fut amené en 1773 à supprimer la Compagnie de Jésus, qui avait abusé si étrangement d'une fortune rapide, de la persécution et de la haine. Mais l'ivraie humaine est difficile à détruire et, comme le phénix, les Jésuites ne tardèrent pas à renaître de leurs cendres.

Sous le règne de Louis XV, on voit déjà que l'antique monarchie touche à sa fin. Tracassière comme dans le vieil âge, chagrinant les philosophes, persécutant les jansénistes, proscrivant les Jésuites, attaquant toutes les influences avec le dépit de la faiblesse, poursuivant toutes les innovations avec des ombrages ridicules, elle avait le tort d'être usée et celui de ne pas croire à sa vétusté. Semblable à une vieille folle qui à tout prix s'obstine à paraître encore jeune, elle jeta son bâton de vieillesse en supprimant le Parlement[1]; et l'effort qu'il lui fallut pour

1. Le Parlement de Paris fut dissous au mois de février 1771 par Maupeou; on lui substitua un Conseil supérieur composé de créatures des ministres.

marcher seule fut ce qui épuisa ses dernières forces et
la tua.

Sous un roi aussi dissolu, aussi libertin que Louis XV,
les ordres de l'autorité royale, pour ne pas avilir l'obéissance, avaient au moins besoin d'une apparence de contrôle et c'est ce contrôle qu'était censé exercer le Parlement. C'était un manteau qui servait à couvrir toutes les
usurpations du trône, et le trône lui-même eut l'impru-
dence de le déchirer. Quand, sous le règne suivant, en
1774, le gouvernement voulut s'en recouvrir, déjà l'opinion publique faisait justice d'un pouvoir illégal que le
trône lui-même avait livré à sa censure, et on ne vit plus
dans le rappel du Parlement qu'une violation des droits de
la nation.

Institutions religieuses. — A Rome, les temples s'élevaient avec le produit des indulgences ; à Paris,
c'était avec celui des loteries. Nous avons vu que les bénéfices d'une loterie avaient payé les frais du portail Saint-
Sulpice ; on eut recours à une semblable ressource pour
élever l'église Sainte-Geneviève (1764), appelée depuis
(1791) le *Panthéon*. Ce temple, le plus magnifique des monuments modernes, eut des changements de destination
que nous indiquerons à leurs dates. Il forme une sorte de
croix grecque composée de quatre nefs inégales en longueur, qui se réunissent à un dôme placé au centre. Le
porche, imité du *Panthéon*, décore la principale entrée.
Le dôme, d'un aspect imposant, mesure 83 mètres de hauteur. Au sommet se trouve une lanterne, d'où la vue sur
Paris et ses environs est très étendue. (Voir la gravure,
page 165.)

L'église Saint-Philippe-du-Roule s'éleva aussi sous le
règne de Louis XV. Avant 1722, le Roule n'était qu'un
village. En 1769, on commença la construction de cet édifice d'après le plan, simple et beau, de l'architecte Chalgrin.

Parmi les congrégations religieuses fondées sous cette période, nous citerons :

Les Filles de Sainte-Marthe, rue de la Muette, 10, qui exerçaient la bienfaisance envers les jeunes filles du faubourg Saint-Antoine en leur apprenant à travailler. Cet ordre de sœurs servit dans la suite les malades dans les hôpitaux ;

Les Filles de Saint-Michel, qui se fixèrent rue des Postes, 58. Leur maison recueillait les femmes et filles repentantes de leurs désordres. Plus tard cette congrégation se transporta rue Saint-Jacques.

Les Filles de l'Enfant-Jésus, rue de Sèvres, communauté fondée par Languet de Gergi, curé de Saint-Sulpice. Ce couvent se divisait en deux parties : l'une affectée à trente jeunes filles nobles et pauvres pour y être instruites et entretenues ; dans l'autre on fournissait du travail à des femmes et filles pauvres. Cette maison devint, en 1802, l'hôpital des Enfants-Malades.

Les religieuses de la Charité-Notre-Dame avaient à la fois couvent et hôpital rue de la Chaussée-des-Minimes, n° 2.

Une autre maison, Sainte-Pélagie, rue de la Clef, servait aussi de refuge aux femmes débauchées.

Par extension, la police y faisait même enfermer des femmes pour délits étrangers au libertinage. Depuis la Révolution, cet établissement est devenu une prison dont nous parlerons plus loin.

Établissements de bienfaisance. — Les seuls établissements de ce genre fondés sous le règne de Louis XV furent celui des *Enfants-Trouvés*, rue Neuve-Notre-Dame, et l'*hôpital militaire du Gros-Caillou*, rue Saint-Dominique, près du Champ de Mars.

Industrie et commerce. — L'émigration des protestants se ralentit sous le régent et vers la fin du règne de Louis XV. Paris fut secrètement érigé en ville de tolérance religieuse, d'après un mémoire du baron de Breteuil.

Sous Louis XV, plusieurs foires fameuses continuèrent à se tenir au profit des abbés et des prêtres. La foire Saint-Laurent, près de la rue de ce nom, accordée primitivement par Louis le Gros à la léproserie de Saint-Lazare, était alors la propriété des prêtres de la Mission, qui firent construire dans l'enclos, en 1678, des boutiques, des cafés, des salles de billard et de spectacles et tout ce qui pouvait être capable d'attirer la foule. En 1729, cette foire cessa d'exister. La foire Saint-Ovide, qu'une relique avait fait naître, se tint d'abord sur la place Vendôme et ensuite sur la place Louis XV (Concorde).

Le régent avait trouvé dans la banque de Law une ressource pour payer ses dettes et ses orgies; Louis XV paya ses maîtresses avec du blé. La noblesse, qui avait toujours regardé le commerce comme une position dégradante, vit alors son chef accaparer et monopoliser le grain. On connaît le *pacte de famine*. Des agents du roi enlevaient le blé des provinces et, lorsqu'ils les avaient affamées, ils venaient l'y revendre. Louis XV s'enrichissait à ces révoltantes spéculations. C'est à cette occasion que fut élevée la halle aux blés, qui va bientôt faire place à la Bourse du commerce.

Il existait aussi une halle aux veaux, quai des Ormes, qui, en 1714, s'établit sur l'emplacement du jardin des Bernardins, entre la rue Saint-Victor et le quai de la Tournelle. Les vendredis et samedis elle servait à la vente des veaux; les mercredis à celle des suifs.

L'hôtel de la Monnaie complètera l'exposé des établissements de cette période. Un capitulaire de Charlemagne ordonna que la monnaie ne serait frappée que dans son palais. Un édit de Charles le Chauve, de 864, prouve que Paris était du nombre des villes fabricantes. Le lieu de la fabrication ne pouvait être alors que le palais de la Cité,

15.

habité par les rois de la première race. Il paraît que sous la troisième race la monnaie se fabriquait au palais du Louvre; car un arrêt du Parlement de 1392 appelle frères de l'Hôtel-du-Louvre, les ouvriers de la monnaie, auxquels l'hôpital du Roule était spécialement consacré.

A peu près à cette époque fut fondé, dans la rue de la Monnaie, près du Pont-Neuf, un hôtel spécial de la monnaie qui subsista jusqu'en 1778. Alors on le démolit pour le remplacer par l'hôtel actuel, quai Conti, construit par l'architecte Jacques-Denis-Antoine.

Dès le XVe siècle, il y eut des généraux de la monnaie au nombre de quatre, six, puis huit, suivant les règnes. Au commencement du XVIe, François Ier créa un président et deux conseillers de robe longue qui formaient, avec huit généraux, un greffier et un huissier, une chambre des monnaies, que Henri II érigea en cour souveraine. Elle tenait ses séances au Palais de Justice. Mais cette cour comptait à peine deux années d'existence que tous les présidents, à l'exception d'un seul, furent condamnés les uns aux galères, les autres à la potence pour malversations. Aujourd'hui l'hôtel des Monnaies est le siège d'une administration qui surveille l'exécution des lois monétaires.

L'institution des petites postes remonte au règne de Louis XV. Malheureusement cette innovation qui aurait pu être si bienfaisante ne fit qu'agrandir le domaine de l'espionnage. Louis XV se faisait un jeu de cette inquisition sur les épanchements les plus sacrés, et n'y cherchait qu'une récréation amusante. La police lui adressait régulièrement ses rapports et avait surtout soin de recueillir les aventures galantes et scandaleuses qui concernaient les ducs, cardinaux, évêques et abbés de la cour.

Lettres, sciences et arts. — L'École de droit, qui était établie auparavant rue Saint-Jacques-de-Beauvais, dans la maison qu'a occupée le célèbre imprimeur Robert-

Fig. 35. — La place de la Concorde.

Étienne, fut transférée sur la place Sainte-Geneviève, dans un édifice construit par Soufflot.

L'École militaire, fondée en faveur de cinq cents jeunes gentilshommes, qui devaient y être gratuitement logés, nourris et instruits dans l'art de la guerre, remonte à 1751. On y admettait aussi un certain nombre de pensionnaires étrangers ou nationaux, pourvu qu'ils eussent quatre degrés de noblesse. La construction de ce monument considérable est d'une belle ordonnance et, du pont d'Iéna, la vue en est fort pittoresque et imposante. Cette école a été supprimée en 1789 et l'édifice servit de caserne sous la Révolution. Sous l'Empire elle fut affectée à la garde impériale; sous la Restauration à la garde royale, et depuis 1830 les gardes privilégiées y furent remplacées par des régiments ordinaires, artillerie, cavalerie, infanterie. Le Champ de Mars, qui servait aux exercices des élèves de l'École militaire, remplit le même office à l'usage des troupes casernées. (Voir la gravure, page 169.)

Art dramatique. — Le théâtre de l'Odéon s'éleva vers la fin du règne de Louis XV; mais les travaux ne se terminèrent qu'en 1782. En attendant, les comédiens ordinaires du roi occupèrent le théâtre dit des Machines, construit dans la partie septentrionale du château des Tuileries.

L'Opéra donnait ses représentations au Palais-Royal. Il ne le quitta qu'en 1781, après le second incendie qui détruisit la salle.

L'Opéra-Comique n'était d'abord qu'un spectacle forain établi sur les boulevards du Nord et à la foire Saint-Germain. Son origine remonte à 1714. Cette troupe obtint de l'Opéra l'autorisation de jouer de petites pièces en vaudeville mêlées de danses. Le Sage, Fuzelier, etc., auteurs des plus jolies pièces en ce genre, firent la fortune de ce théâtre, ce qui lui attira la persécution. En 1762, cette troupe se réunit à celle des Italiens établis à l'hôtel de

Bourgogne. Mme Favart était alors l'héroïne de la Comédie italienne.

Embellissements de Paris. — Sous Louis XV, le vieux Paris se rajeunit encore : des places, des fontaines, des quartiers nouveaux s'élevèrent. Entre les Champs-Élysées et les Tuileries, on forma la place Louis XV, aujourd'hui place de la *Concorde,* après avoir été celle de la Révolution. Elle emprunta son nom primitif à la statue de Louis XV qui en occupait le centre. Cette place a été dans la nuit du 30 au 31 mai 1770 le théâtre d'une grande catastrophe : plus de trois cents personnes périrent au milieu de la foule qu'avait attirée le feu d'artifice préparé pour le mariage de Louis XVI. (Voir la gravure, page 175, qui représente la place de la Concorde dans son état actuel.)

En 1760, on entreprit la construction des deux édifices qui décorent la partie septentrionale de cette place. Le plus voisin des Tuileries fut destiné à recevoir les meubles et bijoux de la couronne. Actuellement il est occupé par le ministère de la marine et le garde-meuble est installé quai d'Orsay, près du Champ de Mars. L'autre bâtiment était un hôtel particulier construit pour la régularité de la place. Les colonnades de ces édifices ne présentent qu'une pâle copie du péristyle du Louvre.

Les fontaines prirent une place importante dans l'ornementation de Paris. Elles consistaient en monuments de belle pierre de taille ou de marbre artistement travaillés et en inscriptions savantes, quelquefois insipides. En un mot, il n'y manquait que de l'eau. Sous Henri IV, un savant nommé Jean Lintlaer avait cependant installé sous la seconde arche du Pont-Neuf, du côté du nord, la machine hydraulique de la Samaritaine démolie en 1813. Sous Louis XIII, l'aqueduc d'Arcueil avait été bâti près de celui des Romains. Sous Louis XIV, une nouvelle pompe fut établie au-dessous du pont Notre-Dame. Mais ces ressources ne suffisaient pas pour alimenter les fontaines qui s'élevaient de toutes parts. Le privilège distribuait les eaux et se les appropriait. Chaque abbaye, chaque couvent voulait avoir sa fontaine, et le public en était réduit à admirer ou critiquer l'architecture de celles qu'on élevait pour lui. Telles furent les fontaines de *Richelieu*, de la *Charité*, rue Taranne, de *Louis le Grand*, rue de la Michodière, de *Garancière*, de *Grenelle-Saint-Germain*, près la rue du Bac, etc.

Sous ce règne, Paris s'accrut considérablement. On comptait déjà près de mille rues. Le bourg du Roule fut érigé en faubourg. Vers 1722, surgit un quartier nouveau, d'abord appelé quartier *Gaillon* à cause du voisinage de la porte de ce nom et ensuite nommé *Chaussée d'Antin*, parce que la principale rue de ce quartier nouveau fut percée sur la chaussée, en face de l'hôtel du duc d'Antin, surintendant des finances. Cet emplacement était rempli de champs cultivés, de marais, de jardins, de fermes dites, l'une *Grange-Batelière*, l'autre *ferme de l'Hôtel-Dieu*, qui appartenait à cet hôpital. Dans les autres quartiers, plusieurs rues se percèrent; les boulevards du Midi s'achevèrent, ainsi que les avenues qui y aboutissaient. Enfin, en 1770, on commença la construction du pont de Neuilly et l'ouverture de cette belle avenue qui s'étend des hauteurs de Chaillot jusqu'à celle de Courbevoie. Nous voulons dire l'avenue de la Grande-Armée, faisant suite à celle des Champs-Élysées.

En 1728, sous la prévôté de Turgot, les rues de Paris furent, pour la première fois, désignées par des noms inscrits à l'extrémité de chacune d'elles. Mais le mode actuel de numérotage ne date que de 1806.

Voilà donc le Paris moderne que nous voyons tout à coup sortir de cette période. Il n'a pas été l'œuvre des siècles, mais de quelques règnes. Henri IV, à son entrée dans Paris, ne saluait encore que le palais et la ville de Philippe Auguste. Mais à peine deux générations s'étaient-

elles écoulées, que de la vieille Lutèce il ne restait plus
qu'un souvenir. Ainsi ce ne sont ni les années, ni les
siècles, mais les progrès de la civilisation qui déterminent
les distances des âges entre eux.

Mœurs. — L'immoralité longtemps contenue sous
Louis XIV déborda sous le régent et inonda la société
entière. Pour donner une idée de cette corruption générale, il faudrait remuer les ordures de la régence, citer
des auteurs qui peignent les mœurs sans voile et salir
ainsi par de grossiers détails les pages de l'impartiale
histoire. On en était réduit à regretter l'hypocrisie de la
vieille cour. Ces scènes scandaleuses eurent un entr'acte
par la mort des principaux auteurs en 1723. Le cardinal
Fleury, qui vint après le cardinal Dubois, laissait au moins,
à travers ses vices, apercevoir quelques qualités. Louis XV
avait alors de la retenue; mais bientôt les courtisanes
corrompirent les heureuses dispositions du jeune prince
et trahirent les généreux élans de cette nation si confiante
et si expansive. Sans marchander son avenir, elle payait
d'avance de son amour l'espoir de l'obtenir meilleur, et
voulait ainsi faire du jour de la reconnaissance la veille
de celui du bienfait. L'histoire de ce règne nous apprend
combien elle eut lieu d'être déçue.

§ 2

PARIS SOUS LOUIS XVI ET LA CONSTITUANTE

SOMMAIRE. — Les États généraux. — La prise de la Bastille. — La municipalité de Paris. — Origine de la Commune. — La fête de la Fédération. — Établissements de bienfaisance. — Mont-de-Piété. — Cultes.
— Industrie et commerce. — Les assignats. — Sociétés scientifiques. —
Sociétés littéraires. — Sociétés artistiques. — Sociétés philanthropiques.
— Sociétés politiques ou clubs. Écoles nouvelles. — Théâtres — Transformations physiques. — Les Catacombes.

Le règne de Louis XVI, depuis l'avénement de ce prince
jusqu'à la convocation des États généraux, présente pour
la royauté une époque de transition. L'ancienne monarchie avait disparu et la nouvelle, la monarchie constitutionnelle, n'était pas encore organisée. Quand Louis XVI
monta sur le trône, il eût fallu un homme de décision et
ce prince n'apportait que de bonnes intentions, une
inaptitude notoire et une grande faiblesse. La dynastie
s'éteignait d'épuisement. Comme Childéric III, le dernier
roi de la première race qui, devenu insensé, fut enfermé
dans un monastère; comme le dernier de la seconde,
Louis V, renversé par suite d'incapacité, Louis XVI succomba par son infériorité. Grande et utile leçon pour les
partisans du système de l'hérédité gouvernementale.

Tandis que la cour, la noblesse, le clergé s'énervaient
dans les plaisirs, les dérèglements de toutes sortes, la
bourgeoisie se retrempait au sein de l'étude. Les poètes et
les romanciers avaient dévoilé les travers des hommes,
les philosophes et les encyclopédistes, les maux de la société et, après avoir sapé de coups répétés les bases de cet
édifice déjà croulant de vétusté, ils proclamaient ces belles
théories basées sur le juste et le droit qui devinrent l'objet de toutes les méditations et de tous les vœux. C'est

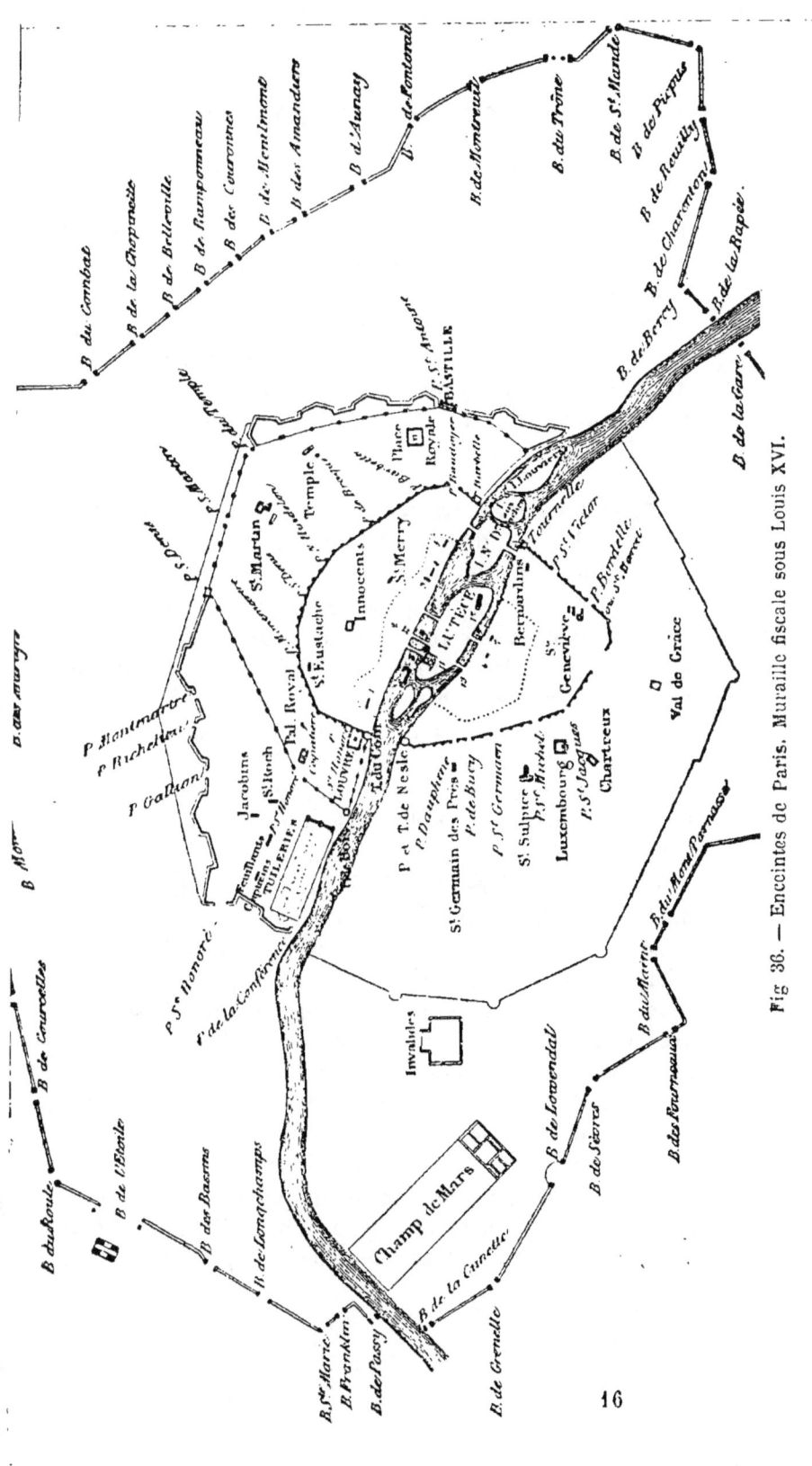

Fig 36. — Enceintes de Paris. Muraille fiscale sous Louis XVI.

ainsi que, malgré la férule d'une autorité brutale et dissolue, se développèrent ces mâles vertus civiques que font surgir les abus, les souffrances et la persécution ; c'est ainsi que les cœurs se sentirent pénétrés de ce grand courant d'abnégation et d'énergie qui opéra tant de prodiges. Le Tiers-État était donc étonnamment armé pour la grande lutte qui allait s'engager et bien propre à tirer des décombres de la royauté les immortels principes sur lesquels doit s'appuyer l'organisation d'une véritable démocratie.

États généraux. — Le 28 mars 1789, le roi Louis XVI écrivait au prévôt de Paris et au prévôt des marchands pour les informer que sa volonté était de réunir les États et d'avoir à convoquer les habitants de Paris pour procéder aux élections. Le règlement fixait à quarante et un le nombre des représentants de la ville : dix pour la noblesse, dix pour le clergé et vingt et un pour le Tiers État. Ces élections se firent à deux degrés. Le 21 avril le clergé convoqua les ecclésiastiques, qui choisirent leurs délégués dans la proportion de un sur vingt. Cette proportion se réduisait à un sur dix pour la noblesse.

A l'égard du Tiers État, Paris fut divisé, par ordonnance du 13 avril signé Laurent de Villedeuil, ministre de Paris et de la maison du roi, en soixante districts. Chaque district formait une assemblée primaire. Y étaient convoqués tous les citoyens âgés de vingt-cinq ans imposés sur six livres au moins en capital. Ces citoyens choisirent un délégué sur cent. Les réunions eurent lieu dans les églises, où il était d'usage, en dehors des exercices du culte, de délibérer pour les besoins d'un service public, comme cela se produit de nos jours dans les mairies.

Jusque-là les citoyens d'un même quartier n'avaient eu que de rares occasions de se grouper, d'échanger leurs vues, de s'apprécier. A une époque d'abus criants où les revendications du peuple étaient si nombreuses et si légitimes, de pareilles assemblées fournirent l'occasion de les exprimer. Avant de procéder au vote pour la nomination des délégués, les orateurs firent le tableau de la situation. Des commissions furent nommées dans chaque district pour la rédaction des doléances populaires. Ces cahiers déterminaient donc avec précision le mandat des représentants.

Les élections primaires s'opérèrent dans le plus grand calme. Tel il en est souvent avant l'orage. Chacun avait conscience de l'importance de sa mission et le sentiment du grand drame qui allait se jouer à Versailles. Le 26 avril, les électeurs du second degré s'assemblèrent dans la grande salle du palais de l'Archevêché, au parvis. Là les soixante cahiers furent dépouillés et de cette analyse sortit un travail qui présentait en quelque sorte l'essence des vœux du peuple de Paris et que les candidats s'engagèrent à exprimer et à soutenir aux États généraux. Toutes ces opérations durèrent jusqu'au 5 mai.

La famine était générale et le peuple, habitué à être sous la tutelle du gouvernement, attendait beaucoup trop de la réunion des États; car il n'appartient guère aux assemblées législatives de satisfaire directement des besoins qui dépendent surtout de l'initiative privée.

Louis XVI, nous le répétons, ne manquait pas de bonnes intentions, mais tiraillé par un entourage égoïste et efféminé, il n'eut pas l'énergie de suivre ses inspirations personnelles et de marcher avec le Tiers État, qui représentait les 96 centièmes de la nation. Il succomba dans la lutte trop inégale entre ses moyens personnels et les grands événements de l'époque. Cédant aux conseils de courtisans dissolus, sans méconnaître les observations des vrais amis du peuple et la nécessité d'opérer des réformes urgentes, sa vie ne fut qu'une suite perpétuelle de tergiversations et de chancellements. Il se sentait incapable de se maintenir dans ces régions supérieures où,

appuyé sur de grands principes, on domine tous les intérêts de la société. Le génie, il l'a prouvé après tous ses
prédécesseurs, n'est pas l'apanage des rois.

Nous ne résumerons pas l'histoire de cette époque féconde. Ici l'histoire de Paris se confond avec l'histoire
nationale, parce que, comme siège du gouvernement,
Paris a servi de théâtre au grand drame de la Révolution.
Nous ne nous occuperons que de la municipalité et des
institutions exclusivement parisiennes.

Prise de la Bastille. — Pendant qu'à Versailles
s'effectuait le prélude de la Révolution, le jardin du Palais-
Royal était devenu une sorte de club en plein air où les
Parisiens discutaient les questions politiques du jour.
Le bruit d'un projet de dissolution de l'Assemblée y
avait déjà causé une agitation extrême. Elle se changea
en sublime indignation quand on apprit que Louis XVI
faisait avancer des troupes sur Paris et qu'il avait renvoyé Necker, le ministre populaire et réformateur. Le
12 juillet, Camille Desmoulins harangua le peuple au Palais-Royal. Les bustes de Necker et du duc d'Orléans sont
promenés dans Paris. Des soldats s'avancent pour dissoudre les rassemblements. Les gardes françaises se rangent
du côté du peuple. La révolte, en deux jours, devient générale contre le pouvoir. Le 14 juillet, on s'empare des
armes déposées aux Invalides et la foule se porte sur la
Bastille, seulement défendue par quelques soldats. Des
coups de fusil et de canon retentissent; 170 hommes sont
tués ou blessés. La défense fléchit devant l'impétuosité et
l'acharnement des assaillants. La foule se précipite dans
la place et délivre les prisonniers, squelettes vivants dont
plusieurs moururent de surprise en voyant le soleil!
Puis la vieille et redoutable forteresse fut complètement
rasée.

Malheureusement après le combat il y eut plusieurs
morts. De Launay, le gouverneur, conduit à l'Hôtel de

Ville périt massacré sur la place de Grève, ainsi que Flesselles, prévôt des marchands et quelques autres. Mais ce
ne sont plus ceux, dit Duruy, qui se battent bravement et
en face qui tuent après la victoire. Derrière les vainqueurs
de la Bastille, se trouvèrent ces bandits avides de meurtres, qui avaient pillé les jours précédents et qui ce jour-là
égorgèrent.

Municipalité. — Origine de la Commune.

— A la veille de la Révolution, la municipalité se composait d'un bureau qui comprenait le prévôt des marchands, les échevins au nombre de quatre et le procureur
du roi et de la ville ; plus d'un *corps de ville* qui réunissait, outre le bureau, vingt-six conseillers du roi et seize
quartiniers ou chefs de quartiers. Au bureau se trouvait
dévolue l'action et au corps de ville la délibération. Quant
à la police municipale, elle relevait de l'autorité judiciaire.

Après la réunion des États généraux, les délégués des
sections continuèrent à se réunir et à délibérer sur les intérêts municipaux ; si bien que lorsque le 14 juillet Jacques Flesselles, le dernier prévôt des marchands, périt
d'un coup de pistolet, au moment où, accusé d'avoir trahi
le peuple, on le conduisait au Palais-Royal pour y être
jugé, cette délégation était prête à former une municipalité provisoire. Bailly fut acclamé maire de Paris, La
Fayette commandant de la garde nationale, et Louis XVI,
en entrant dans la capitale, le 17 juillet, approuva la
création d'une milice bourgeoise et confirma ces deux
nominations à l'Hôtel de Ville. Entre les deux vieilles cou-
leurs de Paris et d'Étienne Marcel, le bleu et le rouge,
La Fayette plaça le blanc, couleur de la royauté. Ainsi
naquit la cocarde tricolore qui devint nationale. « Pre-
nez-la, dit La Fayette, en la présentant au roi, voilà une
cocarde qui fera le tour du monde. »

Le 25 juillet, 120 délégués régulièrement désignés dans

16.

les districts formèrent le conseil de la Commune. A la fin d'août ce conseil fut remplacé par une municipalité nouvelle composée de 300 membres élus par le peuple et de 60 administrateurs. Enfin, la loi du 27 juin 1790 organisa légalement la municipalité parisienne. Elle se composait du maire, d'un procureur et de 2 substituts, de 16 administrateurs, de 32 conseillers et de 96 notables. Ces 148 membres formaient le Conseil général. Paris se trouvait divisé en 6 arrondissements et 48 sections ayant chacune son président, son assemblée particulière et ses armes. La garde nationale comprenait six divisions de 4,000 hommes. 48 commissaires de police étaient chargés de veiller à la sûreté. Telle était la formidable organisation de Paris, qui se maintint jusqu'au 12 août 1792.

Ainsi, du 15 juillet 1789 jusqu'au 25 juillet 1790 ce sont les soixante districts qui ont gouverné Paris et offert, dit M. Dulaure, le tableau d'une pure démocratie. Lorsque la majorité du district exprimait un vœu, ce vœu était transmis à la municipalité, qui se chargeait de l'exécution. « Jamais, continue l'éminent historien, Paris n'a été plus tranquille, plus libre que pendant l'année où cette ville s'est gouvernée par elle-même, jamais les propriétés et les personnes n'ont été plus en sûreté. »

La popularité de Bailly était immense. Mais il fut bientôt débordé et son impitoyable sévérité contre les pétitionnaires du Champ de Mars (17 juillet 1791, l'obligea à quitter la mairie de Paris, où il fut remplacé par Péthion (14 novembre 1791).

L'inactivité presque absolue du peuple eut pour inévitable résultat une misère qui le rendit injuste et cruel. Deux anciens administrateurs, Foulon et Berthier, son gendre, furent pendus à la lanterne de l'Hôtel de Ville. La menaçante procession de Versailles ne mit pas fin à la famine, pas plus que le retour du roi et de l'Assemblée. Cependant, grâce à l'énergie de la municipalité, un calme relatif s'établit et les réunions des districts devinrent moins tumultueuses.

La fête de la Fédération. — Depuis la nuit du 5 août 1789, d'où sortit l'immortelle Déclaration des droits de l'homme et du citoyen, l'Assemblée constituante continuait avec résolution son œuvre de reconstitution sociale, d'après les principes démocratiques qu'elle avait émis. De Paris, un souffle d'ardent patriotisme avait couru sur toute la France. La fête de la Fédération offerte par les Parisiens aux délégués des communes pour le premier anniversaire de la prise de la Bastille reste la plus magnifique expression de l'élan national qui caractérisait cette époque mémorable. Cent mille représentants vinrent fêter le 14 juillet 1790. L'autel de la Patrie était dressé au milieu du Champ de Mars. Talleyrand officiait et bénit les drapeaux de la garde nationale et de l'armée. La Fayette prêta le premier le serment de fidélité à la Constitution. Le roi jura ensuite. Pendant cette cérémonie imposante, il régna dans cette foule immense un enthousiasme indescriptible. On dansa toute la nuit sur la place de la Bastille. La France entière applaudit à la Révolution.

Établissements de bienfaisance. — Deux de nos plus importants hôpitaux furent fondés sous Louis XVI : l'hôpital Beaujon, rue du Faubourg-Saint-Honoré et l'hôpital Necker, rue de Sèvres. Le premier eut pour fondateur le sieur Beaujon, receveur général des finances. Il était d'abord destiné à vingt-cinq orphelins de la paroisse du Roule. La Convention en élargit la destination et lui donna le nom d'hôpital du Roule. Ce n'est que postérieurement qu'on lui rendit le nom de son fondateur.

Quant au second, Mme Necker l'établit dans le couvent des Bénédictines de Notre-Dame de Liesse. Pendant la Révolution, cet hôpital fut appelé l'hôpital de l'Ouest. Il ne contenait que 68 lits.

L'incendie de l'Hôtel-Dieu, qui survint en 1772, fournit à l'administration l'occasion d'introduire dans ce vaste éta-

blissement d'importantes améliorations que les encyclopédistes réclamaient depuis longtemps.

L'hôpital Cochin, rue du Faubourg-Saint-Jacques, qui
porta d'abord le nom d'hospice de Saint-Jacques-du-Haut-
Pas, fut fondé en 1780 par l'abbé Cochin, curé de Saint-
Jacques-du-Haut-Pas.

Rue Sainte-Apolline existait un bureau de nourrices
dont l'origne remontait au XIIIᵉ siècle. Sous Louis XVI, il
reçut des encouragements. En 1785, le lieutenant de police
Lenoir y décerna un prix à la meilleure nourrice. C'est à
ce bureau que les particuliers s'adressaient pour avoir des
nourrices.

L'Assemblée constituante, par son comité de mendicité,
proposa un plan ayant pour but de séculariser l'assistance
publique. Elle fixa les conditions d'admission aux secours,
leur quotité, leur mode d'application. La commission
municipale de bienfaisance de Paris inscrivit, en 1791, au
rôle des secours 120,000 indigents sur une population de
550,000 habitants.

Mont-de-Piété. — L'organisation d'un Mont-de-
Piété à Paris fut décrétée par lettres patentes du 9 décembre 1777. Ces lettres avaient été données à l'instigation
du lieutenant-général de police Lenoir. Le Mont-de-Piété
s'établit dans un local loué, rue des Blancs-Manteaux, et
commença ses opérations avec des fonds que lui prêta
l'hôpital général, auquel, en échange, il apportait le montant de ses bénéfices. La Révolution et les désastres financiers qui marquèrent cette époque portèrent un coup
funeste à cette institution. Il n'existait plus ni confiance,
ni argent, ni crédit.

Malgré son beau nom, Necker considérait un Mont-de-
Piété moins comme un bien que comme le palliatif d'un
mal. L'avantage que procure un pareil établissement est
de détruire le commerce clandestin des usuriers qui, à cette
époque, prêtaient à 20, 30 et plus pour 100.

Culte. — La Révolution ne pouvait subir les établissements religieux de l'ancien régime, tels qu'il les avait faits. Elle ne conserva que les principes et réforma les institutions. Il y avait un continuel froissement de privilèges et par conséquent d'interminables désordres dans le concours de ces associations pour les besoins du culte et de la société. Ici, les frères de la charité s'opposaient aux vues bienfaisantes des sœurs de la charité Notre-Dame. Là, des églises, les unes paroisses, les autres qui prétendaient l'être, les autres encore collégiales, etc., se trouvaient sans cesse livrées à de scandaleux débats de prééminence ecclésiastique, résultats infaillibles d'une hiérarchie qui s'était successivement échelonnée sur le privilège du moment. Toutes ces différences d'autorités, de titres et de dénominations entre les églises, n'avaient point été créées dans l'intérêt des fidèles, ni dans celui du culte, et ne serviraient qu'à donner de plus larges bases aux ambitions ecclésiastiques.

Enfin, il n'y avait pas jusqu'à l'organisation physique du clergé qui ne fût un grossier mensonge des véritables influences locales. L'évêché ou l'archevêché n'était point là où l'appelait la nombreuse population des fidèles, mais là où l'avait attaché au sol la féodalité.

Le 2 novembre 1789, les ordres monastiques furent supprimés et tous les biens du clergé déclarés propriété nationale. Le revenu net de ces biens s'élevait à Paris à plus de 3 millions. Il s'y trouvait à cette époque 50 paroisses, 10 églises qui avaient le même droit, 20 chapitres ou églises collégiales, 80 églises ou chapelles non paroisses, 3 abbayes d'hommes, 8 de femmes, 53 couvents ou communautés d'hommes, et 146 couvents ou communautés de femmes.

La Constitution de 1790 divisa la France en diocèses avec séminaires; supprima les bénéfices, prébendes, demi-prébendes, et ordonna que les évêques, curés et vicaires seraient seuls payés.

Nous avons vu par quels moyens coupables les prêtres et les religieux étaient parvenus à absorber la presque totalité des revenus de la société. Sous la première race, ils exploitaient la criminalité du temps. Sous la seconde, ils violaient la fidélité du dépôt, extorquaient des legs par la fausseté de leurs prédictions sur la fin du monde et vendaient des légitimités aux usurpateurs. Sous la troisième race, ils pillèrent comme les seigneurs, confisquèrent les biens de ceux qu'ils excommuniaient, vendirent les bénédictions et les messes; prélevèrent des impôts sur tous les actes et les circonstances de la vie, firent commerce de la confession, s'emparèrent des biens et revenus des hôpitaux qu'ils étaient chargés de desservir; enfin, par la dîme, les bénéfices, prébendes, demi-prébendes et par le produit immoral des loteries, ils parvinrent à mettre la main sur toutes les forces productives du pays.

Poursuivant sa marche dans la voie de l'équité, la Révolution, qui avait pris l'intérêt général pour gouvernail et l'égalité des droits pour drapeau, ne pouvait, dans son décret contre les privilèges, créer une exception en faveur du culte. Le 4 octobre 1790, l'Assemblée constituante, sur le rapport de l'évêque Talleyrand de Périgord, rendit un décret par lequel elle supprimait les établissements religieux voués à l'oisiveté contemplative et réorganisait les maisons consacrées à l'éducation publique et à la charité. Elle considéra que des biens acquis dans de telles conditions devaient légitimement faire retour à l'État. Les biens du clergé et des congrégations religieuses de Paris furent donc mis en vente. Une pareille interprétation du droit ne pouvait qu'être vivement attaquée par les intéressés; mais leurs clameurs restèrent sans influence sur les hommes résolus qui composaient l'Assemblée [1].

Le Panthéon. — Le Panthéon que nous avons vu

---

1. L'évêque d'Uzès lui-même, dans la nuit du 5 août, s'écriait : « Je voudrais avoir une terre, il me serait doux de la remettre entre les mains

commencer sous la direction du célèbre architecte Soufflot, en 1757, et qui a coûté plus de 25 millions, changea
de destination par décret de l'Assemblée nationale du
4 avril 1791. Au lendemain de la mort de Mirabeau, ce
temple fut consacré à la sépulture des grands hommes et
aussitôt l'architecte Quatremère opéra les transformations
nécessaires. Mirabeau, Voltaire [1] et Jean-Jacques Rousseau [2] reçurent les premiers les honneurs du Panthéon.
Un décret du 21 septembre 1793 ordonna que Marat y fût
inhumé et qu'on en retirât le corps de Mirabeau. Ce décret reçut son exécution ; mais le 27 juillet 1794 les restes
de Marat en sortirent et on les jeta dans l'égout de Montmartre. Napoléon, en 1806, tout en lui conservant sa destination de nécropole, rétablit le culte au Panthéon. C'est
ainsi qu'on y transporta les principaux dignitaires du régime impérial.

Rendu au culte exclusivement sous la Restauration, le
Panthéon, sous le gouvernement de Juillet, fut de nouveau
consacré à la sépulture des grands hommes. Cette destination disparut sous le second empire et ce n'est que récemment, après la mort de Victor Hugo, que cet édifice
a été définitivement désaffecté de tout culte.

Industrie et commerce. — Entre les rues du

des laboureurs. Mais nous ne sommes que *dépositaires.* » L'État, en prenant à sa charge le lourd fardeau de l'assistance publique, se reconnut
le droit de s'approprier ce dépôt.

1. Voltaire mourut à Paris le 30 mai 1778, à l'âge de 84 ans. Deux mois
auparavant il était descendu à l'hôtel du marquis de Villette, au coin de
la rue de Beaune et du quai des Théatins (quai Voltaire). Aussitôt dans
les salons, sous les fenêtres, accourut une foule immense pour lui rendre
hommage. Franklin lui amena son petit-fils pour qu'il le bénît. L'Académie française se rendit à sa rencontre. Il fut presque porté par la
foule à la Comédie-Française où l'on couronna son buste. Inhumé d'abord
à l'abbaye de Sellières, l'Assemblée fit transporter en 1791 son corps au
Panthéon.

2. Jean-Jacques Rousseau est mort le 3 juillet 1778 à Ermenonville où
le marquis de Girardin lui offrait une gracieuse hospitalité.

Faubourg-Saint-Antoine et de Charenton, l'architecte Lenoir-Le Romain, construisit, en 1779, le marché Beauvau. Le marché Sainte-Catherine s'éleva en 1783 sur l'emplacement de l'église Sainte-Catherine du Val-des-Écoliers. Le marché Boulainvilliers, entre la rue du Bac et la rue de Beaune, s'établit en 1780 sur l'emplacement de l'hôtel de la première compagnie des mousquetaires de la garde du roi. Mais le plus remarquable fut celui des Innocents, sur l'emplacement du cimetière de ce nom. Ce cimetière, qui était d'abord hors Paris, se trouva par suite de l'extension que prit la ville, au centre de sa partie septentrionale. Depuis plus de huit siècles on y entassait des morts. Les exhalaisons malsaines de ce cimetière déterminèrent l'administration à le supprimer. En 1786, le sol a été renouvelé, exhaussé et pavé. Au centre s'éleva la fontaine des Innocents commencée en 1788 et exécutée par les architectes Poyet, Legrand et Molinos. Les cinq figures de Naïades de Jean Goujon y furent soigneusement adaptées. Comme il en fallait huit, Pajou sculpta les trois autres. Cette fontaine resta vingt-quatre ans aride.

Trois halles furent également érigées sous Louis XVI : la halle au poisson en détail sur le carreau des halles ; la halle aux cuirs sur l'emplacement de l'ancien hôtel de Bourgogne et du théâtre des Italiens ; la halle aux draps et toiles, rue de la Petite-Friperie. Ce dernier édifice de 400 mètres de long fut construit par MM. Legrand et Molinos.

La rotonde, ou portique du Temple, surgit en 1784, sur l'ancien enclos du Temple. C'était une galerie couverte garnie de boutiques, à l'instar du Palais-Royal.

Le décret du 16 février 1791 avait proclamé la liberté du travail conformément à la Déclaration des droits de l'homme. Il détruisit l'esprit d'oppression qui dénaturait le but primitif des jurandes et maîtrises.

L'octroi produisait 36 millions et les impôts à la charge de la ville s'élevaient à 78 millions.

Les produits de l'industrie parisienne consistaient en

bijoux, montres, vaisselle, modes, galons, broderies, cha-
peaux, etc. Les manufactures des Gobelins et de la Savonnerie étaient célèbres par leurs tapis et tapisseries.

Les assignats. — L'histoire des assignats ressemble assez à celle du papier-monnaie de la banque de Law.
Le 1er avril 1790, l'Assemblée, après avoir décrété que les
biens du clergé devenaient propriété nationale, ordonna
la vente de 400 millions de ces biens. Elle chargea les communes d'effectuer cette vente et, en attendant, elle émit
pour une même somme de bons. Comme les biens du
clergé procuraient 70 millions de revenu et que le capital
s'élevait à 4 milliards, cette émission n'avait rien d'exagéré. Cependant le souvenir de la banque de Law et les
répugnances d'un gage représentatif en terre paralysèrent
le succès de ce procédé. Le papier fut déprécié presque
aussitôt. On eût préféré comme garantie une valeur échangeable, une monnaie métallique. Mais comme les besoins
pressaient, on augmenta l'émission et comme des résistances se manifestèrent, on décréta le cours forcé des assignats et on édicta les peines les plus sévères contre ceux
qui les refuseraient. En 1796, quand on supprima les assignats, il y en avait pour 45 milliards en circulation. Du
moment où la garantie avait disparu, la dépréciation devenait légitime. Un État n'a pas le droit d'échanger du
papier, sans valeur intrinsèque ou représentative, contre
de la monnaie métallique ou des objets d'une valeur
réelle. Les assignats avaient donc contre eux dès le début
de ne pouvoir être facilement convertis en argent et, ensuite, une émission tellement exagérée que la garantie
foncière devenait à peu près nulle.

La dépréciation des assignats qui causa tant de désastres en France fut une cause de ruine pour le commerce parisien. Les échanges devenaient impossibles avec
cette monnaie de papier qui n'était pas seulement fausse,
mais sans valeur.

17

Lettres, sciences et arts. — L'esprit d'association, qui avait formé tant de congrégations religieuses, commençait à prendre une direction nouvelle. Une foule de sociétés scientifiques, littéraires, philanthropiques et politiques sont nées tout à coup, répondant aux nouveaux besoins du siècle. Nous allons énumérer les principales :

Sociétés scientifiques. — Un arrêt du Conseil du 1er mars 1771 autorisa la Société d'agriculture, qui existe encore. La Société royale de médecine, d'abord constituée pour l'épizootie, fut autorisée par lettre-patente d'avril 1776. Elle tenait ses séances au Collège de France, puis elle vint au Louvre. La Faculté de médecine se montra ridiculement jalouse de cette institution nouvelle, qui se maintint jusqu'à la réorganisation des écoles de médecine.

Le célèbre Mesmer, le premier qui ait émis la doctrine du magnétisme animal, institua, en 1784, la Société de l'*Harmonie*, dans le but de révéler et propager les secrets de sa découverte. Ces expériences n'ayant pas été favorables, la société fut dissoute.

L'aéronaute physicien Pilâtre du Rosier fonda une société qui prit d'abord le nom de *Musée*, puis, en 1787, celui de *Lycée*, après la mort de son fondateur. Du Rosier périt, en 1785, en voulant franchir dans les airs le détroit qui sépare la France de l'Angleterre. Cette société jouissait de la protection particulière de Monsieur, frère de Louis XVI. En 1803, le nom de lycée ayant été donné aux collèges de Paris, cet établissement, situé 2, rue de Valois, prit le nom d'*Athénée*, qu'il conserva longtemps. Les littérateurs et les savants les plus distingués de l'époque y ont professé. La Harpe y fit son cours de littérature; Ginguené y lut son histoire d'Italie; Fourcroy y développa son système des connaissances chimiques; Cuvier, ses leçons d'histoire naturelle et d'anatomie comparée; J.-B. Say, enfin, y professa la science économique d'Adam Smith.

Sociétés littéraires. — En 1780 se forma l'*Apol-lonienne,* société de littérateurs qui prit dans la suite le nom de *Musée.* Parmi ses fondateurs figuraient l'abbé Rozier, de Fontanes, etc. Franklin assista à la séance du 6 mars 1783. La désunion s'étant produite parmi ses membres, cette société fut dissoute en 1786.

Nous signalerons ici l'apparition du premier numéro du *Journal de Paris* (1er janvier 1777), qui se fit bientôt quotidien pour donner satisfaction à l'opinion publique.

Sociétés artistiques. — Le *Concert des ama-teurs* florissait en 1778 ; la *Société des enfants de l'har-monie* en 1782, et le *Club des artistes* en 1785.

Sociétés philanthropiques. — Vers 1780 fut installée, dans une salle des Grands-Augustins, la Société philanthropique. Cette réunion d'un petit nombre d'amis de l'humanité, quand elle vint à parler bienfaisance, trouva partout de l'écho dans la vieille France fatiguée du régime abusif et égoïste des cloîtres. Cette société tra-versa saine et sauve les orages de la Révolution pour s'é-teindre sous la Restauration.

Une autre société, qui ne dura que quatre ans, et qui ne se composait que d'ingénieurs et d'économistes, sur-veillait les travaux des plus modestes industries comme ceux des plus hautes administrations. Elle distribuait des prix à titre d'encouragement. Cette société disparut en 1780.

Sociétés politiques ou clubs. — Dès 1782 s'établit le club de la rue Saint-Nicaise ; en 1785 le club américain ; la Société olympique, le club des Arcades et le club des étrangers se formèrent également. Mais tous fu-rent supprimés en 1787. Dans le club des Arcades, on en-seignait la géographie et les langues modernes. A la Société olympique, on ne s'occupait que de franc-maçon-nerie.

Au commencement de la Révolution, ces sociétés se multiplièrent. Les réunions de districts dans les églises ne suffirent plus, les opinions se groupèrent pour triompher. Parmi ces sociétés, les plus fameuses sont le *club des Jacobins*, ainsi nommé, parce qu'il tenait ses séances dans le couvent des Jacobins, rue Saint-Honoré; le club des *députés patriotes de la Bretagne*, auxquels se joignirent bientôt d'autres députés de la province; cette dernière société, formée en août 1789, prit en février 1790 le titre de *Société de la Révolution*, puis celui des *Amis de la Constitution*. Elle tenait ses séances dans la bibliothèque des Jacobins, rue Saint-Honoré. Une scission s'étant produite dans son sein, les dissidents se réunirent sous le nom de *Club de* 89. Robespierre, dès les premiers mois de la session conventionnelle, s'en empara et s'en servit comme d'un puissant levier pour soulever l'opinion publique et la jeter dans de regrettables excès. De 1790 à 1791, se fonda aussi le *Club monarchique*, qui siégea d'abord dans la salle du Vaux-Hall, au Panthéon, puis dans l'église Saint-Louis, rue Saint-Antoine. Le *Cercle social*, qui s'occupait de discuter et de chercher la vérité, tenait ses séances dans le cirque du Palais-Royal. Bientôt toutes les sections eurent leur club. Les plus connus sont ceux des *Cordeliers*, de la *Bibliothèque*, des *Mathurins*, du *faubourg Saint-Antoine*. Ce dernier comptait plus de huit cents membres.

Écoles. — De nombreuses écoles furent fondées sous Louis XVI. Nous citerons l'*École de médecine*, qui s'éleva sur l'emplacement de l'ancien collège de Bourgogne d'après les plans de l'architecte Gondoin. Ouverte en 1776, immédiatement vingt-deux professeurs y firent des cours sur les diverses parties de la science médicale. Cet établissement remplaça l'ancienne école de la rue de la Bûcherie dont nous avons déjà parlé.

L'*École des ponts et chaussées* date du même règne.

Elle était située rue Culture-Sainte-Catherine, nᵒ 27. Les élèves ne dépassaient pas le nombre de 36. Depuis l'an IV, le recrutement est fourni par l'École polytechnique.

L'*École des mines* remonte à 1783. Elle avait été fondée rue de l'Université, 83. Plus tard, elle fut transférée, 34, rue d'Enfer.

L'abbé de l'Épée ouvrit dans sa maison, à de jeunes personnes sourdes et muettes, une école dirigée d'après sa méthode. Les succès qu'il obtint portèrent le gouvernement à l'approuver en 1778. En 1785, elle fut transférée dans les bâtiments des Célestins, puis dans ceux du séminaire des Oratoriens ou de Saint-Magloire, faubourg Saint-Jacques, 254, pendant la Révolution.

De son côté, le savant Haüy fit une langue pour le toucher. Il proposa à la Société philanthropique d'instruire gratuitement les aveugles-nés dont elle prenait soin. Bientôt cet enseignement reçut l'approbation du gouvernement. En 1786, Haüy obtint un local au château des Tuileries; mais on n'accorda pas à son institution une protection efficace. En 1801, les jeunes aveugles furent réunis aux Quinze-Vingts, puis séparés en 1815. Alors, ils occupèrent l'ancien collège des Bons-Enfants, rue Saint-Victor, 66. Depuis 1843, cette institution est située boulevard des Invalides, nᵒ 56.

Une autre école, dont la fondation remonte à 1786, est l'*École de déclamation* pour le Théâtre-Français. Les acteurs Molé, Dugazon et Fleury en furent les premiers professeurs et Talma le plus brillant élève. Cette école ne se soutint pas longtemps. Deux ans auparavant une autre école où l'on enseignait à la fois le chant, la déclamation et la danse, devint le berceau du Conservatoire de musique. Elle existait rue Bergère, nᵒ 2.

Théâtres. — De là nous passons tout naturellement aux théâtres.

En 1781, la salle du théâtre du Palais-Royal ayant été

17.

incendiée pour la seconde fois, l'architecte Lenoir construisit en soixante-quinze jours le théâtre de la Porte-
Saint-Martin qui fut, jusqu'à 1793, occupé par les acteurs
de l'Opéra. La salle du Palais-Royal (aujourd'hui Théâtre-
Français) ne fut construite qu'en 1787. En 1782 s'éleva
le théâtre de l'Odéon, sur l'emplacement de l'hôtel de
Condé, d'après les plans de MM. Wailly et de Peyre aîné.
C'était alors la plus vaste salle de Paris et en même temps
la première qui eût un genre d'architecture caractérisé et
une disposition conforme à sa destination. Cette salle incendiée en 1799 fut reconstruite, en 1807, par Chalgrin et
reçut le nom d'*Odéon*, à l'imitation de l'Odéon d'Athènes.
En 1783, l'Opéra-Comique quitta l'hôtel de Bourgogne
pour occuper la salle bâtie par l'architecte Heurtier, sur
le boulevard des Italiens. La façade de cette salle ne put
être placée par l'architecte du côté du boulevard, parce
que les comédiens de l'Opéra-Comique craignaient qu'on
ne les assimilât à des acteurs de boulevard. Le théâtre de
Monsieur, rue Feydeau, 19, fut bâti en 1790, par MM. Legrand et Molinos. Des Italiens y débutèrent, mais ne purent s'y maintenir. Les acteurs de l'Opéra-Comique du
boulevard des Italiens les y remplacèrent et on y applaudit Mmes Dugazon et Saint-Aubin et Martin. Un certain
nombre de petits théâtres s'élevèrent encore à cette époque. Nous citerons le Théâtre-Français comique et lyrique,
rue de Bondy, qui devint le théâtre des jeunes artistes
supprimé en 1807; le théâtre Beaujolais, théâtre de marionnettes; le théâtre des Associés; les Délassements-
Comiques, également supprimés par Bonaparte. La cour
se plaisait à favoriser ce genre de distractions pour étour-
dir un peuple dont l'agitation commençait à l'inquiéter.

Les aérostats. — La plus belle découverte scientifique de ce règne est celle des aérostats. Elle repose de
la crédulité du peuple pour les mystérieuses opérations
du sieur Puységur sur le somnambulisme et de Joseph

Balsamo, plus connu sous le nom de Cagliostro, qui prétendait posséder le secret de rajeunir les vieillards. Jacques-Étienne Montgolfier inventa les ballons en 1783. Les sieurs Charles et Robert les perfectionnèrent et l'ascension qu'ils firent au Champ de Mars, le 27 août 1783, fut un événement parisien. En octobre, Pilâtre du Rosier se fit enlever par une montgolfière. Le 21 novembre suivant, il tenta une nouvelle expérience dans le parc de la Muette, en compagnie du marquis d'Arlandes. Ils traversèrent Paris et vinrent échouer à la barrière d'Italie. Le 1er décembre, il y eut une nouvelle expérience de Charles et Robert dans le jardin des Tuileries.

Justice et prisons. — Sous Lous XVI, les encyclopédistes s'occupèrent beaucoup de réformer la justice criminelle, qui était encore empreinte de toutes les barbaries du moyen âge. C'est pour donner satisfaction à l'opinion publique révoltée qu'un édit enregistré le 5 septembre 1780 supprima la question préparatoire, supplice qu'on faisait subir à l'accusé avant qu'il ne fût convaincu de crime. Dix ans après, la Révolution faisait table rase de toutes les vieilles institutions féodales.

Les prisons présentaient un état d'insalubrité notoire. Les accusés y étaient traités comme des coupables. L'indignation publique se trouvait à son comble quand, sur la proposition de Necker, Louis XVI supprima les prisons du Fort-l'Évêque et du Petit-Châtelet en 1780. Les détenus furent transférés à l'hôtel de la Force, près de la rue Saint-Antoine. On renonça également aux cachots meurtriers du Grand-Châtelet. En 1785, la prison Saint-Martin fut aussi fermée et remplacée par la Petite-Force. Quant à la prison de la Bastille, on sait ce qu'il en advint le 14 juillet 1789.

Mœurs. — Sous l'influence du grand développement philosophique et littéraire de cette époque, les mœurs

s'adoucirent d'une façon marquée. Le nombre des mariages s'accrut et celui des enfants trouvés diminua. Les
préoccupations sérieuses remplacèrent peu à peu les
attraits de la dissipation et les entraînements de l'ivro-
gnerie. La masse s'épurait tandis que l'aristocratie gardait son ignorance et sa brutalité antiques. Le pouvoir en
de telles mains ne pouvait que conduire rapidement à un
écroulement général.

La passion du jeu était désastreuse. Dès le XVe siècle, il
existait des loteries à Paris appelées *tontines*, du nom
d'un Italien nommé Tonti, leur propagateur. Sous
Louis XIV, elles devinrent à la mode dans les couvents et
à la cour. Elles constituaient, comme nous l'avons vu,
une branche productive de revenu pour les moines et les
prêtres. En 1776, Louis XVI supprima toutes les loteries,
excepté celle des enfants trouvés. Sous Henri IV, des académies de jeu s'établirent dans les foires. En 1775, le lieutenant de police Sartine autorisa l'organisation des maisons de jeu. Les profits en étaient consacrés au service des
hôpitaux et à des œuvres de bienfaisance. Des baronnes,
des marquises ruinées s'enrichirent avec ces tripots,
qu'elles faisaient exploiter. Prohibés en 1778, les jeux
trouvèrent un refuge à la cour et chez les ambassadeurs.
Un arrêt du 1er mars 1781 menaçait du carcan et du fouet
les banquiers des jeux; et, malgré cette guerre, les tripots
florissaient.

En 1776 et 1777, on s'occupa beaucoup aussi à la cour
de courses de chevaux. On essaya même, pendant l'hiver
de cette dernière année, d'introduire l'usage des traîneaux.

Transformations physiques.—Pour enrayer
la fraude, les fermiers généraux demandèrent au ministre
de Calonne l'autorisation d'entourer Paris d'une vaste
muraille. Ils l'obtinrent en 1784 et les travaux commencèrent en mai du côté de la Salpêtrière. Deux ans après,
l'enceinte du sud était terminée. Mais du côté du nord,

Fig. 37. — Le Palais-Royal.

l'exécution se heurta à de vives oppositions. On englobа les villages de Chaillot, du Roule, de Clichy. Ce travail donna lieu à de criants abus. L'architecte Ledoux déploya un luxe insultant dans la construction des barrières. Cette dépense s'éleva à plus de 25 millions, à une époque où les embarras financiers étaient la grande préoccupation du pays. Sous le ministère de Brienne, les travaux furent suspendus et quand, en 1791, on abolit les droits d'entrée, ils devinrent inutiles. (Voir cette muraille fiscale, page 181.)

Le jardin du Palais-Royal, qui était une foire permanente, se trouvait beaucoup plus vaste qu'aujourd'hui. Il comprenait alors les rues de Valois, de Montpensier, de Beaujolais, avec l'emplacement des bâtiments qui lui servent actuellement de ceinture. En 1781, il fut diminué de la surface de ces rues et bâtiments. En 1787, le duc de Chartres, devenu duc d'Orléans, construisit au centre un vaste cirque, où l'on joua la comédie et qui disparut en 1798, à la suite d'un incendie. (Voir la gravure du jardin du Palais-Royal actuel, page 201.)

L'hospice des Quinze-Vingts, situé non loin de là, près la rue de Valois, fut transféré à l'hôtel des mousquetaires noirs, rue de Charenton, 28, faubourg Saint-Antoine.

De cette époque date l'ouverture de la place de l'Odéon et des sept voies qui y aboutissent; de la rue de Bourgogne, de la rue Chauchat, de la rue de Provence, de la rue de Laval, de la rue Caumartin, de la rue d'Astorg, de la rue de la Pépinière, de la rue de Ponthieu, de la rue Roquépine, de la rue de la Comète, de la rue Madame, de la rue de l'Échiquier, de la rue d'Enghien, des rues Richer, Lesdiguières, etc. Toutes ces rues furent ouvertes conformément aux prescriptions de l'ordonnance royale du 10 août 1783, qui fixait leur largeur et la hauteur des maisons.

Le pont Notre-Dame, le pont au Change et le pont Marie furent déchargés des maisons qu'ils supportaient en bordures (1788).

Le pont Louis XVI, aujourd'hui pont de la Concorde, a été construit de 1787 à 1798 par Perronnet, premier ingénieur des ponts et chaussées. L'ornementation projetée de ce pont ne reçut pas d'exécution et les piédestaux élevés sur les piles sont encore vides de statues ou groupes.

On agrandit le Jardin des Plantes, on consolida les catacombes, des mesures de salubrité furent prises, les rues de Paris, même la route de Paris à Versailles, furent éclairées toute la nuit. C'est aussi de ce règne que datent les réverbères de couleur placés devant les commissariats de police.

Les catacombes. — Les pierres qui servirent à la construction des anciens édifices de Paris furent tirées de carrières situées sur les bords de la Bièvre, faubourg Saint-Marcel. Ces extractions se firent sans méthode, au gré des entrepreneurs, qui s'avancèrent fort avant sous la ville. L'Observatoire, le Luxembourg, l'Odéon, le Val-de-Grâce, le Panthéon, l'église Saint-Sulpice, les rues Saint-Jacques, de Tournon, de Vaugirard, etc., reposent sur cet immense vide. En 1774, des affaissements s'étant produits sur plusieurs points, on ordonna, en 1776, la visite des lieux. Le péril était redoutable. En 1777, une compagnie d'ingénieurs fut chargée de consolider ces carrières. Ce travail important présenta de grandes difficultés. On créa des galeries correspondant aux rues de la surface, et les numéros de chaque maison se retrouvent dans ce vaste sous-sol.

Dans une partie des souterrains on établit un ossuaire, à l'exemple des villes de Rome et de Naples. Il contient les ossements du cimetière des Innocents, transformé en 1786. La bénédiction de cette nécropole eut lieu le 7 avril 1786. En 1787, les ossements des cimetières Saint-Eustache et Saint-Étienne-des-Grès y furent également transférés. Il en a été ainsi dans la suite pour tous les cimetières supprimés. Pendant la Révolution, l'on y déposa même les corps des personnes tuées dans les troubles.

§ 3.

PARIS SOUS LA CONVENTION

SOMMAIRE. — La Commune de Paris. — Établissements de bienfaisance. Lettres, sciences et arts.

La Commune de Paris.—Ainsi que nous l'avons vu dans le chapitre précédent, Bailly avait donné, en novembre 1791, sa démission de maire de Paris. Ce fut Péthion qui lui succéda, ayant Manuel comme procureur et Danton comme substitut. Le 20 juin 1792, le peuple envahit les Tuileries pour peser sur la volonté indécise du roi. Aussitôt Péthion se rendit au palais pour presser le peuple de se retirer en bon ordre et il contribua ainsi considérablement à l'évacuation pacifique des Tuileries. Au lieu de le remercier de cette démarche de magistrat honnête et conciliant, qui craignait quelque collision et l'effusion du sang, Louis XVI, qui n'oubliait pas son retour de Varennes [1], fit suspendre Péthion et Manuel de leurs fonctions par le directoire du département. Cette mesure n'aboutit qu'à irriter le peuple qui cria : vive Péthion! et peut-être en serait-il venu à une manifestation regrettable, si l'Assemblée législative ne s'était montrée plus sage en levant, par décret du 23 juillet, la suspension.

La question de la déchéance du roi, en face des menaces de l'étranger, avait rendu la plupart des conseillers de la Commune assez impopulaires. Tous étaient certai-

---

1. Péthion était un des commissaires chargés, lors du voyage de Varennes, de ramener à Paris Louis XVI dont il demanda aussitôt la mise en jugement.

nement de bons citoyens, tous désiraient le départ du roi,
mais à beaucoup répugnaient les moyens violents et
illégaux.

Telle est l'origine de la révolution des sections du 9 août
et qui aboutit à la Commune révolutionnaire du 10. Péthion resta maire avec Manuel comme procureur et Danton
comme substitut. Santerre commandait la force armée.

La Commune de Paris s'est toujours hautement affir-
mée ce qu'elle ne pouvait qu'être, c'est-à-dire un corps
essentiellement progressif. De là ses préférences cons-
tantes pour le parti de la Montagne et les haines qu'elle
s'attira de la part des Girondins. Alors on vit se dessiner
cette marche naturelle des événements, trop méconnue
des hommes politiques. La Gironde était républicaine et
animée de bonnes intentions à l'égard du peuple; mais
elle trouvait que la Révolution avait assez fait. La poursuite de l'idéal selon les Jacobins l'exaspérait. Elle voulait
imposer au progrès un arrêt dans sa marche, comme si
le progrès pouvait se résigner au repos. Mais la Commune de Paris, sa sentinelle toujours éveillée, indignée
d'une pareille prétention, se sentit provoquée au contraire à en accélérer le mouvement, et de cette collision
d'intentions résultèrent des excès qui acheminèrent fa-
talement au triomphe de la réaction. Un peu de bonne
volonté de la part de la Gironde aurait empêché bien des
horreurs et on se demande quel est le plus coupable de
celui qui a provoqué par sa résistance ou par son inertie
ou de celui qui, emporté par un zèle excessif, aboutit à
une catastrophe.

Le 2 décembre 1792 eut lieu le renouvellement du Conseil général de la Commune. Le Dr Chambon fut élu
maire, Chaumette procureur, Hébert et Réal substituts.
Mais l'attitude modérée du Dr Chambon lui valut des
conflits devant lesquels il se retira. Alors il fut remplacé
par Pache, ancien délégué de la guerre et victime des
Girondins.

18

On sait la haine que Paris avait à cette époque contre le parti de la Gironde, ce parti d'hommes prêts à tout faire, mais bien décidés à ne rien faire. Le Conseil général de la Commune devenu, le 31 mai 1793, Conseil général révolutionnaire, contribua pour une large part à la chute du parti de la Gironde et acquit par là sur la Convention une telle influence que le Comité de salut public en prit ombrage. Par la loi du 14 frimaire an II, la Commune perdit une partie de ses attributions avec son indépendance. Robespierre remplaça Hébert et Chaumette par Payan et Lubin. Pache eut pour successeur Fleuriot-Lescot, un autre partisan de Robespierre. Le Conseil fut épuré et la proscription s'étendit jusqu'aux sections elles-mêmes. Puis vint sa chute au 9 thermidor. Robespierre, Couthon, Saint-Just, saisis à l'Hôtel de Ville, furent dirigés sur l'échafaud avec leurs partisans.

Provisoirement l'administration passa au directoire du département, et le 14 fructidor, la Commune, supprimée définitivement par la Convention, fut remplacée par des commissions spéciales, nommées par le gouvernement pour la gestion administrative. A la suite des journées de prairial an III, où les Jacobins tentèrent inutilement une restauration, les sections ont été désarmées et la Constitution de l'an III donna à Paris une organisation nouvelle.

Telle est l'énumération succincte des faits se rattachant à la Commune de Paris. Nous nous abstiendrons de tout commentaire, parce que ce n'est pas en quelques pages que nous parviendrions à justifier l'admiration que nous cause cette belle époque et à dégager la Commune de tous les excès qu'on lui a jusqu'ici si injustement imputés. Dans ces grandes tourmentes révolutionnaires, il se trouve toujours de mauvais citoyens pour discréditer une œuvre sublime par le déchaînement de leurs instincts sauvages et la voracité de leurs appétits. Mais ce qui domine ces actes de férocité et de barbarie que tout honnête homme

réprouve et que l'historien flétrit, c'est la grandeur des
inspirations de la majorité, c'est la pure ardeur de son
patriotisme qui conduisit à la victoire, qui sauvegarda l'in-
tégrité du territoire. Alors on ne connaissait qu'un seul
patriotisme guerrier, celui de la défense, le seul qui devrait exister. On ne se battait pas par esprit de conquête,
par l'appât de dépouilles à prendre sur l'ennemi. Pour la
première fois dans notre histoire, nous voyons apparaître
un patriotisme d'amour et de solidarité fraternelle, qui a
eu raison de la supériorité des armes et du nombre et qui
aura toujours raison d'un militarisme quel qu'il soit. Que
ce grand exemple nous revienne aux jours d'épreuves et qu'il
nous affermisse dans le sentiment de nos devoirs civiques !

Établissements de bienfaisance. — La Convention et la Commune montrèrent une sollicitude toute
particulière pour les établissements de bienfaisance. En
cela elles firent preuve d'une notion saine de l'équité sociale. Les enfants abandonnés devinrent les enfants de la
patrie. Aux yeux de ces assemblées, tout homme qui se
trouvait dans l'impossibilité de travailler avait droit au
gîte, à la nourriture, à tous les soins réclamés par son état.
C'était la substitution de la charité publique qui, en donnant, accomplissait un devoir, remplissait une charge
obligatoire, à la charité privée, toujours versatile et incertaine. La proclamation de ce grand sentiment de solidarité sociale, que le progrès finira par introduire dans nos
mœurs, restera un des plus beaux titres de la Convention
à la reconnaissance des générations futures.

Paris, qui se trouvait dans une situation exceptionnelle
sous le rapport des ressources, fut la ville qui profita le
plus de ces dispositions philanthropiques. Malgré le progrès des mœurs et l'accroissement de la richesse publique,
on n'a rien conçu de mieux jusqu'à 1870.

Dès le règne de Louis XVI on avait proposé de remplacer l'Hôtel-Dieu par quatre hôpitaux qu'on élèverait

dans quatre faubourgs de Paris. La Convention ne détruisit pas l'Hôtel-Dieu, ne construisit pas de nouveaux édifices, mais utilisa les bâtiments des couvents rentrés dans le domaine national. Elle nomma une commission de seize membres chargés de la surveillance et de l'administration des hôpitaux. Elle établit parmi ces hôpitaux cette remarquable classification qui, au milieu du trop vaste répertoire des maux de l'humanité, permet à la science de diriger sur un seul point ses constants efforts et d'apporter au soulagement de chacune de nos maladies le tribut de longues veilles et d'une étude particulière. La médecine lui est donc redevable en partie de ses mémorables progrès.

Aux hôpitaux déjà existants, la Convention ajouta l'hôpital Saint-Antoine, qui occupa par décret de 1795 les bâtiments de l'ancienne abbaye, rue du faubourg Saint-Antoine, 184.

Les vastes bâtiments de l'ancienne abbaye de Port-Royal furent consacrés à l'école d'accouchement.

En 1793, l'hôpital Montaigu fut établi dans l'ancien collège de ce nom.

Lettres, sciences et arts. — La Convention organisa la science comme elle avait organisée la philanthropie. Elle créa l'Institut. En 1795, elle décréta l'établissement d'une *École normale* qui fut ouverte dans l'amphithéâtre du Jardin des Plantes. Le but de cette institution, pleinement justifié aujourd'hui, était de donner à la science de jeunes et habiles propagateurs. Les plus savants hommes de l'époque se firent un devoir de coopérer à cette grande œuvre et chacun d'eux apporta dans cette école la spécialité de ses connaissances. Cette belle institution, réorganisée par l'Empire, ne consista plus qu'en un pensionnat pour un nombre déterminé de jeunes gens qui se destinaient au professorat.

L'*École polytechnique* est encore une œuvre de la Convention. Elle s'appela d'abord École centrale des travaux publics. Elle fut organisée sur un rapport de Fourcroy par Monge, Berthollet, Prieur, Carnot, Lagrange, etc. En 1795, le nombre des élèves était fixé à 360 et le cours complet des études à trois ans. Ce fut à cette école que Monge créa la géométrie descriptive. L'École polytechnique, fixée au Palais-Bourbon sous la Convention, occupe les bâtiments de l'ancien collège de Navarre et de celui de Boncourt.

Enfin, n'est-ce pas la Convention qui, la première, a reconnu à l'enfant le droit à la nourriture intellectuelle et décrété, sur l'éloquente parole de Lakanal, la gratuité et l'obligation de l'enseignement primaire? Les événements ne permirent pas l'application de cette belle mesure; mais le germe une fois jeté, il se développa, comme se développent toutes les idées de justice et d'égalité, malgré tous les efforts de la réaction pour le corrompre. Ce sera bien certainement la plus utile réforme qu'il aura été donné à la troisième République de réaliser que la gratuité, l'obligation et la laïcité de l'enseignement primaire.

Le Bureau des longitudes date de 1795. Il fut créé sur le rapport du représentant Grégoire. Il était chargé de rédiger la connaissance des temps, de publier les observations astronomiques et météorologiques et de fonder une chaire d'astronomie où s'illustra Arago. Son siège se trouvait à l'Observatoire.

C'est du décret du 27 juillet 1793 que date la fondation du *Musée du Louvre*. Celle du *Musée d'artillerie* remonte également à cette époque. Le *Musée des monuments nationaux*, organisé par les soins de M. Lenoir, a été ouvert en 1795 dans le couvent des Petits-Augustins. Les *Archives nationales*, établies dans l'ancien hôtel de Soubise, remontent à la Convention, ainsi que le *Conservatoire des arts et métiers*, dans l'ancienne abbaye de Saint-Martin-des-Champs.

Une des belles découvertes de ce temps est celle du *télégraphe aérien*. Si l'on a contesté à Chappe le brevet de

18.

cette utile invention, on ne saurait lui refuser le mérite
d'en avoir trouvé le premier l'application. Cette machine
se composait d'un long châssis garni de lames tournant
autour d'un axe et fixé à un mât qui lui-même roulait sur
un pivôt et était maintenu à la hauteur de trois mètres
par des jambes de force, de manière à rendre visibles tous
les mouvements de la machine. Aux deux extrémités du
châssis se trouvaient deux ailes mouvantes dont le développement s'effectuait en sens divers. Par la combinaison des différentes inclinaisons de ces branches on
arrivait à cent signaux qui représentaient des figures dont
un alphabet déterminait la valeur. Au moyen de cinq établissements sur l'hôtel de l'administration, sur le ministère de la marine, sur l'église des Petits-Pères et sur les
deux tours de l'église Saint-Sulpice, Paris se trouvait en
quelques minutes en communication avec Brest, Lille,
Lyon et Strasbourg. Toutes les parties de la France étaient
donc en rapports simultanés. Ces télégraphes devinrent
les courriers révolutionnaires de la Convention. L'électricité a depuis longtemps dépassé les effets merveilleux pour
l'époque du télégraphe aérien; mais cette invention n'en
constituait pas moins un admirable progrès qui rendit de
grands services.

Une erreur qui ne s'est que trop accréditée, c'est de
croire que la Convention, à Paris, ne donna au peuple que
le spectacle de la guillotine. Sur la place de l'Estrapade
s'élevait le théâtre de Marat, qui n'avait rien de lugubre;
un autre, en bois, existait sur la place Louis XV; le Vaudeville se construisit rue de Chartres; le théâtre Louvois,
depuis occupé par les Italiens, puis disparu, fut érigé sur
les dessins de Brongniart. Une autre scène s'établissait rue
Saint-Martin. On pourrait encore citer un grand nombre
de théâtres d'importance moindre. Cela s'explique par la
suppression des privilèges antérieurement accordés à l'O-
péra et au Théâtre-Français.

Enfin, la Convention décréta la propriété littéraire, la

Fig. 38. — L'Institut, le pont des Arts et le Louvre.

liberté de la presse, la liberté des cultes, l'abolition générale de la peine de mort à la paix; elle encouragea les arts
et pensionna les savants sans distinction d'opinions [1]; elle
créa le Grand-Livre de la dette publique, et l'uniformité
des poids et mesures par notre système métrique. Quel est
le gouvernement qui, postérieurement, réunit un pareil
faisceau de mesures libérales et utiles?

Le 5 octobre 1795, les royalistes essayèrent de s'emparer
de la Convention à la tête de 40,000 hommes. Bonaparte
les foudroya (13 vendémiaire). Quelques jours après, le
26 octobre, la Convention se séparait.

§ 4.

PARIS SOUS LE DIRECTOIRE

SOMMAIRE. — Coup d'œil général. — Nouvelle municipalité. — Bienfaisance. — Monuments. — Théâtres. — Les Théophilanthropes. — Exposition industrielle. — Améliorations et embellissements. — Octroi.

Coup d'œil général. — Il pouvait sembler, avant
1870, que le progrès sous la Convention avait atteint son
apogée, car à partir du Directoire son déclin commence.
L'âme de la Convention était morte, son génie qui pla-
nait au dessus des préjugés et des traditions rétrogrades, était éteint et ceux des membres de cette illustre
assemblée qui lui survécurent ne présentaient plus que le
spectacle d'énergies émoussées à la merci du premier audacieux. Ce brillant passé ne leur inspirait plus que de la
frayeur : à toutes les protestations timides, isolées, qui

---

1. Par une loi du 25 octobre 1795 la Convention créait l'Institut. Il comprenait trois classes : 1° sciences physiques et mathématiques ; 2° sciences
morales et politiques ; 3° littérature et beaux-arts (voir la gravure représentant l'Institut et le Louvre).

parfois osaient se faire entendre, l'écho ne répondait que
« de l'ordre! du repos! » et cet amour général de l'ordre
livra la France au despotisme et anéantit pendant trois
quarts de siècle l'essor des grandes idées qui sont encore
l'objet de nos revendications et que les esprits progressifs
ne cesseront d'admirer.

Le palais du Luxembourg qui, sous la Terreur, avait
servi de maison d'arrêt, devint, sous le Directoire, le lieu
ordinaire des délibérations de cette assemblée. Cinq
chaises de paille et une table vermoulue formaient, dit-on,
tout le mobilier que les directeurs trouvèrent dans le palais. Le Conseil des Cinq-cents vint siéger dans la salle dite
du Manège jusqu'en 1798, date à laquelle fut construit le
palais de la Chambre des députés. Le Conseil des Anciens
tenait ses séances au château même des Tuileries, dans la
salle qui avait été occupée par la Convention.

A l'avènement du Directoire, le trésor public ne contenait pas 100,000 francs en espèces, les assignats étaient
sans valeur, les subsistances rares, les armées en désorganisation, les chouans en activité; l'étranger répandait
l'or pour troubler l'ordre et le Directoire n'en avait pas
pour le rétablir. Six mois suffirent aux intelligents efforts
des directeurs pour tout réorganiser. La fortune publique
se releva par la création des mandats, le commerce par
l'unité des poids et mesures, l'instruction publique par l'é-
tablissement des écoles centrales (lycées); la presse était
libre; la France, délivrée des chouans au dedans, triom-
phait de ses ennemis au dehors. Cependant le pouvoir
était loin d'être affermi. Le souvenir de la Terreur épou-
vantait la masse propriétaire et conservatrice. Les Jacobins d'un côté, les royalistes de l'autre, conspiraient pour
renverser cette forme de gouvernement. Le pouvoir devint ombrageux et cruel. Babeuf, pour avoir émis des
idées communistes, fut condamné à mort. Quand il apprit
sa sentence, il se frappa d'un poignard que son fils, âgé
de onze ans seulement, lui avait remis en secret, et ses

bourreaux le transportèrent tout sanglant sur l'échafaud.

Les ennemis formaient la majorité dans les deux Conseils. Avec l'aide des grenadiers, les directeurs remplirent les lacunes de la Constitution, et le coup d'État du 18 fructidor envoya à Sinnamari deux directeurs, Carnot et Barthélemy, cinquante-trois députés et trente-cinq journalistes. Carnot et Barthélemy parvinrent à s'échapper; le premier se retira en Allemagne et le second aux États-Unis, puis en Angleterre. Mais cet emploi de la force armée fut un exemple funeste que Bonaparte ne manqua pas d'imiter deux ans après pour renverser le Directoire lui-même.

Nouvelle municipalité. — La Constitution de l'an III divisa, conformément, d'ailleurs, aux principes qu'elle posait pour toutes les communes et en augmentant seulement le nombre des municipalités à cause de sa population, la commune de Paris en douze municipalités de canton, composées chacune de sept membres procédant de l'élection, reliées par un bureau central de trois membres. Ce bureau était nommé par l'administration du département et confirmé par le pouvoir exécutif. Chaque municipalité (décret du 19 vendémiaire an IV) était à son tour divisée en quatre quartiers.

Bienfaisance. — La loi du 7 frimaire et autres de l'an V modifièrent l'organisation des secours à domicile dans Paris. La ville, divisée en quarante-huit sections ou quartiers, eut autant de bureaux de bienfaisance, sous la direction d'un bureau central dépendant du ministère de l'intérieur. Ces lois ordonnèrent au profit des indigents la perception de 10 centimes par franc en sus du prix des billets d'entrée dans les théâtres, bals, concerts, cirques, etc. Grâce à cette ressource, on put suspendre la vente des biens des établissements de bienfaisance et rendre aux hospices leurs biens non vendus.

Monuments. — Pendant les quatre années que dura le Directoire, Paris subit peu de modifications. Le palais Bourbon, devenu propriété nationale, fut converti, comme nous venons de le dire, en chambre législative à l'usage du Conseil des Cinq-cents. L'architecte Gisors exécuta dans ce palais les travaux nécessaires à sa destination nouvelle. Mais dans ces temps, où l'on visait à l'économie, on conserva les anciennes constructions en murant les fenêtres et en ajoutant à l'extérieur de la salle un avant-corps décoré de six colonnes. Ce n'est qu'en 1806 que l'architecte Poyet fut chargé de donner à ce palais la façade majestueuse que nous admirons aujourd'hui sur le quai d'Orsay.

Théâtres. — Deux théâtres nouveaux s'élevèrent : le théâtre de la *Cité*, sur la place du Palais-de-Justice, et le théâtre *Olympique*, rue Chantraine. Dans le premier, Franconi donnait des représentations équestres. En 1807, cette salle devenait une salle de bal depuis très fréquentée et connue sous le nom de *Prado*. Franconi transporta son cirque rue Saint-Honoré, 335, puis rue du Faubourg-du-Temple. Le théâtre Olympique fut occupé par l'Opéra Buffa et divers comédiens. Plus tard on y installa un établissement de bains. Le théâtre des *Victoires nationales*, construit rue du Bac sur l'emplacement de l'église des Récollets et ouvert le 13 juillet 1798, disparut en 1807.

Les Théophilanthropes. — En 1792, dans une maison de la rue Saint-Denis, au coin de celle des Lombards, quelques hommes se réunirent et se mirent à prêcher entre eux l'amour de Dieu et de leurs semblables. Cette Société, dirigée par Réveillère-Lépeaux, prit le nom de *Société théophilanthropique*. Les murs du temple étaient couverts de maximes. L'autel supportait une corbeille de fleurs et de fruits, symboles de la création. L'orateur vêtu d'un costume simple prêchait la tolérance, le respect de tous les cultes et un attachement inviolable à la vertu. On y chantait aussi des hymnes à l'Être des êtres. Les Théophilanthropes, devenus nombreux, tinrent ensuite leurs assemblées dans l'église Saint-Jacques-du-Haut-Pas, à Saint-Sulpice, à Saint-Thomas-d'Aquin, etc., à l'heure où le culte catholique n'était point célébré. Après sept ans d'une tranquille et inoffensive existence, cette société porta ombrage à Bonaparte, qui lui ferma l'entrée de tous les édifices nationaux. Elle céda à l'ascendant du despotisme et aux coups bien mérités du ridicule le 4 octobre 1801.

Exposition. — Sous le Directoire eut lieu la première exposition publique des produits de l'industrie française en juin 1798, au Champ de Mars.

Améliorations et embellissements. — Les travaux de la grande avenue de l'Observatoire furent entrepris, plusieurs quais reconstruits, notamment celui qui longe le Cours-la-Reine; le Muséum d'histoire naturelle agrandi. Le pont de la Concorde, commencé en 1787, fut terminé en 1798. Toute la partie supérieure de ce pont a été bâtie avec des pierres provenant de la démolition de l'ancienne Bastille. Ce pont construit sur pilotis possède cinq arches d'ouverture inégale. Celle du milieu mesure 31 mètres, les deux arches latérales 27 mètres et les deux autres 26. Les piles ont 3 mètres d'épaisseur.

Octroi. — En 1789, les contributions indirectes étant devenues très impopulaires, à cause des abus auxquels donnait lieu leur perception, la Révolution les abolit et les octrois furent supprimés. Mais la disparition de cette source féconde de revenus publics et les fraudes qui se glissèrent dans le recouvrement des impôts directs, causèrent un déficit considérable dans les caisses du Trésor. C'est ce qui détermina le Directoire à rétablir les octrois

sous le nom de taxes indirectes et locales. Mais la loi du
9 germinal an V dit que l'autorisation ne pourra être
donnée que par une loi. Paris, dont les charges ont toujours été très élevées et les embarras financiers fort grands,
s'empressa d'user de cette faculté. On n'osa cependant pas
affirmer ouvertement le but de cette demande; car la loi
du 27 vendémiaire an VII n'accorda à Paris que l'autorisation d'établir un octroi municipal *et de bienfaisance.*

19

SEPTIÈME PARTIE

XIXᵉ SIÈCLE

CHAPITRE I

PARIS SOUS LE CONSULAT ET L'EMPIRE

SOMMAIRE. — Ce qu'on doit penser de Bonaparte. — Principaux événements parisiens sous l'Empire. — Organisation municipale. — Établissements de bienfaisance. — Lettres, sciences et arts. — Cultes. — Industrie et commerce. — Justice et prisons. — Transformations physiques de Paris. — Quelques chiffres statistiques.

Ce qu'on doit penser de Bonaparte. — Bonaparte, ex-jacobin et ex-premier consul de la République devenu empereur, a été sévèrement mais justement jugé. C'était un de ces génies malfaisants dont les nations ne doivent pas perdre le souvenir pour apprécier tout le prix de la liberté. Homme personnel et égoïste, il créa beaucoup. L'histoire lui reprochera toujours le mal qu'il a fait à la France et ne lui saura jamais qu'un gré relatif du bien qui peut lui être attribué, parce que ce bien ne lui est jamais échappé dans un intérêt public, parce qu'il n'a jamais obéi à des inspirations généreuses. La satisfaction d'une vanité, d'une ambition insatiable fut le seul mobile de tous ses actes et, pour agir plus librement, il asservit ceux qui avaient favorisé son élévation et fit dévier le patriotisme révolutionnaire, cet ouragan qui brisait tous les obstacles, en un militarisme étroit et funeste. On oubliait la nation devant l'homme qui la dominait. Comme Louis XIV, dont la fausse renommée lui portait ombrage, il payait des historiens pour l'encenser; il multipliait les monuments pour rappeler sa gloire. Orgueil aveugle! La fascination d'un aussi factice éclat n'est qu'éphémère. Les enthousiasmes inconscients se refroidissent. Seules la raison et la justice, dans leur éternelle et calme souveraineté, apprécient sainement les hommes qui se sont conformés à leurs principes et flétrissent les autres. Au contraire, on pardonne à la Convention ses excès regrettables, non seulement à cause des bienfaits dont le pays lui reste redevable, mais parce que les uns et les autres n'avaient pour inspirateur que l'intérêt général, et que ce qui dominait chez les conventionnels, à quelque nuance qu'ils appartinssent, c'était l'abnégation, le salut de la République. L'humanité, comme l'homme, ne garde de la reconnaissance qu'à ceux qui donnent dans le seul but de faire le bien.

« On répète souvent, dit un historien sagace [1], que Napoléon dédommagea la France de la liberté et du repos par les illusions de la gloire. Rien ne dédommage de la paix et de la liberté. Il est vrai que la France, prompte à se laisser séduire par la fausse gloire des conquêtes, semblait s'offrir d'elle-même à la servitude. Mais ce n'en est pas moins un crime de l'avoir asservie. Napoléon a ramené l'ancien régime, en détruisant toutes les habitudes, en effaçant toutes les images de la liberté. Il en subsistait une ombre dans le Tribunat, qui s'était honoré par la discussion du Code civil; Napoléon le fit fermer. Il fit de l'instruction un monopole, dans son Université, où l'on enseignait aux jeunes gens l'*empereur*, comme son catéchisme l'enseignait aux enfants [2]. Des prêtres annoncèrent

1. Félix Bodin.
2. Voici un extrait d'un catéchisme du temps :

« *Leçon VII.*

« D. — Quels sont les devoirs des chrétiens envers Napoléon, notre empereur?
« R. — Les chrétiens doivent à Napoléon, notre empereur, l'*amour*, le

dans la chaire qu'il avait une mission divine. Il créa une nouvelle noblesse. Les généraux, chamarrés de cordons, pourvus de dotations et enrichis en pays ennemis, le respectaient comme un maître. Ce n'étaient plus ces chefs pauvres qui conduisaient à pied les Français à la défense de la patrie. Les temps des patriotes Jourdan et Pérignon étaient passés; les Hoche, les Desaix, les Marceau, les Dugommier, les Kléber étaient morts... D'anciens jacobins, grotesquement décorés de titres féodaux et des émigrés installés dans les antichambres, rivalisaient de souplesse en se prosternant devant lui. Il avait rétabli les impôts onéreux, les abus et les prodigalités ruineuses de l'ancienne monarchie. Les aides, les monopoles reparaissaient. L'empereur nommait tous les fonctionnaires, et tous, jusqu'au garde champêtre, étaient inviolables. L'élection des députés était dérisoire dans ce prétendu gouvernement représentatif, dont les lois étaient les volontés de l'empereur, appelées décrets ou sénatus-consultes. Il n'y avait plus de liberté individuelle, plusieurs bastilles avaient été relevées pour le service de l'arbitraire. Un code pénal, indigne du XIXᵉ siècle, était mis en vigueur. Une police, véritable inquisition politique, soupçonnait jusqu'au silence, atteignait jusqu'à la pensée et tendait sur l'Europe un filet de fer. Un terrible impôt sur la vie des hommes, la conscription, se percevait avec une activité effrayante. On dit que Napoléon méprisait souverainement l'espèce humaine : il en avait bien le droit. »

Tel était celui que l'histoire officielle surnommait Napoléon le Grand. Il est encore des hommes, rares heureu-

respect, l'*obéissance*, la *fidélité*, le service militaire et les tributs ordonnés pour la conservation de son trône.

« D. — Pourquoi sommes-nous tenus de tous ces devoirs envers notre empereur?

« R. — C'est par la volonté de Dieu qui l'a établi notre souverain et l'a rendu le ministre de sa puissance et son image sur la terre. Honorer et servir notre empereur est donc honorer Dieu lui-même. »

19.

sement, qui regrettent la monotone régularité du gouvernement impérial et prennent le silence du peuple pour une manifestation de satisfaction et de bonheur. Le bœuf sous le joug marche aussi avec régularité et sans se plaindre. S'ensuit-il qu'il ne préférerait pas sa liberté dans la prairie?

Principaux événements parisiens sous l'empire.— Les événements parisiens furent peu nombreux sous cette servitude absolue de seize ans. On était tout aux préoccupations de la guerre, aux départs et aux retours des armées, aux revues et aux fêtes impériales. Cependant ce n'est pas sans résistance que les républicains subirent ce passage brusque du régime le plus libéral au gouvernement le plus absolu. Plus d'une fermentation amena d'énergiques et cruelles vengeances : on décapitait les uns et déportait les autres. La rancune impériale alla même plus loin.

L'attentat de la machine infernale (1800) vint redoubler l'ardeur de la police, qui formait alors un ministère, à cause de l'importance de son rôle dans l'État. Au moment où Bonaparte quittait les Tuileries pour se rendre à l'Opéra, un baril de poudre et de mitraille éclata sur son passage rue Saint-Nicaise, et l'ivresse seule de son cocher le sauva, dit-on, de l'explosion. Cet acte était dû à une conspiration monarchique. Néanmoins, les républicains ont été les premiers inquiétés. Des listes de proscription aussitôt dressées répandirent la terreur dans Paris : 130 individus furent déportés sans jugement; ce qui ne préserva pas de l'échafaud les auteurs véritables, connus dans la suite. Cette tentative amena le Sénat à proroger de dix ans les pouvoirs du premier consul et même deux mois plus tard à le proclamer consul à vie.

Trois ans après, une autre conspiration monarchique conduisit à l'Empire. Fouché, ministre de la police, ne tarda pas à en découvrir les coupables. Pichegru se pendit dans sa prison, Moreau fut exilé et Georges Cadoudal exécuté avec onze de ses complices (25 juin 1804). Alors la garde du premier consul fut renforcée et la police redoubla de vigilance pour préserver de tout danger les jours de Bonaparte, que ses partisans osaient encore qualifier de sauveur de la République. Or, le complot de Georges Cadoudal était découvert le 9 mars, ses auteurs condamnés le 11 mai, et le 18 du même mois, Bonaparte tuait la République en se faisant décerner la couronne impériale. La cérémonie du sacre qui fut célébrée, le 2 décembre, par le pape lui-même, donna lieu à une série de fêtes auxquelles Paris eut l'inconséquence de s'associer.

Il semblerait d'après cela que l'indomptable population de 1792, qui avait dépensé tant d'initiative et d'énergie à défendre la République, ne connaissait plus les fières et dignes allures d'un peuple libre, jaloux du triomphe de ses droits. On a même écrit que désabusée, le dégoût de l'anarchie l'avait plongée dans la léthargie ou l'indifférence; que la servitude impériale ne lui répugnait pas après les excès de la Révolution. Tel n'est pourtant pas notre avis. Les vaillants d'autrefois pouvaient être réduits à l'impuissance, mais jamais à la défaillance. Seule a mérité le mépris du despote et celui des historiens, cette masse indécise, sans opinion, qu'on trouve toujours disposée à adorer le vainqueur du jour; car pour les autres, Napoléon les craignait tellement que c'est surtout contre eux qu'il dirigea le zèle de son préfet de police, l'ignoble Fouché.

Le divorce du puissant empereur survenu le 9 janvier 1810, avec Joséphine de Beauharnais, et son mariage avec l'archiduchesse d'Autriche Marie-Louise excita dans Paris de graves murmures, que ne parvinrent pas à étouffer complètement le fracas des fêtes nuptiales. A cette occasion, un terrible événement frappa les esprits d'un sinistre présage. L'ambassadeur d'Autriche ayant voulu célébrer avec magnificence le mariage de la fille de son souverain, donna une fête somptueuse. L'ambassade était alors située rue du Mont-Blanc (chaussée d'Antin). Tout ce que la France officielle comptait d'élite avait été convié, ainsi que tous les étrangers de distinction de passage à Paris. On se trouvait en juillet, la chaleur était grande. Un rideau de gaze ayant pris feu, l'incendie devint bientôt général et quelques minutes suffirent pour tout consumer. Les victimes furent nombreuses, l'ambassadeur cruellement atteint. Quatorze personnes périrent dont la belle-sœur de l'ambassadeur. Plusieurs femmes affolées se noyèrent dans le bassin du jardin en cherchant à éteindre leurs robes de bal. Plus de cent personnes avaient été grièvement brûlées ou blessées; plusieurs moururent quelques jours après. L'empereur et l'impératrice en furent quittes pour l'émotion. Mais le prestige du monarque en souffrit; car la superstition y voyait un avertissement relativement à son divorce, qu'elle considérait comme un crime.

Deux ans après, la conspiration ourdie par le général Malet faillit renverser le trône de Napoléon, déjà ébranlé par sa malheureuse campagne de Russie. L'ancien gouverneur de Paris, devenu suspect à cause de son républicanisme, fut jeté en prison (1805). Après une longue détention, le duc de Rovigo le fit transférer dans une maison de santé. C'est là qu'il projeta de soulever Paris avec l'abbé Lafon, détenu comme lui. Malet s'évada et, revêtu de son uniforme, il s'empara de la caserne Popincourt en répandant le bruit de la mort de l'empereur. Il délivre à la Force les généraux Guidal et Lahorie, qui y étaient détenus, mais tout à fait étrangers à ce coup de main. Le duc de Rovigo et M. Pasquier sont saisis et conduits à la Force. Puis le général Malet se rend place Vendôme pour s'emparer du lieutenant général Hullin dont la résistance fit échouer le complot. Malet fut fusillé le 29 octobre 1812. Il ne lui manqua que du sang-froid pour réussir. Les généraux Guidal et Lahorie, quoique reconnus innocents, subirent le sort de Malet, suivant la terrifiante justice de l'exemple !

Après ces événements, la chute de l'Empire ne se fit pas attendre. La confiance dans l'invincible monarque se refroidissait et quand, en mars 1814, les alliés s'abattirent sur Paris, les Parisiens songaient moins à défendre l'empereur qu'à leur propre défense.

Au résumé, la mort de plus de trois millions d'hommes dont 1,700,000 Français dans des guerres criminelles et offensives ; des frontières amoindries de quinze départements ; des finances épuisées ; une population sceptique et démoralisée en France, haineuse à l'étranger : tel est le bilan du premier empire et ce que ne devra pas oublier la jeunesse républicaine quand on lui fera miroiter la gloire du héros de brumaire. La gloire d'un Napoléon est synonyme de ruine pour la France : 1870, après 1814, est venu nous l'affirmer douloureusement !

Organisation municipale.— La loi du 28 pluviôse an VIII, base de l'organisation départementale et municipale qui s'est conservée, avec quelques modifications, jusqu'à nos jours, maintint la division de Paris en douze arrondissements municipaux. Chacun d'eux fut administré par un maire et deux adjoints. Le préfet de la Seine eut la représentation légale de la ville de Paris et le préfet de police eut la direction de la police municipale. Sous l'empire de cette loi, Paris n'avait pas de conseil municipal. C'était le conseil général de la Seine, nommé par le gouvernement, qui en remplissait les fonctions.

Établissements de bienfaisance. — L'admirable plan qu'avait tracé et en partie exécuté la Convention fut conservé sous l'Empire. L'administration générale des hôpitaux et hospices de Paris, créée en 1801, n'eut que le mérite de l'étendre. Cette administration, dont les bureaux occupaient l'ancien hôpital des Enfants-Trouvés, place Notre-Dame, fut composée d'un conseil général et d'une commission administrative. Elle eut sous sa surveillance les hôpitaux et hospices civils de Paris; leurs archives, les maisons de secours et les écoles de charité. Necker regardait la création d'un bon système d'administration des hôpitaux comme le problème presque insoluble de la science administrative. J.-B. Say n'a pas considéré le système de l'Empire comme ayant atteint la perfection désirable. Il blâme l'unité d'administration des hôpitaux et hospices de Paris. Il préfère le système pratiqué à Londres, où il y a autant d'administrations que d'établissements. « Ils sont gouvernés, disait-il, avec plus de diligence et d'économie. Il s'établit entre les différents hospices une louable émulation, et voilà un exemple de plus qui prouve la possibilité et l'avantage qu'on trouve à établir la concurrence dans les choses d'administration. » Nous ne saurions nous associer à ces observations. Pour nous, tous les hôpitaux doivent être soumis à une administration uniforme, parce que les malades pauvres ont droit à un traitement égal, et nous restons dans les mêmes dispositions en ce qui concerne l'éducation et l'entretien des enfants assistés : l'unité de droit impose l'unité de régime.

En 1799, l'hôpital Saint-Antoine fut agrandi. En 1801, on créa une clinique interne à la Charité. En 1803, la maison de retraite de la barrière d'Enfer n'admit que des vieillards et infirmes payants. La maison de *Sainte-Périne*, établie dans un ancien monastère de ce nom rue de Chaillot, quartier des Champs-Élysées, recueillait les vieillards des deux sexes. Ce ne fut tout d'abord qu'une spéculation voilée sous les dehors de la bienfaisance. Cinq ans après, en 1806, cet établissement privé passa sous la surveillance du gouvernement. Alors la pension était de 600 francs. Aujourd'hui, Sainte-Périne se trouve à Auteuil, rue du Point-du-Jour, et constitue l'un des plus beaux établissements de retraite pour la vieillesse. La *Santé*, située d'abord rue Saint-Martin, puis faubourg Saint-Denis, n° 112, en face de la prison Saint-Lazare, fut établie en 1802 par l'administration des hospices. Tous les malades qui y étaient reçus payaient une rétribution journalière. En 1809, les orphelins de la Pitié passèrent à l'établissement du faubourg Saint-Antoine. A *Bicêtre*, il y avait des lits où couchaient deux, trois et même quatre personnes. Des constructions nouvelles commencées en 1803 permirent d'obvier à ces graves abus.

Les vingt-deux maisons de secours distribuées dans les divers quartiers de Paris étaient soumises à l'administration des hospices, ainsi que les bureaux de bienfaisance ou service des secours à domicile. (Arrêté du 29 germinal an IX.)

Lettres, sciences et arts [1]. — Jaloux de la gloire d'emprunt que s'était acquise le roi soleil, Napoléon protégea les savants, dont il avait besoin pour combattre ses ennemis sur le terrain économique. Mais on aurait tort d'attribuer à cette protection les brillantes découvertes du commencement de ce siècle. Tous les grands hommes de l'Empire, dans les sciences physiques et naturelles, étaient déjà célèbres sous la Révolution. Nous n'avons qu'à citer Laplace, Lagrange, Monge, Cuvier, Bichat, Gay-Lussac, Chaptal, etc., jusqu'à Nicolas Leblanc, l'inventeur de la soude artificielle, que la détresse conduisit au suicide, et auquel la troisième République vient d'élever une statue dans la cour du Conservatoire des Arts-et-Métiers.

Fulton, en août 1803, essayait un bateau à vapeur sur la

1. Napoléon, par décret daté de Saint-Cloud, du 23 janvier 1803, réorganisa l'Institut. Il supprimait la classe des sciences morales et politiques. L'Institut comprenait quatre classes : 1° sciences physiques et mathématiques ; 2° langue et littérature françaises ; 3° histoire et littérature anciennes ; 4° beaux-arts.

Seine. La clairvoyance impériale ne sut pas profiter de cette concluante expérience.

Les essais d'aérostation continuèrent. Biot et Gay-Lussac firent une ascension qui réussit et passionna la population parisienne.

Les libéralités impériales se portèrent de préférence sur les poètes, les peintres et les sculpteurs. David, déjà célèbre sous la Révolution, devint premier peintre de l'empereur. Gros et Gérard furent également appelés à célébrer les victoires du maître. Seuls, Guérin et Prudhon restèrent en dehors de cette froide école historique.

L'Université date du 10 mai 1810. Une inscription au grand-livre de 400,000 francs de rente lui assurait une fortune particulière.

Un décret de 1807 ne laissait subsister à Paris que huit théâtres : l'*Opéra*, le *Théâtre-Français*, l'*Odéon*, l'*Opéra-Comique*, l'*Ambigu-Comique*, la *Gaîté*, le *Vaudeville* et les *Variétés*. Quelque temps après, Bonaparte autorisa l'établissement des *Jeux gymniques*, dans la salle de la Porte-Saint-Martin.

L'invention des *panoramas* remonte à 1787. Elle est due à Robert Barker, d'Édimbourg. Mais le premier établissement de ce genre à Paris fut construit par l'ingénieur Robert Fulton, en 1799. Il représenta une vue de Paris et une vue de Toulon. Il était situé boulevard Montmartre.

Le *Musée des antiques* a été formé des statues et autres monuments que l'armée avait conquis en Italie, sous le commandement de Bonaparte et recueillis conformément au traité de Tolentino, par Berthollet, Moitte, Monge, Thouin et Tinet, commissaires nommés par le gouvernement pour la recherche des objets de sciences et d'arts. Ce musée fut ouvert dans les salles du vieux Louvre, le 9 novembre 1800. Le 7 on y avait célébré l'inauguration de l'Apollon Pythien. A l'extérieur de la porte se trouvait placé un buste colossal de Bonaparte. L'organisateur avait cru devoir rendre cet hommage au premier consul. Mais cet acte de basse flatterie ne le tirera pas de l'oubli. L'intérieur du musée était divisé en six salles. En 1815, les alliés enlevèrent les objets les plus précieux de cette collection. Ainsi en arrive des guerres, qui opposent le vol au vol, le pillage au pillage. Heureusement depuis, ce musée s'est reconstitué et agrandi par des moyens plus moraux.

Cultes. — Aux termes du Concordat du 9 avril 1802, il existait douze églises paroissiales, une par arrondissement. Chacune de ces églises avait plus ou moins de succursales, suivant la population. En totalité, on comptait vingt-cinq succursales, soit en tout trente-sept églises.

Le culte protestant avait trois temples : l'*Oratoire*, rue Saint-Honoré ; *Sainte-Marie*, rue Saint-Antoine, et le *Pentemont*, rue de Grenelle.

Le culte luthérien ou de la confession d'Augsbourg possédait un temple rue des Billettes.

La synagogue du culte hébraïque se trouvait rue du Temple.

Industrie et commerce. — Le blocus continental développa l'industrie nationale. Oberkampf fonda à Jouy, près Paris, sa célèbre manufacture de toiles peintes. Carcel inventa la lampe qui porte son nom. Bréguet perfectionna l'horlogerie. Lasteyrie créa la lithographie, etc. Mais le commerce extérieur souffrit beaucoup de ce blocus.

Pendant cette période, huit marchés s'ouvrirent à Paris : le marché aux fleurs ; la halle aux vieux linge (enclos du Temple) ; le marché de la volaille du quai des Grands-Augustins (livré aujourd'hui à l'industrie privée) ; le marché de l'abbaye Saint-Martin (transféré au Temple en 1882) ; celui des Blancs-Manteaux, rue Vieille-du-Temple, sur l'emplacement du couvent des Filles-Hospitalières Saint-Gervais ; le marché Saint-Germain, là où se trouvait la

20

foire de ce nom; le marché des Carmes, près la place Maubert, le marché Saint-Honoré et un marché provisoire à la viande, rue des Prouvaires. La halle au blé construite de 1763 à 1767, sur l'emplacement de l'hôtel de Soissons, fut couverte d'une vaste coupole en fer et en cuivre (1811).

Bonaparte avait conçu l'idée d'un grenier de réserve. Il la réalisa en partie. La construction de l'édifice, boulevard Bourdon, a été arrêtée par les événements de 1814.

L'entrepôt du quai Saint-Bernard fut commencé en 1808. En 1812, plusieurs halles étaient livrées au commerce et, en 1813, les marchands prenaient possession des celliers du côté du quai. Cet établissement occupe l'emplacement de l'ancienne abbaye Saint-Victor.

Un dépôt de laines et lavoir public, placé sous la surveillance du conseil général de l'agriculture, a été établi port de l'Hôpital, n° 35.

La création des abattoirs remonte aussi à cette époque. Les bouchers, qui revenaient de Poissy et de Sceaux, traversaient les rues de Paris avec les animaux qu'ils avaient achetés, ce qui exposait les habitants à des accidents et gênait la circulation. Les tueries répandues dans Paris avaient en outre le désavantage de nuire à la salubrité publique. En 1809, Bonaparte ordonna la construction de cinq abattoirs : trois au nord, ceux du Roule, de Montmartre et de Popincourt; deux au sud, ceux d'Ivry et de Vaugirard. Ces cinq abattoirs ne furent ouverts qu'en 1818.

Le canal de dérivation de la rivière de l'Ourcq jusqu'à la Seine a été décrété en 1802. En 1809, le bassin de la Villette se trouvait terminé. Aux deux angles de l'extrémité de ce bassin, les eaux avaient deux issues : par l'une, à l'angle occidental, elles coulaient dans un aqueduc dit de *ceinture*, qui alimentait les bornes-fontaines de la rue Saint-Denis et autres rues adjacentes, la fontaine des Innocents, celle du boulevard de Bondi, etc.; par l'autre issue, elles se répandaient dans le canal Saint-Martin, qui aboutissait au port de l'Arsenal, et qui ne fut ouvert qu'en 1825.

Un autre décret daté de 1811 ordonna l'ouverture du canal Saint-Denis, achevé en 1821.

Les communications dans Paris, d'une rive à l'autre de la Seine, furent également facilitées. Le pont d'Austerlitz, celui des Arts, celui de la Cité et celui d'Iéna, s'élevèrent sous l'Empire. Les trois premiers ont été construits par une compagnie, moyennant la concession d'un droit de péages, racheté plus tard par la Ville. Si la volonté unie au génie ne se tournait que vers de pareilles fondations, elle s'imposerait à la reconnaissance.

La *Banque de France* rendit aussi de grands services au commerce. En janvier 1800, le premier consul invita les principaux capitalistes à former cette association, servant à la fois de banque de dépôt, de crédit et de circulation. Elle était administrée par quinze régents et un comité supérieur de trois membres. En 1806, l'empereur donna à cet établissement un caractère officiel en nommant un gouverneur. Son capital fut porté à 90,000,000 et son privilège étendu jusqu'en 1843. Ce privilège consistait dans le droit exclusif d'émettre des billets dont le remboursement pouvait toujours s'opérer en espèces. La banque garantissait sa solvabilité par des réserves métalliques. Un décret de 1808 l'autorisa à créer des succursales en province. On connaît le crédit et la prospérité de ce grand établissement financier.

Justice et prisons. — C'est sous le règne de Napoléon qu'ont été rédigés les Codes. Le Code pénal ne lui fait pas honneur. Loin d'enregistrer les doctrines nouvelles sur le droit de punir, de maintenir le décret de la Convention qui abolissait la peine de mort, le Code pénal affirma le principe rétrograde de la vindicte publique inspiré par le talion.

De même pour les prisons. Non seulement le premier

consul accepta l'héritage de l'ancien régime, mais il le transmit à la Restauration, enrichi de quelques legs nouveaux. Pendant la Révolution, on s'était occupé d'améliorer le sort des prisonniers. A l'étranger on nous avait même devancés. Dix ans après l'apparition du livre de Beccaria sur les *Délits et les Peines*, Vilain XIII avait tracé le plan de la prison modèle de Gand, et le célèbre Howard avait entrepris son grand voyage d'observations d'où est sorti un ouvrage fameux. Une loi de 1791 institua les maisons de correction pour les jeunes gens âgés de moins de vingt et un ans et pour les personnes condamnées par voie correctionnelle. La même année, les maisons d'arrêt furent décrétées, ainsi que les maisons municipales. Le régime de la *Terreur* fut fécond en prisons nouvelles, mais celles qu'il créa ne lui survécurent pas. Par décret impérial du 3 mars 1810, Bonaparte établit huit prisons illégales, appelées comme anciennement prisons d'État. A Paris, la prison du Temple succéda à la Bastille, et Vincennes reprit son ancienne destination. Quant aux prisons légales, l'empereur ne s'occupa pas d'en améliorer l'organisation intérieure.

Les prisons qui existaient avant la Révolution étaient :

1° La *Conciergerie*, au palais de Justice. Celui qui ne pouvait y payer la *pistole* n'obtenait qu'un peu de paille pour reposer, confondu avec les accusés, innocents ou coupables, que la pénurie de leur bourse et non la gravité de l'accusation lui donnait pour compagnons d'infortune.

2° Le *Grand-Châtelet*, ancienne prison dont les cachots étaient affreux, disparut en 1802.

3° La *Grande-Force* et la *Petite-Force*. Necker, pour réformer les abus des prisons, voulut prendre la même marche qu'il avait suivie pour améliorer l'état des hôpitaux et résolut d'établir une prison modèle. Il existait à Paris deux affreux réceptacles où des débiteurs inexacts et des hommes détenus pour des fautes légères, confondus avec des scélérats dans un espace étroit et malsain, avaient à la fois à se défendre et de la contagion du lieu et de celle du crime. Ces deux prisons étaient le *Petit-Châtelet* et le *Fort-l'Évêque*, alors situé rue Saint-Germain-l'Auxerrois, n° 65. Sur la proposition de Necker, elles furent remplacées par une prison nouvelle établie dans l'hôtel de la Force. Cet hôtel, qui avait anciennement appartenu à Charles, roi de Sicile, frère de saint Louis, prit ensuite le nom du duc de la Force, son nouveau propriétaire. Rebâti au XVIᵉ siècle, il fut au XVIIIᵉ divisé en deux parties. L'une conserva le nom d'hôtel de la Force, et c'est là qu'en 1782 furent transférés les prisonniers du Petit-Châtelet et du Fort-l'Évêque. Des corps de logis et des préaux distincts servirent à séparer les hommes et les femmes. Necker, qui n'avait point entendu faire une simple translation, proposa au roi des mesures d'ordre intérieur, que sa prompte sortie du ministère ne permit point de sanctionner. Il en exprima ses regrets : « Mais au moins, s'écria-t-il, il est un bien précieux, qui ne pourra être changé, c'est la grandeur du local ; ce sont toutes les dispositions d'ordre et de commodité que ce local a permises. » Hélas ! ce que Necker craignait et même ce qu'il ne craignait pas s'est réalisé. Le local n'est devenu qu'une demeure triste et malsaine où les prisonniers étaient entassés sur des paillasses puantes, dans des salles qui ne furent plus blanchies et, dans la suite, au lieu de songer à faire les réparations indispensables, d'améliorer le sort des malheureux prévenus, on ne songea qu'à leur élever de somptueuses chapelles !

L'autre partie de l'hôtel de la Force s'appela l'hôtel de Brienne que, en 1785, l'on convertit en prison à l'usage des filles soumises. Cette prison devint la Petite-Force. On y entrait par la rue Pavée, n° 22.

Ces deux prisons ont disparu.

4° *Saint-Lazare*, prison située rue du Faubourg-Saint-Denis et dont nous avons déjà parlé. Elle était, comme elle l'est encore aujourd'hui, affectée aux femmes.

20.

5° Les *Madelonnettes*, rue des Fontaines, 14 et 16, prison instituée en 1620 à l'usage des jeunes filles pénitentes dites de la Madeleine. Plus tard cette maison s'étendit aux femmes prévenues de délits. Des bâtiments séparés étaient réservés aux femmes arrêtées pour dettes. Des ateliers y furent construits pour occuper l'activité physique des détenues. Cette prison disparut lors du percement de la rue de Turbigo.

6° *Sainte-Pélagie*, 14, rue de la Clef. Cet établissement servait de prison à des jeunes gens détenus par l'autorité paternelle, aux débiteurs et aux prévenus de délits politiques. Sous l'Empire, cette prison n'accusait que l'incurie de la haute administration et la négligence des subordonnés. Les enfants furent plus tard renfermés à la Roquette, et les détenus pour dettes dans une nouvelle prison rue de Clichy, près du jardin de Tivoli.

7° *Bicêtre*. Nous avons déjà parlé de Bicêtre comme hôpital. Il nous reste à l'envisager comme prison. Les six corps de bâtiments qui composaient cet établissement s'agrandirent, sous l'Empire, considérablement. Cette maison était administrée par deux autorités distinctes : la préfecture de la Seine et la préfecture de police. En cela, on a sans doute voulu suivre la sage division conseillée par Necker entre l'administration économique et celle de la police ou sûreté. Mais au lieu des bons effets qui devaient résulter du concours de ces deux administrations, il en est survenu de nombreux abus par la molle intervention de l'une d'elles. La préfecture de police a tout envahi.

8° La prison de l'*Abbaye*, rue Sainte-Marguerite. Elle était d'abord une prison de justice seigneuriale, celle de l'abbé de Saint-Germain-des-Prés. Ensuite, elle devint prison militaire. Pendant la Révolution, on y enfermait des hommes de toute catégorie. Les cachots de cette prison monacale étaient effrayants. On ne pouvait s'y tenir debout. L'existence dans ces conditions ne pouvait s'y prolonger longtemps. Là, aussi, il fallait payer la pistole pour être traité plus convenablement.

9° La prison militaire de *Montaigu*, dans une partie des bâtiments de l'ancien collège de ce nom.

10° L'*hôtel Besancourt*, quai Saint-Bernard, destiné aux délinquants de la garde nationale. Ensuite, il servit à la détention des accusés politiques.

Nous terminerons cette énumération par le *Dépôt* de la préfecture de police, au Palais. Cette prison comprenait deux parties : l'une dite salle Saint-Martin contenait des chambres pour ceux qui pouvaient les louer; l'autre, comprenait un bâtiment à trois étages où des innocents arrêtés se trouvaient confondus avec tout ce que la crapule, la malpropreté et le vice pouvaient présenter de plus odieux : avec des voleurs, des vagabonds, la plupart couverts de vermine et entassés comme des bêtes. 17,000 prévenus étaient, en effet, conduits en moyenne chaque année au Dépôt.

Cet état des prisons, que nous empruntons aux mémoires fournis sous le règne suivant à la Société royale des prisons, nous montre que la réforme pénitentiaire n'existait pas encore. Les classifications de sexes et de moralités, l'organisation du travail, l'amélioration morale, l'hygiène même étaient inconnues. Aussi la récidive devenait-elle effrayante. Mais un homme qui savait si bien faire massacrer les innocents ne pouvait autrement traiter les prisonniers. Il était logique dans sa cruauté.

Transformations physiques de Paris. —

A côté de tous ces établissements dont profita la ville de Paris, s'en élevèrent d'autres d'un caractère plus personnel au souverain. Napoléon n'était point homme à s'oublier dans un intérêt commun. Il lui fallait le marbre, le bronze et l'or pour y graver ses triomphes. Tels furent le palais de la Légion d'honneur, la Madeleine, la colonne Vendôme, les arcs de triomphe du Carrousel et de l'Étoile, etc.

Le *palais de la Légion d'honneur* fut bâti en 1786, sur les plans de l'architecte Rousseau pour le prince de Salm [1]. Cet hôtel porta le nom de son propriétaire jusqu'en 1802, époque où il fut affecté à sa nouvelle destination. Le but que se proposait l'empereur n'échappa pas à quelques esprits austères qui résistèrent à cette institution. Anquetil-Duperron, membre de l'Institut, Riols, membre du tribunal de cassation, Reveillère-Lépaux refusèrent de prêter serment d'obéissance en échange de cette décoration. Le Tribunat s'y montra également hostile et la loi ne passa qu'à une faible majorité.

La construction de l'*église de la Madeleine* a été pleine de péripéties. La première pierre en fut posée par Mlle de Montpensier en 1659. Près de deux siècles s'écoulèrent avant son achèvement. (Voir ci-dessus à la page 129.) Elle a le style d'un temple grec. Les architectes en furent successivement Constant d'Ivry, Couture, P. Vignon et Huvé. En 1806, Napoléon projeta d'en faire un temple à la gloire des armées françaises. Ce projet fit l'objet d'un concours, et plus de cent vingt concurrents produisirent leurs plans. Le dessin préféré par la commission fut celui de Vignon, agréé par l'empereur, alors en Prusse. Dans ce temple, des tables d'or auraient formé les pages des annales de l'Empire. La construction se continua jusqu'en 1814. Les grandes colonnes se trouvaient élevées jusqu'à leurs astragales; d'autres constructions étaient avancées. Mais la suspension des travaux fut prononcée et des ordonnances royales changèrent, en 1816, la destination de cet édifice. Le temple de la gloire devint une simple église paroissiale.

La *colonne Vendôme* fut encore élevée à la gloire de l'armée, de 1806 à 1810, à l'imitation de la fameuse colonne d'Antonin. Elle a été construite par Denon, Gondouin et Lepère. Outre un piédestal de 7 mètres, cette

1. Mme de Staël habita cet hôtel.

Fig. 39. — Le Chant du Départ (bas-relief de l'Arc de Triomphe de l'Étoile.)

colonne se compose de 425 plaques en bas-reliefs, qui entourent en spirale un fût en pierre de taille. Ces plaques ont 273 mètres de développement. Le bronze provient des canons autrichiens. Un escalier à vis de 176 marches conduit à un chapiteau surmonté d'une calotte. C'est sur cette calotte qu'est placée la statue de Napoléon. Au mois de mai 1814, les événements firent descendre cette statue, à laquelle on substitua une fleur de lys à quatre faces. En 1830, une nouvelle statue de Bonaparte remplaça cette fleur qui supportait un drapeau blanc.

La *place du Carrousel* s'embellit et s'agrandit. L'explosion de la machine infernale rue Saint-Nicaise, le 24 décembre 1800, au moment où Bonaparte se rendait en voiture à l'Opéra, contribua beaucoup à cet agrandissement. L'ébranlement que subirent les maisons à la suite de cette explosion les fit démolir. La rue disparut et la place du Carrousel s'étendit d'autant. En 1808, la rue du Carrousel établit la communication entre le palais des Tuileries et celui du Louvre. Bonaparte avait arrêté un plan d'après lequel cette place, comme elle l'est aujourd'hui, ne devait être limitée que par les deux palais et des galeries les rejoignant. Toutes les autres constructions se trouvaient vouées à la démolition. La chute de l'Empire retarda d'un demi-siècle l'exécution de ce projet.

C'est au milieu de la grille qui séparait la cour des Tuileries de la place du Carrousel que Napoléon fit construire, en 1806, sur les dessins de Fontaine et Percier, un arc de triomphe, imité de l'arc de Septime-Sévère, à Rome. Chaque face est ornée de quatre colonnes corinthiennes de marbre rouge du Languedoc à base et chapiteaux de bronze. Au-dessus de ces colonnes se tiennent des statues de militaires français dans le costume de leurs armes. Sur un double socle qui surmonte l'attique, s'élève un char de triomphe attelé de quatre chevaux de bronze conquis à Venise et surnommés chevaux de *Corinthe*. Ce char devait recevoir la statue de Napoléon. Mais les événements y

Fig. 40. — L'intérieur de la Bourse.

substituèrent une femme qui personnifie la Restauration

L'*arc de triomphe de l'Étoile* date aussi de cette année 1806, où Napoléon semblait tout préoccupé de sa déification. Chalgrin en fournit les plans et la première pierre en fut posée le 15 août. Le 1er avril 1810, Marie-Louise le franchit à son entrée à Paris. Il n'était encore représenté que par des charpentes recouvertes de toiles peintes. En 1814, les travaux furent suspendus. Nous reparlerons plus loin de cet édifice, qui a coûté près de 10 millions. C'est peu, si l'on compare ce chiffre au coût de la gloire elle-même. (Voir la gravure qui reproduit le bas-relief de Rude, le *Chant du départ*, page 237.)

La *Bourse*, qui s'était tenue dans une partie de l'ancien palais Mazarin, puis, sous la Révolution, dans l'édifice des Petits-Pères et au Palais-Royal, sentit le besoin d'avoir son édifice spécial. L'architecte Brongniart en avait conçu les dessins; l'exécution commença le 24 mars 1808. En 1814, les événements interrompirent les travaux. Reprise plus tard, cette construction fut achevée en 1826. Ce monument coûta plus de 8 millions. (Notre gravure donne l'intérieur de la Bourse, page 239.)

Au moyen des aqueducs, des écluses, etc., les eaux arrivant de toutes parts dans les différents quartiers de Paris, alimentèrent les anciennes fontaines et permirent d'en élever de nouvelles. Nous citerons, parmi ces dernières, celle de la place du Châtelet, dite du *Palmier*, sur la cime de laquelle une renommée, une couronne à chaque main, proclame les victoires. (Voir la gravure, page 241.) Une autre, place Dauphine, aujourd'hui disparue, fut élevée à la mémoire du général Desaix, sur les dessins de Percier. Celle du Château-d'Eau datait également de l'Empire.

Les *cimetières* étaient au nombre de trois : ceux de Montmartre (nord), du Père-Lachaise (est) et de Sainte-Catherine, boulevard Saint-Marcel (sud). Ces trois enclos extra-muros furent ordonnés par arrêté du préfet de la

Fig. 41. — La place du Châtelet.

Seine du 12 mars 1804. Celui du Mont-Parnasse date de 1810.

Des cimetières, nous revenons naturellement aux *catacombes*. Le préfet de la Seine, M. Frochot, les embellit de 1810 à 1811. On y descendait par une porte située dans la cour du pavillon de la barrière d'Enfer. L'escalier comptait 90 marches. M. Héricart de Thury y avait fait établir un cabinet de pathologie où étaient classées toutes les espèces d'ossements déformés par les maladies. Il y existait déjà aussi un cabinet contenant une collection minéralogique de tous les échantillons des bancs de terres et de pierres qui constituaient le sol des catacombes appelées à cette époque *Tombe-Issoire*. On évalue à près de 6 millions le nombre des morts dont les ossements reposent dans cette vaste nécropole.

Quelques chiffres statistiques. — Paris possédait, en 1814, 26,010 mètres d'égouts. L'égout de Rivoli, s'étendant du palais des Tuileries jusqu'à la rue Saint-Florentin dans la direction de la rue de Rivoli, fut achevé en 1807; celui de la rue Montmartre le fut en 1812; celui de la rue du Cadran, en 1813; celui de la rue Saint-Denis avait été terminé en 1800.

10,500 becs de réverbères éclairaient la capitale; 1,775 cabriolets de remise, 980 fiacres, 738 cabriolets de place numérotés, 400 omnibus; ensemble 3,913 voitures publiques, formaient à cette époque les seuls moyens de transport à l'intérieur. La superficie des rues pavées se trouvait être de 2,704,933 mètres.

Nous terminerons par le chiffre de la population. En 1798, on l'évaluait à 650,000 habitants. En 1808, il était descendu à 580,000. Mais il s'était relevé vers la fin de l'Empire, car, en 1817, le recensement accusait 714,596 habitants.

CHAPITRE II

PARIS SOUS LA RESTAURATION

Sommaire. — État des esprits à la chute de Napoléon. — Louis XVIII. — Charles X. — Améliorations physiques de Paris. — Institutions et faits divers.

État des esprits à la chute de Napoléon. — La nation était fatiguée des guerres ruineuses, illégitimes et personnelles de l'Empire. Revenue de son engouement irréfléchi, elle méditait sur les désastres de semblables hécatombes pour la seule gloire d'un conquérant qui disposait en maître et des hommes et des choses. A Paris surtout, par son révoltant mépris de la vie humaine et des prérogatives populaires, Napoléon avait cessé d'être l'idole. Le clinquant de ses uniformes autant que l'éclat de ses fêtes et de ses revues ne produisaient plus leur ancien éblouissement. Le paysan, l'ouvrier, le bourgeois même, le deuil au cœur, trouvaient qu'ils avaient suffisamment engraissé de leur sang les terres de l'étranger. Le départ de l'empereur causa donc un immense soulagement. Mais après cette longue suite d'émotions de toutes sortes, chacun semblait se désintéresser des affaires publiques et s'abandonner à l'inertie du découragement ou de la lassitude. Aussi Louis XVIII fut-il accepté de Paris, malgré son drapeau blanc, du moment où, mieux inspiré que le héros de brumaire, il promettait de respecter les libertés conquises par la Révolution.

Louis XVIII. — La charte du 4 juin 1814 parut donc, aux Parisiens, offrir de suffisantes garanties. Mais quand, au mépris de ses promesses, le roi, écoutant les conseils de vengeance de ses courtisans, se livra à la pratique des proscriptions et des représailles sanglantes, l'esprit d'indépendance reparut avec une énergie nouvelle. Les provocations des royalistes, la direction religieuse donnée à l'enseignement, la conduite du clergé, qui ne réveillait le souvenir des excès de la Révolution que pour en discréditer les sublimes principes, tout cela donna naissance à des émeutes fréquentes parmi le peuple et à des actes de turbulence au quartier Latin. Le parti libéral, malgré le mode électoral, se grossissait à chaque élection. Il comptait 90 sièges sur 257 députés. L'assassinat du duc de Berry, par Louvel, fournit au gouvernement le prétexte à de nouvelles persécutions et par contre à des résistances dissimulées, à des conspirations. De là de nombreuses et inutiles exécutions. Louis XVIII mourut le 16 septembre 1824. Tout son règne n'a été qu'une série d'actes de vengeance. A ces revenants du vieux régime, le libéralisme faisait peur. Cependant, ni les exécutions de Labédoyère dans la plaine de Grenelle, ni celle de Ney, avenue de l'Observatoire[1], ni celles des quatre sergents de la Rochelle, ni celles de tant d'autres, depuis le complot des patriotes jusqu'aux massacres des carbonari de 1822, ne parvinrent à intimider les libéraux parisiens. Ce n'est pas avec du sang qu'on immole le droit. Les bonnes causes puisent au contraire une force nouvelle dans les persécutions dont elles sont l'objet. L'orage continuait à gronder sourdement.

Charles X. — Charles X ne sut pas tirer profit de ces avertissements. Il était, selon l'expression de Royer-Collard, resté le comte d'Artois d'avant 1789. En effet, le vieil émigré n'avait rien appris des événements et rien

1. Voir la gravure représentant l'Observatoire et la statue élevée au maréchal Ney à l'endroit où eut lieu son exécution (p. 145).

oublié de l'ancien régime. Un changement de règne cause toujours un instant de trève. Il y a des fêtes, on s'amuse. La promesse de maintenir et d'exécuter intégralement la Charte remplit de joie. Louis XVIII n'avait pas tenu ses promesses, mais il n'y avait pas lieu encore de douter de celles de Charles X. L'illusion ne fut pas longue et grande parut la déception. Les anciens émigrés, affamés, considéraient la France comme une proie à se partager. Mais ils avaient compté sans l'opposition qui reparut ferme et menaçante. Ces dispositions se manifestèrent le 30 novembre, aux obsèques du général Foy. Paris prit le deuil. Les boutiques se tinrent fermées. Plus de cent mille assistants, malgré la pluie, suivirent jusqu'au Père-Lachaise le convoi de l'illustre patriote, qui avait lutté avec tant d'énergie et d'éloquence contre la réaction royaliste. Jamais citoyen n'avait eu encore à Paris de semblables funérailles. Mieux que cela, la France reconnaissante voulut doter ses enfants et une souscription, dans ce but, produisit plus d'un million. Voilà jusqu'à quel diapason se trouvait élevé le patriotisme des libéraux !

A cette démonstration démocratique qui échappait à toute répression, les royalistes opposèrent le *Jubilé*. Une procession composée du roi, de sa famille, de sa cour, des fonctionnaires, du clergé, des congrégations religieuses et d'une foule bien pensante, parcourait les rues en chantant des psaumes et des litanies. Ce défi grotesque des gens qui avaient voté la loi du sacrilège fut accueilli comme il méritait de l'être dans cette ville voltairienne et réformatrice. Mais de ce Jubilé était restée une vaste association religieuse appelée Congrégation, à la fondation de laquelle les Jésuites n'étaient pas étrangers. Rentrés illégalement, ils disposaient déjà entièrement du pouvoir. Le parti libéral s'en alarma. Il les attaqua devant les tribunaux, qui se déclarèrent incompétents, à la tribune de la Chambre, dans la presse, dans les livres et les brochures. C'était leur faire beaucoup d'honneur.

21.

La Chambre des pairs, très diversement composée, mais en majorité libérale, avait déjà mérité l'approbation la plus vive des Parisiens en rejetant l'article d'un projet de loi qui consacrait le droit d'aînesse et tendait, en faisant revivre la classe privilégiée, à rompre l'égalité civile proclamée par la Constituante et contenue dans le Code. Cette opposition législative, ces protestations populaires irritèrent le ministère. Il présenta un projet de loi contre la liberté de la presse que la Chambre des pairs refusa encore (1827). A la nouvelle de ce résultat, Paris ne se contint plus. On illumina, on alluma des feux de joie, on cria : *Vive la Chambre des pairs!* Cette allégresse dura trois jours entiers. Béranger, de ses chansons naïves, sapait le fanatisme religieux, intolérant et cruel.

Non loin de là, à une revue de la garde nationale par le roi au Champ de Mars, les princesses furent injuriées. On cria aussi : A bas les ministres! et le roi irrité licencia la garde civique; puis mécontent de la Chambre des députés qui prêtait trop l'oreille aux idées libérales de la Chambre des pairs, il prit contre elle un arrêté de dissolution. C'était l'obstination d'un vieillard mal conseillé. Mais on ne se heurte jamais impunément à ces grands courants de liberté qui entraînent les peuples. Paris, en effet, lui répondit en nommant douze députés libéraux parmi lesquels on comptait des lutteurs tels que Dupont de l'Eure, Jacques Laffitte, Casimir Périer, Benjamin Constant, Royer-Collard, et le résultat général n'était pas plus favorable au ministère. Un pareil scrutin fut accueilli des Parisiens avec un enthousiasme indescriptible. On recommença les illuminations. Des groupes bruyants parcoururent les rues en criant : Vive la Charte! La gendarmerie, envoyée pour les disperser, fut reçue à coups de pierres. L'hostilité contre le pouvoir était manifeste et se généralisait. Rue Saint-Denis, l'érection d'une barricade amena une répression dont la brutalité augmenta encore l'irritation. Le ministère de Villèle ne pouvait se maintenir, il succomba. L'avènement de M. de Martignac, plus conciliant, amena une trève favorable au commerce, à l'industrie et au travail. Mais en août 1829, le parti royaliste, ennemi de tout bienfait, reparut au pouvoir. L'intrigue cléricale défia de nouveau la France par l'apparition du ministère de Polignac. Son premier acte fut de dissoudre de nouveau la Chambre des députés. Paris, très surexcité, soutenu par une presse ardente, par ses comités électoraux, par l'effervescence des salons politiques, élut encore douze députés libéraux et l'opposition comptait 270 membres. La conduite du roi semblait toute tracée : donner satisfaction aux vœux d'un peuple qui les affirmait avec tant de persistance. Il n'en fit rien. Le 25 juillet 1830, il s'arrêta à la publication d'ordonnances qui supprimaient effrontément la Charte et qui le renvoyèrent en Angleterre.

Améliorations physiques de Paris. — Napoléon n'avait songé à embellir Paris que de monuments fastueux capables de transmettre aux générations futures les grandes dates historiques de son règne. Mais il avait négligé la partie la plus utile, celle d'assurer l'hygiène générale, en répandant l'air et la lumière dans les habitations, et en assainissant la rue par une eau abondante et un bon système d'égout. Ce fut de ce côté que le préfet Chabrol porta surtout sa sollicitude. Paris comprenait alors 1,094 rues, 120 culs-de-sac, 10 cloîtres, 22 cours, 7 enclos, 133 impasses, 166 passages, 27 ruelles, 46 chemins de ronde, 96 places, 37 carrefours, 47 halles et marchés. M. Chabrol ouvrit 65 rues et 4 places nouvelles, élargit 24 rues, places ou boulevards, conformément au plan d'alignement conçu sous Louis XVI. Ces rues ont été pour la première fois pourvues de trottoirs. Divers services d'omnibus facilitèrent la circulation intérieure. Trois nouveaux ponts couvrirent la Seine : celui de l'Archevêché, celui des Invalides, celui d'Arcole. Le canal Saint-

Martin et l'entrepôt de vins furent terminés, ainsi que le grenier de réserve, les halles améliorées; l'éclairage au gaz se répandit. En 1823, l'Hôtel de Ville s'agrandit de la salle Saint-Jean et de la salle des Fêtes, dite salle d'Angoulême. A cet effet, on utilisa l'emplacement de l'église et de l'hôpital du Saint-Esprit et de l'église Saint-Jean, démolies pendant la Révolution.

Tel est le résumé des améliorations accomplies sous la Restauration. C'était peu si l'on compare ce résultat aux besoins urgents; c'était beaucoup si l'on tient compte de l'état politique, des troubles fréquents dont Paris n'a cessé d'être le théâtre.

La décoration n'a pas été non plus négligée. C'est pendant cette période que s'élevèrent les statues de Henri IV, sur le Pont-Neuf, de Louis XIII, sur la place Royale, de Louis XIV, sur celle des Victoires. Plusieurs églises furent restaurées : Gros décora Sainte-Geneviève (Panthéon) rendue au culte. On construisit celles de Bonne-Nouvelle, de Notre-Dame-de-Lorette, de Saint-Vincent-de-Paul, et on posa quelques assises à la Madeleine. La chapelle expiatoire, le séminaire Saint-Sulpice remontent aussi à cette époque. Les travaux de l'arc de triomphe de l'Étoile furent repris, le palais d'Orsay achevé. Les passages couverts : Choiseul, Véro-Dodat, Vivienne et Colbert ont été ouverts au public. Le théâtre du Gymnase, construit sous les auspices de la duchesse de Berry, date de 1820. Celui du Vaudeville, place de la Bourse, transporté depuis au boulevard des Capucines, fut terminé en 1827, et l'année précédente la Bourse avait été inaugurée.

Nous mentionnerons aussi la translation pierre par pierre, sur le Cours-la-Reine, de la *maison* dite *de François Ier*, bâtie en 1523 à Moret, près de Fontainebleau où elle servait de rendez-vous de chasse au roi et à ses invités.

Institutions et faits divers. — M. de Belleyme, préfet de police, réalisa d'importantes améliorations dans son service. Les agents, réunis en corps, revêtirent un uniforme. Il substitua ainsi à la police de surprise la police de prévention. Pourquoi n'a-t-on pas encore étendu cette mesure aux agents de la police des mœurs? Rien ne trouble une population comme l'esprit de défiance chez des individus qui agissent arbitrairement dans l'ombre.

Déjà s'étaient faits sur la Seine les premiers essais de navigation à vapeur et produites les locomotives pour les chemins de fer.

Cette époque ne se montra pas moins brillante pour les arts, les sciences et les lettres. Louis XVIII créa l'École des chartes aux Archives; l'École des arts et manufactures fut fondée dans l'hôtel de Juigné. En 1824, la Société d'encouragement pour l'industrie nationale a été reconnue d'utilité publique. Trois expositions artistiques se tinrent dans la cour et les galeries du Louvre en 1819, 1823, 1827. Une ordonnance du 29 juillet 1818 autorisa la création de la première caisse d'épargne à Paris.

Louis XVIII et Charles X s'efforcèrent d'atténuer le pillage du Musée du Louvre par les troupes alliées, en augmentant les collections. En 1830, ce Musée comprenait une section de peinture et de sculpture, le Musée égyptien, le Musée de la Renaissance, le Musée espagnol, le Musée naval et le Musée des dessins des grands maîtres.

Par ordonnance du 21 mars 1816, Louis XVIII donna à l'Institut une organisation nouvelle. A partir de cette époque, il comprit quatre académies : l'Académie française, l'Académie des inscriptions et belles-lettres, l'Académie des sciences et l'Académie des beaux-arts. Chaque Académie possédait son régime indépendant. Elles n'avaient de commun que le local, le secrétariat, la bibliothèque et les collections.

L'Académie de médecine a été fondée en 1820. Après avoir siégé dans une maison particulière, elle s'est définitivement établie dans un bâtiment construit au siècle dernier, rue des Saints-Pères, pour servir de chapelle à l'hôpital de la Charité.

Nous terminerons par une brutale coutume parisienne, fort à la mode à cette époque, aujourd'hui disparue : nous voulons parler de la *descente de la Courtille*. Le mercredi des cendres, une repoussante cohue, sortant des bals populaires de Belleville, avinée, pâle et misérablement travestie s'abattait sur Paris, lançant des ordures et des infamies à la foule qui allait en recueillir le spectacle. L'itinéraire était le faubourg du Temple, et des jeunes gens des meilleures conditions ne dédaignaient pas d'entrer dans cette lice d'ivrognes et de débauchés.

CHAPITRE III

PARIS SOUS LOUIS-PHILIPPE

SOMMAIRE. — Le résultat des ordonnances. — Révolution de juillet 1830. — Nouvelle monarchie. — Nouveaux désordres. — Mouvement économique. — Municipalité. — Améliorations physiques et embellissements. — Mouvement littéraire, artistique et scientifique.

Le résultat des ordonnances. — La publication des ordonnances mit tous les esprits en ébullition. C'était un recul au delà de 1789. On cherchait un moyen de résister légalement. Les journalistes et les députés de l'opposition se réunirent dans les bureaux du *National*. M. de Belleyme, président du tribunal de première instance, qualifia les ordonnances d'illégales. Le président du tribunal de commerce pensait de même. La bourgeoisie organisait la résistance. Le peuple descend dans la rue à l'appel des ouvriers imprimeurs, particulièrement menacés par la suppression de la presse. Des rassemblements se forment et deviennent menaçants. La crainte est générale, les boutiques se ferment, on brise les réverbères, on dresse des barricades, on insulte les patrouilles; les rixes commencent, des combats partiels s'engagent; il en résulte des blessés et des morts. Les cadavres sont promenés, on crie vengeance; toute la nuit l'on se prépare à la guerre civile, et le tocsin sonne, le tambour bat, les barricades se multiplient. Les vieux officiers de l'empire dirigent le feu; des gardes nationaux se joignent aux insurgés. Les carbonari de 1822 se précipitent dans la mêlée, toutes les classes prennent part au combat. C'est que jamais plus noble but n'avait inspiré une révolution. C'étaient les libertés conquises, qui nous restaient du naufrage, qu'il s'agissait de maintenir. On ne voulait plus du servage de la royauté, des seigneurs et du clergé. Bientôt le drapeau tricolore est arboré, on veut venger Ney et les quatre sergents de la Rochelle, on insulte les Bourbons, on détruit les emblèmes royaux, on prépare la chute du trône.

Révolution de juillet 1830. — Telle était la situation morale de Paris, quand le gouvernement se décida à agir vigoureusement. L'état de siège fut proclamé, le maréchal Marmont, investi du commandement général, partagea les 20,000 hommes dont il disposait en trois colonnes. L'une s'empara de l'Hôtel de Ville en suivant les quais, refoulant les insurgés dans la Cité. L'autre, après avoir subi des hésitations entre les portes Saint-Denis et Saint-Martin, s'avança jusqu'à la Bastille; mais rue Saint-Antoine elle essuya de grandes pertes, assaillie de pavés et de meubles. La troisième, enveloppée au marché des Innocents, ne dut son salut qu'à l'intervention des Suisses. Le 28 au soir, les deux premières colonnes s'étaient rabattues sur les Tuileries, et la troisième tenait position place Vendôme. Le combat cessa pendant la nuit; mais le peuple, maître dans cette première journée, veilla attentivement, s'attendant à être attaqué au jour et décidé à vaincre. La cour s'était retirée à Saint-Cloud. A Paris, il n'y avait plus ni gouvernement, ni ministres, ni préfets.

Les troupes, le 29 au matin, se trouvaient cernées au Louvre et au Carrousel. Marmont ayant dégarni le Louvre d'un bataillon pour soutenir des engagements place Vendôme, le peuple, enhardi, envahit les galeries. La panique devint bientôt générale parmi les troupes, qui se retirèrent en désordre au bois de Boulogne. Aussitôt les Tuileries furent occupées et le trône détruit.

Tandis que les débris de la troupe rejoignaient avec Marmont le roi à Saint-Cloud, une commission de cinq députés, présidée par La Fayette, siégeait à l'Hôtel de Ville, proclamait la déchéance de Charles X, et se constituait en gouvernement provisoire. La Fayette, qui avait vu renaître son ancienne popularité, possédait alors toute la confiance.

L'enthousiasme était général. Le peuple, entièrement absorbé par les idées de liberté, ne souilla point sa victoire par le pillage. Il gardait pieds nus et en chemise la Banque, le Trésor, le Palais-Royal, celui des Tuileries; les églises mêmes furent respectées.

Charles X, que la défaite avait rendu conciliant, voulut bien faire savoir aux Parisiens qu'il consentait à retirer ses ordonnances et à renvoyer ses ministres. « Trop tard », lui répondit-on, et il ne lui resta plus que la ressource de s'acheminer vers Rambouillet, puis vers Cherbourg, pour de là gagner l'Angleterre. Il s'embarqua le 16 août après avoir abdiqué en faveur du duc de Bordeaux.

Ces trois journées coûtèrent la vie à 5,208 citoyens et à 781 soldats.

Nouvelle monarchie. — La bourgeoisie, qui avait préparé la révolution, s'était tenue, pendant le combat, dans une prudente réserve. Mais une fois la victoire acquise elle mit toute son activité pour l'exploiter à son profit. Elle prit la direction du mouvement politique afin d'en ralentir la vivacité, et établit une monarchie selon son cœur, une monarchie constitutionnelle. Avec un régime électoral censitaire, la raison faisait place à l'intérêt des gouvernants et de leurs électeurs, et le peuple restait ce qu'il était devant.

Le duc d'Orléans devint lieutenant-général du royaume et ce fut La Fayette qui, du balcon de l'Hôtel de Ville, le présenta à la foule. Celle-ci eût assurément préféré le

22

régime républicain. Elle protesta même en la personne
des conspirateurs de 1820 et de la jeunesse des Écoles.
Mais le peuple n'était pas assez instruit, assez préparé
pour exprimer ses vœux et imposer, lui victorieux et
brave, sa volonté à tous ces avocats politiques qu'on est
plus sûr de trouver à la curée que derrière une barricade.
Il était prêt à acclamer La Fayette comme président de la
République et ce fut ce même général qui proclama le
nouveau monarque, le drapeau tricolore à la main. La
démocratie joua un rôle de dupe, et il en sera toujours
ainsi tant qu'elle restera étreinte par l'ignorance. La
majorité sera opprimée ou méconnue tant qu'elle ne saura
formuler ses *desiderata* et employer les moyens pacifiques pour faire triompher les réformes. Les minorités se
trouvaient organisées, la majorité ne l'était pas. Ce fut
donc la bourgeoisie qui régna avec Louis-Philippe; mais
en ne songeant qu'à satisfaire ses ambitions, en négli-
geant le bien public, elle s'aliéna la force; et nous allons
assister à une nouvelle suite de troubles que ne pourra
pas toujours anéantir une répression barbare. La bourgeoisie commit les mêmes fautes que les régimes précédents. Elle eut la prétention de soumettre la société à son
pouvoir, tandis que, dans une société bien organisée, le
pouvoir n'a rien à imposer, il est l'exécuteur des décisions
de la majorité.

Les protestations des hommes de foi, des députés républicains et des étudiants restèrent sans écho dans cette
foule ignorante et versatile. Le 27 juillet, elle se battait
pour la cause républicaine et vingt jours après elle accla-
mait le nouveau roi, distribuant aux légions leurs drapeaux au Champ de Mars.

Au résumé, la révolution de 1830 fut une révolution
essentiellement parisienne. Elle s'opéra spontanément
sans aucun assentiment de la province, qui n'eut qu'à se
soumettre au fait accompli. Que n'en a-t-il été de même
sous Étienne Marcel? Que de maux auraient été épargnés

à ce peuple si apte aux sacrifices et à la résignation !

Hâtons-nous de le dire pourtant, le gouvernement de Juillet ne se montra pas ingrat à l'égard des héros à qui il devait son avènement. Il édifia, sur la place de la Bastille, une colonne commémorative de ce grand événement, et c'est dans les caveaux de ce monument qu'ont été déposés les restes des victimes des trois glorieuses.

Après de pareilles commotions, l'arrêt des affaires est inévitable. L'incertitude du lendemain ralentit les commandes. Les capitaux restent stationnaires, les ateliers se ferment et l'ouvrier passe de la gêne à une misère affreuse. Tel est le résultat économique des guerres civiles. Le gouvernement, pour parer à un embarras immédiat, fit voter une somme de 1,400,000 francs pour secourir les ouvriers désarmés et sans travail. De plus, on ouvrit des ateliers nationaux et l'on créa, autant qu'on le put du travail en remettant aussitôt Paris en état, et en relevant les talus du Champ de Mars. Tous ces efforts étaient stériles. Bon nombre d'ouvriers inoccupés se rassemblaient sur la place de Grève et sur les quais. Certains clubs, par leur violence de langage, émurent la police, on les ferma. Le peuple murmurait. Il demandait la mise en accusation des ministres de Charles X, pour se venger de ses maux. Quand il apprit l'arrêt de la Chambre des pairs qui les condamnait à la déportation perpétuelle, sa déception se changea en véritable rage. Ces hommes avaient usé dans la lutte tout ce qu'ils possédaient de généreux et d'élevé, il ne leur restait plus que les instincts de la brute, ils demandaient du sang et il fallut toute l'autorité de La Fayette pour prévenir de redoutables désordres. A l'occasion d'un service anniversaire de l'assassinat du duc de Berry, organisé par les royalistes (carlistes) à Saint-Germain-l'Auxerrois, l'église fut envahie, l'archevêché pillé. On arracha les croix des églises, on enleva les fleurs de lis des monuments, on se livra à une dévastation générale.

Dès son avènement, Louis-Philippe se trouva très embarrassé. Allait-il s'appuyer sur le peuple et entrer résolument dans la voie des réformes? Allait-il au contraire se maintenir dans les limites de la Charte que le Gouvernement provisoire lui avait fait signer? Il chassait de race, et c'est à ce dernier parti qu'il s'arrêta, en affectionnant tout particulièrement les doctrines autoritaires de MM. Guizot et duc de Broglie. Il se détacha de La Fayette en faisant supprimer, par les Chambres, son commandement général des gardes nationales. Il s'aliéna ainsi toute la fraction libérale de la Chambre des députés, au sein de laquelle s'organisa un parti de résistance qui triompha. Odilon-Barrot, qui avait succédé à M. de la Borde, comme préfet de la Seine, donna sa démission; mais, le 13 mars 1831, Casimir Périer devenait président du conseil. C'est à sa fermeté que l'on dut la pacification des esprits.

Nouveaux désordres. — Vers la fin de l'année 1831, une formidable insurrection survint à Lyon, résultat de la crise industrielle. Le Midi s'agitait, des émeutes avaient lieu à Grenoble et à Paris; la police découvrait, en février 1832, le complot de la rue des Prouvaires qui menaçait la sécurité de la famille royale.

Le 27 mars 1832, le choléra fit son apparition à Paris, et y prit une telle extension qu'il enlevait jusqu'à 150 personnes par jour. De mars à septembre, 18,400 Parisiens périrent victimes de ce terrible fléau. Comme toujours, en temps d'épidémie, les esprits s'exaltèrent. La population était affolée. Des bruits aussi mal fondés que crédulement accueillis attribuèrent le choléra à un empoisonnement des sources et des denrées, ce qui faillit amener des massacres. En réalité la cause d'une pareille intensité résidait toute dans le manque d'hygiène de la population ouvrière et des quartiers qu'elle habitait, véritables foyers pestilentiels. Aussi restèrent-ils les plus éprouvés. Casimir Périer en fut une des victimes, le 16 mai.

Fig. 42. — La place de la Bastille.

22.

Ces appréhensions opérèrent une courte diversion à la surexcitation des esprits. Le 5 juin 1832, aux obsèques du général Lamarque, député de l'opposition, une collision éclata entre la troupe et la foule. Bientôt l'insurrection fut complète. Elle dura deux jours. Des barricades s'élevèrent, un combat s'engagea au cloître Saint-Merri (6 juin). Il y eut des blessés et même des morts. L'état de siège fut proclamé, et 1,800 personnes furent arrêtées et mises en accusation.

Le 19 novembre, un coup de revolver fut tiré sur le roi sans l'atteindre. Le coupable n'a pas été découvert.

En avril 1834, une nouvelle et sanglante insurrection éclata à Lyon. Paris y répondit le 14. Les républicains furent vaincus. La rue Transnonain devint le théâtre d'un massacre révoltant qui pèsera sur la mémoire de Thiers. 123 insurgés furent traduits devant la Cour des pairs constituée en cour de justice. 37 subirent la peine de la déportation. Ce procès dura plus d'un an.

Le 28 juillet 1835, tandis que Louis-Philippe passait sur les boulevards une revue de l'armée et de la garde nationale, une formidable explosion fit plus de cinquante victimes. Il y eut quatorze morts, au nombre desquels le général Mortier. Cette machine infernale dirigée contre le roi était due à Fieschi, Pepin et Morey. Tous trois passèrent sur l'échafaud.

Cette succession de complots, d'insurrections, de tentatives d'assassinat, amena des lois de restriction contre la liberté de discussion et contre la presse. Ces lois très sévères furent votées après de vives discussions. Elles n'empêchèrent pas les tentatives isolées. La disproportionnalité des peines avec le délit a toujours enlevé à la loi son effet intimidant, parce que son application demeure incertaine. Le 12 mai 1839, Barbès, Blanqui, Martin-Bernard et une poignée d'impatients essayèrent d'entraîner une population devenue à la fin tout à fait sceptique. Barbès et Blanqui, pris et condamnés à mort, virent leur peine commuée.

En septembre 1840, nouvelle crise. Des grèves apparaissent menaçantes. Quelques barricades s'élevèrent même, sans résister à la force du nombre de la troupe régulière. L'industrie traversait une phase de malaise. De toutes parts l'outillage se transformait, la machine tendait à se substituer au travail manuel, et l'ouvrier, insuffisamment éclairé, se croyant lésé dans ses intérêts, se liguait contre le progrès. D'ailleurs, l'exemple partait d'en haut. Ne voyait-on pas M. Thiers s'opposer à l'établissement des chemins de fer, ce véhicule important de la civilisation et de la richesse [1]?

Vers la fin de cette même année 1840, le transfert à Paris des restes mortels de Napoléon Ier réveilla les Bonapartistes. Aux attentats d'Alibaud, de Meunier, de Darmès, de Lecomte, de Joseph Henri, vint s'ajouter celui de Quénisset, rue Traversière, le 13 septembre 1841, contre la vie du jeune duc d'Aumale, qui rentrait d'Afrique, à la tête de son armée victorieuse.

Au commencement de l'année 1842, une catastrophe épouvantable vint aussi consterner la multitude. Le chemin de fer de Paris à Versailles, par suite d'un déraillement, causa la mort à 52 personnes. Il y eut en outre un nombre considérable de blessés.

Le 13 juillet survenait la mort du duc d'Orléans à la suite d'un accident de voiture. Cette fin tragique causa à Paris une émotion profonde; car ce prince était populaire et l'on concevait des espérances sur son avènement au pouvoir.

Enfin, en 1847, apparut une disette effrayante. La misère s'accrut dans des conditions telles que plus de la moitié de la population figurait parmi les indigents. Il fut

1. Le chemin de fer de Paris à Saint-Germain fut autorisé par la loi du 9 juillet 1835 et rapidement exécuté. Le point de départ devait être placé de la Madeleine. Mais le chiffre des expropriations à opérer a fait reculer, dit-on, le législateur. On n'était pas encore arrivé aux hardiesses de M. Haussmann.

distribué pour 9 millions de bons de pain à prix réduit à 475,000 Parisiens.

Mouvement économique. — Pendant ces dix-huit ans, le peuple s'était recueilli, instruit. Jusque-là comme depuis, on ne l'avait considéré que comme un instrument d'émeute. Les uns le poussaient pour l'exploiter, les autres pour consolider leur pouvoir en l'écrasant. Ce prétendu système de débarras compte encore quelques cruels adeptes de nos jours. Puis le calme rétabli, les places occupées, le peuple était renvoyé à son initiative pour faire face à ses besoins. Seules, les conditions de l'aristocratie et de la bourgeoisie devenaient intéressantes. Sous le vain nom de gloire ou d'honneur, on s'engageait dans des guerres étrangères pour faire diversion à des embarras intérieurs et décimer un surcroît de population remuante. Les droits de la majorité et de la force étaient méconnus au profit d'une minorité égoïste et déshonnête.

Quelques hommes, des utopistes peut-être, mais assurément des hommes généreux, blessés de ces infamies, s'appliquèrent à trouver le remède. C'est ainsi que surgit la question sociale. Les systèmes étaient nombreux, trop absolus, trop rapprochés d'un idéal lointain, mais tous imprégnés d'un grand amour de l'humanité. On distinguait les Fouriéristes, les Saint-Simoniens, les Icariens, les autoritaires, les libertaires, les individualistes proudhonniens et les partisans de l'association avec Leroux. Louis Blanc, lui-même avait publié un livre sur l'*Organisation du travail*. Toutes ces publications n'étaient assurément pas conformes aux principes de l'économie politique officielle, et elles n'en eurent que plus de succès.

L'ouvrier prêtait une oreille attentive à toutes ces paroles de justice absolue. Il utilisait ses chômages à discuter ou à entendre discourir. Pour le 10 juillet 1847, un banquet réformiste fut annoncé au Château-Rouge. Plus de 1,200 personnes y assistèrent. Au commencement

Fig. 43. — Vue prise du pont de la Concorde.

de 1848, l'annonce d'un nouveau banquet dans le XIIe arrondissement fut l'objet, à la Chambre, de débats animés à propos de la légalité de ces réunions. Cent députés protestèrent vainement, la majorité était acquise au gouvernement, qui s'opposait à la liberté de réunion. De sorte que le banquet du XIIe arrondissement, qui avait ensuite été annoncé pour les Champs-Élysées, fut interdit par le gouvernement et contremandé par ses organisateurs.

Municipalité. — En 1834, l'administration municipale se trouva modifiée. Sous M. de Rambuteau, préfet de la Seine, les Chambres furent saisies d'un projet d'organisation municipale de Paris. Le pouvoir exécutif, comme sous la loi de l'an VIII, appartenait aux deux préfets de la Seine et de police et aux maires et adjoints des douze arrondissements. Quant au pouvoir délibérant, il fut confié aux trente-six conseillers généraux élus de Paris, qui formèrent un conseil municipal.

Améliorations physiques et embellissements. — C'est en 1840 que fut votée, sur l'initiative de M. Thiers, la loi relative à la construction de l'enceinte actuelle de Paris. Cette muraille, de 33,930 mètres, qui a coûté 500 millions, se compose de 94 fronts, ayant chacun une courtine et deux demi-bastions. Ces remparts sont entourés de fossés de 15 mètres de large et percés de 70 portes qui, depuis 1860, sont munies de bureaux pour la perception de l'octroi. Dix-sept forts avancés protégeaient cette enceinte : ceux de la Briche, du Nord, du Maine, de l'Est, d'Aubervilliers, de Romainville, de Noisy; de Rosny, de Nogent et de Vincennes, sur la rive droite de la Marne. Sur la rive gauche se trouvait le fort de Charenton; sur la rive gauche de la Seine, ceux d'Ivry, de Bicêtre, de Montrouge, de Vanves, d'Issy, et du Mont-Valérien, à l'ouest.

Pendant cette durée de dix-huit ans, Paris subit des transformations considérables. De nombreuses rues s'ouvrirent et se construisirent, 120 kilomètres d'égouts assai-

nirent le vieux Paris. Les boulevards furent nivelés, les
trottoirs bitumés, la ligne des quais complétée. On améliora la Cité devenue un véritable foyer d'infection, et on
déblaya le carreau des Halles. La place de la Concorde
s'embellit et au centre s'éleva le fameux obélisque de
Loucqsor. Les Champs-Élysées se couvrirent de constructions pittoresques. L'Hôtel de Ville fut en partie réédifié.
Depuis longtemps, il était devenu insuffisant pour con-
tenir tous les services administratifs. L'octroi, les contributions, la bibliothèque, étaient au dehors. En 1836, les
travaux d'agrandissement commencèrent sous la direction
des architectes Godde et Lesueur. Il ne fut conservé que
la vieille façade. C'est dans ce palais transformé qu'eurent
lieu les fêtes célèbres de M. de Rambuteau, préfet de l'é-
poque. On restaura Notre-Dame, la Sainte-Chapelle, vingt
autres églises; on acheva la Madeleine et le Panthéon. Le
palais des Beaux-Arts, le Collège de France, l'arc de triomphe de l'Étoile, le tombeau de Napoléon aux Invalides, la
Cour des comptes, l'hôpital Lariboisière, les prisons de la
Roquette et de Mazas, le ministère des affaires étrangères par Lacornée, quai d'Orsay, furent construits également. Les ponts Louis-Philippe et des Saints-Pères
augmentèrent les facilités de circulation entre les deux
rives. Les fontaines Richelieu, Cuvier, Louvois, Molière et
Saint-Sulpice, ornèrent les places ou rues du même nom.
La statue de Napoléon reparut sur la colonne Vendôme.
La colonne de Juillet, sur la place de la Bastille, fut, ainsi
que nous l'avons déjà dit, édifiée à la mémoire des combattants de juillet 1830. Le puits artésien de Grenelle a été
creusé aussi sous ce règne. (Voir la gravure : vue prise
du pont de la Concorde. A gauche, le ministère des affaires
étrangères, l'esplanade des Invalides, à droite les Champs-
Élysées, le palais de l'Industrie, et dans le lointain l'arc
de triomphe de l'Étoile, page 261.)

Mouvement littéraire, artistique et

scientifique. — Pendant cette période, le mouvement littéraire et artistique fut prodigieux. Au premier rang brillent les trois poètes : Lamartine, Hugo, Musset. Viennent ensuite Alfred de Vigny, Casimir Delavigne, Ponsard et Scribe. Michelet, Mignet, Thiers, Louis Blanc se révèlent grands historiens. Michel Chevalier, Rossi, de Tocqueville, Léon Faucher honorent l'économie politique. M. Ch. Lucas, qui avait déjà brillé par ses études sur le droit criminel, poursuit l'amélioration des prisons et écrit sa savante théorie de l'éducation pénitentiaire. Sainte-Beuve et Saint-Marc Girardin créèrent une nouvelle branche de littérature, la critique. Émile de Girardin transforma le journalisme. M. Guizot, par ordonnance du 26 octobre 1832, rétablit l'Académie des sciences morales et politiques, supprimée par Napoléon en 1803.

Ingres, Eugène Delacroix, Paul Delaroche, Ary Scheffer, enrichissent la peinture d'œuvres nouvelles; Decamps, Lehmann, Hippolyte Flandrin, Meissonnier, Horace Vernet se font un nom à côté de ces illustrations. Pradier et Clésinger s'élèvent sans porter ombrage à Bosio, Foyatier et David d'Angers. L'architecture avait Visconti, la musique Hérold, Halévy, Auber, Meyerbeer, Rossini.

Dans les sciences, MM. Dumas, Balard, Babinet, Élie de Beaumont, Flourens, Chevreul firent d'importantes découvertes; Le Verrier trouva la planète qui porte son nom. Niepce et Daguerre créèrent la photographie et Blanquart-Évrard la perfectionna. Les études d'Ampère et d'Arago sur l'électricité acheminèrent à la télégraphie.

Si tant de merveilles honorent la France tout entière, une grande part de cette gloire revient à Paris, qui en a été le berceau, et l'histoire particulière de Paris doit se joindre à l'histoire générale de la France pour populariser tous ces grands noms. Il en est peu, du reste, qui n'aient déjà qualifié nos rues, nos avenues, nos places, tant la municipalité a le culte des hommes utiles à l'humanité.

Sous le règne de Louis-Philippe, s'ouvrit le musée de

Cluny et s'entreprirent les travaux de la bibliothèque Sainte-Geneviève, sous la direction de Labrouste.

En 1833, fut fondée la Société d'encouragement pour l'amélioration de la race chevaline, société qui a fait contester l'utilité du but qu'elle poursuit par la création des courses aux hippodromes de Longchamp, d'Auteuil, de Vincennes et d'ailleurs, et surtout par la passion du jeu qui en est résultée.

Un incendie ayant détruit en 1838 la salle Favart, où depuis la Restauration, l'on ne jouait que l'opéra comique, ce théâtre fut immédiatement reconstruit par l'architecte Carpentier. L'ouverture eut lieu le 16 mai 1840 par le *Pré-aux-clercs*. Citons les plus belles pièces qui furent jouées à l'Opéra-Comique pendant ces dix-huit ans : *Fra Diavolo* (1830), *Zampa* (1831), le *Pré-aux-clercs* (1832), le *Postillon de Lonjumeau* (1836), le *Domino noir* (1837), la *Fille du Régiment* (1840), les *Diamants de la Couronne* (1841), les *Mousquetaires de la Reine* (1846) et *Haydée* (1847).

Un autre incendie (25 avril 1887) vient de réduire ce théâtre en cendres. Plus de cent victimes furent retirées des décombres. On parle de le reconstruire sur le même emplacement. En attendant, l'Opéra-Comique sera joué au théâtre des Nations.

23

CHAPITRE IV

RÉPUBLIQUE DE 1848

Sommaire. — Proclamation de la République. — Nomination d'un gouvernement provisoire à l'Hôtel de Ville. — Malaise général du peuple. — Émeute du 15 mai. — Journées de juin. — Nouvelle municipalité. — Assistance publique. — Monuments et institutions diverses.

Proclamation de la République. — Lorsque le peuple souffre, il demande des réformes. Rien ne paraît plus intolérable que l'injustice à la maladie et à la faim. En face des déplorables résultats du régime présent, on prête une oreille attentive à toute proposition de changement, espérant en tirer quelques avantages. Alors l'esprit était à la liberté de réunion et à l'abolition du mode de suffrage censitaire. On en avait beaucoup parlé au banquet du Château-Rouge et on avait annoncé un nouveau banquet réformiste pour le 22 février 1848, aux Champs-Élysées, lorsque le ministère Guizot l'interdit. Bien que ce banquet fût contremandé, la foule persista à s'y rendre. Quelques rixes avec la troupe amenèrent le pillage de la boutique d'un armurier et quelques essais de barricades. Le lendemain, la garde nationale fit cause commune avec les insurgés et cria : *Vive la réforme!* La troupe, n'osant tirer, fraternise également. Le ministère Guizot, sentant son impopularité, se retire et Paris illumine. Le calme s'était rétabli; la foule parcourait paisiblement les boulevards, lorsqu'elle apprend qu'un bataillon d'armée régulière, devant le ministère des affaires étrangères (boulevard des Capucines), avait tiré sur le peuple, que cinquante-deux personnes, curieux inoffensifs,

étaient tuées. Alors de toutes parts on crie à la trahison.
Les cadavres sont promenés dans les rues. Les barricades se multiplient, on semble résolu à chasser le gouvernement. Le nouveau ministère compte trop sur sa
popularité, tandis que le maréchal Bugeaud se montre
partisan d'une répression immédiate. Pendant ces hésitations, les barricades se rapprochaient des Tuileries, et
le 24 le roi n'eut que le temps de s'enfuir. Comme son
prédécesseur Charles X, Louis-Philippe se retira à Saint-
Cloud, puis gagna l'Angleterre après avoir abdiqué en
faveur de son petit-fils, le jeune comte de Paris, fils du
duc d'Orléans.

**Nomination d'un gouvernement pro-
visoire à l'Hôtel de Ville.** — Les républicains
triomphants se portèrent au palais Bourbon et nommèrent un gouvernement provisoire composé de Dupont
de l'Eure, Arago, Lamartine, Ledru-Rollin, Marie, Crémieux, Garnier-Pagès, auxquels on adjoignit Louis Blanc
et un ouvrier nommé Albert. Le gouvernement provisoire s'installa à l'Hôtel de Ville. Garnier-Pagès, puis Armand Marrast eurent la mairie de Paris. La République
fut proclamée, le suffrage universel établi, l'esclavage
aboli dans les colonies, la peine de mort supprimée en
matière politique. Pendant ces trois jours, comme pendant ceux de juillet 1830, le peuple donna la plus grande
preuve de probité. Il avait écrit sur la porte des Tuileries :
« Mort aux voleurs ! » Durant des mois entiers le peuple
se livra à l'allégresse. Toutes les corporations ouvrières
se rendirent place de Grève, bannières déployées, pour
faire acte d'adhésion à la République.

Malaise général du peuple. — Le ralentis-
sement du commerce, la cessation du travail accrurent la
misère. Les ouvriers discutaient les systèmes socialistes,
qui ne leur procuraient pas de pain. Si appétissantes que

leur parussent les doctrines communistes, ils préféraient,
en attendant, le régime du travail salarié. Pour calmer
cette irritation, le gouvernement créa, comme en 1830,
des ateliers nationaux. Cette institution n'était pas une
solution. Un décret du 25 février garantissait l'existence
de l'ouvrier par le travail. Ces ateliers, installés au Champ
de Mars, où les ouvriers sans ouvrage étaient occupés à
un travail de terrassement improductif, devinrent dangereux et le gouvernement s'en alarma.

L'émeute du 15 mai. — De la famine à l'émeute,
il n'y a qu'un pas et tous les prétextes servent de mèches
inflammables. La réorganisation de la garde nationale,
dans un sens démocratique, souleva des protestations
parmi les anciennes légions exclusivement composées de
bourgeois. Le contact de la plèbe répugnait à ces parvenus. C'est ainsi que s'établissent et se perpétuent ces
haines de couches sociales, au lieu desquelles il ne devrait
y avoir que solidarité et bienveillance. Cent mille ouvriers manifestèrent à l'occasion de ces protestations et
défilèrent, le 17 mars, sur la place de Grève, conduits par
Barbès, Cabet et Blanqui. Cette démonstration, de même
que celle du 16 avril, fut purement platonique, malgré
les frayeurs conservatrices de la bourgeoisie, plus propre
à l'occupation des places qu'à la défense de ses convictions
par le fusil. Quatre jours après, le 20 avril, la fête de la
Fraternité paraissait plus menaçante que fraternelle.
Cependant les préoccupations électorales empêchèrent
une explosion immédiate. Le résultat des élections ne
donnant pas satisfaction à certains esprits impatients,
ceux-ci résolurent de briser l'Assemblée à sa naissance et,
sous leur conduite, la foule excitée envahit le palais
Bourbon. Le président de la Chambre est chassé de son
fauteuil. Un nommé Huber, se substituant à tous les électeurs, proclama la dissolution de l'Assemblée nationale.
Mais la garde nationale et la garde mobile parvinrent à

faire évacuer la salle, et les représentants purent continuer à délibérer. A l'Hôtel de Ville, où, pendant cette irruption, s'était formé un gouvernement provisoire, on eut moins de peine à s'emparer des membres de ce nouveau cabinet. C'était le 15 mai 1848.

Journées de juin. — L'existence des ateliers nationaux ne pouvait se prolonger et leur dissolution fut le signal d'une insurrection formidable. Un décret du 21 juin enjoignait aux ouvriers de moins de vingt-cinq ans d'avoir à s'enrôler dans l'armée ou de se tenir prêts à partir pour la Sologne. On n'aurait su plus sûrement mettre le feu aux poudres. Dès que cette mesure fut connue, des barricades s'élevèrent de tous côtés. Lamoricière, sur la rive droite, le général Damesmes, sur la rive gauche, conduisent l'armée et la garde mobile sous la direction de Cavaignac, revêtu pour la circonstance d'une véritable dictature militaire. Au Panthéon, le général Damesme est mortellement blessé ; le général Bréa, qui le remplace, est assassiné par les insurgés à la barrière de Fontainebleau, avec son aide de camp, le capitaine Mangin. Les généraux Duvivier et Négrier tombent également rue Saint-Antoine et place de la Bastille. L'archevêque de Paris est atteint d'une balle meurtrière en allant tenter la conciliation. Sept généraux tués, cinq blessés, 11,000 insurgés prisonniers, sans compter les morts et les blessés des deux camps : tel est le résultat de ces quatre jours (23, 24, 25 et 26 juin).

Par prudence, l'état de siège fut maintenu et, en attendant l'achèvement de la Constitution, on suspendit la plupart des journaux en rétablissant le cautionnement. Toutes ces mesures ne réussirent pas à calmer complètement l'exaspération populaire. L'élection de Napoléon à la présidence de la République, la réunion d'une assemblée tièdement républicaine, étaient autant de griefs capables d'attiser le feu. Aussi, le 13 juin 1849, eut-on à dé-

23.

plorer encore une inutile émeute démocratique, à la tête
de laquelle se trouvait Ledru-Rollin. Pour comble, le choléra reparut, avec moins d'intensité toutefois qu'en 1832.

Tous ces troubles stériles fatiguèrent la France et la
jetèrent dans la réaction. L'utopie du communisme effraya démesurément les conservateurs et les tourments de
la faim rendirent le peuple injuste envers la République.

Nouvelle municipalité. — La Révolution de
1848 modifia l'organisation municipale de la ville de
Paris, en mettant à sa tête un maire central assisté de
deux adjoints. Le maire de Paris avait sous sa dépendance
la préfecture de police et les maires et adjoints d'arrondissement qui furent maintenus. Tous étaient nommés
par le gouvernement. Puis la même année un préfet remplaça le maire central en en conservant les attributions.
Les deux maires qui se succédèrent furent, comme nous
l'avons déjà vu, Garnier Pagès et Armand Marrast, et les
préfets, MM. Trouvé Chauvel, Adrien Recurt et Joseph
Berger.

Assistance publique. — Une loi de janvier 1849.
encore en vigueur, régla l'administration des hôpitaux et
hospices de Paris. Cette loi institua l'administration actuelle de l'assistance publique et plaça dans ses attributions le service des secours à domicile et celui des hôpitaux civils. Cette administration relève du préfet de la
Seine et du ministre de l'intérieur. Elle a à sa tête un directeur responsable dont un conseil surveille la gestion.
Ce fonctionnaire est nommé par le ministre de l'intérieur,
sur la proposition du préfet de la Seine.

Il existe à Paris vingt bureaux de bienfaisance, un par
arrondissement. Chaque bureau est présidé par le maire.
Il se compose d'administrateurs assistés de commissaires
visiteurs des pauvres et de dames de charité. Le secré-
taire-trésorier seul est salarié. L'administration règle la

répartition des secours et les fait parvenir aux pauvres par l'intermédiaire des commissaires visiteurs et des dames de charité. Ces derniers sont chargés en outre de prendre des renseignements sur la position des personnes qui réclament les bienfaits de l'assistance.

Monuments et institutions diverses. —

Pendant cette période agitée de quatre ans, nous n'avons à enregistrer que bien peu d'améliorations. Les mairies des VIe et XVIIe arrondissements, commencées en 1847, furent achevées; l'église Sainte-Clotilde, bâtie sur une partie du sol qu'occupait l'ancien couvent de Bellechasse, resta en construction.

C'est de 1848 que date la fondation du *Comptoir d'escompte*, qui sert d'intermédiaire entre le commerce et la Banque de France.

CHAPITRE V

PARIS SOUS LE SECOND EMPIRE

SOMMAIRE. — Le Coup d'État. — Paris sous l'Empire. — Incident Baudin.
— Guerre de 1870. — Nouvelle organisation municipale. — Le plan de
M. Haussmann.

Le coup d'État. — L'Assemblée législative qui,
sur 750 membres, comptait près de 500 royalistes, se dis-
crédita en portant atteinte au suffrage universel, en
rayant 3 millions d'électeurs, en votant plusieurs lois
restrictives de la liberté. Cette violation évidente de la
Constitution créait un élément actif de perturbation. Les
républicains s'apprêtaient à un coup de main pour les
élections générales de 1852, et gagnaient du terrain parmi
cette foule tiède, mais honnête, qui fait les majorités et qui
porte en soi, malgré sa pusillanimité, le germe de la justice et du bon sens. La masse parisienne, en versant son
sang pour la République, pour défendre les libertés théo-
riques et acquérir par elles des améliorations plus posi-
tives, s'irritait contre cette Chambre, plus chancelante et
plus incapable peut-être que mal intentionnée. Mais si les
républicains ajournaient la date de l'action, le bonapar-
tisme agissait avec zèle. Napoléon était maître de l'armée
et des fonctionnaires. Sous le masque d'un patriote
ardent, il parlait de l'extinction du paupérisme et l'ouvrier finissait par le prendre pour un bon républicain. Le
peuple affamé prête toujours une oreille d'espoir à ces dé-
clamations sonores. Le président avait rempli les administrations de gens à sa dévotion. Il faisait travailler les
Conseils généraux par ses préfets, il multipliait les re-

Fig. 44. — Galerie des fêtes de l'ancien Hôtel de Ville.

vues militaires, parcourait la province, discourait partout en assurant les populations de ses bonnes intentions et laissant croire adroitement que tout le mal venait d'une Chambre qui paralysait ses efforts. L'armée, fascinée par le prestige guerrier de son oncle, l'avait acclamé. Changarnier, commandant de l'armée de Paris, s'étant opposé à de pareilles démonstrations, fut destitué. Ainsi disparaissait le dernier obstacle qui s'opposât à la tentative d'un coup d'État contre l'Assemblée. Entouré de partisans besogneux et avides, se trouvant lui-même dans une situation des plus précaires, Napoléon méditait d'établir son autorité par un coup aussi imprévu qu'audacieux. S'il était d'un caractère irrésolu, ses conseillers et fidèles, anciens compagnons de plaisirs, Fialin de Persigny et surtout Morny, ne reculaient pas devant une action énergique et prompte. Aussi, le 1ᵉʳ décembre 1851, à la suite d'une réception officielle à l'Élysée, Napoléon, Morny, Saint-Arnaud, Maupas et Mocquart arrêtèrent-ils le plan d'un coup d'État qui fut immédiatement exécuté. Il y aurait des morts, des exilés, des ruines; mais que leur importait à ces familiers du vice, qui ne rêvaient au bout de leur triomphe que dignités et fortune? Le traître Espinasse arrêtait les questeurs de l'Assemblée, tandis que d'autres commissaires s'emparaient des généraux et officiers députés et de seize autres représentants pour les conduire à Mazas. Tous les républicains regardés comme capables de soulever le peuple furent également emprisonnés. Tel a été l'indigne attentat qu'apprit Paris à son réveil, et il ne l'apprit qu'imparfaitement, les imprimeries des divers journaux ayant été occupées par la troupe. Quelques représentants protestèrent d'abord, ils furent arrêtés. Plus tard, la police conduisit en masse à la caserne du quai d'Orsay les trois cents députés réunis à la mairie de la rue de Grenelle. La Cour de cassation, qui s'était réunie en haute cour de justice pour juger le président de la République, se dispersa devant

Fig. 45. — Mabille.

la force. Indépendance des élus du suffrage universel, inviolabilité de la magistrature dans l'exercice de ses fonctions, tout cela fut foulé aux pieds avec désinvolture par ces grands criminels.

Cependant le peuple, d'abord stupéfié, se réveilla. Les députés échappés aux diverses arrestations organisèrent un comité de résistance, la jeunesse des écoles devint fiévreuse. Le 3 décembre, les barricades commencent à s'élever. C'est sur l'une d'elles que mourut Baudin. Cet héroïque défenseur de la légalité faisant appel à un groupe d'ouvriers, l'un d'eux lui répondit : « Est-ce que vous croyez que nous allons nous faire tuer pour vous conserver vos 25 francs par jour? — Demeurez-là encore un instant, répliqua Baudin, vous allez voir comment on meurt pour 25 francs! » Quelques instants après, comme il était debout sur une barricade rue du Faubourg-Saint-Antoine, il tombait foudroyé, la tête fracassée.

Le peuple ne remuait que faiblement. La Chambre était impopulaire et son incarcération l'avait peu ému. Puis il était las de se battre pour des idées qui ne prenaient pas forme d'améliorations de son sort. On l'échauffait par des promesses pour l'éloigner ensuite comme dangereux. La plus petite solution sociale l'eût beaucoup mieux encouragé; mais quand il se vit provoqué par la déclaration que tout individu qui serait pris les armes à la main serait fusillé, le frisson de la résistance l'agita. Partout se formèrent des rassemblements, surtout dans le centre où l'attitude devenait particulièrement menaçante. Morny laissait faire, afin de frapper plus ferme et de produire plus de terreur.

Le 4, vers deux heures, le moment lui parut opportun. « Frappez fort de ce côté! » écrivait-il au général Magnan. Aussitôt 30,000 hommes bien préparés s'avancent. Les lanciers chargent la foule sur les boulevards; la ligne, les chasseurs et l'artillerie enlèvent les nombreuses barricades des faubourgs Saint-Antoine, Poissonnière, des rues

Montmartre, du Temple, Saint-Martin, etc. Derrière chacune d'elles le sol était jonché de cadavres. Les républicains montrèrent qu'ils savaient encore mourir.

Le lendemain la prostration était générale, partout régnait le désordre le plus affreux; le triomphe de l'insurrection, c'est-à-dire de l'armée se battant pour les conspirateurs, était assuré. Morny devait être content de son œuvre. C'est sous l'influence de cette terreur générale et profonde que s'ouvrit le scrutin des 20 et 21 décembre. A Paris, il y eut 132,981 oui, 80,691 non, 75,102 abstentions. Le résultat de cette victoire ne se fit guère attendre. Les morts ne suffisaient pas à ces assassins politiques, bon nombre de vivants leur portaient encore ombrage par la fierté de leur attitude et la franchise de leurs propos. Paris et trente et un départements furent mis en état de siège, les prisons regorgèrent de prisonniers, la plupart des représentants républicains envoyés en exil, tandis qu'on relâchait ceux de la droite. Quant aux autres, sur la condamnation des trop fameuses commissions mixtes, ils furent dirigés sur Cayenne et Lambessa.

Le clergé, qui, en 1848, avait montré tant d'enthousiasme à bénir les arbres de la liberté, adhéra avec la même admiration et la même unanimité au coup d'État, et le 1er janvier 1852, l'archevêque de Paris, après avoir déjà félicité le président de son triomphe sanglant, célébrait un *Te Deum* à Notre-Dame pour le succès de sa mission.

Paris sous l'Empire. — Le coup d'État fut suivi de plusieurs essais de conspiration qui n'aboutirent qu'à de nombreuses arrestations. Béranger mourut en 1857. Tout Paris assista aux funérailles du chansonnier populaire, qui avait payé l'indépendance de son langage de tant d'années de prison. Le 18 janvier 1858, les bombes d'Orsini, dirigées contre l'empereur, ne l'atteignirent pas, mais causèrent la mort à un grand nombre d'innocents. Comme la capture des coupables n'assouvissait pas la vengeance du souverain, il s'attaqua à tous les républicains, dont il proscrivit un grand nombre. C'est de cette année que date, pour assurer la sécurité du trône impérial, l'idée d'ouvrir une série de voies stratégiques à travers les foyers habituels de l'insurrection.

En 1860, la banlieue fut annexée à Paris. Dès lors, Paris eut les fortications pour limites de son octroi et fut divisé en vingt arrondissements au lieu de douze.

Pendant les dix-huit années que dura l'Empire, Paris fut entièrement soumis au pouvoir de la police. Napoléon III avait la superstition du crime : il craignait jusqu'au spectre de la République. De 1852 à 1862, la presse libérale fut muselée par des lois draconiennes. On était obligé d'user d'artifices inouïs de langage pour arriver à traduire ses aspirations. La tribune législative elle-même restait sans écho, puisque la reproduction des débats était interdite. Le gouvernement essayait d'assoupir l'opinion publique en donnant satisfaction aux intérêts matériels, par ces moyens artificiels dont profitent les aventuriers de la spéculation. Les guerres victorieuses de Crimée et d'Italie n'ont eu pour résultat que de jeter quelque éclat sur ce gouvernement personnel, capricieux et mobile, et de créer des ingratitudes et des rancunes à l'égard de la France. Ce n'est pas par ces sortes de guerres, purs expédients, qu'on établit solidement les bases d'un empire, mais par la lutte pacifique du travail et par des fondations propres à combattre le paupérisme. D'ailleurs, que pouvait-on attendre d'un trône construit sur l'illégalité et sur le crime? En 1863, M. Thiers, nommé député de Paris, devenait le chef de l'opposition. Il réclamait les libertés comprimées, dénonçait le désordre des finances et montrait l'abîme où la politique napoléonienne conduisait le pays. Sous les coups répétés de Thiers, de Jules Simon, d'Ernest Picard, de Jules Favre et de Berryer, la citadelle du despotisme s'effritait. L'énergie cruelle des usurpateurs 'émoussait au fur et à mesure qu'arrivait leur précoce

Fig. 46. — Le Jardin d'Acclimatation.

vieillesse. Des vides se faisaient déjà dans leurs rangs. Le plus résolu, Morny, était mort ainsi que de Persigny. Vers 1869, l'empire menaçait ruine.

Incident Baudin. — Les abus de la coercition avaient irrité tous ceux qui conservaient quelque sentiment de justice et d'indépendance dans le cœur. La jeunesse, moins prudente ou plutôt moins timorée, montrait une patriotique audace. La poudre s'amassait, la moindre étincelle pouvait produire un embrasement général. Le 2 novembre, jour des Morts, une manifestation imposante eut lieu au cimetière du Père-Lachaise, sur la tombe de Baudin. Quelques journaux, rompant avec leur réserve habituelle, ouvrirent une souscription pour élever un monument au vaillant représentant du peuple mort pour la liberté. Ces journaux poursuivis, furent traduits devant les tribunaux et défendus par des orateurs tels que Crémieux, Arago et un jeune avocat, Gambetta, qui n'était guère encore connu que de la jeunesse des Écoles. La plaidoirie de ce dernier fut un véritable triomphe. Elle porta à l'Empire un coup décisif. De son côté Rochefort, avec sa *Lanterne*, le harcelait sans cesse. A partir de là, le gouvernement du Deux-Décembre n'eut plus qu'une agonie méritée. Semblable au naufragé qui s'accroche à toutes les épaves, à la recherche d'une planche de salut, il usa d'expédients. Le sceptre vacillait dans sa main. L'émeute des blouses blanches le couvrit de ridicule devant l'énergique résolution des citoyens de se substituer à la police pour assurer la sécurité de la rue. La mort de Victor Noir, journaliste fort sympathique, tué par un membre de la famille impériale, Pierre Bonaparte, accentua la fermentation. Aux obsèques de la victime, la foule devint menaçante. Rochefort tint à cette occasion un langage dont la crudité lui valut, quoique député, six mois de prison et six mille francs d'amende.

L'avènement du ministère « libéral » d'Émile Ollivier ne fut qu'un nouvel et inutile effort de désespéré.

Guerre de 1870. — Telle était la situation de Paris quand, en juillet 1870, fut déclarée à l'Allemagne la guerre désastreuse dont le souvenir restera toujours vivant, car si un peuple oublie ses souffrances et ses sacrifices de sang et d'argent, il ne pardonne jamais la mutilation de la patrie opérée par la force. Cette guerre engagée pour une cause futile n'était qu'un affolement de désespoir. Conçue et conduite par une femme irréfléchie et néfaste, l'impératrice, qui l'appelait au début « ma guerre à moi », cette collision de forces inégales nous conduisit rapidement au désastre de Sedan. Thiers s'y était vainement opposé de toutes ses forces devant une Chambre dont la majorité ne se composait que de valets. Paris, quoique pris à l'improviste, manquant de vivres et de moyens de défense, mérita pourtant bien de la patrie en subissant avec un courage surhumain les horreurs de cinq mois de siège. Il paya cher l'enthousiasme de ceux qui accompagnaient les troupes en criant: « A Berlin! » Berlin, venu devant Paris, l'entoura bientôt d'un réseau de fer infranchissable.

Napoléon fait prisonnier, la cour en fuite, un gouvernement improvisé proclama la République, qui sauva la France. Ainsi finit l'Empire, laissant la patrie avilie, démoralisée, envahie.

L'historien est attristé d'avoir à montrer sans cesse des souverains, des ministres qui se font tueurs d'hommes pour la conservation de leurs trônes ou de leurs portefeuilles. En droit commun, comment traite-t-on une personne qui se fait justice elle-même, qui devient assassin par vengeance ou par intérêt? Eh bien! ce que l'on condamne chez l'individu reste impuni quand il s'agit de ceux qui commandent aux collectivités. La morale du code des nations n'est plus la morale du code des citoyens.

24.

L'un honore le hasard et la force, l'autre s'appuie sur le droit légitime. Depuis longtemps les peuples, fatigués de servir d'instruments à l'ambition d'un monarque, ont été frappés de la divergence de ces deux morales. Ils se sont demandé le pourquoi de cette différence entre une nation et un individu, pourquoi les contestations entre particuliers sont réglées par les tribunaux, tandis que la justice des différends internationaux est restée soumise, comme au moyen âge, au hasard du duel. Et devant cette monstruosité juridique, ils ont cherché la solution : ils l'ont entrevue dans la création d'un tribunal arbitral qui règlerait les conflits internationaux. Les esprits sceptiques et rétrogrades ont ri de cette idée. Ils l'ont qualifiée d'utopie. Mais cette utopie de l'abbé de Saint-Pierre a fait du chemin. Souvent déjà elle est entrée dans l'application. En face de ces militarismes ruineux, des appréhensions de sanglantes hostilités qui aboutiraient à l'anéantissement du vaincu, de tous côtés l'on revient à cette utopie. Quant à nous, nous la prêcherons toujours, parce que la guerre, à part celle de défense en cas d'envahissement, est la négation de la justice et de l'équité, la déification de la force et du hasard, et qu'un peuple qui soumet ses destinées au hasard est un peuple sans avenir.

Nouvelle organisation municipale. — Le second empire ramena l'organisation administrative de la Ville aux dispositions de la loi du 28 pluviôse an VIII. Une loi du 16 juin 1859 recula, comme nous l'avons déjà dit, la limite de Paris jusqu'au pied du glacis des fortifications. La municipalité de Paris se trouvait alors composée du préfet de la Seine, du préfet de police, et d'un maire et deux adjoints par chacun des vingt arrondissements. Le pouvoir délibérant était formé de soixante membres nommés par l'empereur.

Le plan de M. Haussmann. — Sous l'admi-

Fig. 47. — Le Grand Lac du Bois de Boulogne.

nistration de M. Haussmann, la physionomie de Paris changea tout à fait. La rue de Rivoli fut prolongée, les boulevards Saint-Michel, de Sébastopol, de Strasbourg, de Magenta, Prince-Eugène (Voltaire), de Vincennes, de Mazas (Diderot), de l'Hôpital, Saint-Germain, Beaujon, Malesherbes, Haussmann, et les douze avenues qui rayonnent autour de l'arc de triomphe de l'Étoile, celles de l'Alma, Montaigne, d'Antin, Rapp, Bosquet, Duquesne; les rues qui avoisinent le nouvel Opéra; les rues Lafayette, Saint-Lazare, de Châteaudun, de Solferino, de Turbigo, du Pont-Neuf, François Ier ont été livrées en tout ou partie à la circulation. Le Louvre, le palais de l'Élysée, l'Hôtel de Ville, le Palais-Royal, la tour Saint-Jacques, restaurée par Ballu, furent dégagés. L'asile Sainte-Anne, le lycée Saint-Louis, l'École des mines, celle des ponts et chaussées; les casernes du Prince-Eugène, Napoléon, de la Cité; les théâtres du Châtelet, de la Gaîté et des Nations ont été élevés. La jonction du Louvre aux Tuileries fut opérée. On répara la cathédrale, la Sainte-Chapelle, les églises Saint-Étienne-du-Mont et Saint-Gervais. Celles de Sainte-Clotilde, Saint-Ambroise, Saint-Joseph, la Trinité (Voir la gravure, p. 291); la mairie du Ier arrondissement et le beffroi qui la relie à la vieille église Saint-Germain-l'Auxerrois, s'élevèrent sur les plans de l'habile architecte Th. Ballu; Baltard construisit Saint-Augustin; les églises Notre-Dame de Belleville et de Clignancourt datent également de cette époque, ainsi que l'église russe. Charles Garnier édifia l'Opéra (Voir la gravure, page 313); Duc, la Cour de cassation et la façade du Palais de Justice sur la place Dauphine; Bailly, le tribunal de commerce; le palais de l'Industrie avait été élevé pour servir à l'Exposition universelle de 1855. (Voir la gravure, page 297.) A la suite de l'Exposition de 1867, la butte du Trocadero devint un jardin; le nouvel Hôtel-Dieu fut commencé; la Bibliothèque nationale partiellement reconstruite; le musée de Cluny réparé; les ponts de Bercy, d'Austerlitz, d'Arcole, au

Fig. 48. — La Cascade du Bois de Boulogne.

Change, Petit-Pont, Saint-Michel, Solférino, de l'Alma, construits, réédifiés ou consolidés. Le viaduc d'Auteuil, œuvre de Bassompierre, a été terminé en 1865; les ponts anciens furent affranchis de tous péages, le canal Saint-Martin couvert et transformé en boulevard. Le parc des Buttes-Chaumont (voir les gravures, pages 305 et 307), le Jardin zoologique d'acclimatation[1] furent créés, les bois de Boulogne et de Vincennes, dessinés et embellis; plusieurs places changées en squares, à l'instar de ce qui existe à Londres. On reconstruisit les Halles centrales (voir la gravure, page 295) et le marché du Temple; les abattoirs de la Villette fonctionnèrent.

M. Normand, construisit le palais Pompéien, avenue Montaigne, pour le prince Napoléon.

La plupart des théâtres furent rebâtis. La fièvre de la reconstruction s'empara de tous. Des quartiers nouveaux se couvrirent de riches hôtels, principalement aux Champs-Élysées, au parc Monceau, à Chaillot et à l'Étoile.

Sous l'Empire, les lieux de plaisir ne manquaient pas. A côté des théâtres, se trouvaient le bal du *Château-Rouge* à Montmartre, et surtout celui de *Mabille* aux Champs-Élysées. Tous les deux ont disparu. Mabille est remplacé par un bloc de belles maisons de rapport. Notre gravure en rappellera le souvenir. (Voir page 273.)

Le petit théâtre des Folies-Marigny, aux Champs-Élysées, a été plus tard démoli et remplacé par un panorama.

Les fêtes données, par M. Haussmann, dans l'ancien Hôtel de Ville seraient restées légendaires, si elles n'avaient été de beaucoup dépassées en luxe de décoration et en pittoresque, grâce à l'habileté de M. Alphand, par les bals de bienfaisance et ceux qu'a donnés récemment

1. Ce jardin, situé dans le bois de Boulogne, a été fondé dans le but de vulgariser les espèces utiles végétales et animales (voir la gravure p. 279). Sa superficie est de 20 hectares. Il fut ouvert en 1860 sous la direction de M. Geoffroy-Saint-Hilaire.

Fig. 49. — Les Courses.

la municipalité parisienne. (Notre gravure, page 273, représente une fête sous M. Haussmann.)

Cette longue mais incomplète énumération donne une idée des transformations et embellissements de Paris sous le second Empire. Nous verrons, dans le chapitre suivant que la troisième République, sans négliger la décoration, a dirigé sa sollicitude vers des horizons plus utiles.

Nous venons de mentionner le bois de Boulogne, celui de Vincennes, le parc Monceau et les Buttes-Chaumont. Nous allons en donner ici une courte notice. Le bois de Boulogne, dont nos gravures représentent (pages 283, 285 et 287), les lacs, la cascade, le moulin de Longchamp et l'hippodrome a été dessiné par M. Alphand, avec le goût, artistique qui le caractérise, dans l'ancienne forêt de Rouvercy. Le nom de Boulogne lui vient de l'église construite en 1319, au Menu-Saint-Cloud, à l'imitation d'une église vénérée à Boulogne-sur-Mer. Outre des lacs, des kiosques, des îles, des chalets, des cafés, le bois de Boulogne garde des débris de l'ancien château de Madrid, construit par François Ier et démoli par Louis XIV. Le moulin de Longchamp rappelle l'ancienne abbaye de Longchamp, bâtie par Isabelle de France et dotée par Louis IX de 40 arpents dans la forêt de Rouvercy. On se rendait à cette abbaye en pèlerinage pendant la semaine sainte, et c'est de cette vieille coutume qu'est venue la promenade annuelle des Parisiens à Longchamp, où l'on faisait assaut de fraîches toilettes de printemps. Aujourd'hui, la promenade ne dépasse guère l'arc de triomphe de l'Étoile. Au bois de Boulogne, près des lacs, se voit le pré Catelan, jardin calme et charmant, ainsi appelé, parce que non loin de là a été tué le poète troubadour Arnaud Catelan.

Le *bois de Vincennes*, très fréquenté le dimanche par la population dense des arrondissements qui l'avoisinent, a comme celui de Boulogne ses lacs, ses îles, son hippodrome. Près du lac des Minimes, se trouvait l'ancien couvent des Bonshommes, que Henri III échangea avec les abbés contre le couvent de ce nom qu'ils habitèrent rue Saint-André-des-Arts. L'Asile national des convalescents de Vincennes est dans la partie de ce bois près de Charenton. (Voir la gravure, page 293.)

Le *parc Monceau* appartenait à Philippe d'Orléans, qui le dessina et le planta sur les conseils de Carmontel. Louis-Philippe l'affectionnait particulièrement et l'entretenait avec soin. Mais, en 1852, un décret en attribua une partie à la ville de Paris qui, dix ans après, livra le jardin actuel au public. Le parc Monceau, très fréquenté, est entouré d'hôtels riches que dessert une allée de ceinture. On y remarque beaucoup la Naumachie, colonnade de style corinthien imitant une ruine en partie debout. La gravure, que nous donnons du parc Monceau représente en outre l'arc de triomphe de l'Étoile et l'église russe (page 301). Contenance : 8 hectares, 69 ares, 55 centiares.

Les *Buttes-Chaumont*, anciennes carrières converties en jardin public, ont une surface de 27 hectares. Outre la vue générale des jardins, nous donnons une vue du lac du sein duquel s'élève un immense rocher surmonté du temple de la Sibylle. (Voir pages 305 et 307.)

Nous dirons un mot aussi du *parc de Montsouris*, commencé vers la fin de l'Empire. Il est divisé en deux parties par le chemin de fer de Sceaux; il possède son lac, sa cascade et ses kiosques. On y observe surtout la reproduction du *Bardo*, palais du bey de Tunis, qui a figuré à l'Exposition universelle de 1867 et qui sert d'observatoire météorologique. Une pyramide y est élevée à la mémoire de la mission Flatters, massacrée par les Touaregs en 1881. Ce parc a près de 16 hectares.

CHAPITRE VI

PARIS SOUS LA TROISIÈME RÉPUBLIQUE

SOMMAIRE. — Proclamation de la République. — Organisation de la défense. — Vandalisme prussien. — Insurrection du 18 mars 1871. — La Commune. — Transformations physiques de Paris depuis 1871.

Proclamation de la République. — Organisation de la défense. — L'Empire croula dans l'abîme de Sedan. La nouvelle de cette épouvantable capitulation et de la perte de notre armée causa à Paris une impression pénible. Le gouvernement lui-même atterré n'insista pas pour l'organisation d'une régence et l'impératrice, dans son impopularité, s'empressa de quitter le territoire. Le 4 septembre 1870, la République fut proclamée et un gouvernement dit de défense nationale improvisé. Une mairie centrale, comme en 1848, fut également organisée : Étienne Arago, puis Jules Ferry, en qualité de maires, siégèrent à l'Hôtel de Ville. Une admirable énergie s'empara alors de tous. L'enceinte et les forts furent mis en état avec une prodigieuse activité. En quelques jours, une armée de 300,000 hommes : gardes nationaux, gardes mobiles, débris de troupes régulières, organisée en bataillons de marche, devint assez imposante pour inspirer de la prudence à l'ennemi. Le 15 septembre, le siège commença, siège terrible par les privations, sublime par la résignation des assiégés. Un membre du gouvernement, Léon Gambetta, franchit en ballon (l'*Armand Barbès*) les lignes prussiennes pour organiser en province la défense nationale ; et, de ces efforts combinés de la résistance, malgré la promptitude des préparatifs, les

Fig. 50. — L'église de la Trinité.

difficultés d'approvisionnements, les entraves funestes d'un hiver exceptionnellement rigoureux, la nouvelle armée mérita les plus grands éloges et sauva l'honneur compromis de nos armes.

Vandalisme prussien. — Nous passons sur l'échauffourée d'octobre, où des agitateurs, exploitant de faux bruits, tentèrent de s'approprier le pouvoir en s'emparant de l'Hôtel de Ville. Il est douloureux d'avoir à constater ces atteintes au patriotisme par de viles préoccupations de partis ou d'ambition. Quand l'ennemi est aux portes, toutes les inimitiés doivent s'incliner devant la nécessité de le vaincre. Ces faits, qui coûtèrent du sang et qui eussent paru importants dans une période calme, passent inaperçus devant les embarras du siège et les sombres événements du 18 mars. Il nous plaît mieux de dénoncer la conduite inqualifiable de l'ennemi, qui, au lieu de diriger ses feux contre les remparts, ce qui eût été digne de belligérants corrects, s'acharnait sur nos monuments, sur nos hôpitaux et ambulances. Les Teutons, en méprisant ainsi le droit des gens, en s'attaquant de préférence à une population impuissante et désarmée, en cherchant à faire disparaître les traces de notre génie national, ont montré que chez eux l'instruction obligatoire n'avait pas encore fait pénétrer la civilisation dans les consciences et qu'ils étaient restés dignes de leurs ancêtres du moyen âge. La Salpêtrière, les Jeunes-Aveugles, le Val-de-Grâce, la Charité, la Pitié, Necker, le Muséum, des quartiers entiers furent criblés d'obus. Heureusement, l'attitude courageuse des Parisiens dédommage le philosophe de ce révoltant vandalisme.

Insurrection du 18 mars. La Commune. — Paris ne capitula, le 28 janvier, que devant la famine, mais non sans s'être illustré par de vaillantes sorties et avoir causé de terribles pertes à l'ennemi : tels fu-

Daubigny fils

Fig. 51. — Le Bois de Vincennes.

25.

rent surtout les combats de Bagneux, de la Malmaison, du Bourget, de Champigny, du plateau d'Avron. Les élections législatives eurent lieu le 8 février et, à Paris, la liste républicaine passa à une grande majorité. Mais il n'en fut malheureusement pas de même partout. La province envoya à la Chambre une représentation bigarrée, prévenue contre l'esprit avancé de Paris, apeurée par la situation exceptionnelle où se trouvait la capitale au lendemain d'un siège héroïque, entourée de Prussiens armés. Ce résultat était dû aussi à l'absence de toute la jeunesse, qui se trouvait encore sous les drapeaux, prisonnière en Allemagne ou internée en Suisse.

L'Assemblée nationale se réunit le 12 février à Bordeaux. Cette mesure de défiance ne fit qu'accentuer encore l'impression mauvaise qu'avait produite le résultat général des élections, résultat inquiétant pour l'avenir de la République.

Tous les habitants aisés avaient quitté la ville aussitôt après la levée du siège, pour réparer leur santé compromise par tant de privations. Il ne restait pour ainsi dire plus qu'une population affamée, sans travail, exaspérée. Les clubs, qui s'étaient ouverts à l'occasion des élections, devinrent le théâtre de réunions parfois tumultueuses. Le 26, quelques exagérés placèrent le drapeau rouge sur la colonne de la Bastille. La nouvelle que les Prussiens allaient pénétrer dans Paris accrut encore l'effervescence. Les bataillons de la garde nationale s'emparèrent de l'artillerie et centralisèrent les munitions. La foule exaltée, menaçante, en imposa à tel point aux vainqueurs qu'ils n'osèrent franchir la place de la Concorde et l'avenue des Champs-Élysées. L'arc de triomphe de l'Étoile, sous lequel ils espéraient passer, avait été muré. Cette attitude digne, patriotique et ferme, avait valu aux Parisiens la sympathie de tous les républicains de la province. La troupe, elle-même, fatiguée mais patriote, avait fait cause commune avec les gardes nationaux. Cependant les ateliers

Fig. 52. — Les Halles centrales.

restaient fermés et toutes les distributions de vivres par des particuliers n'étaient pas un remède. On comptait sur le retour du gouvernement et de l'Assemblée à Paris pour la reprise des affaires industrielles et commerciales. Mais quand, le 10 mars, l'on apprit que l'Assemblée avait choisi Versailles pour siège définitif de ses délibérations, on crut à la trahison, et l'exaspération prit un caractère alarmant. Paris, qui avait fait tant de sacrifices et versé tant de fois son sang pour la cause nationale, ne pouvait se résigner à ne plus être capitale. Dès lors à un grand amour de patriotisme et de solidarité succéda une haine affreuse contre le gouvernement et l'Assemblée qui siégeaient à Versailles et qu'on appelait communément les Versaillais. Ce grand sentiment d'union et de rayonnement national fut remplacé aussitôt par des idées d'isolement du reste de la France, une sorte d'autonomie parisienne, une commune libre.

Un comité central, réuni à la hâte, rédigea ses revendications. C'était un défi opposé à un autre défi. Quelques régiments de Versailles envoyés pour maintenir l'ordre firent défection et fraternisèrent avec les insurgés. Les généraux Lecomte et Clément Thomas, saisis et emprisonnés, furent fusillés. L'émeute s'empara des forts encore armés. Seul, le Mont-Valérien resta aux mains du gouvernement de Versailles.

Le 18 mars, le comité central s'installa à l'Hôtel de Ville. Le 22, le peuple fut convoqué pour élire les représentants de la Commune. L'explosion du sanglant conflit fut un moment retardée par une intervention inutile des maires de Paris. Puis une première collision, place Vendôme, laissa trente-trois morts sur le terrain. Pendant ce temps, Versailles concentrait activement ses forces. La Chambre, disposée à la résistance, s'opposait à toute négociation et préparait un exemple. La répression répondait mieux à ses instincts, et elle entrevoyait avec férocité un débarras politique dans une immense hécatombe.

Fig. 53. — Le Palais de l'Industrie et l'avenue des Champs-Élysées.

Pour cela, au lieu de prévenir, elle attendit que l'insurrection devînt générale pour frapper un grand coup. D'ailleurs, elle fut bien secondée. Les soldats revenant d'Allemagne, aigris par les souffrances de la captivité, n'étaient que trop préparés à servir ceux qui rêvaient des représailles énergiques.

La longue série de cruautés réciproques que l'histoire doit enregistrer commença par l'exécution du général Duval, mort bravement. Les fédérés y répondirent en s'emparant de divers otages, parmi lesquels se trouvaient l'archevêque de Paris, le curé de la Madeleine, le président Bonjean. Ce furent autant de victimes innocentes d'un déchaînement immodéré des passions.

Le vote de la loi municipale, le 14 avril, ne diminua point l'irritation de la cité, au contraire. A partir de ce jour, la résistance devint acharnée. Le 16 mai, la colonne Vendôme fut renversée en vertu d'un décret, dont on a si injustement fait peser la responsabilité sur Gustave Courbet. Le peintre d'Ornans avait demandé, sous le gouvernement de la défense nationale, le déboulonnement de cette colonne, dépourvue de tout caractère artistique, et son transfert au Musée napoléonien, c'est-à-dire aux Invalides. Ce simple vœu lui valut la confiscation de ses biens pour pourvoir aux frais de la reconstruction. Cet odieux procès de tendance prouve combien l'Assemblée nationale avait soif de victimes. Mais cette iniquité dénoncée et victorieusement démontrée par l'éminent M. Castagnary, conseiller d'État, valut une réhabilitation complète à la mémoire de l'illustre proscrit, qui restera, malgré l'envie, l'une des plus grandes gloires de notre siècle [1].

Le 21 mai, les troupes versaillaises franchirent les for-

---

1. Mlle Courbet a donné une grande preuve de magnanimité en opposant à cette injuste persécution le généreux abandon des plus belles toiles de son illustre frère en faveur de nos musées nationaux.

tifications au Point-du-Jour, guidées par un agent des ponts et chaussées, nommé Ducatel. Alors la lutte devint atroce dans le farouche enthousiasme des fédérés et l'âpre vengeance des troupes. Bientôt Paris ne fut plus qu'un vaste champ de bataille que des torches incendiaires auraient bientôt transformé en un nouveau Moscou, sans le dévouement des pompiers, accourus de toutes parts. Le ministère des finances, la rue Royale, le corps principal des Tuileries, la bibliothèque du Louvre, le Conseil d'État, le palais de la Légion-d'Honneur, la Préfecture de Police, le Palais de Justice, l'Hôtel de Ville, la manufacture des Gobelins, la gare de Lyon, les docks de la Villette, le Grenier d'abondance, la maison de M. Thiers, divers hôtels rue de Lille, rue du Bac, à la Croix-Rouge, devinrent la proie des flammes.

L'exécution des otages, de Chaudey, des dominicains d'Arcueil, provoquèrent, sans les justifier, de sauvages représailles : 148 fédérés furent fusillés au Père-Lachaise, 227 à la Roquette et un grand nombre à la caserne Lobeau, au parc Monceau, à Vincennes, à Satory, et partout, où la vengeance privée alimentait la vindicte publique; carnage inutile de la victoire, et c'est en vain que nous cherchons, dans la bouche d'un général, ces belles paroles que prononçait Cavaignac au lendemain des journées de juin : « Soldats, dans Paris, je vois des vainqueurs, « des vaincus. Que mon nom soit maudit si je consentais « à y voir des victimes ! »

Au résumé, cette lugubre épopée coûta la vie à 12,060 fédérés et l'exil à des milliers d'autres. 7,000 soldats réguliers périrent également.

Outre leur côté inhumain, ces exécutions sommaires ou légales et ces déportations causèrent à l'industrie parisienne un préjudice immense. C'est ce qui a fait dire à des hommes clairvoyants que la conduite du gouvernement de Versailles équivaudrait par ses résultats à la révocation de l'édit de Nantes. Depuis, le temps a apaisé les haines et rectifié les jugements. La France a reconnu, par une amnistie générale, que la Commune avait peut-être sauvé la République. Et ces hommes, qu'on nous avait représentés sous les traits les plus hideux, nous les retrouvons en partie aujourd'hui dans toutes nos assemblées électives, calmes, sans amertume, malgré la sévérité de l'expiation, et n'ayant d'autre souci que la poursuite de l'équité sociale. Ne nous rappelons donc plus cette époque terrible que pour nous efforcer d'en prévenir le retour. Ce n'est pas avec le fusil qu'on réalise le bien public, mais par l'étude, le travail et le bulletin de vote.

Transformations physiques de Paris depuis 1871. — Au lendemain de la Commune, le premier soin du gouvernement a été d'en faire disparaître les traces sanglantes. Les fortifications furent relevées, les maisons nettoyées ou reconstruites, les monuments réparés [1]. Mais Paris ne pardonnait pas à l'Assemblée d'entraver le retour de sa prospérité en s'obstinant à rester à Versailles. En vain M. Vautrain et les représentants de Paris demandèrent-ils le retour des pouvoirs publics. Pendant huit ans la grande ville fut mise à l'index. Il est vrai qu'on ne lui ménagea pas les provocations. Une loi, par exemple, autorisait la construction, à Montmartre, d'une église monumentale expiatoire pour insulter à la libre pensée parisienne. Le clergé ne tenta-t-il pas aussi de renouveler les anciennes processions de Charles X? La noble et patriotique persévérance de la représentation parisienne à entretenir le feu sacré de la liberté, secondée par les efforts non moins constants de la presse républicaine, sauva encore la France d'une tentative de restauration monarchique. La nation française lui en sut gré en

---

1. Les seules ruines restées debout depuis la Commune sont celles de l'ancien palais de la Cour des comptes. Mais, prochainement, sur cet emplacement, s'élèvera le *Musée des Arts décoratifs*.

Fig. 54. — Le Parc Monceau.

26

votant une Constitution républicaine et en réinstallant les pouvoirs publics à Paris.

Il ne nous reste plus qu'à donner l'énumération des transformations physiques de Paris depuis 1871. Mais nous croyons devoir la faire précéder de quelques critiques, qui ne nous sont pas d'ailleurs personnelles, sur l'administration de M. Haussmann, à qui l'on attribue la conception du vaste plan exécuté sous l'Empire et forcément continué sous la République.

On a beaucoup reproché à M. Haussmann ses allures de grand seigneur dans sa gestion des intérêts municipaux. En jetant les millions dans la décoration de Paris et dans l'ouverture de tant de grandes voies à travers des terrains vagues, M. le préfet de la Seine ne semble pas s'être suffisamment préoccupé des sources de l'impôt et des intérêts généraux des contribuables. Ce n'est pas, en effet, dans les quartiers riches de la capitale qu'il devait de préférence diriger la pioche de ses démolisseurs ou l'outil des entrepreneurs, mais surtout dans ces foyers infects où les ouvriers et leurs familles s'étiolaient faute d'air, de lumière, d'eau, d'égouts.

Les philosophes et les économistes l'ont encore accusé d'avoir démoralisé la richesse. La spéculation des terrains, le trafic des expropriations donnèrent naissance à des fortunes d'une rapidité scandaleuse. Un luxe effréné, une soif insatiable de jouissances en furent la conséquence. L'âpre ambition du lucre s'empara de toutes les intelligences. Abandonnant les procédés d'une économie lente et honnête, le commerce et l'industrie n'eurent que la préoccupation de s'enrichir le plus vite possible et pour cela durent faire taire tout scrupule de délicatesse. La probité ne devenait plus qu'une vertu d'impuissance. Tous les moyens désormais parurent légitimes, et c'est ainsi qu'un peuple se discrédite et que ses marchés se désertent.

M. Haussmann eut aussi le tort de pousser trop rapidement la réalisation de son œuvre plus grandiose qu'u-

tile, d'accomplir en dix ans l'œuvre d'un siècle. Il attira
à Paris une armée d'ouvriers venus de la province et de
l'étranger qu'une hausse factice de salaires séduisait. C'é-
tait inconsidérément grossir aux heures de chômage les
préoccupations qu'engendre la misère. Il est vrai que
l'administration avait prévu ce résultat en créant une
série de voies stratégiques pour mieux réprimer les tentatives d'émeute.

Enfin, est-ce une saine gestion de père de famille que
de grever si démesurément l'avenir au profit d'une minorité à qui ne manque ni le nécessaire, ni le superflu,
ou de quelques inconséquents qui mettent la satisfaction des yeux au-dessus des besoins indispensables de la
vie?

C'est ce triste héritage budgétaire qui crée tant d'embarras à nos édiles actuels dans leur souci de mener à
bien l'assainissement physique, moral et intellectuel du
Paris déshérité. Voilà par où aurait dû commencer
M. Haussmann pour bien mériter de la reconnaissance
des Parisiens. Alors la tâche était facile. Le prix modéré
des terrains permettait d'imposer aux propriétaires en
bordures des voies nouvelles des clauses de constructions
à bon marché; et le peuple, qui aime tant Paris, ne se
verrait pas forcé de franchir les fortifications pour se loger,
ce qui est pour lui une source d'entraves onéreuses et
de fatigues superflues. De là des récriminations légitimes
que la philanthropie s'efforce en vain d'atténuer. Mais
sous l'Empire on ne s'intéressait à la classe ouvrière que
lorsque ses opinions ne portaient pas ombrage à la police; et alors à Paris, comme aujourd'hui, comme elle
le sera toujours, elle était républicaine!

Après un grand engouement pour l'œuvre de M. Haussmann, le Parisien croit généralement que le préfet de la
Seine sous l'Empire aurait pu faire un plus utile usage de
ses merveilleuses facultés de conception, d'initiative et de
décision.

Voici l'énumération des principaux travaux exécutés sous la troisième République.

L'Opéra, achevé, a été inauguré; les ruines des Tuileries ont disparu; le pavillon de Marsan et le palais de la Légion-d'Honneur ont été relevés; le pavillon de Flore approprié pour les services de la préfecture de la Seine et l'habitation du préfet; le Palais-Royal, le Palais de Justice, la préfecture de police restaurés; le ministère de la guerre, celui du commerce, celui de l'agriculture et celui des postes et télégraphes agrandis; l'hôtel des Postes édifié; l'Hôtel de Ville reconstruit par MM. Ballu et Deperthes. Le palais du Trocadéro, œuvre de Davioud; le pavillon de la Ville de Paris, érigé par Bouvard au Champ de Mars et reporté aux Champs-Élysées, restèrent de l'Exposition de 1878. L'École de médecine, celle de pharmacie, la Clinique d'accouchement, l'entrepôt de Bercy furent réédifiés ou complétés; la Bibliothèque nationale isolée, la gare Saint-Lazarre rebâtie; le lycée Janson ouvert. Le lycée d'Alembert est très avancé. Les mairies des XIIe, XVe, XVIe et XXe arrondissements, les casernes de l'île Louvier, Violet, de Port-Royal, affectées aux sapeurs-pompiers ont été construites ainsi que plusieurs postes. Le pont Sully, la passerelle de Passy, le pont de Grenelle, le pont de Tolbiac, celui des Invalides, le pont aux Doubles, ont été exécutés dans ces dix dernières années. Le pont d'Austerlitz vient d'être élargi, le Pont-Neuf consolidé; l'avenue de l'Opéra, le boulevard Saint-Germain, la rue du Quatre-Septembre, l'avenue de Villiers, si coquette par ses demeures d'artistes; la rue de Rennes, la rue Monge, l'avenue des Gobelins, le boulevard Saint-Marcel, le boulevard Diderot, l'avenue Ledru-Rollin, le boulevard d'Enfer, la rue des Tuileries, l'avenue du Trocadéro, la place des Etats-Unis sont terminés. La rue Etienne-Marcel est ouverte. Le collège Chaptal, le collège Rollin, l'École centrale des arts et manufactures sont réédifiés; l'École Arago, et de nombreux groupes scolaires

Fig. 55. — Le Lac des Buttes-Chaumont.

26.

ont été créés; l'Hôtel-Dieu est terminé; l'église Saint-François-Xavier également achevée; celle de Notre-Dame d'Auteuil relevée par Vaudremer dans le style pseudo-romain. Le quartier Marbeuf, complètement rasé, a été rehaussé et reconstruit. Aux Batignolles existe un quartier entièrement neuf. La construction de la Bourse du commerce va donner une physionomie nouvelle au quartier des Halles et faciliter les communications si difficiles en cet endroit. Le musée d'ethnographie et le musée d'architecture et de sculpture au Trocadéro sont ouverts au public depuis quelques années. L'hôtel Carnavalet est devenu le musée historique de la ville de Paris. La Sorbonne et le lycée Louis-le-Grand sont agrandis. La municipalité par la pose de plaques commémoratives rappelle les grands faits historiques de Paris, les lieux de naissance ou de mort de tous les grands hommes qui ont illustré notre cité.

De nombreux squares, ainsi que les jardins du Trocadéro et du Champ de Mars, ont été ouverts; deux nouveaux cimetières extra muros, celui de Pantin et celui de Bagneux, s'ajoutent à ceux d'Ivry et de Saint-Ouen. Le réseau d'égouts se poursuit; de nouveaux réservoirs ont été construits; on a multiplié les bouches d'incendie, établi plusieurs quais, etc., etc.

Tous ces travaux et fondations d'utilité n'ont pas fait négliger la décoration : Ledru-Rollin, Lamartine, Diderot, Voltaire, Alexandre Dumas père, Berlioz, Claude Bernard, Bernard Palissy, Charlemagne, Étienne Marcel, Jeanne d'Arc, Pinel, le Dr Broca, Gambetta, Louis Blanc, Denis Papin, Nicolas Leblanc, ont eu leurs statues et la Défense ses monuments. La place de la République est ornée d'une statue gigantesque de la République, œuvre de Morice. Les œuvres d'art de nos meilleurs sculpteurs embellissent les places, squares et jardins.

La circulation des bateaux-express a doublé les pontons sur la Seine, du Point-du-Jour à Charenton. Enfin s'il n'est plus permis d'espérer l'établissement si désiré du

Fig. 56. — Le Jardin des Buttes-Chaumont.

Métropolitain pour l'Exposition de 1889, nous sommes persuadé que la question sera prochainement reprise.

Un nouvel emprunt procurera les fonds nécessaires au percement de nouvelles voies utiles à l'hygiène, permettra de répandre à profusion l'eau dans les maisons et sur la voie publique; de terminer enfin le réseau de nos égouts et d'adoucir la misère par la création d'asiles de nuit et de chauffoirs.

La zone de défense de Paris, reconnue insuffisante à la suite du siège de 1870, fut agrandie dans un rayon de 18 kilomètres par les forts de Chelles, de Villiers, de Vaujours, de Villeneuve-Saint-Georges, à l'est; par ceux de Cormeil, de Domont, de Montlignon, de Montmorency, d'Écouen, de Stains, au nord; par ceux de Saint-Cyr, de Palaiseau et de Saint-Jammes, au sud-ouest.

Sous cette troisième République, la France fut frappée de grands deuils, à l'occasion desquels les Parisiens donnèrent des manifestations de la plus touchante sympathie. Nous citerons le préfet de la Seine, M. Hérold, qui mena si rapidement la réalisation de la laïcité des écoles primaires; les savants Claude Bernard et Littré; les historiens Michelet, Louis Blanc, Henri Martin; le jurisconsulte Faustin Hélie, le grand patriote Gambetta, qui organisa la défense en province; le grand poète Victor Hugo, qui eut les honneurs du Panthéon et dont les funérailles prirent un caractère si imposant. Nous mentionnerons qu'à l'occasion de ces dernières funérailles le Panthéon a été désaffecté du culte et rendu à sa destination primive. La République a continué la décoration du Panthéon : les fresques de Lévy, de Puvis de Chavannes, de J.-P. Laurens, de Bonnat, et les statues de Jouffroy, de Frémiet et de Falguière y attirent de nombreux visiteurs.

Lorsque tous ces projets seront réalisés, que la misère accidentelle aura ses asiles de nuit et ses ateliers de travail; que la vieillesse indigente sera suffisamment pourvue de refuges, il n'y aura plus de présomption à dire que Paris sera la plus belle sinon la plus grande ville du monde!

Certains esprits étroits ont cherché à soulever un antagonisme entre la province et Paris, reprochant à celle-là de subir la tutelle oppressive de celui-ci. L'entreprise d'une pareille croisade était vouée à un échec certain. D'abord une autorité purement morale, basée sur la supériorité des lumières et l'exemple du dévouement à la cause humanitaire n'est pas oppressive. Puis, par qui est exercée cette autorité, sinon par cette jeunesse intelligente accourue de tous les points de la France, ayant un germe de génie à féconder, des idées à faire éclore? Paris, plus généreux, fait appel à la province et dans ses représentations électives, il ne lui est jamais venu à l'idée de considérer un lieu de naissance comme un cas d'inéligibilité. Au sein du conseil municipal, combien de membres sont de pure origine parisienne? Quoi qu'on fasse et quoi qu'on dise, Paris restera le cœur et la tête de la France et la province les vaisseaux qui viendront sans cesse lui apporter le mouvement et la vie. Comme tous les éléments d'un même corps, ils resteront solidaires et toujours étroitement unis.

PARIS ACTUEL

ORGANISATION ACTUELLE DE LA MUNICIPALITÉ.

En 1870, le gouvernement de la Défense nationale rétablit la mairie centrale, et MM. Arago et Jules Ferry devinrent successivement maires de Paris. Mais la loi du 14 avril 1871 rendit au préfet de la Seine la représentation légale de la ville de Paris. Cette loi est encore en vigueur.

Aux termes de cette loi, le préfet de la Seine a l'administration légale et économique de la ville. Le préfet de police est chargé de la police municipale ; mais au lieu de relever, comme en 1848, du préfet de la Seine, qui a remplacé le maire central, il est sous les ordres directs du ministre de l'intérieur.

Paris est divisé en vingt arrondissements municipaux. Chacun d'eux est administré par un maire et trois adjoints. Une loi de 1882 autorise même le gouvernement à porter à cinq le nombre de ces derniers dans les arrondissements dont la population est supérieure à 120,000 habitants.

Les maires et adjoints sont, comme les deux préfets, nommés par le président de la République. Ils ne peuvent, contrairement au droit commun, être membres du Conseil municipal.

Chaque arrondissement élit quatre conseillers municipaux, un par quartier, au scrutin uninominal. Ces quatre-vingts conseillers municipaux forment l'assemblée délibérante et représentent Paris au conseil général de la Seine.

Deux projets de loi, l'un concernant la disjonction du conseil général et l'autre relatif au mode de scrutin des conseillers municipaux et à leur nombre proportionnel à la population de chaque arrondissement, ont été votés par la Chambre des députés et sont en ce moment soumis à l'examen du Sénat.

Le conseil municipal de Paris, comme les autres conseils municipaux de France, a quatre sessions ordinaires par an. Au commencement de chacune, il nomme au scrutin secret et à la majorité son président, ses vice-présidents et ses secrétaires. Pour les sessions extraordinaires tenues dans l'intervalle de deux sessions ordinaires, le bureau de la dernière session est maintenu en fonctions.

Les sessions ordinaires du conseil municipal de Paris ne peuvent excéder dix jours. Cependant celle où est discuté le budget peut durer six semaines. L'importance du budget de la ville, qui se chiffre par plus de 300 millions, et qui doit pourvoir à des dépenses de natures fort diverses, nécessite au moins cette durée.

En sa qualité de maire central, le préfet de la Seine est le représentant civil, financier et judiciaire de la ville. Il est chargé de convoquer le conseil municipal, il nomme aux emplois municipaux. Toutefois le directeur de l'octroi et le receveur municipal sont nommés par le Président de la République. Les trois régisseurs de l'octroi,

Fig. 57. — Le Nouvel Opéra.

27

qui forment avec le directeur le conseil d'administration de cet important service sont, ainsi que le directeur du Mont-de-Piété, nommés par le ministre de l'intérieur. Toutes les rues de Paris étant soumises au régime de la grande voirie, c'est comme représentant de l'État et non comme maire central que le préfet de la Seine en est chargé. De plus, depuis le décret du 10 octobre 1859, il a la direction de la petite voirie : l'enlèvement des boues, neiges et glaces, le balayage, l'arrosage et l'éclairage de la ville, attributions qu'avait le préfet de police, conformément à l'arrêté de messidor an VIII.

Les attributions du préfet de police sont déterminées par cet arrêté du 12 messidor an VIII. Il est chargé notamment de la publication des lois et règlements de police, de l'exécution des lois sur la mendicité et le vagabondage; il surveille les hôtels garnis, les maisons de jeu, etc.; il prend les mesures propres à dissiper les attroupements et à assurer dans les théâtres la sécurité des spectateurs ainsi que le maintien de la tranquillité publique. C'est lui aussi qui délivre les permis de chasse.

Comme chef de la police municipale, il répond de la commodité et de la sûreté de la voie publique; prend les mesures propres à prévenir ou arrêter les incendies; surveille le corps des sapeurs-pompiers; veille à la protection des monuments publics et prend les mesures nécessaires en cas d'accidents de toutes natures.

Le préfet de police est aussi chargé d'accorder les autorisations relatives aux établissements dangereux, incommodes ou insalubres. Il a sous ses ordres les commissaires de police, les officiers de paix et agents de police. Enfin il dispose pour la police du corps de la garde républicaine.

Le préfet de la Seine et le préfet de police ont entrée au conseil municipal et sont entendus chaque fois qu'ils le demandent.

Les maires et adjoints d'arrondissement ont pour attributions l'état civil, les élections, le jury, l'instruction primaire, les cultes, le commerce, les professions médicales, l'assistance publique, les sépultures, les importations d'armes, le recrutement et les contributions. Les adjoints sont officiers de l'état civil sans avoir besoin d'une délégation spéciale du maire.

Le conseil municipal ne peut s'occuper que de matières purement communales : acquisitions d'immeubles, baux à loyer; projets, plans et devis de grosses réparations et d'entretien; halles et marchés; droits de stationnements ou locations sur la voie publique; concessions dans les cimetières; assurance des bâtiments communaux; affectation de propriétés communales à un service communal; acceptation de dons et legs, etc.

En cas de désaccord entre le conseil municipal et le préfet, c'est le Président de la République qui tranche le différend; il ne peut toutefois substituer sa volonté à celle du Conseil.

A Paris, les impôts sont répartis entre les contribuables par une commission spéciale. Cette commission de répartiteurs est permanente et composée d'agents rétribués nommés après concours par le préfet de la Seine.

Le budget de la ville est proposé par le préfet de la Seine; celui de la préfecture de police est proposé par le préfet de police et rattaché au budget général de la ville. Ce budget est soumis au vote du conseil municipal et doit être approuvé par le président de la République. Si le conseil omettait de pourvoir à une dépense obligatoire, il y serait pourvu d'office.

Le compte financier et le compte d'administration sont soumis chaque année à l'approbation du conseil. Mais ils ne sont définitivement apurés que par la Cour des comptes.

Les impositions extraordinaires et les emprunts nouveaux doivent être autorisés par une loi.

Le conseil peut émettre des vœux pour des objets

d'intérêt municipal, mais les vœux politiques lui sont interdits.

Nous avons déjà dit plus haut que Paris était divisé en vingt arrondissements, que chaque arrondissement comprenait une mairie et quatre quartiers. L'arrondissement forme l'étendue de la juridiction du juge de paix et le quartier celle du commissaire de police. Il existe aussi un officier de paix par arrondissement et un poste de police par quartier en dehors de ceux qui se trouvent supplémentairement attachés aux administrations publiques.

Depuis 1871, le préfet de la Seine habite le pavillon de Flore, échappé à l'incendie des Tuileries. Mais les travaux de son installation à l'Hôtel de Ville se poursuivent avec activité. (La gravure nous reproduit le pavillon de Flore rattaché aux Tuileries avant 1871. Voir p. 317.)

BUDGET DE LA VILLE.

Le budget des dépenses de la ville de Paris atteint un chiffre de 303 millions et demi. Les chapitres les plus lourds, après le service de la dette qui est de 103 millions, sont la voie publique, 20 millions; les eaux et égouts, 8 millions; les promenades, les plantations, l'éclairage et l'arrosement, 9 millions et demi; la police, 25 millions; l'assistance publique, 21 millions; l'instruction primaire et supérieure, 25 millions; l'architecture et les beaux-arts, 4 millions.

La recette principale est celle de l'octroi : 137 millions. Viennent ensuite : le produit des centimes communaux, 33 millions; la redevance de la compagnie du gaz, 17 millions; les abonnements aux eaux de la ville, 12 millions; les halles et marchés, 8 millions.

Le receveur municipal, trésorier de la ville de Paris, est nommé par décret sur une liste de trois candidats pré-

Fig. 58. — Le Pavillon de Flore.

27.

sentés par le conseil municipal et sur la proposition du
ministre des finances.

ENSEIGNEMENT PRIMAIRE.

La municipalité et l'administration ont apporté un soin
tout particulier à assurer l'application des lois sur l'enseignement primaire, obligatoire, gratuit et laïque. On
en jugera par les chiffres suivants relatifs à l'année 1884.

Il existe à Paris, outre l'école normale primaire d'insti-
tuteurs d'Auteuil, rue Molitor, 2, et celle d'institutrices,
boulevard des Batignolles, 56 :

1° 191 *écoles maternelles*, dont 127 publiques laïques
recevant 18,692 enfants; une école publique congréganiste ayant 313 élèves; 23 écoles libres laïques possédant
1,339 enfants, et 40 écoles libres congréganistes comprenant 5,683 élèves : ensemble, 26,027 élèves.

2° 367 *écoles primaires* se décomposant ainsi : 191 écoles publiques laïques fréquentées par 74,241 garçons;
175 écoles publiques laïques de filles ayant 61,067 élèves
et une école publique congréganiste de 572 enfants, soit
135,880 enfants fréquentant les écoles publiques.

3° 4 écoles *professionnelles* de jeunes filles comprenant
466 élèves. L'école Diderot, boulevard de la Villette, a
283 apprentis. L'école du Meuble fonctionne. L'école du
Livre est en construction. Des cours spéciaux d'apprentis
sont faits dans 35 écoles de garçons à 768 enfants, et
dans 25 écoles de filles à 377 élèves. Dans 82 écoles publiques laïques fonctionnent des ateliers de travail manuel.

4° L'*orphelinat des pupilles de la Ville* (internat) a été
fondé en août 1886 dans l'ancien orphelinat Coquerel,
71, avenue Philippe Auguste, en remplacement des
bourses d'externat de 600 fr. que votait le conseil pour
pourvoir à l'éducation, à l'entretien et à la nourriture
d'orphelins nécessiteux.

5° *Les cours d'adultes* reçoivent 5,450 hommes et 2,074 femmes.

6° Les établissements municipaux d'enseignement primaire supérieur et professionnel, Rollin, Chaptal, Turgot, Colbert, Lavoisier, J.-B. Say et Arago, ont 4,406 élèves garçons. L'école de la rue de Jouy a 393 filles.

40 bibliothèques municipales gratuites de lecture sur place ou de prêts à domicile ont fourni, en 1884, les résultats suivants : 650,529 volumes ont été lus à domicile et 123,464 sur place.

Diverses bibliothèques populaires libres fondées dans 16 arrondissements possèdent plus de 75,000 ouvrages.

L'organisation des élèves des écoles communales en bataillons scolaires fait honneur au conseil municipal. Cette institution nous prépare d'intelligents défenseurs et permettra de réduire au minimum nécessaire la durée du service militaire, le plus lourd impôt que subissent les citoyens.

A côté de ces bataillons scolaires, un grand nombre de sociétés de gymnastique se sont fondées, encouragées par la municipalité. Les résultats obtenus de ces vaillants essais de préparation à une défense patriotique ont atteint déjà la hauteur du but poursuivi : joindre la vigueur du corps à l'enthousiasme du cœur. Les sociétés de gymnastique et de tir de Paris et du département de la Seine ont récemment mérité l'éloge du ministre de la guerre. Provoquer ces efforts pacifiques parmi les jeunes gens, est le plus sage moyen d'épargner à la patrie de nouvelles surprises, de nouvelles catastrophes.

ASSISTANCE PUBLIQUE.

L'*Assistance publique* forme une des administrations annexes de la préfecture de la Seine. Son siège est place de l'Hôtel-de-Ville. Son directeur est nommé par le ministre de l'intérieur, sur la proposition du préfet de la Seine. Il a dans ses attributions l'administration des hôpitaux et des hospices, ainsi que le service des enfants assistés. Les hôpitaux sont affectés aux maladies susceptibles de guérison. Ils sont généraux ou spéciaux. Les hospices reçoivent les vieillards et les incurables. L'assistance publique administre aussi les maisons de retraite provenant de fondations particulières et les bureaux de bienfaisance qui existent dans chaque arrondissement. Son budget s'élève à plus de 40 millions. Les bureaux de bienfaisance ont secouru, en 1884, 140,580 personnes sur une population de 2,269,023 habitants, soit environ 6 p. 100. Les théâtres contribuent aux dépenses de l'assistance publique pour une somme de 2 millions 1/2 et le Mont-de-Piété pour 500,000 fr.

En 1884, le service des enfants assistés avait 26,517 pupilles. Il comptait 2,549 enfants moralement abandonnés. Le département de la Seine a créé trois écoles professionnelles pour permettre à ses pupilles de pouvoir, à leur majorité, gagner honnêtement leur vie. L'une à Montevrain, et destinée à former des ébénistes, compte 62 élèves; l'autre, à Villepreux, enseigne l'horticulture. Elle avait l'an dernier 38 élèves. De plus, récemment, dans les bâtiments de l'ancien collège d'Yzeure (Allier), il a été fondé une école pratique d'agriculture à l'usage des jeunes filles. Il est question d'en créer aussi pour les garçons en Algérie. Enfin un certain nombre d'enfants sont placés en apprentissage dans l'industrie privée, à Vierzon, par exemple. Cet ensemble d'écoles publiques d'apprentissage en faveur des enfants trouvés, abandonnés et orphelins, est une des plus belles idées contemporaines. L'initiative en revient à nos édiles républicains. Ils ont sagement pensé qu'en matière de criminalité, mieux valait prévenir que châtier et que fournir aux enfants dépourvus de parents une éducation professionnelle, c'était attaquer la criminalité à sa source. Nul doute que les résultats de tels sacrifices ne répondent aux espérances conçues.

Les hôpitaux généraux sont :

1° L'*Hôtel-Dieu*, place du Parvis-Notre-Dame. Sa fondation remonte au VII° siècle. Il a été reconstruit en 1868-1878 sur son emplacement actuel, qui comprend une surface de 22,000 mètres carrés. Il possède 530 lits.

2° L'*hôpital Beaujon*, 208, faubourg Saint-Honoré, fondé en 1780. Il a 422 lits.

3° L'*hôpital Bichat*, boulevard Ney, ouvert en 1883.

4° L'*hôpital Cochin*, 47, faubourg Saint-Jacques, fondé par l'abbé Cochin en 1779. 373 lits.

5° La *Charité*, 47, rue Jacob, qui a 516 lits. Sa fondation date de 1602. En 1864-65, il a été agrandi.

6° L'*hôpital Laënnec*, 42, rue de Sèvres. C'était l'ancien hospice des incurables femmes. Sa fondation date de 1635. Il renferme 608 lits.

7° La *Pitié*, 1, rue Lacépède; construit en 1612. Il a 709 lits.

8° L'*hôpital Lariboisière*, rue Ambroise-Paré, près du chemin de fer du Nord, est de fondation récente. Il fut construit de 1846 à 1853. 690 lits.

9° L'*hôpital Necker*, 151, rue de Sèvres, a été fondé en 1779. Il a 418 lits.

10° L'*hôpital Saint-Antoine*, 184, rue du Faubourg-Saint-Antoine, a été fondé en 1795 dans les bâtiments d'un ancien couvent. 689 lits.

11° L'*hôpital Tenon*, 2, rue de la Chine, à Ménilmontant. Il fut inauguré en 1877. Il contient 635 lits.

. Les hôpitaux spéciaux sont :

1° *Saint-Louis*, 40, rue Bichat, fondé en 1607 par Henri IV, destiné aux maladies de la peau. 903 lits.

2° Le *Midi*, 111, boulevard Port-Royal, fondé dans l'ancien couvent des Capucins. 314 lits.

3° *Lourcine*, 111, rue de Lourcine, installé dans l'ancien couvent des Cordeliers. 243 lits.

4° La *Maternité*, 123, boulevard Port-Royal, ancienne

abbaye de Port-Royal. La chapelle a été construite par Lepautre (1646-1648). Maison d'accouchement ayant 316 lits.

5° *Clinique d'accouchement*, 89, rue d'Assas, construite en 1884. 75 lits.

6° *L'hôpital des Enfants-Malades*, 149, rue de Sèvres, contigu à l'hôpital Necker. Sa fondation date de 1755. Il a 572 lits.

7° *L'hôpital Trousseau*, 89, rue de Charenton, fondé en 1860. 427 lits.

8° *Maison municipale de santé Dubois*, 200, rue du Faubourg-Saint-Denis, fondée en 1802 par le Dr Dubois. 354 lits. Cette maison ne reçoit que des malades payants.

9° *Hôpital de l'orphelinat et des pupilles de la ville de Paris*, faubourg Saint-Antoine, 254 [1].

Les hospices sont :

1° *L'hospice de la vieillesse*, à Bicêtre, fondé en 1632, par ordre de Richelieu ; 1,794 indigents et 640 aliénés.

2° La *Salpêtrière*, 47, boulevard de l'Hôpital, construit sous Louis XIII. L'église fut bâtie en 1670 sur les dessins de Libéral Bruant. Il abrite 3,069 indigentes et 720 aliénées. C'est le plus grand établissement hospitalier de l'Europe.

3° Les *Quinze-Vingts*, 28, rue de Charenton, fondé en 1260 par saint Louis pour 300 aveugles. Cet hospice occupe l'ancien hôtel des Mousquetaires noirs.

4° La *Maison de Charenton*, construite sur les bords de la Marne en 1642 et reconstruite sous Louis-Philippe. Asile d'aliénés géré par l'État.

5° *Hospice des Enfants assistés*, 74, rue Denfert-Rochereau. 600 lits.

6° *Institution des Jeunes-Aveugles*, 56, boulevard des

---

1. Des succursales ont été établies à *Forges-les-Bains*, à *La Roche-Guyon* (Seine-et-Oise) et à *Berck-sur-Mer* (Pas-de-Calais) pour les enfants scrofuleux.

Invalides, fondée par Haüy en 1784. L'édifice actuel a été construit par Philippon en 1843. Cet établissement a 250 élèves des deux sexes.

7° *Institution des Sourds-Muets*, 254, rue Saint-Jacques, fondée par l'abbée de l'Épée, dans l'ancien séminaire Saint-Magloire.

8° *Sainte-Périne*, rue du Point-du-Jour. Maison de retraite payante pour les vieillards, transférée à Auteuil en 1860. Cet établissement, de fondation ancienne, existait dans l'ancien couvent des religieuses de Sainte-Périne, à Chaillot, près des Champs-Élysées.

9° *Chardon-Lagache*, également à Auteuil, près de Sainte-Périne. Cet établissement admet, par son prix de pension, des personnes d'une situation plus modeste. Les avantages qu'il procure, sa situation exceptionnelle le font rechercher et les vides ne tardent pas à être comblés.

10° *Hospice de la Reconnaissance*, à Vaucresson (Seine-et-Oise). Cet asile est gratuit. Il est spécialement attribué aux ouvriers métallurgistes nécessiteux. Son généreux fondateur, M. Brezin, a donné son nom à l'établissement, qui n'est connu dans le public que sous le nom d'hospice Brezin.

11° *Hospice des Petits-Ménages*, à Issy. Cet hospice se trouvait autrefois à Paris, 28, rue de la Chaise, sur l'emplacement du square des grands magasins du Bon-Marché. Il a été transféré à Issy, hors du mur d'enceinte. Cet asile de vieillards rend les plus grands services. La multiplicité de pareils établissements serait un grand pas fait vers la diminution du paupérisme.

Enfin il existe à Paris deux hôpitaux militaires : le *Val-de-Grâce* et l'*hôpital du Gros-Caillou*, rue Saint-Dominique.

Depuis peu, l'administration de l'assistance publique se trouve en possession de plusieurs nouveaux établissements hospitaliers provenant de legs spéciaux :

A Auteuil, rue Mirabeau, dans une partie du parc de Sainte-Périne, la maison de retraite *Rossini* est en construction.

Boulevard Bineau, la maison *Galignani.*

Rue de Bagnolet, l'*hospice Debrousse,* fondé avec le montant d'un legs de deux millions fait par Mme la baronne Alquié.

A l'hospice de *Brevannes* (Seine-et-Oise), des pavillons distincts pourront recevoir deux cents vieillards vivant en ménage.

De plus, le département de la Seine a mis à l'étude la création d'un cinquième asile-hospice.

Le service des aliénés du département de la Seine ne dépend pas sauf *Bicêtre* et *la Salpêtrière* de l'assistance publique. Il relève directement de la préfecture de la Seine. Les asiles d'aliénés sont : *Sainte-Anne,* rue Cabanis, 600 lits; *Ville-Évrard, Vaucluse,* et *Villejuif.* Le chiffre des aliénés est d'environ de 9,500.

MONT-DE-PIÉTÉ.

La fondation du Mont-de-Piété de Paris remonte à 1777. Cette institution a le monopole du prêt sur gage. Ses bénéfices doivent être versés à la caisse de l'assistance publique. Le taux de l'intérêt est de 9 p. 100. L'administration du Mont-de-Piété est placée sous l'autorité du préfet de la Seine et du ministre de l'intérieur. Elle est confiée à un directeur responsable, sous la surveillance d'un conseil composé du préfet de la Seine, président; du préfet de police; de trois membres du conseil municipal, de trois membres pris dans le conseil de l'assistance publique, ou parmi les administrateurs des bureaux de bienfaisance, et enfin de trois citoyens domiciliés dans Paris.

Le directeur est nommé par le ministre de l'intérieur sur une liste de trois candidats présentés par le préfet de la Seine. Il a sous ses ordres tout le personnel de l'administration. Les employés de tous grades sont nommés par le préfet de la Seine, sur une liste triple de candidats présentés par le directeur.

Le siège du Mont-de-Piété est rue des Francs-Bourgeois, 55. Il existe trois succursales : 16, rue Bonaparte, 32, rue Servan et rue de Rennes, plus 22 bureaux auxiliaires.

Le Mont-de-Piété avait été institué, comme nous l'avons déjà vu, pour détruire le commerce clandestin des usuriers qui prêtaient à 20 et 30 p. 100. Mais le Mont-de-Piété n'exerce-t-il pas lui-même une exorbitante usure? On objecte qu'il faudrait des capitaux immenses à Paris pour prêter sur gage à des conditions moins onéreuses. On répond encore que le bénéfice est dévolu à l'assistance publique. Ici l'erreur est grande. Assurément, ce ne sont pas les gens aisés qui empruntent au Mont-de-Piété, mais les malheureux qui n'ont pas d'avances, et qui, si l'ouvrage vient à leur manquer aujourd'hui engageront demain leurs effets pour vivre. Or, est-ce sur une partie de ses pauvres qu'une société doit prélever un impôt pour nourrir l'autre? La société doit en général pourvoir à l'entretien des hôpitaux; mais, s'il est une classe sur laquelle doive peser plus spécialement le poids de cette charge, ce n'est certainement point celle des malheureux. Il y a là des réformes que ne peut manquer d'opérer une législature républicaine. Le conseil municipal est déjà plusieurs fois venu au secours des emprunteurs nécessiteux en votant la somme nécessaire au dégagement des outils et de la literie.

Les prêts sont consentis pour un an. Passé ce délai, après avertissement, les objets sont vendus par le Mont de-Piété, qui rend le surplus... s'il y en a.

Depuis le 1er janvier 1887, l'intérêt a été réduit à 7 p. 100, et diverses autres améliorations réalisées par le préfet de la Seine détruisent en partie la portée de nos observations.

28

OCTROI.

L'octroi de Paris, aboli en 1789, fut rétabli par la loi du 27 vendémiaire an VII, sous le nom d'*octroi municipal et de bienfaisance.*

L'administration de l'octroi de Paris, placée sous la surveillance du préfet de la Seine et du directeur général des contributions indirectes, est confiée à un directeur et à trois régisseurs formant un conseil d'administration. Ce conseil est présidé par le directeur, qui est en même temps directeur des droits d'entrée perçus au profit du Trésor.

Le directeur de l'octroi de Paris est nommé par décret du Président de la République, rendu sur la proposition du ministre des finances. Les régisseurs sont nommés par le ministre, sur la proposition du préfet de la Seine. Les autres employés sont nommés par le préfet, sur la proposition du conseil.

Le produit des droits d'octroi est versé à la caisse municipale.

Comme toutes les impositions indirectes, les octrois n'ont jamais été populaires. Aussi s'est-on souvent préoccupé de les remplacer par une autre contribution qui pesât moins sur la classe pauvre. Mais il est bien difficile de procéder autrement que par voie de dégrèvements progressifs. C'est ainsi que la ville de Paris, en 1881, a dégrevé les vins de 2 fr. par hectolitre en même temps que l'État consentait une réduction de 1 fr. 87.

Le produit annuel de l'octroi à Paris s'élève, ainsi que nous l'avons déjà vu, à 137 millions. Sur cette somme, la ville a été autorisée à payer en partie le contingent qui lui est assigné pour les contributions personnelle et mobilière. Ce qui reste à percevoir est réparti sur la cote mobilière au prorata des loyers. Les loyers d'une valeur matricielle inférieure à 400 fr. sont totalement exonérés.

Pour les autres, il est établi un tarif gradué en raison de leur progression ascendante.

EAUX, ÉGOUTS, ÉCLAIRAGE, VOIE PUBLIQUE.

La consommation journalière des eaux à Paris est d'environ 540,000 mètres cubes, soit 231 litres par habitant. Cette alimentation considérable est fournie par l'aqueduc d'Arcueil, la Seine, le canal de l'Ourcq, les puits artésiens de Grenelle, de Passy, de la Butte-aux-Cailles et de la place Hébert, les rivières de la Dhuis, de la Vanne et de la Marne. Douze usines élévatoires à vapeur et huit hydrauliques assurent le service des eaux.

L'*aqueduc d'Arcueil*, comme nous l'avons déjà vu, remonte à l'empereur Julien au IV⁰ siècle. Il fut reconstruit sous la régence de Catherine de Médicis.

Le *puits artésien de Grenelle* fut construit de 1833 à 1841 et foré par Mulot. Sa profondeur est de 547 mètres. Il est situé place Breteuil, derrière les Invalides. La température de l'eau est de 27°.

Celui de Passy a 586 mètres de profondeur. Commencé en 1855, il fut achevé en 1861.

La Vanne alimente le réservoir de Montsouris. D'autres bassins existent à Ménilmontant, à Belleville, à Villejuif, etc. Récemment, le conseil municipal a voté l'établissement d'un nouveau réservoir à Montmartre et d'une pompe élévatoire, quai de la Rapée, qui l'alimentera.

La principale machine élévatoire à vapeur est la pompe à feu de Chaillot, place de l'Alma, qui remonte à l'an XI.

Paris compte 57 fontaines monumentales ou bassins marchant chaque jour ou périodiquement, 74 fontaines Wallace, 349 bornes-fontaines, 1,359 bouches d'incendie et plusieurs milliers de bouches sous trottoirs ou destinées à l'emplissage des tonneaux.

Les ingénieurs, M. Alphand surtout, voudraient amener

à Paris 340,000 mètres cubes d'eau de source pour le service
privé, soit 150 litres par jour et par habitant, sans compter les 172 litres du service public. Ils proposent, pour
cela, d'acquérir les sources de la Voulzie, de Villemer et
de Saint-Thomas, aux environs de Provins. Six nouvelles
sources, situées dans l'Eure et l'Eure-et-Loir : le *Nouvel,
Érigny*, les *Graviers, Foisy, Lesieur* et *Lebreuil*, ont été récemment acquises par la Ville. Leurs eaux arrivent à Paris à
l'altitude de 95 mètres par un aqueduc de 135 kilomètres.

On ne saurait trop applaudir à cet ensemble de mesures qui tendent à résoudre le grave problème de la
santé publique à Paris.

Égouts. — Le système des égouts de Paris est basé sur
l'établissement de collecteurs partageant la Ville en plusieurs bassins. Ces égouts, qui recueillent les eaux plu-
viales et ménagères, les conduisent au-dessous de Paris,
sur un point où l'abaissement du niveau de la Seine
permet de les recevoir.

Les égouts de Paris sont presque tous récents. Leur
longueur qui, au commencement du siècle, n'atteignait
pas 25 kilomètres, dépasse aujourd'hui 795 kilomètres.
La plus ancienne galerie remonte à 1730. C'était l'égout
de ceinture construit sur le lit de l'ancien ruisseau de
Ménilmontant. Il se jetait en Seine vers Chaillot. Plus
tard, l'égout de la rue de Rivoli conduisit les eaux sales
au pont de la Concorde. C'est l'ingénieur Belgrand qui
conçut, en 1854, le réseau d'égouts collecteurs auquel
Paris doit en partie ses conditions actuelles de salubrité.
Sur 7,800 hectares que renferme l'enceinte de Paris, 6,470
sont desservis par le réseau d'égouts. Ce service est l'objet
d'une sollicitude spéciale de la part du conseil et de l'administration.

Éclairage. — Paris est éclairé par 55,000 becs de gaz.
La consommation annuelle du gaz à cet égard dépasse
268 millions de mètres cubes. En divers endroits se font
des essais de lumière électrique.

Fig 59. — Le Square du Temple.

28.

Voie publique. — La surface de Paris affectée à la voie publique, places, ponts, quais, rues, boulevards, etc., s'élève à près de 15 millions de mètres carrés. 6 millions de mètres carrés sont pavés en pierre; près de 2 millions sont macadamisés; 308,655 mètres carrés asphaltés; 281,030, pavés en bois. Le reste est dallé ou composé de chaussées en terre. Il y a 64,875 arbres d'essences diverses en bordures des boulevards, avenues et rues, sur une longueur de 236 kilomètres. La longueur totale des voies publiques dépasse 950 kilomètres.

Il y a à Paris plus de 10,000 voitures publiques en circulation, 610 omnibus, 497 tramways. Les tramways sud ont une longueur de parcours de 71,055 mètres; les tramways nord, 63,892 mètres. Les tramways desservis par la Compagnie des omnibus ont 115,284 mètres. Cette dernière compagnie possède près de 14,000 chevaux.

Les cinq compagnies de chemins de fer de l'Ouest, d'Orléans, de Lyon, du Nord et de l'Est, transportent annuellement près de 100 millions de voyageurs. (Voir la gravure de la gare de Strasbourg ou de l'Est, page 341.)

Paris compte 2,120 rues, 109 avenues, 79 boulevards, 257 impasses, 154 places, 350 galeries, 27 ponts, 45 quais. Les rues sont classées en rues perpendiculaires à la Seine et en rues parallèles. Les numéros des rues parallèles commencent à l'extrémité qui se trouve en amont. Les numéros des rues perpendiculaires commencent par le point le plus rapproché du fleuve.

Les boulevards sont classés en *boulevards intérieurs* (anciens boulevards), *boulevards extérieurs*, *nouveaux boulevards* et *boulevards de ceinture.*

Les boulevards *intérieurs* partent de la Madeleine et aboutissent à la Bastille. Ils ont été construits sur l'emplacement des fortifications du temps de Louis XIV. Ils comprennent le boulevard de la *Madeleine*, celui des *Capucines*, celui des *Italiens*, celui de *Montmartre*, le boulevard *Poissonnière*, le boulevard *Bonne-Nouvelle*, les boulevards *Saint-Denis* et *Saint-Martin*, celui du *Temple*, celui des *Filles-du-Calvaire* et le boulevard *Beaumarchais*. Sur la rive gauche, les boulevards *Henri IV* et *Saint-Germain* ferment la ceinture.

Les boulevards *extérieurs* justifiaient leur nom avant l'annexion. Ils datent de la fin du XVIIIᵉ siècle. Sur la rive droite, ils partent du pont de Bercy et se terminent à la place de Courcelles et, sur la rive gauche, de la passerelle de Passy au pont de Bercy. Ils mesurent près de 25 kilomètres. (Voir le tableau des diverses enceintes, p. 181).

Les *nouveaux* boulevards relient ces deux ceintures. Les principaux sont : le boulevard *Saint-Michel*, le boulevard *Sébastopol*, le boulevard de *Strasbourg*, le boulevard *Magenta*, le boulevard *Haussmann*, le boulevard *Malesherbes*, le boulevard *Voltaire*, etc., etc. Ils ont été construits en totalité ou en partie sous l'administration de M. Haussmann.

Les boulevards de ceinture sont ceux qui bordent intérieurement les fortifications.

Les principales avenues sont celles de l'Opéra, du Trocadéro, de l'Alma, d'Iéna, Hoche, Wagram, de la Grande-Armée, du Bois-de-Boulogne, Victor-Hugo, Kléber, des Champs-Élysées, des Gobelins, Montaigne, d'Antin, de Clichy, de Villiers, etc.

Quant aux rues, nous nous bornerons à citer celles de Rivoli, de la Paix, Royale, du Quatre-Septembre, Lafayette, Castiglione, Saint-Honoré, Montmartre, Saint-Martin, Saint-Denis, et celles qui avoisinent l'Opéra, sur la rive droite. Sur la rive gauche, on remarque surtout les rues Monge, de Rennes, Soufflot, Bonaparte, du Bac, des Saints-Pères, de Grenelle, de Vaugirard, du Cherche-Midi, Saint-Dominique, etc.

Les *places* les plus remarquables sont celles de la *Concorde*, entre la Madeleine, le Palais-Bourbon, le jardin des Tuileries et l'avenue des Champs-Élysées. En 1792. elle s'appelait place de la *Révolution*. C'est sur cette place que fut exécuté Louis XVI. En 1799, elle prit le nom de place de la Concorde, qu'elle échangea ensuite contre ceux de Louis XV et de Louis XVI. Puis elle redevint place de la Concorde. Elle est ornée de l'obélisque de Louqsor, de deux fontaines monumentales, de huit statues représentant les principales villes de France, de vingt colonnes rostrales, etc.; de la *République*, ornée de la statue de la République en bronze, de Morice; de l'*Étoile*, au centre de laquelle s'élève l'Arc de Triomphe qui coûta plus de 9 millions; de la *Bastille*, sur l'emplacement de la forteresse et où a été édifiée la colonne de Juillet, construite par Duc et Alavoine et inaugurée en 1840; de la *Bourse;* du *Carrousel*, entre la cour des anciennes Tuileries et le Louvre, décorée d'un arc de triomphe, édifié en 1806 sur les dessins de Fontaine et Percier, d'après celui de Septime-Sévère, à Rome; *Dauphine*, devant la façade occidentale du Palais de Justice; de *Clichy*, où s'élève la statue de Moncey; *Dauménil; François Ier; Denfert-Rochereau*, ornée d'une réduction du Lion de Belfort, de Bartholdi; de l'*Europe;* de l'*Hôtel-de-Ville;* de la *Nation* (anciennement place du Trône); de l'*Opéra; Louvois* (voir la gravure, page 337); du *Parvis;* du pont *Saint-Michel;* du *Panthéon;* du *Louvre;* de *Saint-Germain-des-Prés*, où l'on voit la statue de Diderot, par Gautherin; *Malesherbes*, ornée de la statue d'Alexandre Dumas père, par Gustave Doré; *Vendôme*, célèbre par la colonne de ce nom; du *Théâtre-Français;* du *Palais-Royal;* des *Vosges*, ancienne place Royale, statue de Louis XIII, par Cortot; l'*Esplanade des Invalides;* le *Champ de Mars; Ledru-Rollin*, ancienne place Voltaire; du *Châtelet*, fontaine de la Victoire ou du Palmier; des *Victoires*, statue équestre de Louis XIV, par Bosio; de *Rivoli*, décorée de la statue équestre de Jeanne d'Arc, de Frémiet; *Monge*, statue de Louis Blanc; *Maubert*, statue d'Étienne Dolet, etc., etc.

Fig. 60. — Le Pont-au-Change.

PROMENADES ET JARDINS.

Paris possède comme promenades deux bois, celui de Boulogne, d'une superficie de 847 hectares, 88 ares, 12 centiares (voir les gravures, pages 283 et 285), et celui de Vincennes, mesurant 954 hectares, 77 ares, 13 centiares (voir la gravure, page 293); trois parcs : le *parc Monceau* (voir la gravure, page 301), les *Buttes-Chaumont* (Voir les gravures, pages 305 et 307) et le *parc de Montsouris;* six jardins : le *jardin des Tuileries,* le *Jardin des Plantes,* celui du *Luxembourg,* celui du *Champ de Mars,* celui du *Trocadéro,* les *Champs-Élysées,* la *Muette,* et une grande quantité de squares dont les principaux sont ceux du *Temple,* statue de Béranger (voir la gravure, page 329); des *Arts-et-Métiers,* colonne de la Victoire; des *Ménages,* sur l'emplacement de l'ancien hospice de ce nom; de la *Tour-Saint-Jacques; Monge,* statue de Voltaire, d'après Houdon; *Montholon;* la *Trinité;* de *Batignolles,* etc., etc.

La valeur de ces propriétés communales est portée dans l'inventaire du domaine municipal à 272,219,178 francs, et la surface qu'elles représentent s'élève à 18,746,277 mètres carrés.

FONTAINES.

Saint-Michel (1860), sur la place de ce nom.

De l'*Observatoire* (1874), groupe en bronze de Carpeaux, chevaux marins de Fremiet.

De *Médicis,* dans le jardin du Luxembourg, œuvre de Jacques Debrosse.

Saint-Sulpice (1847), construite par Visconti.

De *Grenelle* (1738), sur les dessins de Bouchardon.

Molière (1844), rue de Richelieu, élevée par souscription à la mémoire de Molière, mort dans une des maisons voisines.

Des *Innocents*, dans le square de ce nom, près des
Halles.

De la *Victoire*, place du Châtelet.

De *Louvois*, en face de la Bibliothèque nationale. (Voir
la gravure, page 337.)

PONTS.

28 ponts sont jetés sur la Seine, du chemin de fer de
ceinture (pont National) au Point-du-Jour à Auteuil :

1° *National*, 6 arches, près de la gare et la porte de
Bercy.

2° De *Tolbiac*, construit de 1880 à 1882.

3° De *Bercy*, 5 arches, construit en 1864.

4° D'*Austerlitz*, 5 arches, construit en 1807, rebâti en
1855, élargi en 1884-1885.

5° *Sully*, construit en 1874-1876, oblique, traversant les
deux bras de la Seine, entre le quai Henri IV et le quai
Saint-Bernard.

6° De la *Tournelle* (île Saint-Louis, rive gauche), construit en 1614, rebâti depuis.

7° *Marie* (île Saint-Louis, rive droite), 5 arches, construit de 1614 à 1635.

8° *Louis-Philippe* (île Saint-Louis, rive droite), 1860-
1861.

9° *Saint-Louis* (île Saint-Louis à la Cité), arche unique,
près de la Morgue, 1861.

10° De l'*Archevêché* (Cité, rive gauche), 3 arches, construit en 1828.

11° *Au double* (Cité, rive gauche), une seule arche, reconstruit de 1880 à 1881.

12° *Petit-Pont* (rive gauche), arche unique, reconstruit
en 1854.

13° *Saint-Michel* (rive gauche), 3 arches, reconstruit
en 1857.

14° D'*Arcole* [1] (Cité, rive droite), reconstruit en 1854, sur la place de l'Hôtel-de-Ville, arche unique.

15° *Notre-Dame* (Cité, rive droite), 5 arches, plusieurs fois reconstruit.

16° *Au Change* (Cité, rive droite), 3 arches, reconstruit en 1858, de la place du Châtelet à la Cité. Autrefois, bordé de boutiques d'orfèvres et de changeurs. (Voir notre gravure, page 333).

17° *Pont-Neuf*, 12 arches, commencé en 1578, achevé en 1604. Modifié en 1852. 229 mètres de long, sur 23 de large. Statue de Henri IV, sur le terre-plein.

18° Des *Arts*, 8 arches, construit de 1801 à 1803, au seul usage des piétons, entre le Louvre et l'Institut.

19° Des *Saints-Pères*, 3 arches, en fonte, de 47 mètres d'ouverture, œuvre de l'ingénieur Polonceau, construit de 1832 à 1834, l'un des plus élégants.

20° *Pont-Royal*, 5 arches, construit en 1685, en face du pavillon de Flore.

21° De *Solférino*, 3 arches (1858-1859), du jardin des Tuileries au palais de la Légion d'honneur.

22° De la *Concorde*, 5 arches, achevé en 1790, de la place de la Concorde au Palais-Bourbon.

23° Des *Invalides*, 4 arches, reconstruit en 1880.

24° De l'*Alma*, 3 arches (1854-1855).

25° D'*Iéna*, 5 arches (1806-1813), en face du Trocadéro et du Champ de Mars.

26° *Passerelle de Passy* (1878), réservée aux piétons, traversant l'île des Cygnes.

27° De *Grenelle*, 6 arches (1875), à l'extrémité de l'île des Cygnes.

28° Du *Point-du-Jour* (1865), œuvre de Bassompierre,

---

1. Ce nom a été donné à ce pont en mémoire d'un jeune homme nommé Arcole qui, dans les journées de juillet 1830, s'avança sur le pont suspendu d'alors, appelé *pont de la Grève*, pour y planter son drapeau et y fut tué.

Fig. 61. — La place Louvois.

se composant de deux voies et d'un deuxième pont super-
posé sur arcades pour le chemin de fer de ceinture.

QUAIS

Rive droite.	Rive gauche.
De Bercy.	De la Gare.
De la Rapée.	D'Austerlitz.
Henri IV.	De Saint-Bernard.
Des Célestins.	De la Tournelle.
De l'Hôtel-de-Ville.	De Montebello.
De Gesvres.	Saint-Michel.
De la Mégisserie.	Des Grands-Augustins.
Du Louvre.	Conti.
Des Tuileries.	Malaquais.
De la Conférence.	Voltaire.
De Billy.	D'Orsay.
De Passy.	De Grenelle.
D'Auteuil.	De Javel.

Ile Saint-Louis.

D'Anjou.	D'Orléans.
Bourbon.	De Béthune.

Ile de la Cité.

Aux Fleurs.	Des Orfèvres.
De l'Horloge.	Du Marché-Neuf.
	De l'Archevêché.

CIMETIÈRES.

Il existe à Paris 21 cimetières, dont 15 sur la rive droite
et 6 sur la rive gauche.

Les 8 cimetières extra muros sont ceux de Saint-Ouen ancien et nouveau, des Batignolles, de la Chapelle, d'Ivry ancien et nouveau, de Pantin-Bobigny et Bagneux. Ces deux derniers sont nouvellement ouverts. Tous sont affectés aux concessions gratuites et temporaires.

A l'intérieur, neuf ne sont affectés qu'aux concessions perpétuelles : ceux de l'Est ou Père-Lachaise, du Sud ou Montparnasse, de Passy, de la Villette, Belleville, Charonne, Bercy, Vaugirard, Grenelle. Quatre sont fermés à toute concession nouvelle : le Nord ou Montmartre, Auteuil, le Calvaire, Saint-Vincent.

Nous citerons encore quelques anciens cimetières : celui de *Picpus* (rue Picpus), qui contient les restes du général La Fayette et de sa femme; celui de *Clamart* attenant à l'amphithéâtre des hôpitaux, où fut inhumé le poète Gilbert, et l'ancien cimetière de *Sainte-Marguerite*, près de l'église de ce nom.

Parmi les plus célèbres : celui du *Père-Lachaise*, rue de la Roquette et boulevard de Ménilmontant, a 44 hectares de surperficie. Il a été créé, en 1804, sur les plans de l'architecte Brongniart, dans les anciens jardins de Mont-Louis appartenant aux Jésuites, sous Louis XIV. Ce cimetière est le plus riche en monuments et en souvenirs historiques. Ce qu'il y a de pittoresque dans la distribution des tombeaux, d'ingénieux dans leurs formes, de gracieux dans le dessin des parterres et de délicat dans le choix des fleurs qui le décorent, a exilé de ces lieux toutes les idées lugubres de la mort; et l'on erre, au milieu de ces tombes et de leurs inscriptions, pour y chercher des émotions, quelques souvenirs et souvent seulement de l'esprit. On y trouve les tombeaux d'Héloïse et Abélard, de Balzac, de Béranger, de Manuel, de Louis Blanc, de Blanqui, de Benjamin Constant, de Corot, de David d'Angers, de Déjazet, de Désaugiers, du général Foy, de Garnier-Pagès, de Géricault, d'Ingres, de Jacques Laffitte, de Mérimée, de Michelet, d'Alfred de Musset, de Parny, de Rachel, de Rossini, de Scribe, de Talma, de Thiers, etc., etc.

Dans le cimetière du Nord, boulevard de Clichy, nous voyons les tombeaux de Cavaignac, de Mme de Girardin, de Paul Delaroche, d'Henri Murger, de Stendhal, de Théophile Gautier, d'Offenbach, etc., etc.

Au cimetière Montparnasse, se trouvent les tombes de Henri Martin, de Rude, des quatre sergents de la Rochelle, du philosophe Jouffroy, d'Hégésippe Moreau, d'Edgar Quinet, d'Henri Regnault, le monument élevé par la ville pour la sépulture des pompiers, celui des gardiens de la paix, celui de Le Verrier, celui des soldats tués pendant la guerre de 1870-1871, etc., etc.

HALLES ET MARCHÉS.

Les *Halles centrales* ont été construites sous le second Empire, par l'ingénieur architecte Baltard. L'ensemble doit comprendre deux groupes de six pavillons chacun. Deux pavillons restent à construire du côté de la halle au blé en démolition. L'édifice est en fonte et fer reposant sur des assises en pierre dure des Vosges et les murs légers du pourtour sont en brique. (Voir page 295.)

Il existe dans Paris un grand nombre de marchés. Nous avons mentionné les anciens à leurs dates de fondation, le *marché des Carmes*, place Maubert; le *marché Saint-Germain*, quartier Saint-Sulpice; le *marché Saint-Honoré*, sur l'emplacement de l'ancien couvent des Jacobins; le *marché Saint-Martin*, transféré derrière le Temple; le *marché Sainte-Catherine;* celui de la *Madeleine*, etc. Les nouveaux marchés se composent d'élégants pavillons en fer. Il y a aussi des marchés découverts, comprenant des abris mobiles, sur des places, avenues, etc.

Le *Temple* actuel a remplacé l'ancienne *Rotonde*. Il a six pavillons subdivisés en 2,400 boutiques.

Le *marché aux chevaux* est situé sur le boulevard de

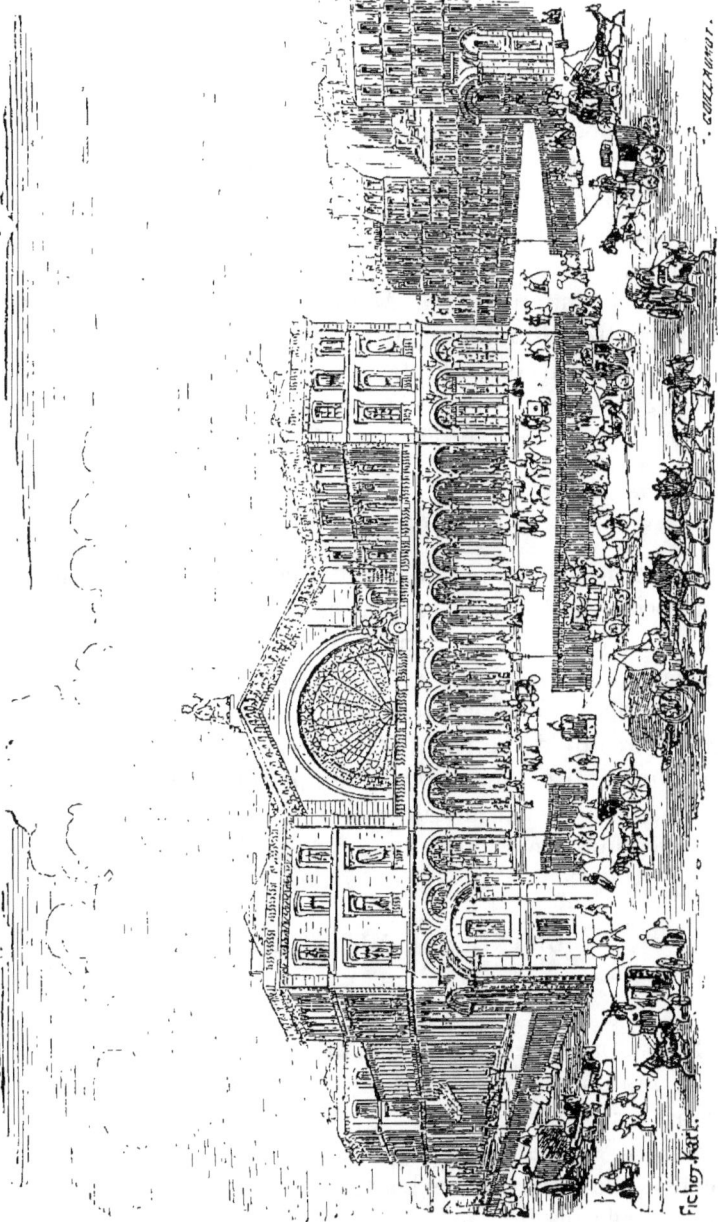

Fig. 62. — La gare de l'Est.

29.

l'Hôpital, à la naissance du boulevard Saint-Marcel. (Notre gravure en reproduit la physionomie, page 343.)

L'*entrepôt des vins et alcools*, quai *Saint-Bernard*, a été élevé de 1813 à 1819 sur l'emplacement de l'ancienne abbaye Saint-Victor. Nous en avons déjà parlé. Celui de *Bercy*, de construction récente, comprend 115 caves sur le quai.

Il existe quatre *marchés aux fleurs*. Le principal est situé entre l'Hôtel-Dieu et le Tribunal de commerce. Un autre se tient près de la Madeleine (voir la gravure, page 347), un troisième place de la République, et le quatrième place Saint-Sulpice.

ABATTOIRS.

Le principal est à la Villette. Baltard en a fourni le plan. La surface de 45 hectares qu'il occupe en indique l'importance. Près de là se tient le marché aux bestiaux. Des anciens abattoirs il ne reste plus que celui de Grenelle, avenue de Breteuil, celui de Villejuif, boulevard de l'Hôpital, et celui de la rue des Fourneaux, affecté aux porcs seulement. Il est question de remplacer ces trois derniers établissements par un autre plus vaste, au sud, près des fortifications, semblable à celui de la Villette.

GRANDES ADMINISTRATIONS.

I. MINISTÈRES.

Paris, siège du gouvernement, est le centre de toutes les administrations de l'État. Les ministères sont au nombre de onze :

1° *Ministère des affaires étrangères.* —Palais construit en 1845, par l'architecte Lacornée, quai d'Orsay, près de l'Esplanade des Invalides.

2° *Ministère de l'intérieur.* —Il occupe l'ancien hôtel

HÉLÈNE BOETZEL

R. Bonjours.

Fig. 63. — Le Marché aux Chevaux.

Beauvau, construit au XVIIIᵉ siècle, par l'architecte Le Camus de Maizières, près du palais de l'Élysée, en face de l'avenue Marigny.

3° *Ministère de la justice.* — Place Vendôme, 11 et 13.

4° *Ministère des finances.*—Depuis l'incendie de ce ministère sous la Commune, les services ont été installés dans le palais du Louvre, sur la rue de Rivoli.

5° *Ministère de la guerre.* — Rue Saint-Dominique et boulevard Saint-Germain. Le service de la place de Paris est concentré place Vendôme, et le recrutement rue Saint-Dominique, près l'avenue de la Tour-Maubourg.

6° *Ministère de la marine et des colonies.* — Ancien hôtel Crillon et ancien garde-meuble, construit par Gabriel (1768), à l'angle de la place de la Concorde et de la rue Royale.

7° *Ministère de l'instruction publique, des beaux-arts et des cultes.* — Rue de Grenelle, 110.

8° *Ministère des travaux publics.* — 246, boulevard Saint-Germain.

9° *Ministère du commerce.* — 25, quai d'Orsay.

10° *Ministère de l'agriculture.* — 76, rue de Varennes.

11° Le *Ministère des postes et des télégraphes*, 101, rue de Grenelle, vient d'être rattaché au ministère des finances.

II. HOTEL DES POSTES.

Depuis longtemps le besoin de la reconstruction de l'ancien hôtel des postes se faisait sentir. Sous le premier Empire, on devait l'édifier rue de Rivoli, sur l'emplacement occupé par l'ancien ministère des finances, totalement incendié en 1871 sous la Commune. En 1856, on projeta de l'établir place du Châtelet. Puis on songea au Cours-la-Reine et à la rue Saint-Honoré, sur l'emplacement de l'église de l'Assomption. En 1878, il fut question d'utiliser les ruines du palais d'Orsay, autrefois occupé par le Conseil d'État. On s'arrêta au projet de le recons-

truire sur place. En 1879, les Chambres votèrent les fonds
nécessaires et, sous l'habile direction de M. Guadet, architecte, le nouvel hôtel des postes fut élevé en moins de
six ans (1880-86). Il occupe une superficie de 7,800 mètres.
Pendant la construction de ce nouvel hôtel des postes,
la recette principale et la direction de la Seine ont été
installées dans des baraquements, place du Carrousel. Le
nouvel hôtel des Postes a coûté au Trésor 17,646,000 fr.

III. INSTRUCTION PUBLIQUE ET BEAUX-ARTS.

L'Université de Paris est remplacée par une *Académie*
qui a son siège à la Sorbonne. Paris possède, en outre,
un *Institut* qui se subdivise en cinq académies : française,
des sciences, des inscriptions, des beaux-arts et des
sciences morales et politiques; le *Collège de France*, le
Muséum; les *Facultés de Médecine et de Droit;* les Écoles
*des Ponts et Chaussées, des Mines, de Pharmacie, des
Arts et Manufactures, des Chartes, des Beaux-Arts, Polytechnique, Normale Supérieure;* le *Conservatoire de
musique et de déclamation;* les séminaires *Saint-Sulpice*
et des *Missions;* six lycées de garçons : *Charlemagne,
Condorcet, Henri IV, Janson de Sailly, Louis-le-Grand,
Saint-Louis; Stanislas,* collège libre subventionné par
l'État; un lycée de jeunes filles, rue Saint-André-des-Arts.
La construction du lycée d'Alembert se poursuit. Rue du
Ranelagh s'élève un autre lycée de jeunes filles.

Il faut ajouter les collèges municipaux déjà cités : *Chaptal* et *Rollin,* et les écoles professionnelles de la ville :
Turgot, Jean-Baptiste Say, Colbert, Lavoisier, Arago;
et un grand nombre de collèges et écoles libres.

IV. BIBLIOTHÈQUES ET MUSÉES.

1° *Bibliothèque nationale,* 2 millions de volumes.
2° *Bibliothèque Mazarine* (palais de l'Institut), 120,000
volumes.

3° *Bibliothèque de l'Institut* (palais de l'Institut).

4° *Bibliothèque de la Sorbonne*, 125,000 volumes.

5° *Bibliothèque Sainte-Geneviève*, place du Panthéon, construite par Labrouste, de 1843 à 1850, 170,000 volumes.

6° *Bibliothèque de l'École de droit.*

7° *Bibliothèque de l'École de médecine.*

8° *Bibliothèque de l'Arsenal*, rue Sully, 200,000 volumes.

9° *Bibliothèque de l'Opéra* (A l'Opéra).

10° *Bibliothèque de la ville de Paris* (hôtel Carnavalet), 70,000 volumes.

Musées.

1° Du *Louvre*. — Au palais du Louvre. — Collection de 17 musées.

2° Du *Luxembourg*. — Affecté aux œuvres des artistes vivants. Bâtiments neufs, près du palais.

3° De l'*Observatoire*. — Musée astronomique;

4° Du *Trocadéro*. — Au palais de ce nom. — Musée de sculpture comparée et musée ethnographique.

5° *Carnavalet*. — Recueil de livres, documents, monuments et objets d'art intéressant l'histoire de Paris.

6° *Orfila*. — A l'École de médecine. — Anatomie comparée.

7° *Dupuytren*. — En face de l'École de médecine. — Musée pathologique;

8° D'*Artillerie*. — Installé dans l'hôtel des Invalides. — Collection d'armes.

9° Des *Arts décoratifs*. — Au Palais de l'Industrie (Champs-Élysées).

10° Des *Archives*. — Ancien hôtel de Clisson, de Guise ou de Soubise, rue des Francs-Bourgeois.

11° Du *Conservatoire de musique*. — Musée d'instruments de musique.

12° Des *Monnaies*. — Collection de monnaies.

Fig. 61. — Le Marché aux Fleurs de la Madeleine.

13° De *Cluny*. — Rue du Sommerard (hôtel de Cluny et ancien palais des Thermes).

14° Des *Gobelins*. — Riche collection de tapisseries.

15° Le *Garde-meuble*. — Quai d'Orsay, 103. — Meubles, tapisseries, tentures servant à l'ameublement et à la décoration des palais nationaux.

Deux autres musées, dus à des particuliers, sont en construction : le musée Galliera, avenue du Trocadéro et le musée Guimet, place d'Iéna et rue Boissière.

V. PRISONS.

Les prisons de Paris sont administrées par la préfecture de police. Elles sont au nombre de huit :

1° *Dépôt de la préfecture*, quai de l'Horloge, 3.

2° La *Conciergerie*, ancienne maison du concierge à l'époque où le palais servait d'habitation aux rois, maison de justice, quai de l'Horloge, 1.

3° *Mazas*, boulevard Mazas, 23, maison cellulaire d'arrêt et de correction, construite de 1841 à 1850.

4° La *petite Roquette*, rue de la Roquette, 143, construite de 1831 à 1835, maison cellulaire d'éducation correctionnelle, 500 places.

5° La *grande Roquette*, rue de la Roquette, 168, dépôt de condamnés, 300 places, construite en 1836. C'est devant cette prison qu'ont lieu les exécutions capitales.

6° La *Santé*, rue de la Santé, 42, maison d'arrêt et de correction, régime cellulaire et régime en commun, achevée en 1867.

7° *Saint-Lazare*, faubourg Saint-Denis, 107, prison de femmes établie dans l'ancienne abbaye de ce nom en 1793.

8° *Sainte-Pélagie*, rue de la Clef, prison de correction établie depuis 1605 dans l'ancien couvent de ce nom. D'abord affectée aux femmes, elle est devenue une prison d'hommes.

Fig. 65. — Café-Concert aux Champs-Élysées.

Nous citerons encore les *dépôts de mendicité* de Saint-Denis et Villers-Cotterets, la *prison de Nanterre*, en construction, et la prison militaire du Cherche-Midi.

VI. CASERNES.

Les casernes sont nombreuses; nous n'en n'entreprendrons que l'énumération :

Château-d'Eau, place de la République; la *Nouvelle France*, faubourg Poissonnière; *la Pépinière*, rue de ce nom; *Penthièvre*, même rue; *Desaix*; l'École militaire, construite par Gabriel en 1751, en face du Champ de Mars; *Bellechasse; Orsay*, construite par Napoléon Ier; *Babylone* (1770); *Tournon; Lourcine; Mouffetard; Célestins*, dans l'ancien couvent de ce nom; *Reuilly; Minimes* (gendarmerie); *Rivoli*, derrière l'Hôtel de Ville; la Cité (agents de la paix); Banque (*id.*).

On voit par l'ordre que nous avons suivi l'idée stratégique de la défense intérieure qui a présidé à l'établissement de ces casernes.

Les pompiers ont leurs casernes spéciales. L'état-major est à la caserne de la Cité. Les autres casernes sont : rues Blanche, des Réservoirs, du Vieux-Colombier, J.-J. Rousseau, de Poissy (ancien collège des Bernardins); Sévigné, des Entrepreneurs, de la Mare, du Château-d'Eau, et boulevards de la Villette, de Port-Royal et de Reuilly. Il y a en outre un nombre considérable de postes.

THÉÂTRES, CIRQUES, PANORAMAS, BALS ET CONCERTS

Paris, sous ce rapport comme sous tant d'autres, est unique au monde. Il compte plus de 60 établissements de ce genre.

THÉÂTRES.

Les principaux théâtres sont :

1° L'*Opéra*, construit par Ch. Garnier; inauguré le 5 janvier 1875, après l'incendie de l'ancien, le 23 octobre 1873. Dans l'intervalle, l'opéra était joué aux Italiens. Subventionné.

2° L'*Opéra-Comique* (place Boïeldieu), construit en 1838. Subventionné. — 1,800 places. Détruit par les flammes le 25 avril 1887.

3° Le *Théâtre-Français* (Palais-Royal), construit en 1782 par l'architecte Louis. Subventionné. — 1,400 places.

4° L'*Odéon*, reconstruit en 1818. Subventionné. — 1,500 places.

5° La *Porte Saint-Martin*, incendié en 1871, reconstruit en 1872. — 1,300 places.

6° Le *Châtelet*, construit par Davioud en 1860. — 3,600 places. (Propriété de la Ville.)

7° Le *Vaudeville* (boulevard des Capucines), construit par Magne en 1867. — 1,300 places.

8° La *Gaîté* (square des Arts-et-Métiers), construit en 1861 par Cusin. — 2,000 places. (Propriété de la Ville.)

9° L'*Ambigu* (boulevard Saint-Martin), édifié en 1828. — 1,900 places.

10° Le *Gymnase* (boulevard Bonne-Nouvelle), 1820. — 1,150 places.

11° Les *Variétés* (boulevard Montmartre, 7), élevé en 1808 par Cellerier. — 1,250 places.

12° Le *Palais-Royal* (galerie Montpensier), construit en 1784. — 850 places.

13° Les *Bouffes* (passage Choiseul), 1,100 places.

14° La *Renaissance* (boulevard Saint-Martin), bâti par Lalande en 1872. — 1,200 places.

15° Les *Nouveautés* (boulevard des Italiens, 28). — 1,000 places.

16° Les *Folies-Dramatiques* (r. de Bondy). — 1,500 places.

17° Le *Théâtre des Nations* (place du Châtelet), construit pas Davioud (1851), incendié en 1871; appelé depuis peu *Théâtre de Paris*. — 1,800 places. (Propriété de la Ville.)

18° Le *théâtre du Château-d'Eau* (30, rue de Malte). — 2,400 places.

19° L'*Éden-Théâtre* (rue Boudreau), construit en 1882, style hindou, par les architectes Klein et Duclos.

20° *Cluny* (boulevard Saint-Germain, 71). — 1,000 places.

21° Déjazet, Menus-Plaisirs, Beaumarchais, Bouffes du Nord et les théâtres de banlieue.

CIRQUES.

1° L'*Hippodrome* (avenue Marceau).

2° Le *Cirque d'hiver* (boulevard des Filles-du-Calvaire).

3° Le *Cirque d'été* (Champs-Élysées).

4° Le *Nouveau Cirque* ou Cirque Oller (rue Saint-Honoré, 251).

5° *Cirque Fernando* (boulevard Rochechouart, 63).

PANORAMAS.

1° *Panorama national* (Champs-Élysées), en face du Palais de l'Industrie, construit en 1859.

2° *Panorama Marigny* (Champs-Élysées), construit en 1884 par Ch. Garnier.

3° *Panorama de la rue de Berri.*

4° *Panorama de la Bastille* (place Mazas).

CONCERTS.

1° L'*Eldorado* (boulevard de Strasbourg, 4).

2° La *Scala* (boulevard de Strasbourg, 9).

3° Les *Folies-Bergère* (rue Richer).

4° *Alcazar d'hiver* (faubourg Poissonnière).

Et les concerts d'été aux Champs-Élysées. (Voir notre gravure, p. 349.)

BALS.

1° *Jardin de Paris* (en été), qui remplace Mabille (aux Champs-Élysées).

Fig. 66. — Les Moulins de Montmartre.

2° *Élysée-Montmartre* (boulevard Rochechouart, 80).

3° *Bullier* (carrefour de l'Observatoire), ancienne Closerie-des-Lilas.

4° *Promenades-concerts* ou *bal Métra* (rue Vivienne, 49).

5° *Tivoli-Wauxhall* (rue de la Douane).

6° Enfin, au sommet de la butte Montmartre, existe un bal dit du *Moulin de la Galette*, que nous mentionnons surtout à cause des deux moulins à vent, tombant de vétusté, vestiges du vieux Paris, et que l'on aperçoit de très loin des côtés occidental et méridional. (Voir la gravure, p. 353.)

PALAIS ET MONUMENTS PUBLICS.

L'Hôtel de Ville. — Ce splendide palais municipal a été inauguré le 14 juillet 1882. Il a été élevé par les architectes Th. Ballu et Deperthes, sur l'emplacement de l'ancien Hôtel de Ville incendié pendant la Commune en 1871. Plus vaste que l'ancien, il occupe une superficie de 13,000 mètres carrés. Il a la forme d'un vaste parallélogramme de 150 mètres sur 90 mètres de côtés. Là sont concentrés les services de la préfecture de la Seine et du conseil municipal.

Le Louvre. — Ancienne forteresse de Philippe Auguste, agrandie sous Charles V, démolie et remplacée par Pierre Lescot sous François 1er. La façade de Saint-Germain-l'Auxerrois, composée de 52 colonnes, est due à Perrault. Il fut continué par Catherine de Médicis, Henri IV, Louis XIII, Louis XIV, Napoléon 1er et Napoléon III. Il est consacré au musée de ce nom et au ministère des finances.

L'Élysée. — Construit en 1718 par Molet pour le comte d'Evreux. Agrandi en 1776 et restauré sous Napoléon III, il est devenu la résidence du Président de la République.

Le *Luxembourg*, rue de Vaugirard. — Construit sur les plans de Jacques Debrosse, de 1615 à 1620. Restauré et agrandi sous le premier Empire et sous Louis-Philippe. Il est occupé par le Sénat. Le petit Luxembourg est dû à Richelieu et à Marie de Médicis. Près de là se trouve le Musée des artistes vivants.

Le *Palais de Justice*. — Construit au XVIIIe siècle sur l'emplacement du palais des anciens comtes de Paris. Il servit de demeure royale sous les Capétiens jusqu'à Philippe le Bel. La Sainte-Chapelle, la tour de l'Horloge, les deux tours voisines et les cuisines datent de Saint-Louis. Incendié en partie pendant la Commune, il a été réparé depuis 1870.

Le *Palais-Royal*. — Édifié par le cardinal de Richelieu sur les dessins de Lemercier, de 1629 à 1634, sur l'emplacement des hôtels de Mercœur et de Rambouillet; modifié et agrandi par le duc d'Orléans (1781 à 1786); incendié sous la Commune en 1871, relevé depuis, il est occupé par le Conseil d'État et la Cour des comptes.

L'*Hôtel des Invalides*. — Élevé par Louis XIV sous la direction de Libéral Bruant, de 1671 à 1674. Dôme construit par Mansart, tombeau de Napoléon Ier. Cet édifice, asile des vétérans de nos guerres, renferme en outre le musée d'artillerie.

Le *Palais de l'Institut*. — Occupe l'emplacement de l'hôtel de Nesle. Il fut construit par Mazarin sur les plans de Levau (1662). D'abord collège des Quatre-Nations, il est le siège des cinq académies. — Bibliothèque Mazarine.

Le *Palais de l'Industrie* ne date que de 1855. Il fut élevé pour l'Exposition universelle. Il sert depuis à des expositions diverses (voir la gravure, p. 297). Près de là est le *Pavillon de la ville de Paris*, construit par Bouvard à l'occasion de l'Exposition universelle de 1878.

Le *Palais de la Légion d'honneur*, quai d'Orsay, bâti en 1786 par Rousseau, pour le prince de Salm. Incendié en 1871, il fut reconstruit avec le produit des souscriptions des légionnaires.

La *Bourse.* — Ce palais, entrepris en 1808, n'a été achevé qu'en 1827. Architectes, Brongniart et Labarre.

Le *Panthéon,* ancienne église du Panthéon, désaffectée en 1885. — Il sert de sépulture aux grands hommes. Il fut commencé en 1764 par Soufflot. Mirabeau, Voltaire et J.-J. Rousseau y furent inhumés en 1791, et Victor Hugo en 1885.

La *Sorbonne,* construite en 1629 par l'architecte Jacques Lemercier, agrandie par M. Nénot, sous le rectorat de l'éminent M. Gréard. Église renfermant le tombeau de Richelieu, par Girardon.

Le *Tribunal de commerce,* dans la Cité, a été bâti par l'architecte Bailly, de 1860 à 1864. Conseil de préfecture.

Le *Palais Bourbon* ou Chambre des députés, construit par l'Italien Girardini pour la duchesse de Bourbon (1722). La façade du quai d'Orsay, due à Poyet et Joly, ne date que de 1806. L'hôtel de la présidence, qui y est contigu, est l'ancien hôtel de Lassay (XVIII° siècle).

Le *Musée de Cluny,* monument du XV° siècle, édifié par Jean de Bourbon pour les abbés de Cluny.

L'*Hôtel Carnavalet,* rues des Francs-Bourgeois et de Sévigné, conçu par Pierre Lescot, décoré par Jean Goujon et habité par Mme de Sévigné. Aujourd'hui musée historique et bibliothèque de la ville de Paris.

L'*Hôtel de Clisson, de Guise* ou *de Soubise,* rue des Francs-Bourgeois, 60, occupé par les Archives nationales.

L'*Hôtel de Strasbourg,* édifié par le cardinal de Rohan, en 1712, rue Vieille-du-Temple, 87. Imprimerie nationale.

L'*Hôtel de Brissac,* rue de Grenelle, 116, XVIII° siècle, construit par Boffrand. Mairie du VII° arrondissement.

L'*Hôtel de la Vrillière,* XVII° siècle, construit par Mansart. Banque de France.

L'*Hôtel Duchâtelet,* élevé sous Louis XIV, situé rue de

Fig. 67. — Le Chevet de Notre-Dame.

Grenelle, occupé par l'Archevêché, depuis le pillage et la démolition de l'ancien, en 1831.

Le *Palais des Beaux-Arts*, quai Malaquais, a été élevé par Dubois et achevé en 1838. L'hôtel de Chimay y a été adjoint en 1885.

L'*Hôtel de la Monnaie*, quai Conti, fut érigé de 1768 à 1775. Jacques Denis Antoine en a été l'architecte.

L'*École militaire*, faisant face au Champ de Mars, a été construite par Gabriel, sous Louis XV. Aujourd'hui casernes et École de guerre.

Le *Palais du Trocadéro* est resté de l'Exposition de 1878. Il a été construit par l'architecte Davioud. Salle de fêtes. Musée de sculpture et d'ethnographie.

La *Tour Saint-Jacques*, reste de la vieille église Saint-Jacques-de-la-Boucherie (1508-1522), restaurée par l'architecte Th. Ballu. (Voir la gravure, page 45.)

La *Porte Saint-Martin*, arc de triomphe élevé en 1674 sur les dessins de Pierre Bullet, en mémoire de la conquête de la Franche-Comté. (Voir la gravure, page 117.)

La *Porte Saint-Denis* date de 1672. Blondel en fournit le plan. Louis XIV la fit élever en souvenir de sa campagne de Hollande.

L'*Arc de triomphe de l'Étoile*, commencé par Napoléon, ne fut achevé que sous Louis-Philippe. Décoré par Rude, Cortot, Etex, Pradier, Lemaire, Feuchère, Chaponnière, Gechter, Marochette, etc. Détérioré pendant le siège, il fut restauré par M. Normand.

L'*Arc de triomphe du Carrousel* remonte à 1806 et représente une copie de celui de Septime-Sévère, à Rome. Fontaine et Percier en fournirent le plan. Groupe remarquable de Bosio.

La *Colonne Vendôme*, en bronze, œuvre de Denon, Gondouin et Lepère, achevée en 1810. Elle mesure 44 mètres de haut. Renversée pendant la Commune, elle fut reconstruite en 1874.

La *Colonne de la Bastille* ou de Juillet, en bronze, sur

piédestal en marbre, œuvre d'Alavoine et Duc, fut élevée
à la mémoire des combattants de juillet 1830. Un caveau
contient les restes de 615 d'entre eux. Hauteur 47 mètres.

L'*Obélisque de Louqsor*, élevé sur la place de la Concorde en 1836. Ce remarquable monolithe en granit rose
provient des ruines de Thèbes.

La *Statue de la République*, en bronze, œuvre de
Morice, ornée de figures allégoriques et de bas-reliefs.

La *Statue du maréchal Moncey*, place de Clichy, groupe
en bronze, dû à Doublemart, et élevé en souvenir de la
défense de la barrière de Clichy, le 30 mars 1814.

Le *Lion de Belfort*, de Bartholdi, place Denfert-Rochereau, élevé en 1880.

Parmi les autres monuments, nous citerons le *Puits
artésien de Grenelle*, avenue de Breteuil; les deux
colonnes de la place de la Nation, portant les statues de
saint Louis et de Philippe Auguste; la *statue de Jeanne
d'Arc*, de Frémiet, place de Rivoli; celle *de Henri IV*, sur
le Pont-Neuf, etc., etc.

Nous ajouterons aussi la *manufacture des tabacs* du
Gros-Caillou (quai d'Orsay) et celle des *Gobelins*, dont les
tapisseries ont conservé une réputation universelle et à
laquelle a été réunie sous le gouvernement de Juillet la
célèbre fabrique de la *Savonnerie*, quai de Billy, où est la
manutention militaire. C'est aux Gobelins surtout que
s'est illustré le savant Chevreul, dont la France vient de
fêter le centenaire.

PRINCIPAUX MONUMENTS RELIGIEUX.

Notre-Dame, monument des XIIe siècle et suivants, restauré par Lassus et Viollet-le-Duc, en 1845. Nous donnons
ici le chevet de Notre-Dame. Nous en avons déjà reproduit
le portail et le chœur, pages 33 et 37.

La *Sainte-Chapelle*, construite sous saint Louis, par

Pierre de Montereau, restaurée par Duban, Lassus, Viollet-le-Duc et Bœswilwald.

Saint-Germain-des-Prés, édifice des XIe et XIIe siècles.

Saint-Pierre-de-Montmartre, XIIe siècle. Ancienne église abbatiale.

Saint-Germain-l'Auxerrois, XIIIe siècle, restaurée par Lassus.

Saint-Julien-le-Pauvre, chapelle du XIIe siècle, dépendant de l'ancien Hôtel-Dieu.

Saint-Séverin, XIIIe XIVe et XVe siècles.

Saint-Nicolas-des-Champs, rue Saint-Martin, XVe siècle. Ancienne chapelle de l'abbaye de Saint-Martin-des-Champs.

Saint-Étienne-du-Mont, place Sainte-Geneviève, XVIe siècle.

Saint-Eustache, Halles centrales, XVIe siècle, architecte David.

Saint-Gervais, derrière l'Hôtel de Ville, XVe siècle. Portail de Jacques Debrosse.

Saint-Laurent, boulevard de Strasbourg, XVe et XVIe siècles, restaurée en 1862.

Saint-Nicolas-du-Chardonnet, XVIIe siècle.

Saint-Jacques-du-Haut-Pas, rue Saint-Jacques, XVIIe siècle. Gittard, architecte.

Saint-Merri, rue Saint-Martin, XVIe siècle, vitraux de Pinaigrier.

Saint-Roch, rue Saint-Honoré, XVIIe siècle, architectes J. Lemercier et Robert de Cotte.

Saint-Sulpice, XVIIe siècle. Dernier architecte, Servandoni.

Saint-Philippe-du-Roule, rue du Faubourg-Saint-Honoré, XVIIIe siècle, architecte, Chalgrin.

Le *Val-de-Grâce*, XVIIe siècle, dôme élégant.

Saint-Joseph-des-Carmes, rue de Vaugirard, 78, XVIIe siècle.

Saint-Jean-Saint-François, rue Charlot, XVIIe siècle.

Fig. 68. — Vue générale de Paris.

Saint-Louis-en-l'Ile, île Saint-Louis, XVIIe siècle, architecte Louis Levau.

L'*Assomption*, rue Saint-Honoré, XVIIe siècle.

Les principales églises modernes sont : la *Madeleine*, *Saint-Vincent-de-Paul*, la *Trinité*, *Sainte-Clotilde*, *Saint-Augustin*, l'*église russe*.

PRINCIPAUX HOTELS PRIVÉS, ANCIENS ET MODERNES

Hôtel Lamoignon, 24, rue Pavée, édifié pour Diane de France, puis acheté par le président de Lamoignon.

Hôtel de Hollande, 47, rue Vieille-du-Temple, XVIIe siècle.

Hôtel Barbette, rue des Francs-Bourgeois et rue Vieille-du-Temple, où fut assassiné le duc d'Orléans, par Jean Sans Peur (1407). Cet hôtel a été bâti en 1298, par Étienne Barbette, prévôt des marchands. Tourelle gothique.

Hôtel Saint-Aignan, 71, rue du Temple, XVIIe siècle.

Hôtel de Bourgogne (ancien hôtel d'Artois), rue Tiquetonne, XIIIe siècle. Tour du XVe siècle, récemment restaurée, vue de la rue Étienne-Marcel.

Hôtel de Beauvais, rue François-Miron, 68, construit par Lepautre.

Hôtel de Béthune, rue Saint-Antoine, 143, construit pour Sully, par l'architecte du Cerceau.

Hôtel Ninon de Lenclos, rue des Tournelles, 28, peintures remarquables du XVIIe siècle.

Hôtel d'Ormesson, rue Saint-Antoine, 212, élevé pour le duc de Mayenne, par du Cerceau, occupé ensuite par le président d'Ormesson.

Hôtel La Valette, quai des Célestins, 2, remarquable façade. Aujourd'hui, école Massillon.

Hôtel Lambert, rue Saint-Louis-en-l'Ile, 2, XVIIe siècle, habité par le président Lambert de Thorigny, et restauré postérieurement. Voltaire y demeura.

Hôtel de Monaco, rue de Varennes, 57, possédé par la duchesse de Galliera. Brongniart, architecte.

Hôtel de Sens, rue du Figuier, 1, XVe siècle, dépendance de l'ancien hôtel Saint-Pol, curieux spécimen de l'architecture du moyen âge.

Hôtel d'Aumont, rue de Jouy, construit par Mansart, habitation de l'abbé Terray.

Hôtel de Gabrielle d'Estrée, rue des Francs-Bourgeois, 30.

Hôtel d'Albret, 5, rue des Francs-Bourgeois.

Hôtel de Châlons-Luxembourg, rue Geoffroy-Lasnier, 26, XVIIe siècle.

Hôtel Séguier, rue Séguier.

Maison romaine, ou palais pompéien, avenue Montaigne, 18, construite, en 1860, par M. Normand, architecte, pour le prince Napoléon.

Maison de François Ier, rue Bayard et Cours-la-Reine, construite à Moret, en 1523, et transportée à Paris, en 1826 ; bas-reliefs attribués à Jean Goujon.

Château Gaillard, place Malesherbes, 1, imitation du château de Blois.

Hôtel André, boulevard Haussmann, 158.

Hôtel Borghèse, rue du Faubourg-Saint-Honoré, 39. Ambassade d'Angleterre.

Hôtel Pontalba, rue du Faubourg-Saint-Honoré, 41, construit par Visconti. Propriétaire, M. Ed. de Rothschild.

Hôtel Basilewski, avenue Kléber, 19, appartenant à l'ex-reine d'Espagne Isabelle.

Citons encore les hôtels *Wilson*, avenue d'Iéna, 2 ; *G. de Rothschild*, avenue Marigny, 23 ; *Ménier*, avenue Van Dyck, 5 (parc Monceau) ; celui de Mme la *baronne James de Rothschild*, avenue Friedland, 38.

APPENDICE

TABLEAU DE LA POPULATION A PARIS

Années.	Population.	Années.	Population.
1270.	120.000	1836.	909.400
1563.	260.000	1844.	912.000
Sous Louis XIV.	490.000	1846.	1.055.000
1718.	500.000	1851.	1.013.000
1760.	576.000	1856.	1.174.000
1778.	670.000	1861.	1.660.000
1784.	660.000	1866.	1.825.000
1798.	650.000	1872.	1.850.000
1808.	580.000	1876.	1.986.000
1817.	714.596	1881.	2.225.910
1827.	890.400	1886.	2.344.550

Ce dernier chiffre se décompose ainsi :

Arrond.	Population.	Électeurs.	Arrond.	Population.	Électeurs.
1er . . .	69.252	15.025	12e . . .	107.686	20.106
2e . . .	69.601	14.717	13e . . .	104.930	20.496
3e . . .	89.940	19.936	14e . . .	103.271	20.015
4e . . .	100.929	20.540	15e . . .	111.212	21.515
5e . . .	119.060	23.739	16e . . .	77.824	13.203
6e . . .	98.543	21.541	17e . . .	158.172	29.363
7e . . .	92.578	18.256	18e . . .	201.131	36.328
8e . . .	99.126	16.159	19e . . .	122.128	21.248
9e . . .	117.907	22.630	20e . . .	137.408	28.142
10e . . .	154.034	28.971			
11e . . .	209.818	39.519	Total. .	2.344.550	451.449

PRÉVOTS DES MARCHANDS, MAIRES ET PRÉFETS

PRÉVOTS DES MARCHANDS

Jean Augier, 1268.
Guillaume Pisdoé, 1276.
Guillaume Bourdon, 1280.
Jean Arrodé, 1289.
Jean Popin, 1289.
Guillaume Bourdon, 1296.
Estienne Barbette, 1298.
Jean Gentien, 1321.
Étienne Marcel, 1355.
Jean Culdoé, 1355.
Jean Desmarets, 1359.
Jean Fleury, 1371.
Andonyn Chauvron, 1380.
Jean de Folleville, 1388.
Juvenel des Ursins, ****.
Charles Culdoé, 1404.
Pierre Gentien, 1411.
André Despernon, 1411.
Pierre Gentien, 1413.
Philippe de Brebant, 1415.
Guillaume Ciriasse, 1417.
Noël Prévost, 1418.
Hugues-le-Coq, 1419.
Guillaume Sanguin, 1420.
Hugues Rapioult, 1421.
Michel Laillier, 1436.
Pierre des Landes, 1438.
Jean Baillet, 1444.
Jean Burreau, 1450.
Jean de Nanterre, 1456.
Michel de la Grange, 1466.
Nicolas de Louvier, 1468.
Denis Hesselin, 1470.
Guillaume le Comte, 1474.

De Livres, 1476.
Guillaume de la Haye, 1484.
Du Drac, vte d'Ay, 1486.
Pierre Poignant, 1490.
Jacques Piedefer, 1490.
Nicole Viole, 1494.
Jean de Montmiral, 1496.
Jacques Piedefer, 1498.
Nicolas Potier, 1500.
Germain de Marle, 1502.
Eustache Luillier, 1506.
Dreux Raguier, 1506.
Pierre Legendre, 1508.
Robert Turquant, 1510.
Roger Barme, 1512.
Jean Boulart, 1514.
Pierre Clutin, 1516.
Pierre Lescot, 1518.
Antoine Le Viste, 1520.
Guillaume Budé de Marly, 1522.
Jean Morin, 1524.
Germain de Marle, 1526.
Gaillard Spifame, 1528.
Jean Luillier, 1530.
Pierre Viole, 1532.
Jean Tronçon, 1534.
Augustin de Thou, 1538.
Étienne de Montmiral, 1540.
André Guillard, 1542.
Jean Morin, 1544.
Louis Gayant, 1546.
Claude Guyot, 1548.
Christophe de Thou, 1552.
Nicole de Livres, 1554.
Nicolas Perrot, ****.
De Bragelongne, 1558.

Guillaume de Marle, 1560.
Guillaume Guyot, 1564.
Nicolas Le Gendre, 1566.
Claude Marcel, 1570.
Jean Le Charron, 1572.
Nicolas Luillier, 1576.
Claude Daubray, 1578.
Augustin de Thou 1580.
Étienne de Neuilly, 1582.
Nicolas Hector, 1586.
Michel Marteau, 1588.
Charles Boucher, 1590.
Jean Luillier, 1592.
Martin Langlois, 1594.
Jacques Danès, 1598.
Antoine Guyot, 1600.
Martin de Bragelongne, 1602.
François Miron, 1604.
Jacques Sanguin, 1606.
Gaston de Grieu, 1612.
Robert Miron, 1614.
Bouchet de Bouville, ***.
Henri de Mesmes, 1618.
Nicolas de Baieul, 1622.
Christophe Sanguin, 1628.
Michel Maureau, 1632.
Oudart le Ferron, 1638.
Christophe Perrot, 1641.
Macé Le Boulanger, 1641.
Jean Scarron, 1644.
Hierome le Féron, 1646.
Antoine Lefèbvre, 1650.
Alexis de Sève, 1654.
Voisin de Serizay, 1662.
Claude Le Pelletier, 1668.
Robert de Pommereu, 1676.
Henry de Fourcy, 1684.
Claude Bosc, 1692.
Boucher d'Orsay, 1700.
Jérome Bignon, 1708.

Charles Trudaine, 1716.
De Castagnère, 1720.
Nicolas Lambert, 1729.
Étienne Turgot, 1729.
Félix Aubery, 1740.
Basile de Bernage, 1743.
Camus de Pontcarré, 1758.
Jérome Bignon, 1764.
Delamichodière, 1772.
Lefèbvre de Caumartin, 1778.
Louis Lepelletier, 1784.
Jacques de Flesselles, 1789.

MAIRES

Bailly, 1789.
Pétion, 1791.
Chambon, 1792.
Pache, 1793.
Fleuriot-Lescot, 1794.

PRÉFETS

Frochot, 1800.
Chabrol, 1812.
De Laborde, 1830.
Odilon Barrot, 1831.
De Bondy, 1831.
De Rambuteau, 1833.

MAIRES

Garnier Pagès, 1848.
Armand Marrast, 1848.

PRÉFETS

Trouvé-Chauvel, 1848.
Adrien Recurt, 1848.
Joseph Berger, 1848.
Baron Haussmann, 1853.
Henri Chevreau, 1870.

MAIRES

Étienne Arago, 1870 (sept.).
Jules Ferry, 1870 (novemb.).

PRÉFETS

Léon Say, 1871.

Calmon, 1873.
Ferdinand Duval, 1873.
Ferdinand Hérold, 1879.
Charles Floquet, 1882.
Oustry, 1882.
Poubelle, 1883.

PRÉSIDENTS DU CONSEIL MUNICIPAL

DEPUIS 1871

Vautrain, 1871-1874.
Thulié, 1875.
Floquet, 1875.
Clémenceau, 1875-1876.
Harant, 1876.
Forest, 1876.
Hérisson, 1876-1877.
Bonnet-Duverdier, 1877.
Outin, 1877-1878.
Hérisson, 1878.
Thulié, 1878-1879.
Castagnary, 1879.
De Hérédia, 1879-1880.
Cernesson, 1880.

Thulié, 1880.
Cernesson, 1880-1881.
Sigismond Lacroix, 1881.
Engelhard, 1881-1882.
Songeon, 1882.
Jehan de Bouteiller, 1882-83.
Mathé, 1883-1884.
Boué, 1884-1885.
Michelin, 1885.
Maillard 1885.
Hovelacque, 1886.
Mesureur, 1886-1887.
Hovelacque, 1887.

SYNDICS

Ohnet, 1871-1873.
Watel, 1873-1874.
Deligny, 1875-1878.
Bixio, 1878-1880.
Hattat, 1880-1881.

Rouzé, 1881.
Cusset, 1881-1882.
Mesureur, 1881-1884.
Rouzé, 1884-1886.
Mayer, 1886-1887.

QUELQUES PARISIENS ILLUSTRES

Si Paris a contribué à l'épanouissement du talent de presque toutes les illustrations françaises, il peut se glo-

rifier d'avoir été le berceau d'un grand nombre d'entre
elles. Voici quelques noms :

Anquetil, Arnauld, Auger, Barbier, Baudelaire, Beaumar-
chais, Béranger, Boileau, Bescherelle, Boissonnade, Boiste,
Bouillet, la Chaussée, la Condamine, S. Gay, Émile de Girar-
din, La Harpe, Legouvé, Lemercier, Lemierre, Lhomont, Lit-
tré, Malebranche, Marivaux, le Maistre de Sacy, Martial d'Au-
vergne, Molière, Alfred de Musset, Henri Murger, Mérimée,
Michelet, Naudet, Patin, Planche, Prévost-Paradol, Parceval-
Grandmaison, Quinault, Racine, Rollin, J.-B. Rousseau,
G. Sand, Scarron, Scribe, Sedaine, comte de Saint-Simon,
Saint-Marc-Girardin, Sylvestre de Sacy, de Staël, Vitet,
Villemain, Voltaire.
Biot, Boussingault, Brongniart, Cassini, Caylus, Legendre,
Lavoisier, Payen, Quicherat.
Adolphe Adam, Gounod, Halévy, Hérold.
Goujon, Gros, Labrouste, Lebrun, Le Nôtre, Lesueur,
Mansart, Mignot, Nanteuil, Cl. Perrault, Percier, Regnard,
Henri Regnault.
D'Argenson, Bailly, Bethmont, de Laborde, Lepelletier
de Saint-Fargeau, Lally-Tollendal, Lameth, Malesherbes,
comte Molé, Richelieu, Mme Roland.
Augereau, Bougainville, Baraguay-d'Hilliers, Castellane,
Colbert, Catinat, La Hire, de Latour-Maubourg, Montholon.
Berton, Favard, Lekain, Mlle Mars.

Nous pourrions ajouter à cette liste incomplète un nombre considérable de contemporains célèbres :

Théodore de Banville, Barrière, Barthélemy-Saint-Hilaire,
Ch. Garnier, Labiche, Meurice, Rochefort, Sardou, etc., etc.

TABLE DES MATIÈRES

SIXIÈME PARTIE

PARIS SOUS LES BOURBONS

CHAPITRE PREMIER. — XVIIᵉ SIÈCLE

PARIS SOUS HENRI IV, LOUIS XIII ET LOUIS XIV

CHAPITRE II. — XVIIIᵉ SIÈCLE

§ 1. PARIS SOUS LOUIS XV

§ 2. PARIS SOUS LOUIS XVI ET LA CONSTITUANTE

PARIS ACTUEL

APPENDICE

TABLE DES GRAVURES

PARIS. — IMP. C. MARPON ET E. FLAMMARION, RUE RACINE, 26